"十一五"普通高等学校规划教材

材料科学与工程系列

电弧焊基础

杨春利　林三宝　主编
张九海　方洪渊　主审

哈尔滨工业大学出版社

图书在版编目(CIP)数据

电弧焊基础/杨春利等主编.—哈尔滨:哈尔滨工业
大学出版社,2003.2(2007.2重印)
(材料科学与工程系列)
ISBN 978-7-5603-1818-9

Ⅰ.电…　Ⅱ.杨…　Ⅲ.电弧焊-高等学校-教材
Ⅳ.TG444

中国版本图书馆 CIP 数据核字(2003)第 007014 号

责任编辑　张秀华
封面设计　卞秉利
出版发行　哈尔滨工业大学出版社
社　　址　哈尔滨市南岗区复华四道街 10 号　邮编 150006
传　　真　0451 - 86414749
网　　址　http://hitpress.hit.edu.cn
印　　刷　肇东粮食印刷厂
开　　本　787mm×1092mm　1/16　印张 14.75　字数 326 千字
版　　次　2003 年 2 月第 1 版　2007 年 2 月第 3 次印刷
书　　号　ISBN 978-7-5603-1818-9
印　　数　6 001 ~ 10 000 册
定　　价　19.00 元

前　言

随着工业技术的发展,我国焊接行业也得到了蓬勃的发展,出现了许多革新性技术。而原有的焊接专业教材在内容上难以体现这些新技术的发展。另外,由于全国的专业调整,国内高校的焊接专业都改名为材料成型与控制工程专业(哈尔滨工业大学惟一保留焊接专业名称),原有教材也停止出版。为了保证教学的需要,以及适应焊接行业新技术、新工艺的发展,根据作者多年从事焊接专业教学和科研工作的经验,编写了本教材。在编写上,参考了国外著作和教材,以及国内 1981 年出版的《焊接方法及设备》和 1991 年出版的《电弧焊及电渣焊》等教材,并参阅了许多焊接技术文献。

本教材是焊接专业的主要教材之一,主要讨论了焊接电弧物理、焊接熔化现象、非熔化极和熔化极气体保护电弧焊、等离子弧焊、埋弧焊等机械化自动化电弧焊方法、设备和实际焊接工艺。在各章中增加了国外近年来发展起来的新技术和新工艺,如活性化 TIG 焊(A – TIG)、热丝 TIG 焊、表面张力过渡(STT)、空心阴极真空电弧焊(HCVAW)、数字化焊接电源、双丝焊等。为了便于深入地讲授电弧焊及其发展中一些共同性的基本理论和实践问题,本书首先讨论了焊接电弧的热源和力源特征、焊丝的熔化和熔滴过渡、钨极氩弧焊、等离子弧焊、熔化极氩弧焊、CO_2 电弧焊、埋弧焊的基本原理、特点和应用方面的知识,并给出这些方法和设备的整体概念。这样的编排有利于根据各校学时的实际情况合理安排授课内容。

本书为高等工业学校焊接专业(材料成型与控制工程专业)教材,也可供材料加工工程、热加工、机械以及造船等专业的师生和工程技术人员参考。

本书由哈尔滨工业大学杨春利教授、林三宝副教授主编,哈尔滨工业大学吴林教授、王其隆教授、冯吉才教授、刚铁教授、魏艳红教授和何景山副教授在教材的内容组织、教学方法、整体结构等许多方面给予精心的指导,并提出了许多宝贵的意见和建议。哈尔滨工业大学张九海教授和方洪渊教授审阅了全书。在此谨向他们表示深切的谢意。

在本书的编写过程中得到一些兄弟院校老师的大力支持,一些国际知名焊接设备制造商为本书提供了珍贵的资料,在此向他们一并致谢。

由于编者的专业知识有限,难免出现差错和不足,敬请广大读者批评指正。

编　者
2003 年元月

目 录

绪言 ··· 1

第1章 焊接电弧基础 ·· 9

1.1 焊接电弧机理 ·· 9

1.1.1 气体放电与焊接电弧 ·· 9

1.1.2 电弧中的带电粒子 ·· 10

1.1.3 电弧导电机构 ··· 16

1.1.4 电弧产热及温度分布 ·· 18

1.1.5 电弧压力与等离子气流 ·· 26

1.1.6 直流电弧与交流电弧 ·· 32

1.2 焊接电弧特性 ··· 34

1.2.1 焊接电弧静特性 ··· 35

1.2.2 焊接电弧动特性 ··· 38

1.2.3 阴极斑点和阳极斑点 ·· 40

1.2.4 电弧的阴极清理作用 ·· 41

1.2.5 最小电压原理 ··· 42

1.2.6 电弧的挺直性与磁偏吹 ·· 42

1.3 电弧焊中的保护气 ··· 45

1.3.1 保护气种类与纯度 ·· 45

1.3.2 保护气的分解及在金属中的溶解 ·· 47

1.3.3 混合气体的选择及作用 ·· 49

1.3.4 保护气气流与保护效果 ·· 53

1.4 电弧的引燃与稳弧措施 ··· 55

1.4.1 接触引弧 ··· 55

1.4.2 非接触引弧 ··· 56

1.4.3 交流电弧稳弧措施 ·· 57

第2章 电弧焊熔化现象 ·· 59

2.1 母材熔化与焊缝成形 ··· 59

2.1.1 母材熔化特征和焊缝形状尺寸 ·· 59

2.1.2 熔池金属的对流和对流驱动力 ·· 63

2.1.3 焊接参数与工艺的影响 ·· 71

2.1.4 焊缝成形缺陷及形成原因 ·· 73

2.2 焊丝熔化与熔滴过渡 ··· 75

　　2.2.1　焊丝的熔化与熔化速度 ……………………………… 75
　　2.2.2　熔滴上的作用力与熔滴过渡分类 …………………… 80
第3章　钨极氩弧焊 ……………………………………………… 85
　3.1　钨极氩弧焊特点与应用 ………………………………… 85
　　3.1.1　钨极氩弧焊原理与特点 ……………………………… 85
　　3.1.2　钨极氩弧焊应用对象 ………………………………… 86
　　3.1.3　钨极氩弧焊设备 ……………………………………… 86
　3.2　TIG焊中的钨电极 ……………………………………… 88
　　3.2.1　钨电极材料 …………………………………………… 88
　　3.2.2　各种钨电极的基本特性 ……………………………… 89
　　3.2.3　钨极直径和前端形状 ………………………………… 91
　3.3　焊接方法 ………………………………………………… 93
　　3.3.1　直流焊接与交流焊接 ………………………………… 93
　　3.3.2　低频脉冲焊 …………………………………………… 94
　　3.3.3　高频脉冲焊 …………………………………………… 95
　3.4　焊接条件的选择 ………………………………………… 97
　　3.4.1　焊接规范条件 ………………………………………… 97
　　3.4.2　焊接工艺条件 ………………………………………… 98
　3.5　焊接技术 ………………………………………………… 100
　　3.5.1　提高焊接速度 ………………………………………… 100
　　3.5.2　增加焊接熔深 ………………………………………… 101
　　3.5.3　摆动电弧焊接 ………………………………………… 102
　　3.5.4　A－TIG焊接技术 …………………………………… 104
　　3.5.5　热丝法焊接 …………………………………………… 108
　　3.5.6　单电源型双面双弧焊 ………………………………… 109
　　3.5.7　空心阴极真空电弧焊接技术 ………………………… 109
　　3.5.8　自动焊弧长调节 ……………………………………… 112
第4章　等离子弧焊接 …………………………………………… 114
　4.1　等离子弧的产生及其特性 ……………………………… 114
　　4.1.1　等离子弧的产生 ……………………………………… 114
　　4.1.2　等离子弧特性及用途 ………………………………… 115
　4.2　等离子弧焊接设备 ……………………………………… 117
　　4.2.1　焊接电源 ……………………………………………… 117
　　4.2.2　等离子弧焊枪 ………………………………………… 117
　4.3　等离子弧焊接 …………………………………………… 121
　　4.3.1　小孔型等离子弧焊接 ………………………………… 121
　　4.3.2　其它形式等离子弧焊接 ……………………………… 122
　　4.3.3　等离子弧焊接中的其它问题 ………………………… 125

第 5 章　CO_2 气体保护电弧焊 ················· 128

5.1　CO_2 电弧焊原理与特点 ············· 128

　5.1.1　CO_2 电弧焊原理 ············· 128

　5.1.2　CO_2 电弧焊特点 ············· 128

5.2　CO_2 电弧焊的金属化学基础 ··········· 129

　5.2.1　CO_2 气体的氧化性及合金元素的氧化 ·· 129

　5.2.2　CO_2 焊的脱氧措施与焊缝金属合金化 ·· 131

　5.2.3　CO_2 焊气孔问题 ············· 132

5.3　熔滴过渡与焊接条件的选择 ··········· 134

　5.3.1　CO_2 电弧焊熔滴过渡形式 ········ 134

　5.3.2　短路过渡 ················· 134

　5.3.3　颗粒过渡 ················· 137

　5.3.4　焊接条件的选择 ············· 139

5.4　焊接飞溅 ··················· 143

　5.4.1　减少飞溅的措施 ············· 144

　5.4.2　新型控制方法 ·············· 146

　5.4.3　表面张力过渡控制 ··········· 147

5.5　CO_2 电弧焊设备 ··············· 149

　5.5.1　焊接电源 ················· 149

　5.5.2　焊丝送给装置 ·············· 151

　5.5.3　其它设备 ················· 151

5.6　等速送丝调节系统 ·············· 152

　5.6.1　等速送丝调节系统静特性 ········ 153

　5.6.2　等速送丝焊接系统弧长自身调节 ····· 154

　5.6.3　等速送丝焊接系统的电流与电压调整方法 ·· 156

5.7　CO_2 电弧焊实际 ··············· 158

　5.7.1　焊接操作 ················· 158

　5.7.2　坡口准备与接头形状 ··········· 159

　5.7.3　焊接缺陷及其对策 ··········· 160

5.8　特种 CO_2 电弧焊 ·············· 161

　5.8.1　CO_2 电弧点焊 ············· 161

　5.8.2　熔渣 – 气体保护电弧焊 ········· 162

　5.8.3　窄间隙焊接 ·············· 162

　5.8.4　药芯焊丝 CO_2 电弧焊 ········· 163

第 6 章　熔化极氩弧焊 ················· 165

6.1　熔化极氩弧焊方法 ·············· 165

　6.1.1　熔化极氩弧焊原理与特点 ········ 165

　6.1.2　熔化极氩弧焊设备 ··········· 166

6.2 熔化极氩弧焊熔滴过渡 ……………………………………… 166
  6.2.1 短路过渡 …………………………………………… 166
  6.2.2 喷射过渡 …………………………………………… 166
  6.2.3 亚射流过渡 ………………………………………… 170
  6.2.4 电弧固有的自身调节作用 ………………………… 170
6.3 熔化极脉冲氩弧焊 …………………………………………… 172
  6.3.1 脉冲 MIG 焊的熔滴过渡 ………………………… 173
  6.3.2 脉冲 MIG 焊参数选择 …………………………… 174
  6.3.3 熔化极脉冲氩弧焊的特点 ………………………… 176
  6.3.4 脉冲 GMA 焊接熔滴过渡控制 …………………… 176
6.4 各种金属的焊接 ……………………………………………… 178
  6.4.1 铝合金焊接 ………………………………………… 178
  6.4.2 不锈钢焊接 ………………………………………… 181
  6.4.3 低碳钢及低合金钢焊接 …………………………… 183
  6.4.4 铜合金焊接 ………………………………………… 185
  6.4.5 其它金属焊接 ……………………………………… 186
6.5 其它焊接技术 ………………………………………………… 187
  6.5.1 T.I.M.E.焊接方法 ………………………………… 187
  6.5.2 双丝 MIG/MAG 焊 ……………………………… 188
  6.5.3 数字化焊接 ………………………………………… 191
  6.5.4 冷金属过渡(CMT)技术 ………………………… 193
  6.5.5 交流脉冲 GMA 焊接 ……………………………… 195

第7章 埋弧焊 ……………………………………………………… 196
7.1 埋弧焊原理及应用 …………………………………………… 196
  7.1.1 埋弧焊原理与特点 ………………………………… 196
  7.1.2 埋弧焊的应用 ……………………………………… 197
7.2 埋弧焊设备 …………………………………………………… 198
  7.2.1 埋弧焊设备构成 …………………………………… 198
  7.2.2 埋弧焊自动调节系统 ……………………………… 199
7.3 埋弧焊焊接现象 ……………………………………………… 202
  7.3.1 焊接现象 …………………………………………… 202
  7.3.2 电弧特性 …………………………………………… 203
  7.3.3 熔滴过渡 …………………………………………… 203
  7.3.4 电极焊丝的熔化特性 ……………………………… 205
  7.3.5 母材的熔化 ………………………………………… 206
  7.3.6 熔化金属与熔渣的反应 …………………………… 208
7.4 焊接材料 ……………………………………………………… 209
  7.4.1 焊丝 ………………………………………………… 209

7.4.2　焊剂 ……………………………………………………… 209

7.4.3　焊丝与焊剂的组配 ……………………………………… 211

7.5　埋弧焊焊接实际 ……………………………………………… 211

7.5.1　焊接装置的构成 ………………………………………… 211

7.5.2　接头的坡口形式 ………………………………………… 212

7.5.3　焊接条件的选定 ………………………………………… 215

7.5.4　焊接缺陷及其对策 ……………………………………… 219

7.5.5　单面焊 ……………………………………………………… 220

7.6　高效埋弧焊方法 ……………………………………………… 222

7.6.1　多电极埋弧焊 ……………………………………………… 222

7.6.2　带状电极堆焊 ……………………………………………… 223

7.6.3　板电极埋弧焊 ……………………………………………… 225

7.6.4　填充金属焊接 ……………………………………………… 225

绪　言

1. 焊接·接合技术的发展历程

　　1801 年迪威发现了电弧放电现象,这是近代焊接·接合技术的起点。19 世纪中叶人们提出了利用电弧熔化金属并进行材料连接的思想,许多年后真正出现了达到实用程度的电弧焊接方法。最初可以称作电弧焊接的是 1885 年俄国人发明的碳弧焊,该方法以碳电极作为阳极产生电弧,被用在铁管及容器的制造及蒸汽机车的修理中。

　　采用碳电极的电弧焊接与以往的铆接相比具有划时代的意义。但由于采用碳材料做电极,遇到了碳混入焊缝金属中使接头变硬变脆这样的难点。俄国人在 1891 年提出以金属电极取代碳电极的金属极焊接法,最初是在空气中产生金属极(铁)电弧进行焊接,焊接区的品质用现在的知识判断是不合格的。瑞典人在 1907 年发明了焊条,并于 1912 年开发出保护性能良好的厚涂层焊条,确立了焊条电弧焊技术的基础。从"利用电弧进行金属的熔化焊接"这一新思想产生开始,经历了 50 多年的岁月,焊接技术的基础才得以确立。与当时使用的螺钉等机械连接法相比,电弧焊接能够减少使用材料、确保连接强度、缩短作业时间,因此很快被产业界所采用,1920 年英国全焊接船已下水使用。

　　焊条焊接法的成功进一步促进了电弧焊接法的发展。由于焊条焊接采用了有限长度的焊条,所进行的焊接是断续的,不适于连续焊接的要求。为克服这项难点,1930 年开发了埋弧焊。埋弧焊方法是向颗粒状焊剂中连续送进钢制焊丝,电弧放电所需电流从导电嘴供给,这种电流供给方式成为现在自动焊的原形。

　　为了对电弧及焊接金属进行保护,使其同空气隔绝开来,从很早开始人们就考虑了利用保护气体。1930 年以后以美国为中心,把钨电极与氦气相组合,进行了气体保护钨电极电弧(Gas Tungsten Arc - GTA)焊接法的研究。该焊接法的最初适用对象是镁及不锈钢薄板(1940 年)。

　　对于铝合金,由于表面氧化膜的存在,焊接困难。1945 年前后知道了电弧放电的阴极(严格讲是阴极点)具有去除氧化膜的作用,随后出现了以铝合金为对象的交流 GTA 焊接法、在氩气保护气氛中采用铝焊丝的直流金属极(Gas Metal Arc)焊接法,即 GMA 焊接法。

　　以上叙述了电弧焊方法的发展历程。在电弧焊接法出现的同时,也相继出现了其它形式的焊接·接合方法,比如电阻焊(1886 年)、热剂焊(1898 年)、气焊(1901 年)。距今较近时期开发的还有电子束焊接(1957 年)、激光焊接(1960 年)等。

　　如上所述,焊接·接合技术是人们经过多年反复探索、不断改进而建立起来的。到现在,作为一项可靠性很高的接合技术而为社会所接受,比如从高楼、桥梁、船舶、飞机、汽车等大型构造,到电子机械、电子封装等小型结构,焊接·接合技术是不可缺少的。

2.电弧焊方法的分类与特点

　　焊接是一门材料连接技术,通过某种物理化学过程使分离的材料产生原子或分子间的作用力而连接在一起。近年来,随着焊接技术应用领域的迅猛发展,特别是新技术、新方法、新材料的不断涌现,焊接被扩展到更具广泛意义的接合技术范畴。

　　通常要使两个物体(相同物体或不同物体)产生原子间结合有一定的难度。为了达到这个目的,实际中可以采用在两物体的界面上加压和加热熔化的办法。

　　电弧焊是焊接·接合法的一种基本形式,到目前为止,在焊接·接合法的应用量中仍居主要地位。该方法就是对能够产生接合的两个部件的一部分进行熔化、混合,凝固后就形成了两部件的接合。依据电弧焊实现方式上的差异,对目前已有的主要的电弧焊方法可以归纳出表1所示的分类:

表1　电弧焊基本方法分类

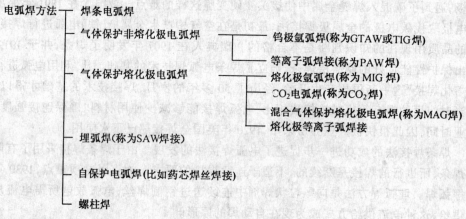

（1）焊条焊接法(Shielded Metal Arc Welding - SMAW)

　　这是具有最久历史的电弧焊方法,现在仍然在结构钢、不锈钢的焊接中广泛应用着。如图1所示,在焊条与母材(被焊材料)之间引燃电弧,利用电弧热进行熔化焊接。

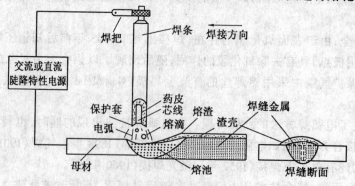

图1　焊条电弧焊原理

电弧及焊接区受到焊条药皮(药剂)分解产生的气体及熔渣的保护,使其与大气相隔离。焊条芯受到电弧的加热而熔化,形成熔滴过渡到熔池,与母材的熔化金属共同形成焊缝金属。

焊条药皮的主要作用有如下几项:

① 有利于电弧放电的产生,并且能够提高电弧的稳定性;

② 产生气体和形成熔渣,隔离空气,保护电弧、熔滴及焊缝金属;

③ 提高熔渣－金属反应使金属还原(脱氧),精炼焊缝金属;

④ 根据需要对焊缝金属添加合金元素;

⑤ 熔渣覆在焊接金属表面,焊缝表面形状规整。

药皮是由石灰石($CaCO_3$)、萤石(CaF_2)、TiO_2、SiO_2、Mn、铁粉等按一定比例混合制成的。药皮的组成不同,电弧稳定性、焊接操作性、焊缝裂纹倾向性等焊接特性是有差别的。焊接时应根据母材的材质、构造物、焊接姿势等进行焊条的选择和使用。

焊条电弧焊利用了具有下降特性的交流或者是直流电源。通常随着焊条的熔化,操作者要借助于手把运作焊条完成焊接。

(2) 钨极氩弧焊(Gas Tungsten Arc Welding -GTAW)

非熔化极焊接多使用钨电极作为电弧的一极,并且更多的情况是使用氩气进行保护,因此被称作钨极氩弧焊。钨极惰性气体保护电弧焊原理如图2所示,这是在氩气或氦气这类惰性气体保护下,在钨极与母材间引燃电弧进行焊接的方法。

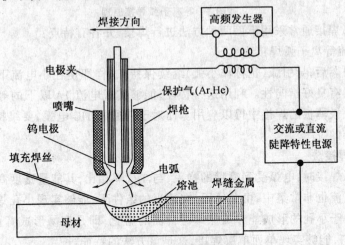

图2　钨极氩弧焊原理

由于利用惰性气体(Inert Gas)保护焊接区,所以该方法也叫做 TIG(Tungsten Inert Gas)焊。气体化学性质上的惰性,使其能够用于铝、镁等非铁合金及各种金属的焊接,这是该方法的特征。

同样的原因也使得该方法能够实现高质量的焊接。然而该方法的生产效率(焊接速度或焊接深度)低,这是 TIG 焊的不足。在需要熔敷金属的场合,可使用焊丝(但不作为电极)向熔池中填加熔敷金属。TIG 焊通过调整填加焊丝的送进速度,能够单独控制熔敷金属量。

（3）等离子弧焊接（Plasma Arc Welding - PAW）

等离子弧焊接法是以 TIG 焊方法为基础，如图 3 所示，其特征是利用喷嘴对气体保护的钨极电弧进行拘束，形成更高密度的能量源。

依据电弧放电的形态，可以把等离子弧分为两种：一种是把母材作为阳极的等离子电弧方式（转移弧方式）；另一种是把喷嘴作为阳极的等离子焰流方式（非转移弧方式）。等离子焰流方式对母材的热输入密度低。对于金属的焊接，通常采用图 3 所示的等离子电弧方式。

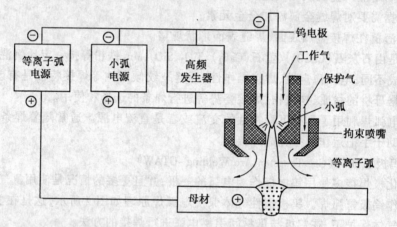

图 3　等离子弧焊接原理

等离子弧焊接通常采用下面两种方法进行焊接，并各有特点：

① 小电流等离子弧焊接法

主电弧引燃后，导引弧（也称作小弧）继续保持，这样即使在小电流下，等离子弧仍然能够稳定且具有良好指向性。利用这一特性，能够实现电流 1A 以下的等离子弧焊接，这在电子产品及极薄板的焊接中得以应用。而对于普通的 TIG 电弧，要维持电流值处于 1A 以下是很困难的。

② 小孔焊接法

等离子弧焊接时，电弧受到喷嘴的拘束，与 TIG 焊相比，其能量密度高，并且从喷嘴出来的等离子气流也非常集中，由此原因，在适当的条件下，能够实现小孔焊接。

此方法由于小孔的形成能够确保母材背面的熔化，即是容易形成背面焊道。对于厚度 6mm 的材料，能够实现单面单层焊接，这是该方法的特征。

（4）气体保护金属极焊接法（GMA 焊接法）

气体保护金属极电弧（Gas Metal Arc：GMA）焊接法如图 4 所示，采用金属焊丝作为电极（熔化极），多数情况下焊丝是以恒定速度送进，在焊丝与母材之间形成电弧进行焊接。为了把焊接区与空气隔离开来，一般采用氩气和二氧化碳气体作为保护气。

在使用氩气等惰性气体作为保护气时，称作 MIG（Metal Inert Gas）焊接。在使用二氧化碳气体作为保护气时，称作 CO_2 电弧焊。当使用氩气与二氧化碳气等的混合气体作为保护气时称作混合气体保护电弧焊。由于近年来混合气体使用频度的增加，有时也把 CO_2 电弧焊和混合气体保护电弧焊统称作 MAG（Metal Active Gas）焊接。所以 GMA 焊接是

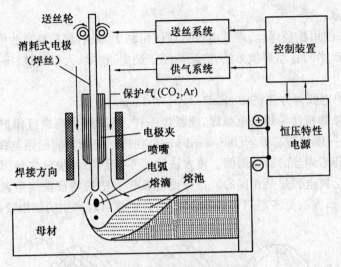

图 4 气体保护熔化极电弧焊原理

MIG 焊、CO_2 焊、MAG 焊的统称,在我国通常称作气体保护熔化极电弧焊。

该方法一般利用直流恒压特性电源,铝合金焊接也可以采用直流恒流特性电源,通常是把电极接为正极。由于 MIG 焊可以利用阴极清理作用,所以对铝材料可以实现高质量、高生产率焊接。

MAG 焊被用于结构钢、低合金钢的焊接中。在细径焊丝中通以大电流,并采用高速度焊接,是高生产率焊接法。由此原因,该方法在桥梁、建筑、汽车的焊接中得到很好的应用,并且最适合于机器人化焊接生产。此外,由于二氧化碳气体高温下分解成一氧化碳和氧,形成氧化性气氛,所以在进行钢材料的 MAG 焊接中使用添加了 Si、Mn 等脱氧元素的焊丝。

(5) 埋弧焊方法(SAW 焊接法)

埋弧焊(Submerged Arc Welding)方法如图 5 所示,焊接开始前在焊接线上堆积颗粒状焊剂,以自动方式向焊剂中送进裸焊丝,在焊剂覆盖状态下引燃电弧进行熔化焊接。焊剂受到电弧的加热而熔化、分解,对焊接区起到保护作用。

埋弧焊采用的焊剂因制造方法的不同而分为熔炼焊剂和粘结焊剂,焊剂的功能和成分类似于焊条电弧焊中的药皮。由于焊剂是分散的,从利用上考虑,只适用于平焊及横焊位置焊接,这是埋弧焊的一个不足点。然而,由于电弧被焊剂覆盖着,电弧光受到焊剂的遮挡,烟尘及飞溅也较少。此外,由于焊接以自动焊方式进行,能够利用大电流进行焊接。这是埋弧

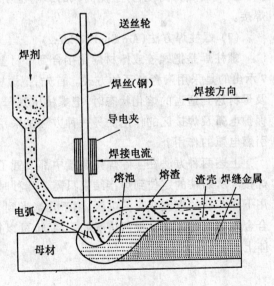

图 5 埋弧焊原理

焊所具有的优点。

比如,如果使用粗径焊丝,焊接电流可以使用到2 000A,具有极高的生产率。因此,埋弧焊作为高生产率的自动焊接方法,广泛应用于造船、桥梁、大型建筑、压力容器等的焊接中。

(6) 自保护电弧焊方法(Self Shielded Arc Welding)

自保护电弧焊接法与焊条电弧焊、埋弧焊一样,是采用焊剂进行保护的电弧焊接法。采用焊剂-焊丝一体的药芯焊丝(flux-cored wire),在焊丝与母材间引燃电弧进行焊接。

图6示出药芯焊丝的断面图例。该方法除了不需供给保护气之外,焊接装置的构成与气体保护熔化极电弧焊是相同的。自保护电弧焊方法的特征是熔敷速度高,但熔深较浅。由此原因,该方法更多是用于角焊缝焊接,只是焊接时产生的烟尘较多,是其缺点。

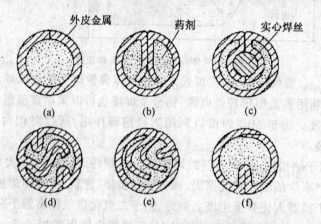

图6 自保护电弧焊使用的药芯焊丝

该方法与焊条电弧焊相比,能够获得高的熔敷速度,生产率高;与MAG焊相比,不需要保护气而更为简便,并且侧向风的影响也小,适合于室外作业,比如在建设现场进行的焊接。

(7) 螺柱焊方法(Arc Stud Welding)

螺柱焊是把螺栓或棒材熔化接合到母材上的方法,一般采用下述的2种方式进行:图7示出的是采用陶瓷套环的方式。首先,把螺柱与母材接触,随后拉起引燃电弧。当螺柱及母材达到适当的熔化状态时,把螺柱压到母材中,焊接就结束了。套环起到隔离空气、保护电弧及焊接区的作用。另一种方法是采用导电药室的方法,通电后赤热的药室起到引燃电弧的作用。

上述两种方法在实际焊接装置中都设置了螺柱动作、电弧定时等功能,实现了自动化焊接。从螺柱的定位到焊接结束只需要几秒时间,与其它方法比较,生产率较高。通常采用下降特性的直流或交流电源,用于几毫米到25mm螺柱直径的低碳钢、不锈钢、黄铜、铝合金等材料的焊接。根据情况的不同,也可以把钢条或黄铜条当做螺柱焊接到被焊件母体上。

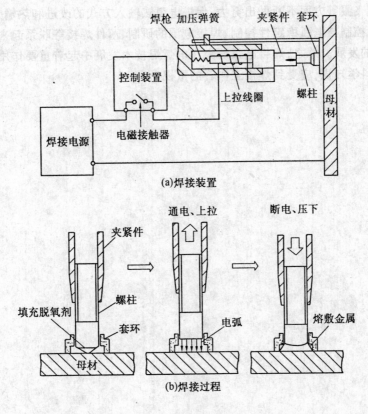

图7　螺柱焊原理

3.焊接电弧研究在电弧焊技术发展中的作用

对电弧机理的研究能够促进电弧焊技术的发展。电弧产生机理、电弧特性是各种电弧焊方法应用与发展的基础,比如在埋弧焊方法最初出现时,人们认为这种焊接是流经熔化焊剂中的电流产生的电阻热作用的结果,随后对其导电特性的研究表明该方法确实是形成了电弧的熔化焊。受此影响,巴顿研究所 1950 年开发了利用流经熔化焊剂中的电流所产生的电阻热进行焊接的电渣焊方法。1950 年以后,随着对电弧机理的深入研究,人们逐步认识了电弧中产生的一些重要现象,例如对电子发射机理的研究促进了钨极材料的改良,一些微量稀土元素被加入到电极中,代替了原来的纯钨极,电弧的引燃性能、电弧特性都有明显改善。在对电弧导电粒子的研究中,人们把电弧中负离子的产生与阳极斑点、熔池表面张力行为结合在一起,开发出活性化 TIG 焊方法,焊接生产率得以大幅度提高。阴极清理作用的发现,明确了电弧阴极斑点具有自动破碎氧化膜的作用,使铝合金焊接技术产生飞跃。电弧静特性的研究对于稳定电弧长度、实现焊接自动调节起到重要作用。探索电弧中的物理化学反应、多粒子的分解与平衡,在焊丝脱氧及防止焊接气孔方面给予指导,这些都促进了 CO_2 电弧焊的应用。

随着焊接自动化要求和对焊接质量要求的提高,人们在焊缝成形控制、熔滴过渡控制、降低焊接飞溅等方面不断做出努力,促进电弧热输入方式的改进和热输入量的控制研究,把电弧力控制与电弧稳定性控制、焊接电源的研制、薄件焊接等联系起来,推动了焊接技术与装备的发展。总之,焊接电弧研究在电弧焊技术发展中起着重要作用,作为电弧焊领域的一门科学知识,应受到焊接工作者的重视。

第1章　焊接电弧基础

任何一种焊接都表现为能量的作用。电弧焊的能量源是焊接电弧,在焊接中对被焊件起到热和力的作用,是被焊件熔化并形成焊缝的前提。本章讲述电弧的产生、电弧结构、电弧等离子体及其特性,电弧热、电、力平衡,电弧与磁场的相互作用等基础知识。

1.1　焊接电弧机理

1.1.1　气体放电与焊接电弧

气体放电是指气体电离。气体在电场和热场作用下产生电离,电离后所处的空间由阳离子及电子这样的带电粒子、原子及分子这样的中性粒子所构成。电离气体具有与通常状态下的气体所不同的性质,被称作等离子体(Plasma)。物理学中的等离子体是指含有带电粒子的电中性的粒子集团,是继固体、液体、气体之后的物质的第4种存在状态,以高导电性为其特征。

电弧的本质是气体放电,是气体放电的一种表现形态。气体放电的涵盖范围很广,比如宇宙中各种形式的放电现象。任何一种形式的放电都是某种形式的能量作用的结果。宇宙中的放电应属于一种自然现象,而电弧放电是人们依据气体可以产生放电、产生能量转换这种内在本质所激发出的一种可利用的放电形式。电弧的某些特点和表现是纯自然的气体放电所难以达到的,这里就涉及到放电形式的变迁、外部能量的提供等问题。

气体放电的表现是电流在气体中流动,而电流是因电子、离子的流动而形成。通常情况下,气体被认为是电的绝缘体,但即使是室温状态下,气体中尽管数量很少但仍然有处于游离状态的带电粒子存在($<10^{-8}$电子个数/m³)。图1.1所示由阴极、放电气隙、阳极、直流电源组成的回路(直流放电回路),室温状态下,回路开关合上的瞬间,依赖于电源电压,回路及气隙中有微弱的电流流动。然而,为了获得稳定、持续的电流流动,必须提高气隙气体的导电性能及生成相当数量的带电粒子,比如对两电极间的气隙气体加以高电场(大气压下氩的情况在5×10^5V/m程度),被电场加速的电子与其它中性粒子碰撞使其产生电离,带电粒子数量增加,气隙的导电性能瞬间得以提高(绝缘破坏),从而开始有电流连续流动的气体放电。

图1.2示出气体压力100Pa、气隙长度数厘米时的放电电流-电压特性。加在气隙两端的电压超过气隙绝缘破坏电压(与气体种类、压力、气隙长度有关)后,气隙放电开始。根据放电电流值的不同,放电形态也不同。在电流超过$10^{-10}\sim10^{-8}$A后,形成自持放电。所谓自持放电是当放电电流达到一定程度(亦与放电条件有关)以后,取消最初的诱发措施,气体导电过程本身亦可以再次产生维持导电所需的带电粒子,与回路电流平衡,使放电持续下去。此后随着电流值的增加,从暗放电形态经辉光放电向电弧放电转移,其间的

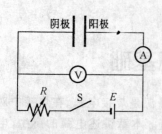

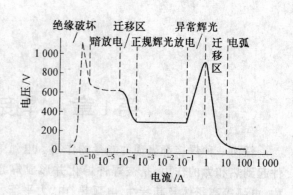

图 1.1　直流放电回路　　　　　　　　图 1.2　直流放电形式及电流与电压的关系

各种放电形式都有各自的特征表现。

从高压到真空,电弧放电可以在各种气氛中进行,当然需要有相关的措施。其放电电流范围很宽,从 0.1A 到 10^4A 以上,弧柱及极区具有相当高的电流密度。电弧放电的一个重要特征是放电电压(电极电压或气隙电压)处于几种放电形式中的最低值。就阴极电压降而言,暗放电时有数百伏,而电弧放电时只有 10V 左右,而电弧整体温度值最高。此外在发光现象上亦有差别,据此可以对暗放电、辉光放电、电弧放电加以区分。

电弧放电是气体放电的最终形式,通常伴随有熔化和蒸发现象。在较低的电压下,把高密度的热能注入到被加工材料中,作为材料加工能源,效率高,操作性、安全性都很适合。正是由于电弧具备所有放电形式中电压最低、电流最大、温度最高的特征,才得以广泛应用于工业生产中。

1.1.2　电弧中的带电粒子

图 1.2 所示的气体放电电流 – 电压特性反映的是气隙导电性能的迁移,而导电性能取决于气体状态和产生的带电粒子。气隙放电中的带电粒子有两个来源:一是电源通过电极(阴极)向气隙空间发射电子,二是气隙中的中性粒子被电离产生电子和离子。电弧放电状态下,电弧空间是多种粒子的组合,其间的过程极其复杂,表现也最为活跃。在此对电弧空间带电粒子的产生机理做出阐述。

1. 阴极电子发射

阴极电子发射是电源持续向电弧供给能量的惟一途径。电源通过阴极向电弧空间提供电子,经过电弧空间的复杂行为,再从阳极接收电子,从而形成电流回路。阴极所发射电子中的相当一部分消耗在电弧中,比如复合成中性粒子,或是再次被电离,或散失到电弧以外空间。而阳极所接收电子中的相当一部分是由电弧中中性粒子的电离所产生的。阴极电子发射是电弧产热及中性粒子电离的初始根源,电弧中的一切现象都与阴极电子发射有密切的联系。

阴极电子发射是阴极中的电子脱离阴极材料的束缚,逸出电极表面进入电弧空间。使阴极产生电子发射的首要条件是需要对阴极施加某种形式的外加能量,比如电能、热能、动能和光能等。在此概要介绍金属电子发射的 T-F 理论。

金属中的电子是以自由电子的形态存在着,各个电子自身具有各种各样的能量,其能量分布遵从费米分布。温度 0K 时的最大运动能量被称作费米能量 E_F,而电子密度分布因金属的温度而改变,提高温度后,运动能量超过费米能量的电子数增加。

金属内的电子与周围自由空间相比,在能量上处于更稳定状态,同时在阴极金属表面存在图 1.3 所示的电势壁垒,阻碍电子进入自由空间。要想把金属内部的电子吸引到自由空间需要较大的功(能量)。把这个能量称为功函数 $\Phi(eV)$,换算成电压表示称为逸出电压 $U_W(V)$。当金属达到 $3 \times 10^3 K$ 高温时,金属内运动能量大于 $e(E_F + U_W)$ 数值的电子数目也更多,就可以离开金属表面渗透到自由空间,把这称作热电子发射。

如果对阴极表面施加电场,封闭自由电子的电势壁垒就会变薄(就如同即使是金属,如果把其制成薄膜的话,光也能透射一样),一部分自由电子穿过电势壁垒渗透出来(隧道现象),把这称作电场发射。

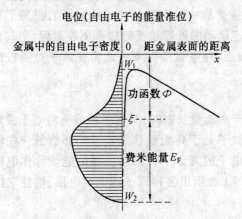

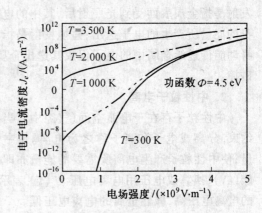

图 1.3 金属内部自由电子的电位分布　　图 1.4 电场强度与电子电流密度

金属中的电子具有各种各样的速度并且在运动着,当其碰撞到表面的电势壁垒时,有的被弹了回去,有的侵入到壁垒内部。侵入到壁垒内部、所具有的能量(W)处于能量范围 dW 中的电子个数按单位时间、单位面积衡量可以表示为下式:

$$N(T, E_F, W)dW = \frac{4\pi mkT}{h^3}\ln\left\{1 + \exp\left(-\frac{W - E_F}{kT}\right)\right\}dW \tag{1.1}$$

把侵入到电势壁垒中的电子从金属表面逸出的概率设定为 $D(E, W)$。当金属内电子的运动能量大于表面电势壁垒时$(W > W_1)$, $D(E, W) = 1$。对(1.1)式乘以电势壁垒的透过概率,即为逸出到自由空间的电子个数。在电子全部能量范围内对逸出电子个数进行积分,再乘以电荷 e,就是从阴极表面单位面积上发射出的全电子电流密度,如下式表示:

$$J(E, T, E_F) = e\int_{-W_2}^{\infty} D(E, W)N(T, E_F, W)dW \tag{1.2}$$

式中,k 为玻尔兹曼常数(J/K);h 为普朗克常数$(J \cdot s)$;E_F 为费米能量(J);M 为电子质量(kg);T 为绝对温度(K)。

图 1.4 是对功函数为 4.5eV(相当于钨电极)的阴极材料计算得到的电场强度与发射电流密度的关系。把阴极温度作为参数,在 $T = 300K$、$1 \times 10^3 K$、$2 \times 10^3 K$、$3 \times 10^3 K$ 下算得数据如图中曲线所示。各个温度下,当提高电场强度时,电子电流密度都会增大。当电场强度达到$(1 \sim 2) \times 10^9 V/m$ 时,电子电流密度增加的倾向性有所改变。就是说,在电场强度低

于$(1 \sim 2) \times 10^9 \text{V/m}$时,电子电流密度对温度的依赖性较为明显,可以理解为电极达到高温时,热电子发射变得活跃起来。另一方面,当电场处于高强度领域时,电场发射居于主导地位,与温度无关,即使在室温下,仍然能够得到高电流密度。在温度及电场强度完全一致时,阴极材料的功函数越小,所得到的电流密度越大。

以上讲述了金属表面热电子发射和电场发射。对于热电子发射,其从阴极发射出的电子电流密度是阴极材料温度的函数;对于电场发射,其从阴极发射出的电子电流密度是阴极前部电场强度的函数。电弧放电的阴极,因条件的改变,当温度及电场强度任何一方发生变化时,必须同时考虑两方面效应所构造的电子发射机构。

金属电子发射除上述热电子发射和电场发射两种机制外,还有光发射和碰撞发射。光发射是指金属表面受到光照射后,其中的电子接受某一特定波长光子的能量后提高了自身的能量所产生的电子逸出;碰撞发射是指高速运动的外部粒子碰撞金属表面后,把其自身动能传递给金属中的电子促成其逸出金属表面,在电弧条件下表现为正离子对阴极的碰撞。

2. 中性粒子电离

中性粒子存在于电弧空间(气隙中),当处于高能量状态时,其电子轨道上的电子脱离约束,分离成电子和离子称之为电离。使中性粒子处于高能量状态需要外部给予一些能量,使中性粒子产生电离所需的能量亦即使电子脱离原子核束缚所需的能量称作电离能(eV),换算成电压用电离电压 $U_i(\text{V})$ 表示。图 1.5 示出各种原子的电离电压。惰性气体的电离电压高,碱性金属的电离电压低。

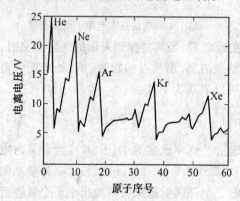

图 1.5　原子的电离电压

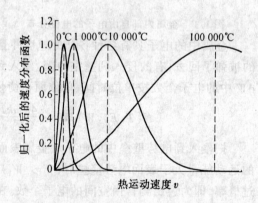

图 1.6　气体粒子的麦克斯韦－玻尔兹曼速度
分布

从气体分子运动学角度分析,气体粒子处于一种随机性热运动之中,相互之间反复进行碰撞,达到本身能量所对应温度下的热平衡状态,这时,气体粒子的热运动速度分布遵循麦克斯韦－玻尔兹曼分布规律,如图 1.6 所示。

粒子的平均热运动速度 v_{th} 由下式给出:

$$v_{\text{th}} = \sqrt{\frac{8kT}{\pi m}} \tag{1.3}$$

在图 1.6 所示的速度分布中,有些粒子已具有能够产生电离的充分的热运动能量,虽然该部分粒子的数目很少。高能量的粒子或者自身直接电离,或者与其它粒子碰撞,相互传递(接受)能量而产生碰撞电离。碰撞电离对于低温领域的等离子体形成是极为重要的。如果再从外界提供能量,比如通过电场施加能量,粒子场中的带电粒子从电场中获得能量,气体粒子场的温度进一步增加,具有充分的运动能量,能够促进电离的粒子数也会进一步增加(图1.6中,温度从$0℃ \to 10^3℃ \to 10^4℃ \to 10^5℃$),最后,当粒子场的平均能量等于电离能时,气体几乎全部电离。

因电离而产生的等离子体,根据电离度大小,一般可以分类为弱电离等离子体、强电离等离子体。弱电离等离子体的电离度低,主要是电子和中性粒子支配着等离子体现象(碰撞现象)。强电离等离子体是由带电粒子(电子和离子)支配等离子体现象(碰撞现象)。强弱等离子体电离度的界限值难以确切给出,因对象不同,等离子体现象也会有差异。一般而言,电离度1% ~ 3%是衡量标准值,电弧等离子体正是处于这个界限值前后领域的等离子体。

焊接电弧是具有较高粒子密度的等离子体。对于高密度等离子体,粒子间的碰撞很激烈,因碰撞产生的粒子间能量交换也很充分。因此,高密度等离子体处于一种近于热平衡的状态。此外,电弧等离子体的温度在10^4K程度,气体粒子处于高温下,相互碰撞而产生电离(热电离)。热平衡状态下的气体电离状态可以通过热统计力学计算得到,在此予以概要介绍。

热平衡状态下,对于一价的电离反应:

$$A \Longleftrightarrow A^+ + e^- \qquad (A:任意原子;A^+:离子;e^-:电子)$$

其电离度 α 由下式定义:

$$\alpha = n_i/(n_i + n_0) \tag{1.4}$$

式中,n_i 为离子(数)密度;n_0 为原子(数)密度。

Saha(1920年)导出下面的平衡式:

$$\frac{\alpha^2}{1 - \alpha^2} = \frac{2z_+}{z}\left[\frac{2\pi m_e}{h^2}\right]^{3/2}\frac{(kT)^{5/2}}{p}\exp\left[-\frac{eU_i}{kT}\right] \tag{1.5}$$

式中,p 为压力(大气压);T 为温度(K);U_i 为电离电压(V);z_+ 为离子的内部分配函数;z 为原子的内部分配函数;h 为普朗克常数 $= 6.626 \times 10^{-34}$(J·s);k 为玻尔兹曼常数 $= 1.380 \times 10^{-23}$(J/K);m_e 为电子质量 $= 9.109 \times 10^{-31}$(kg);e 为电子电荷 $= 1.602 \times 10^{-19}$(C)。

所谓内部分配函数是从统计力学上表示作为对象的粒子所可能具有的能量状态的总和,用下式定义:

$$z = \sum_i g_i\exp\left[-\frac{eU_i}{kT}\right] \tag{1.6}$$

式中,g_i 为对第 i 能级的统计权重;eU_i 为第 i 能级的能量。

当给出具体的原子后,内部分配函数是温度的函数。把物理常数代入(1.5)式中,对一价电离得到下式:

$$\frac{\alpha^2}{1 - \alpha^2} = 6.5 \times 10^{-7}[T]^{5/2}\left[\frac{z_+}{z}\right]\exp\left[\frac{-11600U_i}{T}\right] \tag{1.7}$$

当对等离子体的电离状态进行简单推定时采用(1.7)式。图1.7示出大气压条件下利用(1.7)式对等离子体电离度的计算结果(计算中设$z_+/z=1$)。从该图看到,10^4K温度及大气压条件下,氩气等离子体的电离度是1%,处于很低的数值。表1.1示出,铁及铝等金属的电离电压较低,因此,金属蒸气在电弧空间更容易被电离,这对焊接电弧的电特性有着显著影响。

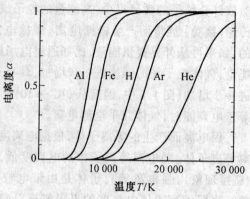

图1.7　等离子体的电离度(大气压下)

氦气的电离电压较高,可称作难于等离子体化的气体。此外,如果温度一定,(1.7)式的右边为一常数,因此在电离度较低的条件下:

$$\alpha \propto \frac{1}{p^{1/2}}$$

即压力越低,气体越容易被电离。

表1.1　原子电离电压

原子	电离电压 U_i/V	原子	电离电压 U_i/V	原子	电离电压 U_i/V
H	13.60	Al	5.99	Cr	6.77
He	24.59	Si	8.15	Mn	7.44
Li	5.39	P	10.49	Fe	7.87
C	11.26	S	10.36	Co	7.86
N	14.53	Cl	12.97	Ni	7.64
O	13.62	Ar	15.76	Cu	7.73
F	17.42	K	4.34	Zn	9.39
Ne	21.56	Ca	6.11	Ge	7.90
Na	5.14	Ti	6.82	Se	9.75
Mg	7.65	V	6.74	Kr	14.00

　　上面对一价电离平衡作了叙述。对更为一般性的电离反应,也有着与上式同样的表现,因此可以计算各种气体的平衡组成。

　　对大气压下各种等离子体平衡组成的计算如图1.8所示。

　　从图1.8看到,对于铁等离子体,在温度尚未达到10^4K时,其电子密度已经达到了$10^{23}(m^{-3})$,与此相比,氦气等离子体当温度达到2×10^4K时,其电子密度尚未达到$10^{23}(m^{-3})$。此外,对于各种等离子体,其电子密度随温度的上升而呈现趋于饱和的倾向,大气压下的等离子体,其饱和值约为$10^{23}(m^{-3})$。

3. 带电粒子的扩散与复合

　　电弧空间的带电粒子在电场作用下总体进行着定向运动,同时由于密度分布的差异也在进行着扩散运动,其方向是从密度高的区域向密度低的区域运动。电弧中以轴线上的带电粒子分布密度最高,周边区域的带电粒子分布密度最低。因此,带电粒子在定向运动

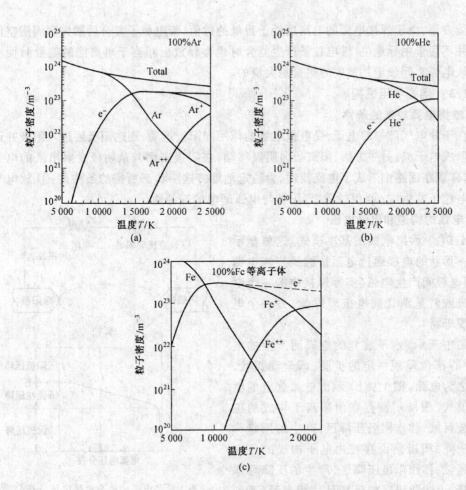

图 1.8　单一气体的电离平衡组成

过程中出现从电弧内部向外部周边区域的移动,称作带电粒子的扩散,在电弧形态上表现出扩展形态。电弧中带电粒子的扩散是在带电粒子的不断产生与运动中进行着的,由于电弧内部中心区域的温度很高,该区域将不断产生大量的带电粒子,因此,带电粒子的扩散并不会造成电弧整体电荷密度的均一分布,在电弧环境条件与自身条件不变的情况下,扩散使得电弧中带电粒子的分布处于相对稳定的动平衡状态。

电弧空间带电粒子既有产生的过程也有消失的过程,比如电弧中的正离子只能来自于中性粒子的电离,并且电离是在不间断进行着的,但其整体数量却是处于相对稳定状态,带电粒子的复合即是指电子与正离子相遇后重新结合成中性粒子。带电粒子的复合主要出现在电弧温度较低的区域,以电弧外围区域表现更为频繁,由于该区域温度低,粒子运动速度低,产生非弹性碰撞的几率大,更多的是正负粒子的相互吸引而结合成中性粒子。在电弧的阴极区,由于电子密度集中,也会与弧柱区过来的正离子产生复合。

带电粒子的复合是一项重要的电弧行为,复合后的粒子或是在电弧空间重新被电离,参与导电过程,或是随气体介质的运动而散失到电弧以外的空间,对电弧热量平衡和导电性构成影响。实际上,电弧从其自身机制上具备自身维护热量平衡和导电性的能力,带电粒子的复合只在小电流电弧或者交流电弧的稳定性方面会产生一定程度的不利影响。在热量平衡方面,由于焊接电弧的电离度处于很低的数值,带电粒子复合后散失到周围空间的热量并不居于主导地位(带电粒子产生复合时也会释放出相当于电离能的能量),而中性粒子从电弧空间带走并散失的热量是大量的。

1.1.3　电弧导电机构

1. 维持电弧放电的条件

存在于放电气隙中的电子,受电极电场的作用向阳极运动,到达阳极后进入阳极并通过导线形成电子流。另一方面,阳离子向阴极移动,在阴极表面与从阴极发射出来的电子复合,这样就在回路中形成了电流流动。为稳定地维持这一状态所需的条件是:① 放电气隙内带电粒子的生成;② 保持阴极、阳极与电弧间电的连续性。

2. 电弧的构造和电弧电压

图 1.9(a) 示出电弧的基本模式。这里显示的是同一形状的电极通过电阻接续到直流电源上,在两电极间产生电弧(实际焊接中的一个电极是钨极或者是消耗式电极即焊丝,另一个电极是被焊母材)。

如图中所示,水平放置的电极间产生的电弧,其中心部位呈现一定的扩展,即呈现弧状,所以称之为电弧。图 1.9(b) 示出电弧放电的电压分布模式,阴极前面存在由阳离子构成的正空间电荷区域,称作阴极压降区,产生的压降称作阴极压降;阳极前面存在由电子构成的负空间电荷区域,称作阳极压降区,产生的压降称作阳极压降。上述两极区的区域尺寸相当薄(不到

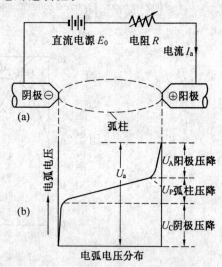

图 1.9　电弧构造与电弧电压分布

0.5mm),在电弧长度变化时几乎不产生变化,但压降值很高,在电弧总体电压降中占有相当比例。两极区以外的部分称作弧柱区,以很平缓的形式呈现线性电压降,称作弧柱区压降。电弧弧柱电压产生维持高温等离子体状态所需的加热能量,粗略考虑,此电压由弧柱区产热与向周围气氛的热传导及辐射损失三者之间达到能量平衡而确定,随电弧长度、电流的变化而变化。电弧电压 U_a 是上述各电压降之和,由下式表示:

$$U_a = U_A + U_P + U_C \tag{1.8}$$

式中,U_C 为阴极区电压降;U_P 为弧柱电压降;U_A 为阳极区电压降。

3. 电弧各区域导电特点

存在于电极间的电子及离子,受到上述电压或电场的加速并获得能量,在各自的区域内起到维持放电的作用。沿电场方向移动的带电粒子的流动就是电弧电流,流经电弧的全电流 I 是电子电流 I_e 与离子电流 I_i 之和,如下式表示:

$$I = I_e + I_i \tag{1.9}$$

式(1.9)表达的电流成分对电弧各区是不相同的,如图 1.10 所示。在电弧的弧柱区,从宏观上看,是电流焦耳热在发挥作用,质量小、容易运动的电子流占全部电流的99% 以上。在阴极与弧柱的临界区之间形成的阴极压降区,因电极材料的不同,电子发射能力存

在差异,比如以 Fe、Al 材料作为阴极时,离子电流可能占有一定比例,离子通过碰撞阴极使阴极加热,并使之从阴极发射出热电子。此外,弧柱区过来的正离子,提高了阴极前面的空间电场,受到此高电场的作用,亦能使电极发射出电子。在阳极压降区,受电弧电流数值的影响,电流成分会有些变化,但几乎 100% 是电子流。

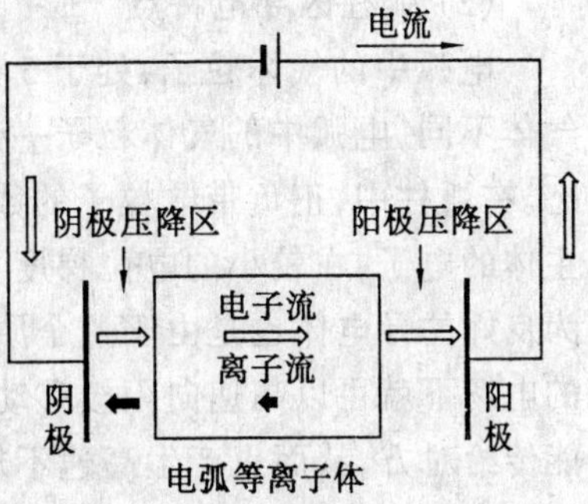

图1.10 电弧各区域中的带电粒子构成

(1) 阴极区导电特点

阴极压降区的内部现象比较复杂,还有一些不清楚的方面。表现出的现象是在阴极区形成正的空间电荷,同时起到向弧柱区提供电子的作用。

阴极区电子的产生机构有如下两种情况,一是阴极表面的热电子发射、电场发射或碰撞发射等,二是在压降区中形成局部等离子体阴极,并产生热电离。

以钨和碳等高熔点材料(称作热阴极材料)作为阴极的情况下,由于材料熔点很高,能够承受很高的被加热温度而不熔化,在电弧电流较大时,阴极表面处于高温,电极中的自由电子得到高于其材料固有功函数等效电压(U_W)以上的热能,从而有许多电子逸出到电荷空间,即实现热电子发射。

在铁、铜、铝等低熔点材料(称作冷阴极材料)作为阴极时,由于材料不能承受很高的温度,通过热电子发射逸出的电子较少,这时从弧柱区过来的阳离子数量超过电子数,并在阴极前面产生正的空间电荷堆积。当空间电荷产生的阴极区压降 U_C 较大时,在阴极前面形成一个较大的电场,有助于电子从阴极中逸出,也就是形成电场发射。电场发射很剧烈时,在阴极前面形成称作阴极斑点的光亮点,该部分的电流密度极大。

当阴极表面的热电子发射量继续减少时,比如在阴极表面几乎没有熔化的情况下,U_C 进一步增大,处于阴极压降区中的阳离子受其加速而飞向阴极,碰撞阴极表面后产生能量转移,使阴极产生电子发射,称作碰撞发射。在阳离子加速飞向阴极的途中,亦可能与所遇到的中性粒子产生反复碰撞使热电离加剧,产生电子的同时亦产生大量的正离子,形成更大范围的正离子堆积区,将促进电场发射和碰撞发射的进行,起到向弧柱区提供电子的作用,被称作等离子体阴极。等离子体阴极形成后,可以看到在阴极附近有球形的高亮度区。

在实际的焊接电弧中,因电极材料、电弧气氛、电流值的不同,上述 3 种电子产生形式中以某一种起着主要作用,对应于该种电子产生形式,阴极区压降亦有很大的差别,同时对焊接现象亦有较大的影响。比如,电极焊丝的熔滴过渡形态、熔化特性的极性效果、阴极材料表面的清理作用等都与阴极区压降 U_C 的差别、阴极斑点行为有关联。

需要指出的是,在小电流电弧中,即使使用钨、碳等高熔点材料作为阴极,由于电弧温度低,带电粒子数量少,阴极不能达到很高的温度值,热电子发射不能向电弧提供足够的电子,也将通过其它发射形式予以辅助提供电子,比如电场发射可能居于主导地位。热阴极材料只有在温度条件满足时才能够表现出热阴极电子发射能力,温度条件不满足时,仍然表现为冷阴极电子发射机制。

（2）弧柱区导电特点

电弧中的气体粒子,处于 $5 \times 10^3 \sim 3 \times 10^4 K$ 的高温下,产生强烈的弧光,与常温下的气体不同,电弧中的气体粒子一部分被电离成阳离子和电子,即是处于所谓的等离子体状态。在弧柱中,正负带电粒子的数量几乎相同,使得电弧整体上呈现电中性状态。作为电流主体的电子,在较小的电位梯度下亦可以产生移动,从而能够产生大电流流动。弧柱是极为良好的导电体也是由于这个原因。此外,由于电子与阳离子相比重量极轻,即使在很小的电场下就可以高速向阳极移动,移动途中与阳离子、中性分子及原子产生碰撞,把其动能传给对方,从而也产生高速不规则运动。由此原因,使得电弧等离子体中的粒子动能整体增大,处于高温状态。而高温粒子又会相互碰撞,引发热电离,连续产生新的电子。另一方面,高温粒子也向弧柱周边区域扩散造成热量损失,该部分热量损失由外部电源向弧柱提供能量(弧柱电压降 U_p 和电流的乘积)予以补充,从而达到一种热量平衡。换言之,弧柱既是维持电弧持续放电所必须的电子和阳离子的产生源,同时也是把电能有效转变为热能的发热体。

（3）阳极区导电特点

阳极区和阴极区的长度是电子自由行程的数倍程度,是极短的区域,但与弧柱区不同,不是电中性状态,其内部现象很复杂。

在阳极压降区,从弧柱过来许多的电子,由于阳离子不能从阳极材料表面产生,使得阳极表面具有的电子数目超过阳离子数,就产生了负的空间电荷。通过这个负的空间电荷形成阳极压降 U_A,电子受其加速,与阳极区中的中性粒子碰撞并使其电离,由此产生面向弧柱区运动的阳离子,即是阳极压降区起到向弧柱区提供部分阳离子的作用。当电流增大以后,阳极压降区也处于高温下,这时即使不通过电子碰撞,而通过中性粒子自身的相互碰撞也会产生充分的热电离,其结果是 U_A 近于 0 值。在被焊件母材作为阳极时,特别是在较大电弧电流下,电弧高温使母材产生强烈的蒸发,蒸发出的金属原子比之保护气成分具有更低的电离电压,将先于保护气粒子而被电离,是向电弧弧柱区提供正离子的主要途径。

1.1.4 电弧产热及温度分布

1. 焊接电弧的产热

焊接电弧的热量来自电源提供的电能,电源向电弧的弧柱区、阳极区和阴极区即电弧整体提供的电能用下式表示:

$$P_a = IU_a = I(U_A + U_C + U_P) \tag{1.10}$$

该能量在电弧中转变为热能、光能、磁能、机械能。占总能量绝大部分的热能,以传导、对流、辐射等形式给予了周围的气体、阳极和阴极材料。光能亦以辐射的形式给予了周围的气体、阳极和阴极材料,但在电弧条件下所占比例较小。磁能对周围环境状态的作用很小。机械能主要指粒子的运动及等离子气流的表现,对阴极和阳极的作用较大,也可以看作是热能的一种表现。如果以热能作为电弧能量的主要转换形式,则电弧产热与散热、热传导在总体上处于平衡状态。

其中,弧柱区的产热量由弧柱压降 U_P 决定,其等效电能 P_p 为:

$$P_p = I \cdot U_p \tag{1.11}$$

弧柱区产生的热量,一部分通过粒子的运动传递到阳极区和阴极区,一部分以对流、辐射的形式传递给周围空间(包括光能量的传递),一部分通过辐射传递给阳极和阴极,以及等离子气流对热量的传递等,对电极(焊丝)和母材的加热及熔化起到重要作用。

2. 电弧对阳极和阴极的热输入

电弧焊接,电极区的能量传送对母材及电极(焊丝)的加热、熔化起着决定性作用。母材及电极(焊丝)是电弧放电的阴极和阳极,对各自电极的热输入主要是通过传导电弧的电子以及离子实现的,再加上从高温等离子体产生的放射及热传导。电极区的现象是很复杂的,目前尚存在许多不明之处,在此只叙述基本思考方法。

(1)电弧对阳极的热输入

电弧向阳极提供的能量主要有如下几方面:

① 流入阳极的电子所携带的能量 P_e;

② 来自电弧等离子体的放射能 P_{rA};

③ 电弧等离子体以传导和对流形式提供的能量 P_{cA}。

其中以电子携带的能量最为重要。

对阳极的热输入可以近似用下式表示:

$$P_A = P_e + P_{rA} + P_{cA} \approx P_e \tag{1.12}$$

$$P_e = I(U_A + U_{WA} + U_T)$$

以热输入密度 $q_A(\text{W/m}^2)$ 的形式表示如下式:

$$q_A = J(U_A + U_{WA} + U_T) + q_{con} + q_{rad} \tag{1.13}$$

$$U_T = (5/2)k_B T_E/e \tag{1.14}$$

式中,P_A 为阳极热输入;I 为电弧电流;J 为电流密度(A/m^2);U_A 为阳极区压降(V);U_{WA} 为阳极物质的功函数(V);U_T 为电弧等离子体中的电子所保有的能量,即等价电压(V);T_e 为电子温度(K);k_B 为玻尔兹曼常数$(1.38 \times 10^{-23} \text{ J/K})$;$e$ 为电子电荷$(1.6 \times 10^{-19} \text{ C})$;$q_{con}$ 为从电弧等离子体弧柱热传导来的热流束(W/m^2);q_{rad} 为放射热流束(W/m^2)。

关于 P_e 的公式,其右边第1项表示电子在阳极区被加速所获得的能量;第2项是气体中的自由电子被拉进阳极材料(金属)时释放出的能量;第3项是电子气团在等离子体中保有的能量。

阳极区的厚度在 0.5mm 以下,在此之间存在着数千度的温度差。在弧柱中,流动着占全部电流约 1% 的离子流。然而一般认为从阳极表面并不能发射出离子,这样在阳极区电极附近就会缺少离子,随之因电子而产生负的空间电荷,于是就形成了阳极压降区。这个阳极压降区的电压 U_A 从 0 伏到几伏数值。从弧柱区来的电子受到这个电压的加速,飞向阳极,实际上就是从阳极区获得了能量。对电子而言,其进入阳极后所具有的电势比在电弧空间时为低,因此当电子进入阳极后,要把相当于阳极物质的功函数 U_{WA}(V)的能量释放给阳极。

此外,根据气体的种类的不同,阳极区的产热及对阳极的热输入量,还应包括粒子碰撞阳极时原子受到激励所释放的能量,以及离子与电子再结合(复合)所释放的能量。

(2)电弧对阴极的热输入

在阴极区,从电弧等离子体来的离子受到阴极压降区电压的加速获得能量,碰撞阴极表面后把这部分能量传递给阴极,同时与阴极发射出的电子结合释放出电离能 U_i(V) 给阴极区。另一方面,从阴极放射出的电子具有相当于阴极物质功函数 U_{WC}(V) 的能量,当离开阴极区进入电弧空间时,要带走这部分能量,相当于对阴极区冷却。

设阴极表面电子电流占全部电流(电弧电流)的比例为 f,流入阴极的能量用下式表示:

$$P_C = I[(1-f)(U_C + U_i - U_{WC}) - fU_{WC} + U_T] + P_{rC} + P_{cC} \qquad (1.15)$$

上式括号中第 1 项是离子的影响;第 2 项是从阴极发射出的电子所带出的能量;第 3 项是电弧等离子体中离子的运动能量。

以热输入密度 q_C(W/m²) 的形式表示:

$$q_C = J[(1-f)(U_C + U_i - U_{WC}) - fU_{WC} + U_T] + q_{con} + q_{rad} \qquad (1.16)$$

$$U_T = (3/2)k_B T_i / e \qquad (1.17)$$

式中,P_C 为阴极热输入;I 为电弧电流;J 为电流密度(A/m²);U_C 为阴极区压降(V);U_i 为离子的电离电压;f 为电子电流的比率;U_{WC} 为阴极物质的功函数(V);U_T 为电弧等离子体中离子运动能量的等价电压(V);T_i 为离子温度(K);k_B 为玻尔兹曼常数(1.38 × 10^{-23}J/K);e 为电子电荷(1.6 × 10^{-19}C);q_{con} 为从电弧等离子体弧柱热传导来的热流束(W/m²);q_{rad} 为放射热流束(W/m²)。

目前要想从理论上确定上式中的 f 值还是很困难的,f 依赖于阴极的电子发射机构。

U_{WA} 和 U_{WC} 因电极材料而异,一般取 3 ~ 4.5V 的数值。U_i 因等离子体气体的不同而不同,比如氩气时在 15V 左右。U_C 与电极材料、保护气、电弧电流有关,一般在 10V 左右。U_A 亦因条件不同而不同,在数十 A 的小电流时至多也只有 4V 左右,当电流增加时可以形成从 0V 到负值的阳极压降,通常情况下在 1V 左右。U_T 在等离子体温度为 10^4K 程度时有 1V 左右。

TIG(GTA) 焊接通常以母材作为阳极,MIG/MAG(GMA) 焊接大多把电极焊丝接为阳极(DCEP)。熔化极焊接根据用途的不同,有时也采用焊丝负(DCEN)的接法或使用交流。来自电弧等离子体的放射或传热的程度依赖于电极形状及温度、熔化状态等,通常放射能在热输入能量中占有较大的比重,对于 TIG 电弧,母材作为阳极时,可达到热输入总量的 30% ~ 40% 程度。然而,这种情况下发挥作用的放射能能量,不是来自电极正下方电流集中区域,而是来自电弧周围边界区。

此外,熔化极焊接中,熔滴在电弧空间处于过热状态,过渡到熔池后(阳极或阴极),也会传递部分能量给予熔池。

3. 焊接电弧的热效率

相对于电弧功率(电弧电压 × 电弧电流),向母材(比如 GTA 焊接时,母材作为阳极)传送的热量(热输入量)所占的比例称作焊接电弧热效率 η。在熔化极焊接中,有效功率亦包含加热、熔化焊丝的能量,这部分能量最终也被带入母材。

常用电弧焊方法的热效率目前已有实测数据,但因测量方法的不同,所得结果有很大差异。比较有代表性的方法是:1)TIG 电弧焊用水冷铜板做阳极,根据冷却水的温度上升及冷却水流量测定热量,这时测得的热效率高达 85% ~ 90%。2)把实际焊得的母材试验片投入到水热计中求得热量,这时所测得的热效率一般有较低的数值。所测得的数值显示,即使焊接电流相同,当母材厚度减薄以及焊接时间延长后,所测得的热效率数值都有较大幅度的降低,即是说,焊接过程中,当材料表面的散热量增加时,所测得的焊接热效率数值降低。把实验数据按其变化趋势外延到焊接时间为 0 时的数值可认为是接近真实数值。采用这种方法推断的氩气电弧热效率为 80% ~ 85%,接近水冷铜板作为阳极时所测得的结果。

电弧焊热效率数值与焊接方法、弧长因素、母材情况等有关。纯氩气保护情况下,随着弧长的增加,电弧热效率降低;在氩气中混入氦气时,随着混入比例的增加,电弧热效率几乎不发生变化。这意味着即使弧长增加,弧柱区的热损失并不增加很多。在用铁板作为阳极(有熔池存在)时,当在氩气中混入氢气或者在纯氦气电弧下,电弧热效率急剧降低,这是由于铁蒸发量急剧增加促使热损失增加,对热效率产生很大的影响,而在氩 – 氦混合时尚没有如此显著的表现。此外,热效率降低的另一原因可以认为是伴随金属粒子的电离,从等离子体产生的放射损失也相应增加。

由于焊接热效率的测量尚没有十分准确的方法和统一的标准,并且母材热辐射、热传导损失无法统一定性,因此对该问题也只有一个粗略的数值,目前人们基本认同的各种电弧焊方法的电弧热效率如表 1.2 所示。

表 1.2　电弧焊热效率对比

焊接方法	热效率 /%
埋弧焊	90 ~ 99
MIG/MAG/ 焊条电弧焊	66 ~ 85
TIG 焊	60 ~ 70
等离子弧焊(熔入型)	60 ~ 75
等离子弧焊(小孔型)	45 ~ 65

4. 焊接电弧的温度分布

(1) 等离子体的热电离平衡粒子组成

为了定量研究等离子体及电弧温度分布,必须了解温度与粒子密度的关系,以及电弧温度的测定方法。在此阐述处于热平衡状态下的粒子密度和温度的关系。

等离子体的构成粒子组成图相当于金属学的平衡状态图。要研究焊接电弧,需要对处于 Ar、He、Ar – O_2、Ar – H_2、Ar – CO_2 等气氛下的构成粒子组成图进行研究,并且要考虑金属粒子混杂在其中时出现的情况。要实际求得处于解离(复合)、电离过程中的等离子体热平衡粒子组成,一般要应用 Saha-Eggert 方程,或者是采用该体系构成粒子的 Gibbs 自由能最小方法。在此,采用 Saha-Eggert 联立方程计算方法。

解离、电离都可以用相同的方法求解。作为一个示例,在此针对最为单纯的一个体系——氦气氛围下的热平衡组成进行求解。所考察的构成粒子有 He、He^+、e^- 几项,所对应的体积分数分别为 C_1、C_2、C_3。氦的电离平衡如下式表示:

$$He \leftrightarrow He^+ + e^- \tag{1.18}$$

这时的电离平衡式可以与统计热力学的 Gibbs 自由能公式相结合进行计算,则式(1.18)可以用式(1.19)表示:

$$\frac{C_2 C_3}{C_1} = K \tag{1.19}$$

$$K = \frac{(2\pi m_e)^{3/2} k^{5/2}}{h^3} \cdot \frac{T^{5/2}}{p} \cdot \frac{z_{He^+} \cdot z_e}{z_{He}} \cdot \exp\left\{-\frac{\varepsilon_{He}}{kT}\right\} \tag{1.20}$$

式中,K 为氦原子电离平衡常数;h 为普朗克常数;ε 为电离电压;p 为压力;T 为绝对温度;k 为波尔兹曼常数;m_e 为电子质量。

式(1.20)中,z 是内部分配函数。对应于各种分子、原子、离子的内部分配函数是各粒子核外电子处于轨道运动状态的总和,用下式表示:

$$z(T) = \sum g_i \exp\left\{-\frac{\varepsilon_i}{kT}\right\} = g_0 + g_1 \exp\left\{-\frac{\varepsilon_1}{kT}\right\} + \cdots \tag{1.21}$$

g_i 是各核外电子的轨道能量等级 ε_i 的统计重价,原子情况下由内部量子数 J 给出:

$$g = 2 \times J + 1(单原子情况) \tag{1.22}$$

目前已经有了这些量子数及能量等级的全部数据。当电子处于基准状态时,$z_e = 2$。氦的内部分配函数由于其能量等级高,式(1.21)右边可以只取第一项,因此可以设定 $z_{He}(T) = 1$、$z_{He^+}(T) = 2$。

与式(1.19)联立求解所需要的另两个方程式如下面给出:

由于粒子的体积分数之和是 1,所以有

$$C_1 + C_2 + C_3 = 1 \tag{1.23}$$

电子的体积分数与离子的体积分数的关系,就本例来讲,因是一价离子,所以有

$$C_2 = C_3 \tag{1.24}$$

对于各种温度,从式(1.19)、式(1.23)、式(1.24)的联立方程式,求取粒子组成。把计算结果换算成各粒子密度,如图 1.8(b) 所示。把焊接电弧中经常使用气氛下的平衡状态图的计算结果示于图 1.11。

(2) 等离子体的电磁现象

等离子体中发生的现象能够捕捉到的是电磁波放射现象,作为反映中性粒子、电离粒子及电子的信息,用于对等离子体进行探测。

等离子体产生的放射涉及各种形式的电磁波发生过程,其中之一称作激励辐射。由于碰撞,核外电子在进行能量准位间迁移时,放射出该原子及离子所固有的电子能量水平所对应的辉光光谱。这种电磁波现象常被用于进行发光分光分析。

现在,被激励的 x 价离子粒子(原子粒子可看作是 0 价离子)的核外电子,从第 n 能量准位向第 m 能量准位迁移,如果原子或离子处于某一量子状态(激励能量准位)的密度分布遵从玻尔兹曼分布准则,这时放射出的辉光光谱的绝对强度用下式定义:

$$\varepsilon_{nm} = \frac{hc A_{nm}}{4\pi \lambda_{nm}} \cdot \frac{N_0 g_n e^{(-E_n/kT)}}{z(T)} \tag{1.25}$$

式中,A_{nm} 为 x 价离子从第 n 能量准位迁移到第 m 准位的几率;λ_{nm} 为从第 n 能量准位迁移

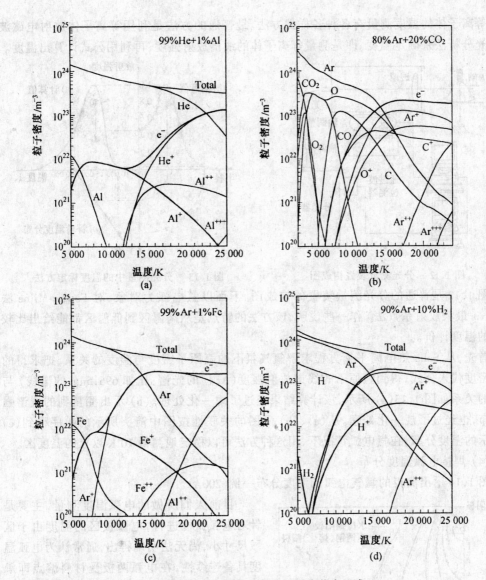

图 1.11 电弧常用气氛的平衡状态组成

到第 m 准位时的光谱波长;h 为普朗克常数;c 为光速;N_0 为 x 价离子的粒子密度;g_n 为统计学重价;$z(T)$ 为作为对象的状态粒子的内部分配函数;E_n 为第 n 准位能量;T 为温度;k 为玻尔兹曼常数。

在等离子体达到局部热平衡时,从"等离子体的热电离平衡粒子组成"项算出 N_0 并代入各式中,再测得绝对强度,即可推算出温度。

(3) GTA 等离子体的温度测量

高速等离子气流产生过程中,当电弧等离子体的产热与向周围的能量损失达到平衡时就形成了稳定的温度场,这一平衡是由等离子体各种物理性能(传导系数)决定的。

焊接电弧被认为处于一种局部热平衡状态,等离子体的局部构成粒子被认为具有相同的温度。

等离子体的温度测量有各种各样的方法。最普通的方法是利用等离子体放射电磁波的分光分析法来确定温度。即是测量等离子体的线谱放射强度,再利用公式计算出温度。

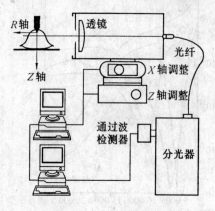

图 1.12　分光测量装置构成图

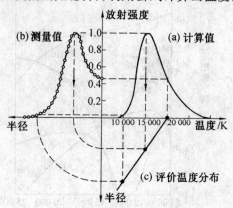

图 1.13　分光测量中的温度标定方法

图 1.12 是普通的分光测量装置的构成图。下面以氩电弧为对象,对 Fowler-Milne 法(off-axis 最大放射系数法)作一些说明,该方法的特点是从高温区到低温区都能给出比较稳定的温度评价。

首先,从 Saha 热电离平衡方程求解氩气氛下的氩原子密度与温度的关系,把求得的原子密度代入公式,得到氩原子的线谱放射强度(Ar I 的光谱:比如 696.5nm 的谱线)与温度的关系如图 1.13(a) 所示,该计算结果经过了规一化处理。(b) 示出测量到的线谱强度分布,也经过了规一化处理。从(a)、(b) 两图的关联性按图中箭头所示的顺序得到(c)图所示的温度分布。在氩电弧情况下,用这种方法可以稳定地测得 10^4 K 以上的温度区。

(4) 焊接电弧温度分布

图 1.14 示出测得的氩气电弧的温度分布一例(200A)。

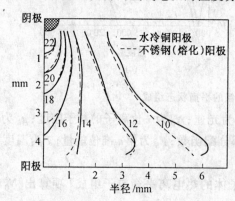

图 1.14　氩气保护电弧温度分布测量结果

目前人们所做的电弧温度测量,主要是针对电弧弧柱进行,电弧极区的温度由于区域尺寸小,尚无法明确得出,通常认为电弧温度具备连续性,在电弧两极受材料熔点即承受温度能力的影响,电弧温度呈现下降特点,对于钨电极、碳电极这样的高熔点电极,电极表面可以达到略低于材料熔点的温度,对于铁(钢)、铝(铝合金)、铜这样的低熔点材料,无论是作为电极焊丝还是作为母材,其表面可以达到略高于材料熔点的温度(水冷铜板的情况除外)。

受温度测量方法(分光测量法)所要求的局部热平衡条件的制约,目前所进行的电弧温度测量以惰性气体保护(氩气,可以混入部分氮气、氢气等)钨电极(阴极)/铜阳极(水冷)为主,其等温线分布按照图 1.14 中所示,在钨极正下方电极轴线上具有最高的温度值,在电弧轴向上随电弧断面形态的扩展,等温线逐步分散,在接近阳极表面时又产生较小收缩,这是由于受到了阳极上导电通道拘束效应的影响,特别是在阳极熔化的情况下,表现更为明显。电弧中的电流分布及能量密度与温度分布在电弧断面上有类似的表现。

电弧温度及温度分布受到如下条件的影响:

① 电弧电流:电弧电流增加,电弧最高温度值增大。对于钨极氩弧,当电弧电流增大到 400A 时,钨极前端的最高温度达到 2.2×10^4K,此后,当电流继续增加时,最高温度值不发生大的改变,这是由于温度的上升受到了氩气电导率的制约而不再增加,只是电弧等温线会有所扩散。

② 电极斑点:当电极上出现电极斑点(阳极斑点或阴极斑点)时,电极斑点处的温度明显升高,如图 1.15 所示一例,这是电流通道集中所形成的。

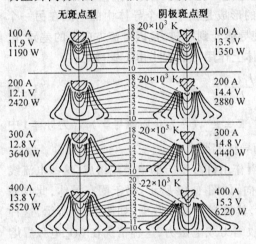

图 1.15　氩气保护电弧温度分布

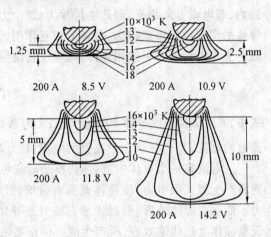

图 1.16　弧长对电弧温度分布的影响

③ 电弧长度:电弧长度变化一般不会影响电弧的最高温度,只是随着电弧的拉长或者缩短,电弧的温度分布更为扩展或者更为集中,如图 1.16 所示一例(氩气保护,大气压下)。

④ 阳极材料:作为母材时,阳极材料和状态将影响阳极表面附近的温度值,比如使用钢材料作为阳极时,铁蒸气将部分取代氩气而起作用,阳极表面附近温度降低,比如 6×10^3K 左右;当采用水冷铜阳极时,阳极表面附近的温度将达到 1.2×10^4K 左右。

⑤ 保护气成分:在纯氩、90% 氦气 + 10% 氩气、95% 氩气 + 5% 氢气三种情况下的测量结果

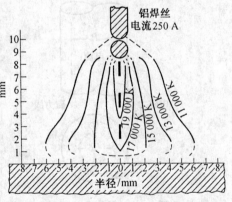

图 1.17　铝 GMA 焊接的电弧温度分布

表明,电弧最高温度基本相同,只是混合气情况下,电弧形态扩展更为明显。

⑥ 环境条件:电弧温度和温度分布受到环境冷却条件、环境气压条件等的影响。

对于其它种类电弧(GMA、SAW 等),目前所做研究较少,即使是已进行较多的 GTA 电弧温度测量,其结果在最高温度值方面也互有差别。图 1.17 示出铝材料 GMA 焊接电弧

（250A）的测定例，由于铝蒸气的存在，中心区域等温线拉长，其余表现与 GTA 电弧情况相似。

1.1.5 电弧压力与等离子气流

电弧对于焊接而言，不仅仅是一个加热源，同时也是一个力源。电弧力与焊接中表现出的熔池形态、熔深尺寸、熔滴过渡、焊缝成形等都有密切关系，同时也是形成不规则焊缝、产生成形缺陷、造成焊接飞溅的直接原因。由于焊接采用了较大电流，电弧力的表现是很突出的。在此阐述电弧力的产生、分类及影响因素。

1. 电弧静压力（电磁收缩力）

由电工学知道，在两根相互平行导体中，通过同方向的电流时，导体间产生相互吸引的力，若电流方向相反，则产生排斥力。这个力的形成是由于一个导体中的电流在另一个导体的周围空间形成磁场，磁场间相互作用，使导体受到电磁力。因电流方向上的差异，电磁力表现为相互吸引或相互排斥。单位长度导体上作用力的大小由下式确定：

$$F = K \frac{I_1 I_2}{L} \tag{1.26}$$

式中，F 为单位长度导体上受力大小；K 为系数，$K = \frac{\mu}{4\pi}$，（μ 为介质磁导率）；I_1 为导体 1 中流过的电流；I_2 为导体 2 中流过的电流；L 为两导体间距离。

当电流在一个导体中流过时，整个电流可看作由许多平行的电流线组成，这些电流线间将产生相互吸引力，使导体截面有收缩的倾向，如图 1.18 所示。对于固态导体，此收缩力不能改变导体外形，但对于液态或气态导体，其将产生截面收缩，如图 1.19 所示，这种现象称作电磁收缩效应，所产生的力称作电磁收缩力或电磁力，这种情况在 CO_2 电弧焊熔滴短路时表现最为突出。

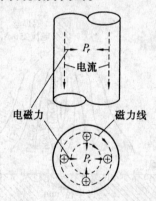
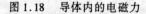

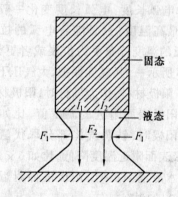

图 1.18　导体内的电磁力　　　　图 1.19　液态导体中电磁力的收缩效应

假设导体为圆柱体，电流线在导体中的分布是均匀的，则导体内部任意半径 r 处的电磁力数值为：

$$P_r = K \frac{I^2}{\pi R^4}(R^2 - r^2) \tag{1.27}$$

式中，P_r 为导体内任意半径 r 处的压力；I 为导体的总电流；R 为导体半径。

导体中心轴上（$r \approx 0$）的径向压力为：

$$P_0 = K \frac{I^2}{\pi R^2} = KjI \qquad (1.28)$$

式中，P_0 为导体中心轴处的径向压力；j 为电流密度。

对于流体，其内部各点处压力各向等值，径向压力等于轴向压力，轴向压力的合力方程为：

$$F = \frac{K}{2}I^2 \qquad (1.29)$$

式中，F 为轴向合力；I 为电流值。

实际上焊接电弧不是圆柱体，而是截面直径变化的圆锥状的气态导体，如图 1.20 所示模型。因为电极直径限制了导电区的扩展，而在工件上电弧可以扩展的比较宽，所以电极前端电弧截面直径小，接近工件端电弧截面直径大，由式(1.27)可知，直径不同将引起压力差，从而产生由电极指向工件的推力 F_a，其方程为：

$$F_a = KI^2 \lg\left(\frac{R_b}{R_a}\right) \qquad (1.30)$$

式中，F_a 为指向工件的推力或电弧静压力；R_a 为锥形弧柱上底面半径；R_b 为锥形弧柱下底面半径。

推力 F_a 亦称作电弧静压力，数值与电弧电流、电弧形态有关，由于电弧中电流密度分布是不均匀的，弧柱中心区电流密度高于周边区域，所以电弧静压力在分布上是中心轴上的压力高于周边的压力。

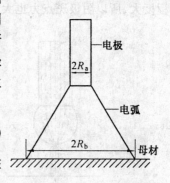

图 1.20　焊接电弧模型

2. 电弧动压力(等离子流力)

焊接电弧呈非等截面的近锥体，电磁收缩力在其内部各处分布不均匀，不同截面上存在压力梯度，靠近电极处的压力大，靠近工件处压力小，形成电弧静压力。电弧中的压力差使较小截面处(如图 1.21 中 A 点处)的高温粒子(中性粒子为主)向工件方向(如图 1.21 中 B 点处)流动，并有更小截面处的气体粒子补充到该截面上来，以及保护气氛不断进入电弧空间，从而形成连续不断的气流，称作等离子气流(高温特性)，到达工件表面时形成附加的一种压力，称作等离子流力。由于等离子流力是高温粒子高速流动形成的，所以也称作电弧动压力。

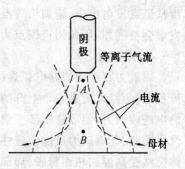

图 1.21　电弧等离子气流的产生

电弧等离子气流在各种电弧焊方法中都有不同程度的表现，气流强度与电流值大小、电弧长度、电弧形态、电极状态有密切关系，比如在 GTA 焊接中因电弧收缩程度的不同对形成的熔池形状有较大的影响，在 MIG 焊中是形成熔滴射流过渡的一项重要原因。

3. 斑点力

电极上形成斑点时，由于斑点上导电和导热的特点，在斑点上将产生斑点力，一般有如下几种表现形式。

(1) 带电粒子对电极的冲击力

阳极受到电子的冲击,阴极受到正离子的冲击。由于正离子的质量远远大于电子的质量,同时一般情况下阴极区压降大于阳极区压降,所以这种斑点力在阴极上表现较大,在阳极上表现较小。

(2) 电磁收缩力

当电极上形成熔滴并出现斑点时,焊丝、熔滴及电弧中电流线的分布如图1.22所示,熔滴和电弧空间的电流线都在斑点处集中,由于电磁力合力的方向是由小截面指向大截面,所以在斑点处产生向上的电磁收缩力,阻碍熔滴下落。通常阴极斑点比阳极斑点的收缩程度大,所以阴极斑点力也大于阳极斑点力。

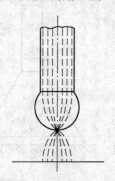

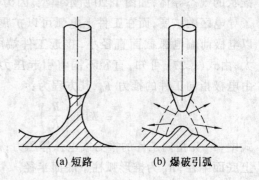

(a) 短路　　　　　(b) 爆破引弧

图1.22　斑点的电磁收缩力　　　　图1.23　熔滴短路产生的爆破力

(3) 电极材料蒸发的反作用力

由于斑点上的电流密度很高,局部温度很高将造成强烈的蒸发,金属蒸气以一定的速度从斑点发射出来,施加给斑点一个反作用力。由于阴极斑点的电流密度比阳极斑点高,发射会更强烈,因此阴极斑点力也比阳极斑点力大。

4. 爆破力

爆破力存在于短路电弧焊接,当熔滴与熔池发生短路时,电弧瞬间熄灭,因短路时电流很大(短路电流有一个上升的过程),短路液柱中电流密度很高,在金属液柱中产生很大的电磁收缩力,使液柱中部变细,产生颈缩,电阻热使金属液柱小桥温度急剧升高,使液柱汽化爆断,此爆破力可能使液柱金属形成飞溅。液柱爆断后电弧重新引燃,电弧空间的气体突然受高温加热而膨胀,局部压力骤然升高,对熔池和焊丝端头的液态金属形成较大的冲击力,严重时会造成飞溅。这一现象如图1.23所示。

5. 熔滴冲击力

熔化极富氩保护射流过渡焊接时,焊丝前端熔化金属形成连续细滴沿焊丝轴线方向射向熔池,每个熔滴的重量只有数毫克,在等离子气流驱动下,以很高的加速度(可达重力加速度的50倍以上)冲向熔池,到达熔池时其速度可达每秒几百米。这些细滴带有很大的动能,对熔池金属形成强烈的冲击,并可能使焊缝形成指状熔深。

6. 电弧力的影响因素

实际测试中很难把上述各种电弧力严格区分开来,从能够实现的角度,目前人们进行较多的是对GTA电弧压力进行测定。而电弧压力分布的测定是通过在水冷铜板(阳极)上开小孔的方法进行的。下面针对电弧压力的变化阐述对电弧压力构成影响的因素。

（1）气体介质

由于气体种类的不同,物理性能有差异。以纯氩气保护 GTA 电弧作为比较,当在保护气中混入氦气时,电弧压力有很大程度的降低,如图 1.24 所示,通常认为这是由于 He-Ar 混合气具有较低的密度所致。在氩气中混入氢气时,电弧压力升高,如图 1.25 所示,这是由于氢气的导热性更强,并且是多原子气体,对电弧的冷却作用大,导致电弧收缩,包括使斑点压力增加。

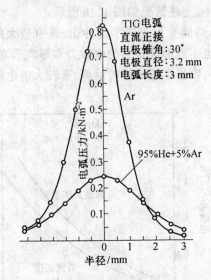

图 1.24　He-Ar 混合气电弧的电弧力

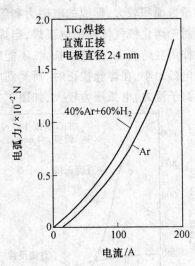

图 1.25　H_2-Ar 混合气电弧的电弧力

（2）电流和电压（弧长）

电流增大时电弧力显著增加如图 1.26 所示,其中电磁收缩力和等离子流力起主要作用。而电弧电压升高亦即电弧长度增加时,电弧力降低,如图 1.27 所示,是由于电弧范围扩展造成的。

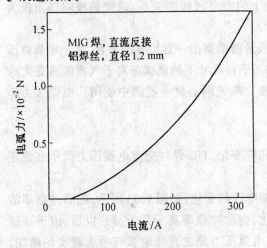

图 1.26　MIG 电弧的电弧力与电流的关系

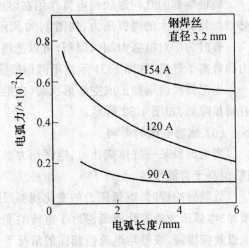

图 1.27　电弧力与弧长的关系

（3）电极（焊丝）直径

焊丝直径越细，电流密度越大，电磁力越大，同时电弧呈现锥形越明显，等离子流力增大，使电弧的总压力增加。GTA 电弧在短弧长时，电极直径对电弧力的影响明显。

（4）电极（焊丝）极性

电极（焊丝）极性对电弧力有很大的影响。对钨极氩弧焊，钨极接负时允许流过较大的电流，阴极区收缩的程度大，将形成锥度较大的锥形电弧，产生的轴向推力大，电弧压力也大。反之，钨极接正则形成较小的电弧压力，一是需要使用较粗的钨极，同时电弧在钨极上的覆盖面积较大，形成的电磁力和等离子流力小。上述情况如图 1.28 所示。

对于熔化极气体保护电弧焊，当焊丝接负时，熔滴受到正离子的冲击，既有较大的斑点力作用在熔滴上，使熔滴长大，不能顺利过渡，也不能形成很强的电磁力和等离子流力，因此电弧力小。在焊丝接正时，所受到的斑点力小，容易形成细小的熔滴，有较大的电磁力和等离子流力，电弧压力较大，如图 1.29 所示。

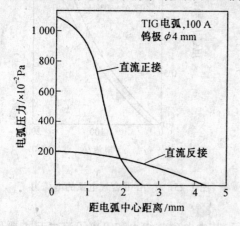

图 1.28　GTA 焊接电弧力与电极极性的关系

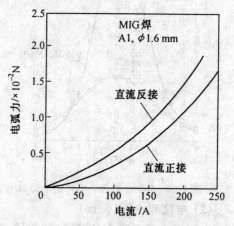

图 1.29　MIG 焊接电弧力与焊丝极性的关系

（5）钨极端部几何形状

钨极端部的几何形状与电弧作用在熔池上的力有密切的关系。通常钨极端部角度为 45° 时，具有最大的电弧压力，如图 1.30 所示。

有时为了对电弧力加以限制，可以把钨极最前端磨出一定尺寸的平台，减小电弧静压力和等离子气流，如图 1.31 示出不同钨极前端平台尺寸下的电弧等离子气流流速变化。

当把钨极前端加工成空心形状时（在电弧 - 激光同心复合能源中使用），电弧压力亦有明显降低，如图 1.32 所示。

（6）脉动电流的影响

当电流以某一规律变化时，电弧压力也相应变化。TIG 焊时交流电弧压力低于直流正接，但高于直流反接。

低频脉冲焊时，电弧压力的变化能够跟随电流的变化，如图 1.33 所示。随脉冲频率的增加，电弧压力的变化逐渐滞后于电流的变化。当脉冲频率高于几千赫兹以后，由于高频电磁效应增强，在平均电流值相同的情况下，电弧压力比之直流电弧有很大程度的增加，如图 1.34 所示。

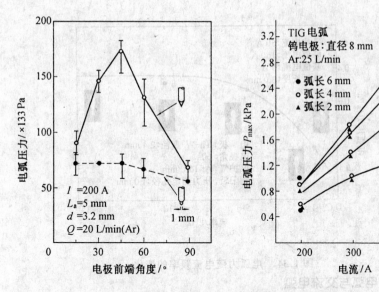

图 1.30 电弧力与电极端部角度的关系

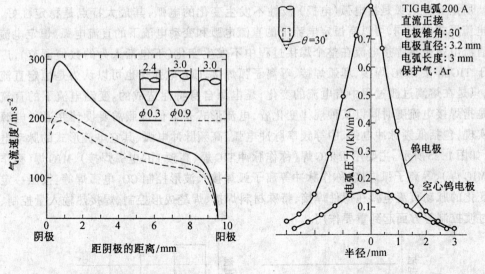

图 1.31 电极形状对电弧力的影响   图 1.32 端部空心电极的电弧力

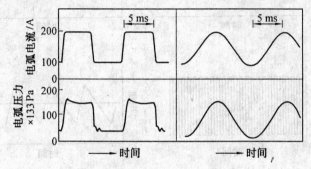

图 1.33 脉动电流下电弧力的变化

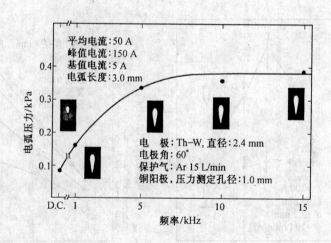

图 1.34　电弧力随电流频率的变化

1.1.6　直流电弧与交流电弧

1. 直流电弧

所谓直流电弧是指电弧(电极)极性不发生变化的电弧,其最大特点是稳定性好,根据电流形式的不同,可以有恒定电流下的直流电弧和变动电流下的直流电弧。恒定电流下的直流电弧是指焊接电流在整个焊接过程中不发生变化(不包括人为的数值调节),广泛用于 TIG 焊接、MIG 焊接、埋弧焊接、等离子弧焊接,CO_2 电弧焊也可以认为是恒定直流焊接,只是在熔滴过渡过程中有电流的变化,是电源自身特性造成的。变动电流下的直流电弧是指焊接电流随时间以某种规律变化着,电流形式是人们按照需要设计并通过电源输出实现,包括低频脉冲电弧、中等频率脉冲电弧、高频脉冲电弧、其它电流形式的脉动电弧等,如图 1.35 所示。主要用于 TIG 焊(称作脉冲 TIG 焊、高频 TIG 电弧焊接)、MIG 焊(称作脉冲 MIG 焊)、等离子弧焊接(称作脉冲等离子弧焊接)、波形控制 CO_2 电弧焊等。按照一定规律变化的脉动直流电弧在薄件焊接、特殊材料焊接、焊缝成形控制、焊接热输入量控制、熔滴过渡控制等方面起到重要作用。

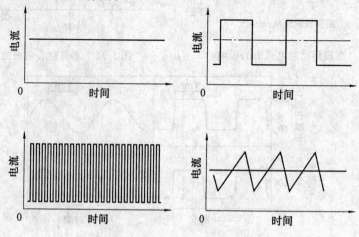

图 1.35　直流电弧的变动电流形式示例

2. 交流电弧

交流电弧是指电弧(电极)极性随时间交替变化的电弧,也就是焊接电流方向按照一定的时间间隔变化,一般用在 TIG 焊接、等离子弧焊接和焊条电弧焊中。

(1) 交流电弧燃烧特点

交流电弧每半个周波极性反转一次,无论是对焊条电弧焊、TIG 焊、等离子弧焊,当产生极性转换时,都存在电流过零问题,此时电弧瞬时熄灭,造成电弧不稳定。因此,焊接应用中需要对交流电弧采取稳弧或再引燃措施。

当电弧两个电极材料不同时,由于电子发射能力的不同,电弧两种极性状态时将流过不同的电流值,即在电弧和焊接回路中出现正负半波电流不同的情况,正负半波电流的差值称作直流分量,主要出现在使用普通交流焊机 TIG 焊接时,其中以铝合金焊接最为突出。在焊条电弧焊时,由于焊条材料与母材材料接近,不会产生大的直流分量。直流分量主要对焊机变压器构成不良影响。因此有必要采取措施消除直流分量,以及限制焊机暂载率。

目前,在铝合金焊接中,一般都使用特殊的交流电源,比如方波交流电源、逆变式交流电源、变极性电源等,根据需要,人为构造出正负半波不平衡电流,如图 1.36 所示,所产生的直流分量只表现在前级直流回路导通的电流数值上,不对焊接变压器构成影响。

(2) 电弧产热与电弧力特性

交流电弧的产热与电弧力特点居于直流正接与直流反接两者之间,实际上主要是电极的产热有特殊点。对钨电极而言,其作为阳极时的热输入量要大于作为阴极时的热输入量,当钨电极作为阳极即电极为正时,钨电极很容易被熔化。

对于电极为正的 GTA 焊接,与电极为负的情况相比,电流不能取较大的数值。表 1.3 示出交流及直流 GTA 焊接条件下钨电极的许用电流数值。比如在电极接正时的电极许用电流为 40A,在交流电弧下可以允许使用到 210A,在电极接负时许用电流可达到 400A。

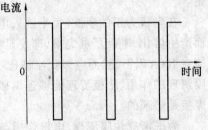

图 1.36　铝合金焊接使用的方波交流电流

由于交流电弧产热及电弧力特点,使焊接母材的熔化尺寸也居于直流正极性接法和反极性接法之间,如图 1.37 示出 TIG 焊的情况。

表 1.3　直流和交流 TIG 电弧的性质

极　　性	母材的熔化		电极的消耗 (熔化)	最大使用电流 (电极直径 3.2mm)	清理作用
	熔深	熔宽			
电极负(正极性)	大	小	小	大(400A)	无
交　　流	中	中	中	中(210A)	一半
电极正(反极性)	小	大	大	小(40A)	有

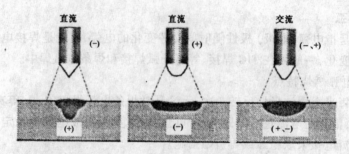

图 1.37　极性 TIG 焊熔深的影响

(3) 交流电弧的应用

普通交流电弧焊接,电源设备简单,造价低,可以减少焊接成本,在焊条电弧焊和普通低碳钢焊接中的应用非常广泛。

铝、镁及其合金、铍铜等金属的表面存在一层致密的氧化膜,熔点很高,阻碍电弧热量传入母材,并且容易造成焊缝夹渣、气孔等缺陷,所以焊接时必须去除材料表面的氧化膜,否则不能进行良好的焊接。

交流电弧(主要指交流 TIG 电弧)在电极为负的半波(正半波),电极作为阴极、母材作为阳极,阳极产热量大,电弧的热量约 70% 给予了母材,用于母材熔化,同时电弧燃烧稳定。

在电极为正的半波(负半波),电极作为阳极,产热量相对较大,电极受到电弧的加热而产生熔化,电极严重烧损,即使是粗径电极也不能流过很多的电流,长时间使用电流只能在 100A 以下。然而电弧负半波(少数情况下直接为反极性接法)具有对母材表面的氧化膜清理的作用。阴极清理能够连续破坏母材表面上电弧覆盖区域的氧化物,这对实现正常焊接是必须的。

为平衡氧化膜清理、电极烧损与母材熔化相互之间的矛盾而使用交流焊接。交流情况下,钨电极、母材交替作为阴极和阳极,钨电极可以增大一些使用电流而不会被熔化。在钨极为负、母材为正的半波,对工件有较大的热输入,并且钨极可以得到一定的冷却;在钨极为正、母材为负的半波,电弧具有对母材表面的清理作用,如图 1.38 示出这种变化。

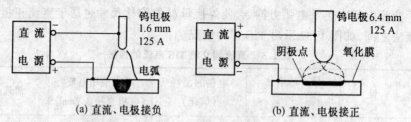

(a) 直流、电极接负　　　　　　　(b) 直流、电极接正

图 1.38　交流 TIG 焊氧化膜清理与母材熔化

1.2　焊接电弧特性

电弧特性是指电弧在导电行为方面表现出的一些特征,其中的电弧电特性与电弧热平衡、电弧稳定性等有着很深的联系,是很重要的事项。如(1.1)式所显示的,我们所能测

得的电弧电压是阳极压降、阴极压降、弧柱压降之和，分别进行测量是很难做到的。而电弧电压因电弧长度、保护气种类、电流等的变化而变化，上述3种压降是单独或者相互关联变化着。

1.2.1 焊接电弧静特性

1. 电弧静特性曲线变化特征

图1.39概念性示出稳定状态下焊接电弧的电流·电压特性，称作电弧静特性曲线。静特性曲线是在某一电弧长度数值下，在稳定的保护气流量和电极条件下（还应包括其它稳定条件），改变电弧电流数值，在电弧达到稳定燃烧状态时所对应的电弧电压曲线。所反映的是一定条件下的电弧电压变化特征。从一般性特征考察，该静特性曲线一般呈现3个区段的变化特点，分别称作下降特性区（负阻特性区）、平特性区、上升特性区。3个特性区（段）的特点是由于电弧自身性质所确定的，主要和电弧自身形态、所处环境、电弧产热与散热平衡等有关。

在小电流区，电弧电压随电流的增大而减小，呈现负阻特性。产生负阻特性的原因可以如下说明：电流较小时，电弧热量（温度）较低，其间的粒子电离度低，电弧的导电性较差，需要有较高的电场推动电荷运动；在电弧极区（特别是阴极区），由于电极温度较低，极区的电子提供能力较差，不能实现大量的热电子发射，会形成较强的极区电场（电压降），这样在小电流时表现出电弧有较高的电压值。当增加电流时，弧柱温度增加，电弧中的粒子电离度增加，电弧的导电性增强，同时电极温度提高，阴极热发射能力增强，U_C值降低，阳极蒸

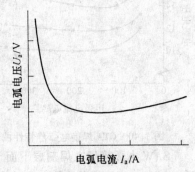

图1.39　电弧的电流·电压特性

发量增加，U_A值降低，两极区电场相对减弱（U_C和U_A在一定的电流密度范围内总是具有负阻特性），最终使得电弧电压降低。也就是说，在电弧温度和电极温度提高的情况下，电弧中产生和运动等量的电荷不再需要更高的电场。另外对于弧柱区，主要可以从弧柱产热和散热平衡角度考虑，在小电流区，如果电流增大4倍，假定电流密度（电流／弧柱截面积）一定，即弧柱直径增大2倍，弧柱向周边区的热量损失随之增大2倍，而弧柱内的产热量（电流×弧柱压降）却是增大4倍，这时如果电弧电压仍然维持原来的数值，那么产热量就超过了热损失量，而电弧自身性质具有保持热量动态平衡的能力，实际上电弧的产热量没有增加4倍，弧柱压降U_P不会维持原来的数值不变，而是自动降低，从而使U_P表现出负阻特性，即电弧不再需要原来数值的电压就可以维持稳定燃烧，其以较少的产热量增加就能够平衡散热损失的增加，这也是小电流区出现负阻特性的原因之一。综上原因，作为电弧电压的整体，$U_a(= U_A + U_C + U_P)$表现出显著的负阻特性。

当电流稍大时，电弧等离子气流增强，除电弧表面积增加造成散热损失增加之外，等离子气流的流动对电弧产生附加的冷却作用，因此在一定的电流区间，电弧电压自动维持一定的数值，保证产热量与散热量的平衡，在电弧静特性曲线上出现一定区间内的平特性特征。

在大电流区，电弧中的等离子气流更为强烈，而由于电弧自身磁场的作用，电弧截面

不能随电流的增加而同步增加，电弧的电导率减小，要保证较大的电流（更多的电荷）通过相对较小的截面积，需要有更高的极间电场强度驱动，因此在大电流区间，电弧电压随电流的增加而增加，呈现正特性。

电弧静特性曲线的 3 个变化区段，并不是在各种电弧中都能够表现出来，主要受电弧形态和电极条件的影响较大。GTA 焊接在静特性曲线上一般都能明显表现出 3 个区段的特征，如图 1.40 所示一例。GMA 焊接由于通常采用较细的电极焊丝，可使用的电流一般在中等数值以上，电弧形态多呈圆锥状，等离子气流作用强烈，所以静特性曲线通常呈现上升特性，平特性区间较窄。图 1.41 示出铝合金 MIG 焊的电流 - 电压特性，其特征是在小电流区几乎看不到负阻特性，在可用电流以上区域都呈现正特性。

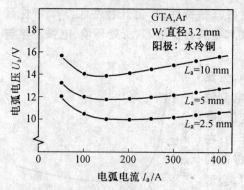

图 1.40　GTA 焊接电弧静特性曲线

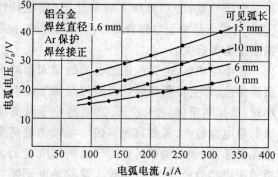

图 1.41　铝合金 MIG 电弧静特性曲线

SAW 电弧掩埋在焊剂层下面，受焊剂层的覆盖，电弧的散热损失小，并且电弧中基本没有 GTA、GMA 那样的等离子气流存在，一般又采用较粗直径的焊丝大电流焊接，因此其电弧静特性呈现下降特性趋势，图 1.42 示出埋弧焊静特性曲线一例。

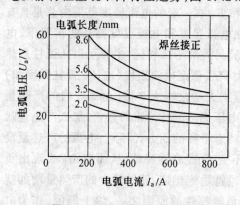

图 1.42　埋弧焊电弧静特性曲线

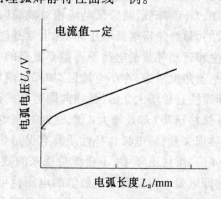

图 1.43　电弧长度对电弧电压的影响

电弧静特性反映了电弧的导电性能和变化特征，电弧中发生的许多现象都与静特性变化有关，也可以用于对比解释各种电弧焊方法的差别，这是一项很重要的内容。

2. 影响电弧静特性及电弧电压的因素

（1）电弧长度

焊接电弧中，电弧电压（U_a）与电弧长度（L）的关系通常可以用下式作近似表示：

$$U_a = U_{ao} + EL \tag{1.31}$$

其中：U_{ao} 是在焊接电流、电极材料、保护气氛等条件相同的情况下,不随电弧长度变化的值,可看作是 U_C 和 U_A 之和。E 代表弧柱单位长度上的电压降,称作弧柱电位梯度,主要是由保护气和环境条件等决定的常数。

由于阴极压降区、阳极压降区的长度与弧柱长度相比小到可以忽略的程度,弧柱的长度与电弧长度几乎是相等的。因此(1.31)式意味着沿着弧柱长度方向的电压降亦即电位梯度在电弧中的任何位置都是接近相等的,只要不改变其它条件,即使弧长变化,E 的数值也是不变的。

当电弧长度变化时,电弧静特性曲线的变化已在图 1.40 ~ 图 1.42 中给出。一般当电弧长度增加或减小时,电弧静特性曲线随之上移或下移,但在各电流数值上表现出的斜率变化会有所改变,主要是散热量的非线性变化引起的。图 1.43 示出钨电极与不锈钢之间产生电弧时,其电弧电压与电弧长度的关系,U_a 值与 L 之间呈现良好的比例关系。

(2) 保护气成分

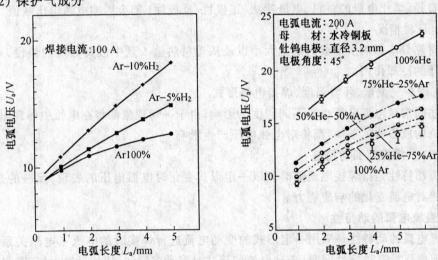

图 1.44　保护气成分对电弧电压的影响

从图 1.44 看到,保护气不同的情况下,即使弧长相等,电弧电压也会有显著差异。其原因正如下面所要述及的,是由于保护气种类对电位梯度(电场强度)构成影响。

表 1.4 示出各种保护气气氛中电弧电位梯度的比较。保护气的差别对电弧电位梯度的影响有多项原因:一是对电弧散热程度的不同。氦及氢等原子量小的气体与氩气相比,其电位梯度极大,这是由于高温状态下质量轻的气体粒子从弧柱内部向周边区域的扩散速度大于质量重的气体粒子,其扩散到电弧外周带走的热量损失也较大,为了补偿该项损失,电弧将自动提高其电位梯度。二是对于氧气、氢气、二氧化碳气等多原子分子气体,其在电离之前要分解为原子,分子的分解是吸热反应,需要从电能上予以补偿,从而亦使电位梯度提高。三是各种气体(原子或分子)的电离能不同,电离能大的保护气体从电弧中吸取的能量更多,而低电离能物质存在于电弧气氛中将会显著降低电弧电压。

在母材熔化形成大量蒸发的情况下,由于金属元素的电离能普遍低于气体介质的电离能,电弧电压会降低,电弧稳定性同时增强,焊条药皮、埋弧焊焊剂及药芯焊丝的药剂中加入的电弧稳定剂就起着这样的作用。

表1.4 各种气体气氛中弧柱电位梯度值的比较(空气 = 1.0)

气体	氩气	空气	氮气	二氧化碳气	氧气	水蒸气	氢气
电位梯度比	0.5	1.0	1.1	1.5	2.0	4.0	10

电位梯度还受到周围气氛对电弧冷却作用的影响,比如在电弧周围有强制性高速气流流动时,或者提高电弧周围气氛的整体压力时,电弧电位梯度就会处于较高数值。

(3)电极条件

非熔化电极情况下,电极成分对电弧电压会有一定程度的影响。比如纯钨电极、加入稀土氧化物的合金电极,其电弧电压会有差别,主要是电极发射电子的能力出现变化,稀土元素加入后,电极电子发射能力增强,电弧电压降低。此外,钨电极形状、熔化电极或钨电极的直径、熔化电极的材料、电极接法(正极性、反极性)都会影响电弧电压数值。

(4)母材情况

母材热导率影响所形成的熔池大小以及从母材热输入量中散失热量的快慢,对电弧产生间接的冷却作用。

(5)保护气流量、环境温度、焊接电流形式

上述因素对电弧电压也有不同程度的影响。由于一切现象都将在电弧中体现出来,对电弧燃烧构成影响的条件,都将对电弧电压产生影响。

1.2.2 焊接电弧动特性

电弧动特性是指焊接电流随时间以一定形式变化时电弧电压的表现,反映的是电弧导电性能对电流变化的响应能力。

1. 直流电弧的动特性

直流电弧的动特性是采用一定形式的变动电流进行焊接时的电流·电压关系曲线,恒定直流电弧没有动特性问题。变动电流的形式是多种多样的,比如脉冲电流、高频电流、脉动电流等。

在直流电流上叠加正弦波电流构成的变动焊接电流如图1.45(a)所示,电弧瞬间电流与瞬间电压的关系即电弧动特性曲线如图1.45(b)所示一例。对于频率1kHz以上的交

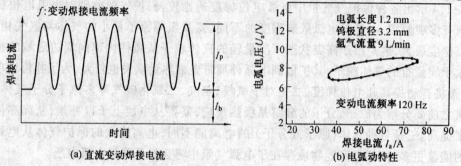

(a)直流变动焊接电流　　　　(b)电弧动特性

图1.45 直流变动电弧的动特性示例

流电弧,其瞬时的电弧电压·电流特性如图 1.46 所示,近于电阻特性。电弧动特性中表现出的电流、电压非单值对应关系,是由于电弧等离子体的热惯性效果在发挥作用。

在焊接电流的上升过程中,由于电弧先前处于相对低温状态,电流的增加需要有较高的电场进行驱动,因此表现出电弧电压有某种程度的增加;在电流下降过程中,由于电弧先前已处于较高温度状态,电弧等离子体的热惯性不能马上对电流的降低做出反应,电弧中仍然有较多的游离带电粒子,电弧导电性仍然很强,使电弧电压处于相对较低的水平,从而形成回线状的电弧动特性表现。如果电弧电流变化很快(高频的情况),与电弧等离子体的形成、消失的时间常数(time constant)相比,等离子体的状态跟随不上电流的变化,

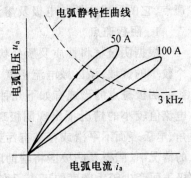

图 1.46　直流高频电弧动特性

与电流相位无关,而维持一定的状态,其结果就呈现出近电阻特性。高频电弧的维弧电流可以达到零电流值,但电弧仍能够稳定燃烧,其原因就是电弧的温度稳定性和导电性已经处于稳定的状态。而低频电弧不具备这个能力。

2. 交流电弧的动特性

图 1.47(a) 示出交流焊条电弧焊时电弧电压与电流的关系。图(b) 示出交流电弧的动特性,其横轴为电流,纵轴为电压。在电弧的正负半波,电弧动特性曲线同样表现出回线特征。

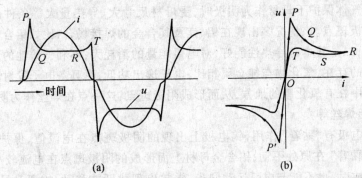

图 1.47　交流焊条电弧焊电流、电压之间的关系

交流电弧情况下,电弧的状态亦即等离子体的温度、导电率、阴极压降区的状态等时刻在变化着,在极性转换时,电弧电流一旦达到零值,必须使转换前的阳极表面迅速形成阴极。由此原因,在极性转换时需要加以高电压。图中的 P 点所对应的电压称作再点弧电压。再点弧电压的数值因所使用的电极材料、保护气种类的不同而不同。对于比较容易形成阴极的热阴极电弧,其再点弧电压较低。而对于铝、铜之类冷阴极电弧,其再点弧电压较高。焊条电弧焊方法中使用的焊条,其再点弧电压处于上述两者之间。

在进行变动电流及波控电流焊接时,需要考虑电弧动特性变化能力及采取相应的参数配合。

1.2.3　阴极斑点和阳极斑点

电弧斑点是电弧燃烧中产生的一种现象,出现在电极和母材上,分为阴极斑点和阳极斑点,它的形成主要与电极及熔池的区域导电性能有关。

1.阴极斑点

根据阴极材料性质及所处状态的不同,在某些场合下,电弧导电通道将主要集中在一个较小的区域,该区域电流密度、温度、发光强度远高于其它区域,称作阴极斑点区。

阴极斑点的形成有如下几种情况:一是非熔化极材料作为阴极、惰性气体保护时,在电流值较小的情况下出现阴极斑点。多数是由于电极直径较大、电极尖端角度接近于钝角、电极表面不平滑或存在有污染物,在电弧温度不能使电极前端全面积产生热电子发射的情况下,阴极及阴极区将辅助以电场发射或等离子型导电机构向弧柱区提供电子,在阴极表面产生较大密度的正离子堆积,构成阴极压降区。为减少与周围环境的接触,降低散热损失,电子发射将集中在一个较小的区域内进行,从而形成阴极斑点。

二是低熔点材料作为阴极(焊丝)时,也就是冷阴极情况下,如果使用氧化性气氛作为保护气,保护气对电弧(包括阴极和阴极区)有较强烈的冷却作用,电弧电场强度较高,从自身减小能量消耗的角度,电弧更趋于集中,难以全面积包围焊丝熔化金属(熔滴),电弧导电通道集中在熔滴下方较小的区域。另外电极材料本身的熔点温度远远满足不了电极热发射条件,电场发射是主要的电子发射形式,更容易形成阴极斑点。由于处于熔化状态下的熔滴不断运动着,电弧阴极斑点也随条件的变化而产生跳动,自动选择有利于发射电子的区域,电弧通过该区域提供电子时阴极区消耗能量最小。

第三是惰性气体保护下母材作为阴极时,受母材尺寸大、导热量大等条件的影响,表面上容易形成阴极斑点。该情况多出现在铝、镁及其合金的焊接场合,比如铝合金,一是其电子发射能力低,二是其本身导热性能好,对电弧能量的消耗大,不利于熔池的形成,三是由于表面氧化膜的存在,氧化物与纯金属相比,电子逸出功低,更具备电子发射的能力,电弧导电点更多集中在有氧化膜的地方,从而形成阴极斑点,这一点在焊丝作为阴极时也有表现(钢焊丝或铝焊丝等)。

阴极斑点对电极有"黏着"作用,钨电极上出现的阴极斑点在电流值、保护气流不变的情况下,一般"黏着"在原处不动;铝合金母材上面形成的阴极斑点在电流较小、母材上没有明显熔池形成时,也不能与电弧运动同步,常常出现跳跃式移动,主要是受到母材散热速度的影响,在电流较大时,阴极斑点分散多处,不断变化位置(电极上的阴极斑点也一样)。

电弧阴极斑点的形成通常对焊接是不利的。

2.阳极斑点

电弧的阳极对电弧整体而言起到从弧柱区接受电子的作用,同时阳极区需要向弧柱区提供正离子,以平衡阳极区电场的变化。由于阳极本身不能向阳极区和弧柱区发射正离子,因此需要在阳极区产生正离子,该部分正离子产生的惟一途径是中性离子的电离。阳极区中性粒子有两种来源:一是保护气成分粒子;一是阳极材料过热蒸发来的金属原子。从粒子物理性能可知,金属原子比之气体原子或分子具有更低的电离能,更容易被电离,因此电荷更容易在金属原子聚集处形成和流动,这就提供了阳极斑点形成的条件。当电弧燃烧不能在阳极表面所覆盖的全面积上形成均匀的电流通道时,将在阳极上的某一局部区域形成主要的电流通道,大部分电子经过该通道进入阳极,即是阳极斑点区。阳极斑点形成与变化的另一个条件是不使弧柱压降受到大的影响,尽可能保证弧柱能量损耗低。

阳极斑点一般在如下情况下产生:一是小电流焊接,母材作为阳极,如果母材上不能形成连续的熔化(比如电弧功率小、母材散热快等),将会在母材上电弧后面形成阳极斑点,与阴极斑点的情况类似,也有后拖、"黏着"、跳动的现象。二是大电流焊接,母材作为阳极,虽然形成了较大的熔池,但由于熔池运动或表面波动频繁,也可能是熔池中各处蒸发情况的变迁,或由于合金元素的蒸发,将在熔池内部形成阳极斑点,并快速"扫动",该情况下阳极斑点处的电流密度并不很高。

正常焊接时,阳极斑点对焊接过程没有大的不良影响。

1.2.4 电弧的阴极清理作用

惰性气体中的电弧在以金属板(丝)作为阴极的情况下,阴极斑点在金属板(丝)上扫动,除去金属表面上的氧化膜,使其露出清洁金属面,称作电弧的阴极清理作用或氧化膜破碎作用。

清理作用只限于对阴极,并且是在不含氧化性气氛的高纯度惰性气氛中。当采用冷阴极型阴极材料时该作用特别活跃。在有色金属的 MIG 焊接中,通常是以母材作为阴极,在有色金属 TIG 焊中要利用交流电弧进行焊接,其原因就是要利用上述清理作用,铝材料焊接最具代表性。

铝材料的表面存在致密的氧化膜,氧化膜(Al_2O_3)的熔化温度高达 2 020℃,而铝母材金属的熔化温度只有 600℃ 左右,如果使用气体火焰等方法熔化母材金属,氧化膜以固体形态存在并残留下来,从而造成溶合不良。

然而,由于铝是典型的冷阴极材料,作为冷阴极的特征其阴极压降 U_C 很高,阳离子受阴极电场加速以很高的速度冲击阴极表面,使阴极表面上的氧化物破碎并消失。另一项原因,通常情况下,氧化物的功函数比纯金属低,阴极斑点不会停留在固定的位置上,而是不断地移动寻找新的氧化膜,不断形成新的阴极斑点。在惰性气氛中,一旦除去了氧化膜就不会在金属面上再次生成氧化膜,结果对氧化物的清理一直扩展到熔池周围的固体表面上,如图 1.48 所示。

阴极斑点的清理作用是由于来自电弧空间的阳离子对阴极表面的碰撞所造成的,即使同为惰性气体,与氦气相比,使用氩气时由于其自身原子质量较大,它的清理效果也就

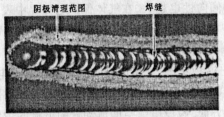

(a) TIG 焊

MIG 焊接,焊丝接正,250 A,30cm/min,Ar

(b) MIG 焊

图 1.48 铝材料焊接中的氧化膜清理

更为显著。然而,即使在保护气中混入很少量的大气,也会在已清除氧化膜的部分再次生成新的氧化膜,由此原因,清理作用所涉及的区域被限定在保护气能够完全隔绝大气侵入的范围之内。在大电流 MIG 焊接中,由于后面所要叙述的起皱现象的影响,要避免清理作用的不完全性,需要特别完全的保护。

1.2.5　最小电压原理

最小电压原理的含义是:在给定电流与周围条件一定的情况下,电弧稳定燃烧时,其导电区的半径(或温度),应使电弧电场强度具有最小的数值。就是说,电弧具有保持最小能量消耗的特性。

弧柱区电场强度 E 的大小意味着电弧导电的难易。电导率与弧柱电离度及温度有关,所以 E 也是弧柱温度的函数。当电流、周围条件一定时,弧柱的断面只能在保证 E 为最小的前提下来确定。如果电弧断面大于或小于其自动确定的断面,都会引起 E 的增加,即散失能量要增大,这就违背了最小电压原理。因为电弧直径变大,电弧与周围介质的接触面积增加,电弧向周围介质散失的热量增加,则要求电弧产生更多的热量与之平衡,因而要求 IE 增加,电流一定,只有 E 值增加。相反,若电弧断面小于其自动确定的断面,则电流密度要增加,在较小断面里通过相同数量的带电粒子,电阻率增加,要维持同样的电流,也要求有更高的 E,所以电弧只能确定一个能够使 E 为最小值的断面。

利用最小电压原理可以解释电弧过程中的一些现象。例如当电弧被周围介质强烈冷却时,要求电弧产生更多热量来补偿。按最小电压原理,电弧要自动缩小断面,减少散热,但是断面又不能收缩得过小,否则电流密度大使 E 增加太多,最终的结果是电弧自动调整收缩的程度,以最小的 E 值增加达到能量增加与散热量增大的平衡,即体现最小的能量附加消耗。

最小电压原理也决定着电弧其他区域(阴极区、阳极区)的电场强度 E、温度及导电断面的自行调节作用,以达到在一定条件下向外界散失热量最小。

1.2.6　电弧的挺直性与磁偏吹

1. 电弧的挺直性

电弧挺直性是指电弧作为柔性导体具有抵抗外界干扰、力求保持焊接电流沿电极轴线方向流动的性能。通常情况下,电弧是在电极与母材间最短距离区间形成弧柱,然而对于较大电流下的焊接电弧,当电极产生倾斜后,电弧的指向亦随之倾斜,电弧中心线沿着电极的倾斜方向伸展,电弧宛如是在电极轴向上固定的固体棒,这称作电弧的挺直性(arc stiffness),如图 1.49 所示。电流密度越大,这种倾向性也越大,在气体保护电弧焊中表现尤为显著。

产生电弧挺直性的原因可以用流过电极棒中的电流在电弧空间形成的磁力线与电弧电流之间产生的电磁力予以说明,图 1.50 示出这种状态。设定电极和母材间产生了电弧,电流按图中所示方向流动,则电极中流动着的电流所形成的磁力线按照右旋定律以图示箭头方向呈环形围绕着电极及其延长线。另一方面,假设电弧空间流动着的电流的主体成分偏离了电极的延长线而指向电极与母材间的最短距离方向,则电流与磁力线产生切割,电流受到指向中心方向的作用力,电荷又被拉回到电极轴线方向上运动,使电弧的方向与电极轴的延长线方向相一致。当电弧方向与电极轴线一致后,磁力线不再与电流形成切

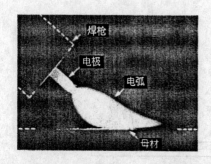

（钨电极，直径2.4mm，正极性，150A）

图 1.49　电弧挺直性

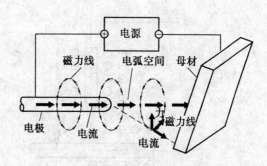

图 1.50　电弧挺直性产生原因

割，电荷也就不再受电磁力的作用而居于稳定。

电弧的挺直性随电流值的增大而增大。电流越大，电弧自身磁场强度越大，电弧越受拘束，电弧的挺直性也就越大。同时电弧的等离子气流、保护气气流、周围气流的冷却作用，也有助于电弧挺直性的提高。保护气种类也影响电弧的挺直性，如 CO_2、H_2、He 等气氛均有利于提高电弧挺直性。充分利用这一特性，比如高速焊时使电极向前倾斜，电弧亦随之倾斜，可以得到所希望的焊缝形状，这在实际中已有广泛应用。

2．电弧的磁偏吹

电弧挺直性是由于电弧中流动着的电流受到其自身磁场的作用而表现出的现象（特性），从电弧的稳定性来讲是希望得到的。然而只有电弧周围的磁场是均匀的、磁力线分布相对电弧轴线是对称的，电弧才能保持轴向对称。如果某种原因使磁力线分布的均匀性受到破坏，使电弧中的电荷受力不均匀，就会使电弧偏向一侧，如图 1.51 所示，这种现象称作电弧磁偏吹。电弧磁偏吹总是表现为电磁力把电弧从磁力线密集的一侧推向磁力线稀疏的一侧。

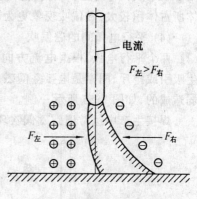

图 1.51　电弧磁偏吹起因示意图

电弧焊因所处条件的不同，一般在如下几种情况下表现出磁偏吹：

（1）导线接线位置引起的磁偏吹

主要指母材接电缆线的位置，是电弧产生偏吹的一项常见原因。电流通过电弧流入母材（工件）后，工件中的电流也会在空间形成磁场，该磁场与电弧段中的电流所形成的磁场相互叠加，使电弧某一侧的自身磁场得到加强，从而在电弧周围形成不均匀磁力线，造成电弧出现磁偏吹，如图 1.52(a) 所示。这种偏吹通常对焊接作业是不利的，可以通过调整焊枪（电极）角度，减小磁偏吹的程度，如图 1.52(b) 所示。另外，电弧长度减小，挺直性提高，磁偏吹减弱。

（2）电弧附近的铁磁性物质引起的磁偏吹

电弧某一侧存在强力铁磁性物体时，电弧磁场的磁力线将较多的集中到铁磁性物体中，电弧空间另一侧的磁力线密度相对增强，磁力线分布受到破坏，电弧将产生向铁磁性物体一侧的偏吹，看上去好像铁磁性物体吸引着电弧，如图 1.53 所示。

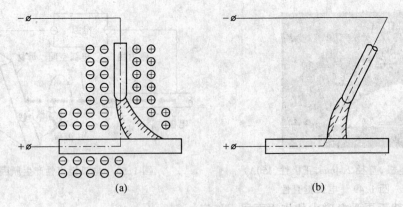

(a)　　　　　　　　　　　　　(b)

图 1.52　地线接线位置产生的磁偏吹

（3）电弧处于工件端部时产生的磁偏吹

钢材料焊接（铁磁性物体），当电弧走到工件端部时，工件对电弧磁力线的吸引产生不对称，端部以外区域的磁力线密度相对增强，电弧被推向工件面积较大的一侧，如图 1.54 所示。特别是坡口内部焊接时，工件一侧铁磁性物体所占体积较大，磁偏吹现象更为严重。

（4）平行电弧间的磁偏吹

两个平行电弧，根据电流方向的不同，相互间可能产生吸引或排斥，同样是电弧空间磁力线相互增强或相互减弱造成的，如图 1.55 所示一例。

焊接生产中经常遇到磁偏吹现象，磁偏吹严重时导致

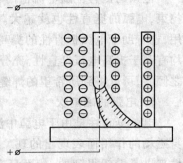

图 1.53　电弧一侧铁磁性物体引起的磁偏吹

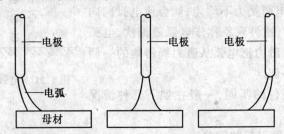

图 1.54　电弧在工件端部产生的磁偏吹

焊接过程不稳定，操作困难，焊缝成形不规则，可以采用代下列办法消除和减少磁偏吹：

① 采用较短弧长进行焊接，电弧越短磁偏吹越小；

② 对工件采取分布式接地的办法，比如两侧接地或多点接地；

③ 操作中调整焊枪或焊条角度；

④ 避免铁磁性物质的影响；

⑤ 考虑使用脉冲焊或高频电弧焊；

⑥ 考虑使用交流焊接等。

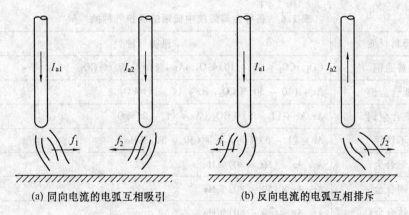

(a) 同向电流的电弧互相吸引　　　　(b) 反向电流的电弧互相排斥

图 1.55　平行电弧间产生的磁偏吹

1.3　电弧焊中的保护气

电弧焊中的保护气有几方面作用:一是向电弧空间提供气体介质,二是起到保护作用,包括保护电弧、保护电极、保护被焊件(焊接区整体),避免上述部分受到大气的侵蚀。涉及保护气的电弧焊方法有 TIG 焊(GTAW)、MIG 焊、CO_2 电弧焊、(活性)混合气体保护电弧焊(以上 3 种统称 GMAW)、等离子弧焊(PAW)、手工焊条电弧焊。在埋弧焊中也涉及电弧气氛问题,但电弧和熔化金属(高温区)的保护主要靠焊剂熔渣壳。

气体保护电弧焊在高温金属(熔滴、熔池、高温区)的表面总有保护气覆盖着,除焊接保护效果之外,焊接电弧中气体的分解、高温金属与保护气之间的化学反应及对气体的吸收总是以某种方式进行着而不可避免。

1.3.1　保护气种类与纯度

气体保护电弧焊的保护气是从焊枪喷嘴中流出,经过电极区进入电弧,再到达母材表面,随后散失掉。保护气的种类和纯度除对电弧行为、焊接过程的稳定性有影响外,对焊接区的冶金性质、焊缝的形成、气孔等缺陷的产生也有很大的影响。对于 GTAW 方法,使用最普遍的是氩气,特殊要求下选择使用氦气、氩气和氦气的混合气、在氩气中加入少量的氢气这几种组合;对于 GMAW 方法,使用的主要气体是氩气、CO_2 气、氧气,有单一氩气、单一 CO_2 气、氩气 + CO_2 气、氩气 + CO_2 气 + 氧气、CO_2 气 + 氧气几种选择,如表 1.5 所示。保护气体及混合气体的选择主要根据焊接金属的材质和焊接厚度确定,如表 1.6 所示。

表 1.5　普遍使用的焊接保护气

焊接方法	氩　气 (Ar)	混　合　气 (Ar-O_2 或 Ar-CO_2)	二氧化碳气 (CO_2)
短路电弧焊	×	○	◎
潜弧电弧焊	×	△	◎
喷射电弧焊	◎	○	×
脉冲电弧焊	◎	○	×
大电流电弧焊	◎	○	△

◎ 最为适用,○ 可以使用,△ 不太使用,× 不能使用。

表1.6　各种金属焊接中使用的保护气种类

母材材质	保护气种类
普通钢	CO_2，CO_2 + (5 ~ 10)%O_2，Ar + (10 ~ 50)%CO_2
低合金钢	Ar + (10 ~ 50)%CO_2，Ar + (1 ~ 5)%O_2
高合金钢	Ar，Ar + (1 ~ 5)%CO_2，Ar + (1 ~ 2)%O_2
不锈钢	Ar + (1 ~ 5)%O_2，Ar + (30 ~ 50)%He
铝合金	Ar，Ar + (50 ~ 80)%He
铜合金	Ar，Ar + (50 ~ 80)%He
钛合金	Ar，Ar + (10 ~ 30)%He
镁合金	Ar
镍合金	Ar

保护气通常是把单一气体装到高压容器(气瓶)中运到焊接现场使用。使用混合气的场合是在焊接时把各单一气体用混合器混合，最近开始有事先按一定比例配好的混合气出售。

气瓶中气体的纯度有国家标准，如表1.7、表1.8所示。

表1.7　二氧化碳气体的纯度

种类	CO_2(体积分数 %)	水分(体积分数 %)	臭氧
第1种	≥ 99.0	—	无
第2种	≥ 99.5	< 0.05	无
第3种	≥ 99.5	< 0.005	无

表1.8　焊接用氩气的纯度

纯度(体积分数 %)	> 99.9
氧气(体积分数 %)	< 0.002
氢气(体积分数 %)	< 0.01
水分(质量浓度 mg/l)	< 0.02
氮气(体积分数 %)	< 0.1

虽然是单一气体，但装在工业气瓶中的气体总是含有一些不纯物质。这些不纯物因母材材质、焊接方法的不同而产生不同的影响，其中以水分的影响最大。由于水分在高温下分解，使得焊缝金属中的氢含量增加，是产生气孔及延迟裂纹的重要原因。

气瓶中流出的保护气，其中水分的含量不是定值，随气瓶残存压力的减小，水分含量增大。为了抑制焊接用 CO_2 气在气瓶压力降低时的水分含量，需要采用表1.7第3种规格的气体。

对于焊接用氩气,除水分之外,还需要规定氧、氮含量,氩气纯度需要达到 99.9% 以上。

1.3.2　保护气的分解及在金属中的溶解

1. 保护气的分解

由于电弧温度很高,保护气多原子气体(有两个以上原子组成的气体分子)在热的作用下将分解为单原子气体,这种现象也称作解离。

气体分子产生解离所需要的最低能量成为解离能,不同气体的的解离能是不同的,电弧气氛中常遇到的几种分子气体的解离式及解离能如表 1.9 所示。

表 1.9　电弧中常见分子气体的解离能

解离式	解离能 /eV	解离式	解离能 /eV
$H_2 \rightarrow H + H$	4.4	$NO \rightarrow N + O$	6.1
$N_2 \rightarrow N + N$	9.1	$CO \rightarrow C + O$	10.0
$O_2 \rightarrow O + O$	5.1	$CO_2 \rightarrow CO + O$	5.5
$H_2O \rightarrow OH + H$	4.7		

由于气体解离能普遍较低,气体分子受热的作用将首先大量解离成原子,然后才被电离。图 1.56 示出几种分子气体的解离度(解离数／分子总数)与温度之间的关系。在焊接电弧环境下,分子气体的解离度是很高的。同时气体与金属之间的反应也以解离后的原子形态进行的更为剧烈。

气体解离是吸热反应,即对电弧有冷却作用。比如在氩气中混入多原子分子气体时,相同的电弧长度下,电弧电压和电弧温度要比纯氩中的电弧电压和电弧温度高,电弧更为收缩。

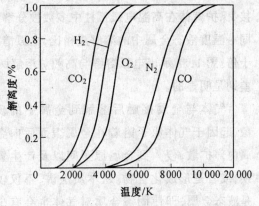

图 1.56　分子气体解离度与温度的关系

2. 气体在焊接金属中的溶解

通常情况下,当气体与液体共存时,通过界面,气体的一部分要溶解到液体中去。溶解的途径有两种,即溶解到液体中的气体以与气相中相同和不同的状态存在。

第一种情况,比如大气中的氮气或氧气溶解到水中,溶解的气体在水中仍然以原来的分子状态 N_2、O_2 存在。这种情况下,能够溶解到液体中的气体的浓度与气相中气体的分压成比例。

第二种情况,比如氮气溶解到钢水中的情况,是通过界面上的反应以原子形态 N 溶解到钢水中。对于这种情况,钢水中氮元素的含量与气相中氮原子分压的平方根成比例。图 1.57 示出液态纯铁水中氮元素的含量与气相中氮的分压的关系。

第二种情况对于双原子分子的氧、氢在液态金属中的溶解同样适用。

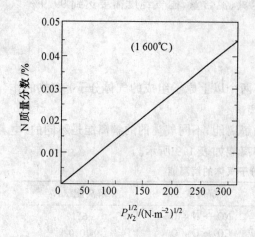

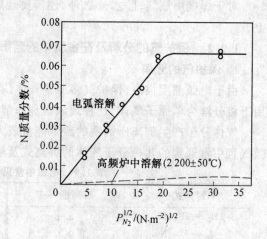

图 1.57　液态铁水中氮的含量与气相中氮的分　图 1.58　电弧与高频炉两种条件下氮在铁水中
　　　　　压的关系　　　　　　　　　　　　　　　　　　溶解量的对比

上面所述为气体溶解的一般性表现,在电弧焊情况下要出现一些差异。对于电弧焊接,保护气体在高温电弧弧柱中多数被分解成原子状态,并被活性化,与分子状态气体在同一温度液态金属中的溶解量相比,电弧情况下的溶解量高得多,有时可以达到数倍到数十倍。图 1.58 示出电弧溶解与高频炉溶解两种条件下,氮元素在纯铁水中的溶解量对比,差别是明显的。

气体与金属接触后溶解到金属中的现象,起因于气体原子附着在金属表面后向金属内部扩散,侵入到金属原子间以及产生置换,或者是形成化合物。从本质上讲,不仅仅是液态金属,即使固态金属对气体也会有少量的吸收。此外,原子形态的气体被吸收到金属中的数量与温度值有必然的联系。通常,气体在固态金属中的溶解量是极少的,随温度的上升而缓慢增加,当超过溶解温度后其溶解量快速增加。

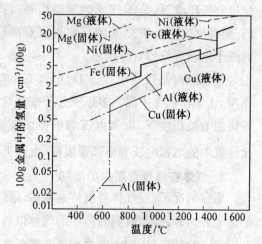

图 1.59　示出氢在各种金属中的溶解度与温度的关系。可见金属处于固相及液相情况下,氢的溶解度有着显著差别。

图 1.59　氢在各种金属中的溶解度与温度的关系

如上所述,高温液态金属对气体的溶解是无法避免的。在焊接情况下,焊缝金属中即使含有很少量的氧原子、氮原子、氢原子,对焊缝的机械性能就会产生影响,同时也是产生气孔及非金属夹杂物等焊接缺陷的原因。因此,对于熔化焊而言,有必要采取某种措施使焊接时的熔化金属与大气隔绝,使得混入到焊接气氛中的氧、氮、水分等尽可能少。此外,在焊剂及焊条中加入适当的脱氧剂以及精炼用物质,一旦气体溶解到焊接金属中,可以使之充分地剔除出去。

高纯度氩气与氦气作为保护气用于焊接中,这类保护气对熔化金属而言是非活性的,不会产生任何化学反应。因此从原理上来讲,只要能够充分隔绝大气的侵入,对母材中不含有害气体及其它杂质的材料进行焊接,不需要添加特别的脱氧剂和精炼物质,可以采用与母材成分接近的焊丝。对不锈钢、铝、铜、钛及其合金这类高温活性材料的焊接,由于氧及氮的混入对焊接区的恶性影响极为显著,通过保护气能够充分消除大气影响的 MIG 焊和 TIG 焊而被广泛采用。

然而在实际焊接中,即使保护气的纯度很高(一般规定氩气的纯度要达到 99.9% 以上),由于电弧附近大气的卷入、焊丝和母材表面附着的水分、或者母材及焊丝中含有气体等原因,要想完全排除有害气体向熔化金属中的溶入是不可能的。这种情况下,焊接金属处于高温熔化状态时溶解气体,在凝固过程中由于液固相对气体溶解度的巨大差别而使过饱和气体急剧放出,并在熔化金属内形成气泡。当气泡长大到一定大小后,通常会因浮力作用而浮出到焊道表面,并散失到大气中。然而如果在气泡浮出之前焊接金属已经完全凝固的话,就会滞留在金属内部并残留下去形成气孔。

气孔产生的条件是焊接金属的凝固速度大于气泡的上浮速度,通常情况下,对于较大热输入的焊接,由于焊缝金属的凝固速度较慢,产生气孔的情况比较少。此外,平焊与横焊相比,横焊情况下气泡的排除较为困难,其气孔的产生量也就较多。

气孔中的气体组成与气源的关联性较强。铝合金 MIG 焊中气孔内部的气体大多是氢,这主要是由于母材及焊丝中含有一定量的氢,此外也可能来源于材料表面附着的氢以及从大气混入的水分。

低碳钢及高强钢中的气孔内部以一氧化碳(CO)和氮的成分居多。CO 的情况主要是由于钢中的碳元素与氧元素产生化学反应生成的气体形成了气孔。氮的情况与铝合金焊接中氢的情况类似,主要是由于固液相溶解度的差异。不锈钢 MIG 焊接中的气孔内以氩气即保护气成分的含量居多。

1.3.3   混合气体的选择及作用

气体保护焊应用初期,使用的主要是单一气体,如氩气、氦气、氢气、氮气、二氧化碳气等。以后,在不断的科学试验和生产实践中,发现在一种气体中加入一定量另一种或两种气体后,可以分别在减少飞溅、提高电弧稳定性、改善成形和熔深、提高电弧温度、提高焊接生产率等方面获得满意的结果。目前在科学研究和焊接生产上,混合气体用得十分广泛,表 1.10 针对焊接材料示出混合气的组配及应用特点。下面介绍各种混合气体的特性以及它们的适用范围。

表 1.10　焊接用保护气及适用范围

被焊材料	保护气	混合比	化学性质	焊接方法	特点
铝及铝合金	Ar		惰性	TIG/MIG	交流 TIG,MIG 直流反接,有阴极清理,焊缝表面光滑
	Ar + He	MIG:(20～90)% He TIG:多种混合比直至 25% Ar + 75% He	惰性	TIG/MIG	电弧温度高。焊厚板可增加熔深,减少气孔。MIG 焊随 He 量增加,有一定飞溅
钛、锆及其合金	Ar		惰性	TIG/MIG	
	Ar + He	75% Ar + 25% He	惰性	TIG/MIG	可增加热输入,适用于射流电弧、脉冲电弧及短路电弧
铜及铜合金	Ar		惰性	TIG/MIG	MIG 时产生稳定的射流电弧
	Ar + He	50% Ar + 50% He 或 30% Ar + 70% He	惰性	TIG/MIG	热输入增加,降低预热温度
	N_2			MIG	热输入增加,可降低或取消预热,但有飞溅和烟雾
	Ar + N_2	80% Ar + 20% N_2		MIG	热输入量比纯氩大,有飞溅
不锈钢及高强钢	Ar		惰性	TIG	焊接薄板
	Ar + O_2	O_2:(1～2)%	氧化性	MIG	用于射流电弧和脉冲电弧,降低液态金属表面张力
	Ar + O_2 + CO_2	O_2:2% CO_2:5%	氧化性	MIG	用于脉冲电弧和短路电弧,电弧能量增加
碳钢及低合金钢	Ar + O_2	O_2:(1～5)% 或 20%	氧化性	MIG/MAG	对焊缝要求较高时应用
	Ar + CO_2	Ar:(70～80)% CO_2:(30～20)%	氧化性	MAG	有良好的熔深,用于脉冲电弧、短路电弧或细颗粒过渡
	Ar + O_2 + CO_2	Ar:80% CO_2:15% O_2:5%	氧化性	MAG	有较佳的熔深,用于脉冲电弧、短路电弧或细颗粒过渡
	CO_2		氧化性	CO_2 焊	适用于短路电弧,有飞溅
	CO_2 + O_2	O_2:(20～25)%	氧化性	MAG	用于短路电弧
镍基合金	Ar		惰性	TIG/MIG	对射流、短路、脉冲均适用
	Ar + He	He:(15～20)%	惰性	TIG/MIG	增加热输入
	Ar + H_2	H_2 < 6%	还原性	TIG	加 H_2 有利于抑制 CO 气孔

1. Ar + He

He 也是惰性气体,但它的传热系数大,和 Ar 气相比,在相同的电弧长度下,电弧电压较高,电弧温度也比 Ar 弧高得多。

钨极氦弧焊的焊接速度几乎可两倍于钨极氩弧焊,所以 He 气最大的优点是电弧温度高,母材热输入量大。

Ar 的优点是在 Ar 气中电弧燃烧非常稳定,进行熔化极焊接时焊丝金属容易呈轴向射流过渡,飞溅极小。

以 Ar 气为基体,加入一定数量的 He 可获得两者所具有的优点。

焊接大厚度铝及铝合金时,采用 Ar + He 混合气体可改善焊缝熔深、减少气孔和提高焊接生产率。He 的加入量视板厚而定,板越厚加入的 He 应越多。板厚 10 ~ 20mm 时加入 50% 的 He,板厚大于 20mm 后则加入 (75 ~ 90)% 的 He。图 1.60 示出 Ar、Ar + He、He 三种保护气的焊缝断面形状。

焊接铜及铜合金时,采用 Ar + He 混合气最显著的好处是可改善焊缝金属的润湿性,提高焊缝质量,He 占的比例一般为 (50 ~ 75)%。

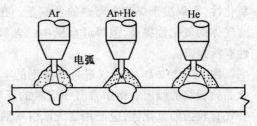

图 1.60　Ar、Ar + He、He 三种保护气下的焊缝断面形状(直流反接)

对于钛、锆等金属的焊接,用这种混合气也是为了改善熔深和焊缝金属的润湿性,这时 Ar 与 He 的比例通常为 75:25,这种比例对脉冲电弧、短路电弧、射流电弧都是适用的。

焊接镍基合金时,也常常采用 Ar + He 混合气,焊缝金属的润湿性及熔深比使用纯 Ar 好,加入的 He 约为 (15 ~ 20)%。

2. Ar + H₂

利用 Ar + H₂ 混合气体的还原性,可用于焊接镍及其合金,可以抑制和消除焊缝中的 CO 气孔,但 H₂ 含量必须低于 6%,否则会导致产生 H₂ 气孔。

3. Ar + N₂

Ar 中加入 N₂ 后,电弧的温度比纯 Ar 时高,主要用于焊接铜及铜合金(从冶金性质上讲,通常氮弧焊只在焊接脱氧铜时使用),其混合比 Ar /N₂ 为 80/20。这种气体与 Ar + He 混合气比较,优点是 N₂ 的来源多,价格便宜,缺点是焊接时有飞溅,焊缝表面较粗糙,焊缝外观不如 Ar + He 混合气好。由于 N₂ 的存在,焊接中还伴有烟雾。此外,在焊接奥氏体不锈钢时,在 Ar 中加入少量的 N₂(1% ~ 4%),对提高电弧的挺直性以及改善焊缝成形有一定的效果。

4. Ar + O₂

Ar + O₂ 混合气分两种类型:一种含 O₂ 量较低,为 (1 ~ 5)%,用于焊接不锈钢等高合金钢及级别较高的高强钢;另一种含 O₂ 量较高,可达 20%,用于焊接低碳钢及低合金结构钢。

用纯 Ar 焊接不锈钢时(包括焊接低碳钢及低合金钢),存在下面的问题:

(1) 液体金属的粘度及表面张力大,易产生气孔。焊缝金属的润湿性差,焊缝两侧容易形成咬边等缺陷。

(2) 电弧阴极斑点不稳定,产生阴极斑点漂移现象。电弧根部的不稳定,会引起焊缝熔深和焊缝成形的不规则。

由于上述原因,熔化极焊接时,用纯 Ar 保护焊接不锈钢等金属是不合适的,通常要在 Ar 中加入一定量的 O₂,使上述问题得到改善。

实践证明,加入 1% 的 O₂ 到 Ar 中,阴极斑点漂移现象便可克服。另外,加入 O₂ 后有利于金属熔滴的细化,降低了射流过渡的临界电流值。

用 Ar + O_2 混合气焊接不锈钢,经焊缝抗腐蚀试验证明:Ar 中加入微量的 O_2,对接头的抗腐蚀性能无显著影响;当 O_2 量超过 2% 时,焊缝表面氧化严重,接头质量下降。

如果将混合气中的含 O_2 量增加到 20%,则这种强氧化气体可以用来焊接碳素钢及低合金结构钢。Ar + 20%O_2 混合气焊接除有较高的生产率外,抗气孔性能比加 20% CO_2 及纯 CO_2 都好,焊缝韧性也有所提高。这是因为焊缝金属的冲击韧性不取决于保护气的氧化性,而取决于焊缝金属中的含氧量。在保护气中加入适量的 O_2(比如 5% ~ 10%),虽然气体的氧化性提高,但焊缝金属中的含氧量和夹杂物却有所减少,故焊缝金属的冲击韧性有所提高。

用 Ar + 20%O_2 混合气进行高强钢的窄间隙垂直焊(立焊),可减少焊缝金属产生树枝状晶间裂纹的倾向。钢中含有一定量的氧时,能使硫化物变为球状或呈弥散分布。该混合气有较强的氧化性,应配用含 Mn、Si 等脱氧元素较高的焊丝。

用纯 Ar 作保护气还有另外一个问题,就是焊缝形状为蘑菇形(亦称"指形")。纯 Ar 保护射流过渡焊接时,蘑菇形熔深最为典型,这种熔深无论对焊接哪种金属都是不希望得到的。在 Ar 中加入 20%CO_2 后,熔深形状得到改善。

5 . Ar + CO_2

Ar + CO_2 混合气被广泛用于焊接碳钢和低合金钢。它既具有 Ar 气的优点,如电弧稳定、飞溅少、容易获得轴向射流过渡等,又因为具有氧化性,克服了纯 Ar 气焊接时的阴极斑点漂移现象及焊缝成形不良等问题。

Ar 与 CO_2 的比例,通常为 $(70 ~ 80)/(30 ~ 20)$。这种比例即可用于喷射过渡,也可用于短路过渡和脉冲过渡焊接。但在短路过渡电弧进行垂直焊和仰焊时,Ar 和 CO_2 的比例最好为 50/50,这样有利于控制熔池。

采用 Ar + CO_2 混合气焊接碳钢和低合金钢,虽然成本较纯 CO_2 焊高,但由于焊缝金属冲击韧性好及工艺效果好,特别是飞溅比 CO_2 焊小得多,所以应用很普遍。

为防止 CO 气孔及减少飞溅,须使用含有脱氧元素的焊丝,如 H08MnSiA 等(就气体的氧化性而言,Ar 中加入 10% CO_2 的,相当于加入 1% O_2)。

另外,还可以用这种气体焊接不锈钢,但 CO_2 的比例不能超过 5%,否则焊缝金属有渗碳的可能,从而降低接头的抗腐蚀性能。

在 Ar 气中加入 CO_2 或 O_2 对焊缝金属性能的影响却不一样。随着混合气中 CO_2 含量的增加,焊缝金属冲击韧性下降。采用纯 CO_2 保护时,焊缝冲击韧性趋于最低值。

6 . Ar + CO_2 + O_2

试验证明,80%Ar + 15%CO_2 + 5%O_2 混合气对于焊接低碳钢、低合金钢是最佳的。无论是焊缝成形、接头质量,还是熔滴过渡及电弧稳定性都非常满意。焊缝的断面形状如图 1.61 所示,熔深呈三角形,较之其他保护气获得的焊缝更为理想。

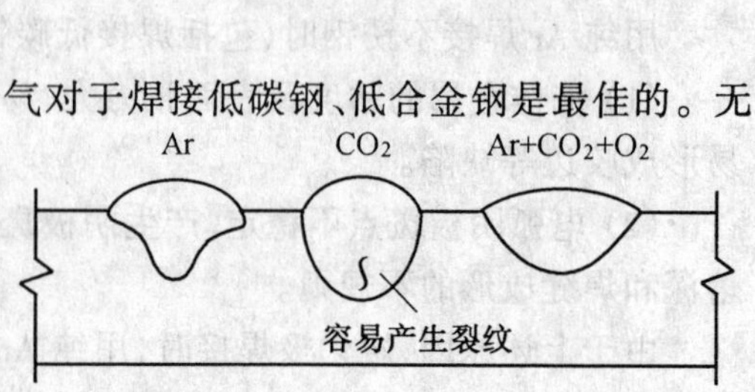

7 . CO_2 + O_2

CO_2 + O_2 混合气具有下列一些特点:

图 1.61 三种不同保护气下的焊缝断面形状

（1）熔敷速度快，熔深大　CO_2 中加入一定量的 O_2 后，加剧了电弧区的氧化反应。氧化反应放出的热量使焊丝熔化速率增加，熔池温度提高，熔深增大。75% CO_2 + 25% O_2 混合气比纯 CO_2 气体，熔池温度能提高 205～308℃。试验发现，当 O_2 的含量从 0 到 10% 增加时，熔池温度上升很快，熔深也有显著增加。随后，O_2 含量继续增加时，熔池温度上升就缓慢了，而熔深几乎不增加。

CO_2 + O_2 混合气焊接厚板时可以减小坡口角度。对于 10～12mm 厚的钢板，不开坡口可以一次焊透。因而是一种高效率焊接方法。

（2）焊缝金属含氢量低　在焊丝具有较强脱氧能力的情况下，只要 O_2 含量控制在一定值以下，焊缝中总的含氧量不至于增高。但 O_2 的加入却降低了弧柱中的游离氢和溶入液态金属中的氢的浓度。据测定，CO_2 + O_2 混合气焊接焊缝金属中含 H_2 量比纯 CO_2 焊低。例如，CO_2 焊焊缝含 H 量约 0.07mL/100g，而 CO_2 + O_2 混合气保护焊缝含 H 量约 0.03mL/100g，因而 CO_2 + O_2 混合气具有较强的抗氢气孔能力。

（3）能采用强规范（大电流）进行焊接　这时电弧稳定，飞溅很小，并且熔池表面覆盖有较多的熔渣，可以改善焊缝的表面成形。

CO_2 + O_2 混合气中，O_2 的比例一般在（4～30）%，常用比例为（20～25）%，最多不超过 40%，否则，焊缝金属中的含 O_2 量将显著增加。

作为焊接用的 O_2，对其纯度要求较高，一般要求在 99.5% 以上，露点在 -50℃ 以下。

CO_2 + O_2 混合气的氧化性很强，必须配用具有强脱氧能力的焊丝（提高焊丝中的 Si、Mn 含量或填加 Ti、Al 等脱氧元素）。

利用 CO_2 + O_2 混合气焊接熔深大的特点，可以在焊接坡口中嵌入一定数量的焊条，将焊条和母材同时熔化，增加单位填充量，从而提高生产率，并且可以发挥焊条的熔渣保护作用，改善焊缝金属质量和焊缝表面成形。

以上介绍了七种焊接常见混合气。文中所列混合比，仅仅是参考，重要的是熟悉混合气中各个成分及相互间比例变化对母材热输入、焊缝熔深形状、熔滴过渡、飞溅以及焊缝金属机械性能的影响。

各个国家由于气体资源不同，使用的混合气情况也不同。在美国，He 价格便宜，Ar + He 混合气应用很普遍，例如短路过渡焊接低合金钢时，也在 Ar 中加入大量的 He 气（60% ～70% He + 25% ～35% Ar + 4% ～5% CO_2）。这种混合气，不仅焊缝熔透好，焊缝金属韧性也比 Ar + CO_2 混合气优良得多。在欧洲，常用 Ar + N_2 混合气焊铜。在日本，则对 CO_2 + O_2 混合气研究的比较多。

还需要指出的是，保护气的电离能对弧柱电场强度及母材热输入的影响是轻微的，起主要作用的是保护气的传热系数、比热容和热分解等性质。一般说来，熔化极反极性焊接时，保护气对电弧的冷却作用越大，对母材的热输入量也就越大。

1.3.4　保护气气流与保护效果

1. 保护气气流

焊接保护是否可靠，是影响焊接过程稳定性及焊接质量的重要因素。如前项所述，气瓶中的气体本身具有很高的纯度。然而在实际焊接中，有时不能忽视下面一些情况，比如连接气瓶与焊枪间的气管内附着气体的混入、焊丝中含有的可以直接进入焊接区的空气及水分等的影响。此外,当保护气从焊接喷嘴中流出时,卷入到保护气中的外围空气不可避免地会混入到电弧及熔池中。

由于焊接用保护气是无色透明的,焊接中无法通过目视对其进行观察,但可以通过光学手段对其进行观察。图 1.62 示出摄影得到的从焊枪喷出的气流形态。

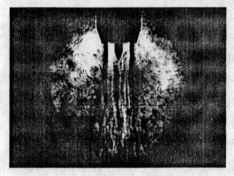 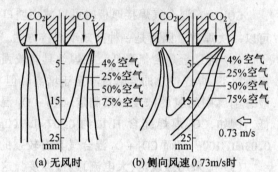

图 1.62 喷嘴流出的保护气流动状态
（CO_2, 20 L/min, 喷嘴孔径 19mm）

图 1.63 CO_2 保护气流中空气的卷入及侧向风的影响

从图片看到,从圆筒形焊枪喷嘴喷出的气体随离开喷嘴距离的增加,外围气流的紊乱度增大,最后完全变成紊流。图 1.63(a)示出 CO_2 喷射气流中空气的体积分数,虽然气流的中心区很少有空气的卷入,但在紊流区卷入了很多的空气。

把没有空气卷入部分的气流长度称作层流长度,用作判断保护性好坏的基准。喷射气流的层流长度用雷诺数 Re 确定:

$$Re = \frac{S \cdot V_g}{L \cdot \nu} \tag{1.32}$$

式中,S 为喷嘴内孔截面积;L 为喷嘴的长度;V_g 为气体的平均流速;ν 为气体的动粘性系数。

一般情况下,雷诺数 Re 增大,层流长缩短。因此,同一直径下的喷嘴,其长度越短,层流长也越短;流量增大流速增加,层流长变短,紊乱度增加。反之,如果流量少,虽然紊流减小,但由于流速减慢,易受外来风的影响。图 1.63(b)示出有侧向风时气流中空气等浓度线的变化。即使是流速 1m/s 以下的侧向风也会对层流区构成影响。在外部风速增大后,要得到无缺陷的焊缝需要加大保护气的流量。

2. 气体保护效果的决定因素

决定焊接保护效果的因素有如下几方面:

(1) 气体流量 对于一定孔径的喷嘴,保护气流量过小,气流挺度差,排除周围空气的能力弱,轻微的侧向风也能使其偏离和散乱,保护效果不好。但流量过大,喷出的气流近壁层流很薄,甚至形成紊流,保护效果也不好。每一口径喷嘴都有一个合适的流量范围,可以通过试验来确定。

选择气体流量时还要考虑喷嘴至工件表面距离以及电弧功率等因素。喷嘴至工件距离及电弧功率较大时,流量应适当加大。

(2) 喷嘴至工件距离 减小喷嘴至工件表面的距离,保护效果提高,可相应减小保护气流量,但要考虑焊接操作性、电弧可观察性、喷嘴温度的提高,以及飞溅是否会阻塞喷嘴。

(3)焊接速度和侧向风 焊接速度对气流保护效果影响不明显。在流量与喷嘴口径配合良好的情况下,焊速达 120m/h 时,气柱偏角只有 0.5 度。

气体保护焊最大的弱点是抗风能力差。侧向风较小时,为避免风的影响,可降低喷嘴至工件的距离。侧向风较大时必须采取防风措施。

(4)焊接接头形式 接头形式不同,保护气流在其表面的覆盖程度也不同。水平位置对接和内角焊接时,气流能很好地覆盖工件表面,保护效果好。外角或端角焊接时,保护气流沿接头表面流散,保护效果降低。为了改善这类接头的保护效果,可在接头两侧加气流挡板,也可以增大气流量及灵活控制焊枪角度等。

此外,电弧功率大小对保护效果也有影响。电弧功率越大,电弧对保护气流的热骚动也越大,为此,喷嘴口径和保护气流量应相应增加。

电弧燃烧过程中,如果增加焊接电流会使等离子气流增大,外部空气的卷入量增多,所以在大电流 MIG 焊中,为了可靠保护电弧及熔池,可以采用图 1.64 所示的双重喷嘴。在这种情况下,为了避免内外喷嘴流出的气流相互间产生干涉形成紊流,需要调整各自的流量。

对一些重要的工件,除需要认真选择喷嘴、设置合适的电极伸出长度、设定合适的保护气流量和焊接规范外,有时只能在室内进行焊接,这时即使是处于较小范围的空间里,也需要严格限制空气的流动。对氧化性强、合金成分含量大的金属,比如

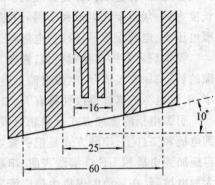

图 1.64 增强保护效果的双重喷嘴
（单位 mm）

钛及钛合金、高温合金、不锈钢等,需要进行电弧尾部保护和背面保护,才能得到无氧化的良好焊缝。

1.4 电弧的引燃与稳弧措施

电弧的引燃通常采取两种方法,一种是接触式引弧,适用于熔化极焊接,如熔化极气体保护电弧焊、埋弧焊、焊条电弧焊;一种是非接触式引弧,适用于非熔化极焊接,如 GTA 焊接和等离子弧焊接。电弧引燃后需要保持稳定,在交流焊接时需要采取相应的稳弧措施。

1.4.1 接触引弧

对于熔化极电弧焊方法,焊接开始时,通过送丝机构把焊丝向工件方向送进,焊丝前端与工件接触的瞬间,在焊接电源空载电压的作用下,焊丝中开始流通电流,由于焊丝端部与工件接触面积较小,在很大的接触电阻中产生很大的热量,使端部被迅速熔化并被烧断,在焊丝端部、气隙空间及工件表面建立起电场,立即在焊丝与工件的气隙间隔中引燃电弧。

这种引燃方法对熔化极焊接简便易行,引燃电弧的可靠性高,但通常伴随少量飞溅的产生。在粗丝焊接时一般需要附加焊丝接触后的回抽动作,防止大面积固体短路现象的发生。在细丝焊接时,如果上次焊接结束后在焊丝端头留下较大尺寸的未过渡熔滴,需要手工剪掉,防止飞溅,增加引弧的成功率。接触引弧以焊丝端头预先剪切成斜面为好。

1.4.2 非接触引弧

采取非接触引弧有两项原因,一是不允许电极与工件接触,一是电极无法与工件接触。钨极电弧焊,如果电极与工件接触,会产生两种不利的情况:一是钨极被污染,影响电子发射能力,同时电极可能产生烧损,影响端面尺寸和电弧稳定性,长期使用容易形成电极斑点。二是可能造成焊缝夹钨,在重要构件场合,影响焊缝性能。即使使用碳棒间接接触引弧也会产生上述两种情况。因此一般 TIG 焊接都需要进行自动引弧,即非接触式引弧。在等离子弧焊接中,电极无法与焊件接触,而保持电极前端形状尺寸更为重要,对电弧的稳定性、防止双弧都是必须的。该情况下,由于钨极内缩到焊枪喷嘴内部,气隙空间长度大,一般需要在电极和喷嘴间首先引燃引导电弧(称为小弧),然后在电极与工件间空载电压下,电弧很容易转移到电极与工件间燃烧,称作转移弧方式引燃。

要实现可靠的非接触引弧,需要在电极与工件之间施加很高值电压,该引燃电压与气隙的长短、保护气成分、电源电流上升速率、工件条件(尺寸、导热性能)、电弧初始电流大小、引弧电源的电能持续性等有关,TIG 电弧通常需要有几千伏。

引弧电压的施加方式有并联引弧和串联引弧两种,并联方式是直接把引弧电压接续到电极和工件上,串联方式是把引弧电压串联到焊接主回路中,通过变压器回路或旁路电容施加到电极和工件。实践表明,串联方式引弧效果好,而且主回路构成简单,不需要有大的电抗器,在目前的焊机中被广泛采用。

根据引弧电压的特点有高压脉冲式引弧和高频振荡式引弧两种,其中高压脉冲多采用电容储能形式,在需要引弧的时刻,接通电容放电回路,把电容上的高压通过主回路中的电磁线圈偶合施加到电极和工件上,此方式因电容存储能量有限,可持续时间短,一般需要给出更高值的引弧电压,电路构造相对复杂,引弧效果一般,故较少采用。高频振荡方式是利用了电容-电感-气隙回路高频放电的特点,其基本结构形式如图 1.65 所示,图中也显示了串联引弧接法。

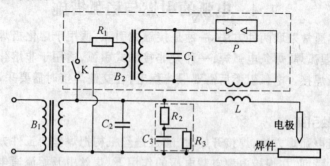

图 1.65 非熔化极焊接中的高频振荡引弧电路

图中 B_1 是焊接变压器,B_2 是高频振荡回路升压变压器,K 是引弧开关,C_1 是高压充电电容,P 是放电火花气隙,L 是电磁偶合线圈,一般是升压设计,C_2、R_2、C_3、R_3 构成高频旁路和保护环节。当开关 K 合上后(引弧开关安装在焊枪上或电源面板上),变压器 B_2 输出对电容 C_1 充电,一般 C_1 数值在几千 pF,充电很迅速,当 C_1 上的充电电压达到很高数值时,气隙 P 被激穿(气隙尺寸 1～2mm),C_1 通过偶合线圈 L 的初级和气隙 P 形成放电回路,放电中,C_1 两极上的电荷呈现放电 — 充电 — 放电的过程,形成振荡电流,并且在 L 的次级偶合出振荡电压(高压特点),通过电容交流旁路施加到电极和工件上,由此引燃电弧。

不同厂家及型号的焊机,其高频引弧回路略有差异,基本原理是一致的。上述高频引弧方法可靠性高,引弧能量大,有广泛的使用。

近年来,机器人焊接得到了广泛的应用,但是在机器人焊接(电弧焊领域)应用的前期,几乎全部使用的 GMA 焊接方法,其中问题之一就是 TIG 焊高频引弧及稳弧的高频电压(磁场)对机器人控制器的工作构成严重干扰,甚至破坏其工作过程。其间实验采用了接触引弧办法,在引燃电弧时先设定小电流(引弧电流,小于 7A),把电极(钨电极)与工件接触,电极与工件的接触点发热,然后把两者拉开,拉开过程中,在电源输出电压的作用下,电弧被引燃,随后转换到正常的焊接电流下工作。该方法使用的较少,目前的机器人焊接系统基本已能达到不受高频引弧和稳弧的干扰而正常工作。

1.4.3 交流电弧稳弧措施

交流电弧焊由于电流过零问题,焊接中需要采取稳弧措施。因焊接对象的不同,一般需要考虑两种情况:一是焊条电弧焊,除了在焊条药皮中加入稳弧剂外,还需要在电源构造方面采取措施。二是对铝合金材料的焊接,需要采取更为严格的稳弧措施。

图 1.66 示出交流焊条电弧焊时的电弧电压与电流波形。通过电流过零瞬间电源的交流电压实现电弧的再引燃。

图中的 P 点所对应的电压称作再点弧电压,交流焊接时,要想顺利地实现极性转换,必须确保再点弧所需要的电压。对于焊条电弧焊所采用的交流电弧焊机,通常在回路中连接图示的电感线圈,该电感线圈的作用是使电弧电流的相位滞后于电源电压的变化,在回路电流过零时,电源空载电压已经达到较高数值,从而把空载电压的瞬时值作为极性转换时的再点弧电压,使电弧再次被引燃。

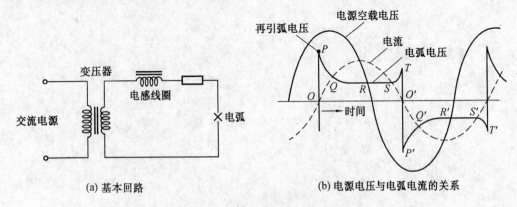

(a) 基本回路 (b) 电源电压与电弧电流的关系

图 1.66 普通交流焊机的稳弧措施

铝合金交流焊接时需要更高的再点弧电压(稳弧电压),原因是铝合金电子发射能力更低,同时导热性能好使温度降低的更快。一般在一台焊机中共用引弧回路进行稳弧,稳弧回路受电子开关控制,比如图 1.65 所示回路。稳弧时刻需要准确选择在电流过零的瞬间,即从正极性(钨极为负)向反极性转换的瞬间,以及从反极性(工件为负)向正极性(钨极为负)转换的瞬间(如图 1.66 所示)。对于比较容易产生电子发射的热阴极(钨极),其再点弧电压较低;而对于铝、铜之类冷阴极电弧,其再点弧电压较高。冷阴极的再点弧特性比热阴极复杂,铝及铜处于惰性气体中的再点弧现象,与形成辉光放电有很深的关系,再点弧电压需要达到辉光放电的阴极压降电压或以上值,比如需要达到 150～400V 程度。即使对不同的铝合金,其再点弧电压也有差别,比如纯铝焊接的再引弧电压只需要 60V。

普通交流焊机,可以通过焊机改造实现铝合金的焊接,这时在回路中仍然存在电流与电源电压的相位差。整流-方波变换或逆变型交流焊机,没有电流-电压相位差,除需要在极性转换的瞬间施加稳弧电压外,提高电流过零速度也可以改善电弧燃烧稳定性,即需要焊机具有良好的动特性品质。

在交流等离子弧焊接中,同样需要上述稳弧措施,只是交流等离子弧焊接使用量相对较少。熔化极气体保护电弧焊和埋弧焊中,多数使用的是直流焊接,故没有需要过零稳弧的问题。

第2章　电弧焊熔化现象

电弧焊接在维持电弧放电稳定性的同时,根据需要对电弧中的熔化现象进行控制是很重要的。电弧焊的目的是利用电弧加热和熔化工件,在熔化极焊接中还涉及焊丝熔化和熔滴过渡问题,最终要形成合格的焊缝。本章对电弧焊方法中基本和共同的事项进行阐述。

2.1　母材熔化与焊缝成形

2.1.1　母材熔化特征和焊缝形状尺寸

1.母材的熔化热与温度分布

电弧产热借助于传导、辐射、电子能量、极区能量、熔滴、等离子气流等传入母材。电弧焊输入到母材中的热量一般由下式给出:

$$Q = \eta \cdot I \cdot U_a \tag{2.1}$$

式中,I 为焊接电流;U_a 为电弧电压;$I \cdot U_a$ 是供给电弧的全部电能。η 为电弧加热母材的热效率,即电弧产生的热量输入到母材中的比率。

电弧加热母材的热效率 η,对于TIG焊以及等离子弧焊约为 $(50 \sim 70)\%$。对于气体保护熔化极电弧焊接,由于熔滴从电极焊丝脱离过渡时把其保有的热量带到母材,所以可以达到 $(70 \sim 80)\%$ 程度。保护气种类及焊接电流值对 η 的影响较小,当电弧弧长增加时 η 会有某种程度的降低。

图2.1是铝合金MIG焊时通过热电偶对焊接区温度的测量结果。从图中看到,熔池表面的温度远高于材料的熔点,测量中达到了1 600℃。熔池内部以靠近热源处的温度较高,随着与热源距离的增加而单调减小。对于铝合金焊接,熔池内部的温度分布与采用热传导理论预测的结果比较接近。

低碳钢及不锈钢熔池内部的温度场与图2.1所示情况有所不同。图2.2示出钢材料GTA焊接时利用热电偶对熔池温度的测量结果。图中显示,钢材料熔池金属过热程度较

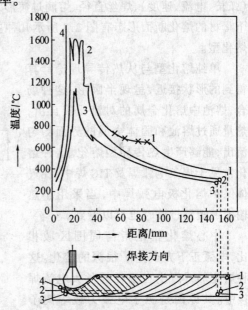

图2.1　熔池温度测量示例(铝)

(MIG,$I = 390 \sim 430A$,$v = 26cm/min$,$U_a = 39 \sim 41V$)

低,温度值比较接近于熔点温度。对于钢的熔池,熔化金属的流动产生的热输送的影响较大,这种影响在熔池内部温度上有强烈的反映。

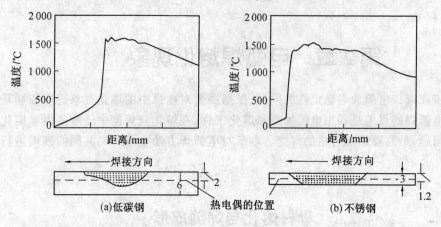

图 2.2　钢材料熔池温度测量示例

(a) GTA, Ar, $t = 6$mm, $I = 250$A, $v = 9.3$cm/min; (b) GTA, Ar, $t = 3$mm, $I = 145$A, $v = 11.2$cm/min

2. 母材的熔化断面形状

在电弧热作用下,母材的熔化形态基本上由母材的热物理参数(比热、热传导率等)、母材的形状、焊接速度等决定,并受到电弧对母材的热输入量及电弧燃烧形态的影响。

在充分大厚板表面进行焊接时,根据移动点热源热传导理论计算,所形成的焊缝断面形状是呈半圆形。然而实际焊接中得到的焊缝断面形状是多种多样的,依据焊接条件(弧长、电流、速度)、焊丝直径、熔滴过渡形态等而有显著变化。一般情况下,电弧热源作用下母材的熔化断面形态有图 2.3 所示几种主要形状,分为单纯熔化型、中心熔化型、周边熔化型。

单纯熔化型与从热传导理论计算得到的形状接近,呈现半圆形。这种场合,熔池中熔化金属的对流比较自由,热量通过熔池和固体金属的界面均匀流出,能够产生热传导型熔化。这种熔化常见于焊条电弧焊及 TIG 焊中,在气体保护熔化极电弧焊中,当采用小热输入的短路过渡时也可以看到。

中心熔化型是指与周围区域相比,电弧正下方产生了很深的熔化。这种熔化形式产生在细径焊丝大电流焊接中。其原因是源于电弧力或等离子气流对熔池的挖掘作用。当电弧在电极前端产生收缩,并且向着母材方向呈圆锥状扩展时,流经弧柱的电流线

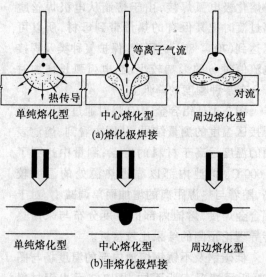

图 2.3　母材熔化形态的分类

相互之间受到电磁拘束力的作用,产生指向熔池的电弧力,而且电极附近电弧中心轴上的电磁压力高于母材表面处的电磁压力,压力差的存在产生了高速等离子气流向着母材表面流动。电弧力和等离子气流对熔池的压力都是起因于流经弧柱的电流,把两者合并考虑,力的数值可以用下式表达:

$$P_{arc} = \kappa\delta \cdot I \tag{2.2}$$

式中,δ 为电极端部电弧的电流密度,设焊丝直径为 d,则可以用下式近似表示:

$$\delta = \frac{4I}{\pi d^2} \tag{2.3}$$

κ 是与电弧形状有关的比例常数。合并式(2.2)和式(2.3),可以看出,熔池受到的挖掘力与电流的平方成正比,而与电极直径的平方成反比。因此,细径焊丝中流过大电流的气体保护熔化极电弧焊,其对熔池的向下挖掘力是非常大的,所形成的熔化形状呈中心熔化型,所得到的熔深远远大于通过热传导理论计算得到的熔深。

周边熔化型是指周边区的熔化比中心区深。这种场合,熔池内金属向外侧流动(如图中箭头指示),从电弧正下方进入的热量通过熔化金属的对流被逐渐传送到周边区,促进周边区的熔化,由此产生上述情况。熔池内产生对流的原因目前认为有如下几项,由于熔池中心区与周边区的温度差所造成的表面张力、熔池内部对流产生的电磁力,以及等离子气流的吹力等,然而其详细机构尚不完全清楚。这种周边熔化形状通常出现在电弧较长或焊接速度较慢时,在电弧点弧情况下也经常看到。

对于气体保护熔化极电弧焊接,其母材的熔化形状多数场合呈现中心熔化型,然而根据保护气种类及电弧长度等因素的不同,熔化形态也有相当大的差别。

图 2.4(a) 示出惰性保护气下 MIG 焊母材熔化形态。由于焊丝作阳极,熔滴以喷射状过渡,焊丝的前端被削成很尖锐形状,并且在熔池周围因电弧阴极斑点的清理作用,使得电弧能够较大范围扩展。这时所产生的等离子气流极为显著,并且由于电弧热输入也向熔池周边区分散,在熔池中心区被深深向下挖掘的同时,周边区亦有一定程度的熔化。这种断面形状宛如手指插入母材所形成的形状,因此称作指状熔深。当焊丝直径越细或电流值越大时越易形成指状熔深。

图 2.4(b) 是较大电流值 CO_2 电弧焊所形成的母材熔化形状。这种场合,电极前端几乎处于母材平面位置上。二氧化碳气氛下的电弧弧柱因热拘束力而产生收缩,并且由于没有清理作用而集中在熔池中央,使得熔池

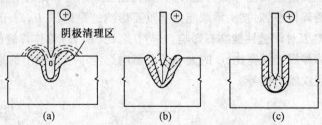

阴极清理区

(a)　(b)　(c)

图 2.4　阴极斑点的形成与熔池形状

中央产生下凹,并且对熔池底部的熔化很充分,其断面形状与图 2.4(a) 的 MIG 焊情况相比呈现带有圆形的熔深形状。这种形状不只限于二氧化碳焊接,在氩气保护 MIG 焊及埋弧焊中也能看到,一般是在阴极斑点不能扩展、弧柱强烈收缩时产生这种熔化形状。

图 2.4(c) 示出二氧化碳焊接中电极前端深深潜入母材内部时的电弧形态。这种场合,电弧只产生在电极前端极为有限的区域范围,由于集中在熔池底部,与母材表面区域

相比,其内部区域反倒熔化得比较充分,其断面形状类似西洋梨的形状,也就是所说的梨形焊缝,熔化虽然很深,但在熔化金属凝固时,树枝状组织在焊缝中心区汇合,容易产生裂纹而使得这种形状不具备实用性。

如上所述,母材的熔化形状不能单纯用热输入确定,而是与电弧力有着很大的依赖关系。利用这一事实,在不改变对母材的热输入量前提下,可以对母材的熔深进行控制。从已经阐述的原因可知,选择电极的直径是一项有效的手段,电极直径越细,母材熔化越深。图2.5示出钢材料 MIG 焊接在相同电流、电压、速度下,改变电极焊丝直径所得到的熔深实测值,所测值与电流密度成正比增加,即与焊丝直径的平方的倒数成正比。

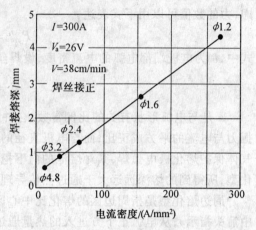

图2.5 焊丝直径与焊接熔深的关系

对于脉冲电弧 MIG 焊,其主要目的是实现熔滴喷射过渡,然而通过叠加脉冲,也可以使电弧力增加而增大熔深。在平均电流一定、增大脉冲电流峰值时,母材熔深显著增加,而由于平均电流一定,母材熔化断面积几乎不变。

3. 焊缝形状尺寸

电弧焊过程中,电弧正下方的熔池金属(包括母材熔化金属和焊丝过渡金属)在电弧力作用下克服重力和表面张力被排向熔池尾部。随着电弧的移动,熔池尾部金属流向电弧移去后留下的凹坑里,冷却结晶形成焊缝,因此焊缝的形状与熔池形状有直接联系。

因母材接头形状尺寸和所处空间位置的不同,在各种力的平衡作用下所形成的熔池呈现不同的形态,比如接头形式可以有对接、角接、搭接、T字接头等,接头端面可以开多种形式和尺寸的坡口,空间位置可以是平焊、立焊、横焊、仰焊、全位置焊接等。在上述各种形式焊接中,熔池金属重力对熔池形态有不同的影响。焊接工艺方法和规范参数对熔池体积及熔池长度等都有很大的影响。图2.6示出平焊位置熔池的特征参数。在厚板非完全熔透焊接中,对接头承载能力有重要影响的是熔深 H,对于薄件通常进行完全熔透焊接,熔宽 B 对焊缝性能亦有影响,B 与 H 之比(B/H)称作焊缝的成形系数 φ,H 与 B 之比(H/B)称作焊缝深宽比,φ 的大小还会影响熔池中气体逸出的难易、熔池的结晶方向、成分偏析、裂纹倾向性等。

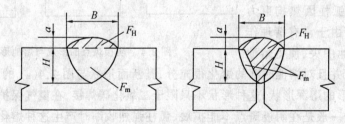

图2.6 平焊位置焊缝形状尺寸(单道焊缝)

焊缝的另一个重要尺寸是余高 a。余高可避免熔池金属凝固收缩时形成缺陷,也可增加焊缝承载能力。但余高过大将引起应力集中或降低抗疲劳强度,因此也要限制余高尺寸。

焊缝成形尺寸受多种因素的影响,其中焊接工艺与规范参数的作用最大,由于结构性能与焊缝成形尺寸有直接的联系,对工艺和规范的选择可以参考有关手册或通过试验确定。

2.1.2 熔池金属的对流和对流驱动力

熔池中熔化金属的对流对材料焊接区的热输送现象及所形成的焊缝形状尺寸有很大的影响。在此阐述对流热输送现象及其对母材熔化的作用。

1. 熔池金属的对流驱动力

对采用较低电流值的无添加焊丝 GTA 焊接,其熔池形状呈圆弧形,比较容易模型化,因而做了了较多的探讨。然而,对于相同焊接条件的 GTA 焊接,即使是焊接同一规格的钢材(特别是不锈钢),其熔透形状亦会出现差异。

GTA 焊接,阳极和阴极之间产生的电弧热主要由从阴极到阳极流动着的电子流以及等离子体气流的热传导传送到母材,进入母材的热量使母材熔化并形成熔池。该热量的绝大部分在熔池内运动着,以及通过熔池和母材的界面(固液界面)流入母材,此部分热量在母材中因热传导而散失掉,此外,熔化金属或合金成分的蒸发会从熔池带走热量。

然而,即使相同数量的热量从电弧进入焊接熔池,因熔池内部熔化金属流动情况或热对流、热输送的不同,最终所形成的焊缝断面形状、尺寸也会有很大的差别。

熔池内部存在着液态金属的流动,力是产生液体流动的原因。无添加焊丝 GTA 焊接,电弧作用下熔池内部的对流驱动力,有图 2.7 所示的 4 种。

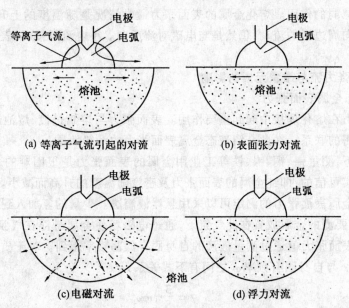

(a) 等离子气流引起的对流　　　　(b) 表面张力对流

(c) 电磁对流　　　　(d) 浮力对流

图 2.7　焊接熔池的对流驱动力

图(a)所示为电弧等离子气流作用下产生的熔池金属的对流。电弧等离子气流以电弧压力的形式作用于熔池,使熔池的中心区出现凹陷,同时又从熔池的中心区向周边区流动,把熔池表面从中心区从周边区拉伸,对熔池表面金属形成从熔池中心向熔池周边区流动。

图(b)是由于熔池表面上的表面张力差产生的对流,称作表面张力流。流动的方向依赖于液面上的表面张力梯度和分布,是从表面张力低的部分流向表面张力高的部分。焊接情况下,熔池表面存在着从固液界面处的熔点温度到中心高温区的温度差,通常情况下,熔化金属的表面张力依赖于温度值,由于温度差使得熔池表面的各部位出现了表面张力差。表面张力差出现后,熔化金属就出现了向表面张力高的部位拉伸的表面张力流。

图(c)是熔池内部流动着的电流产生的电磁力引起的对流,称作电磁对流。从电弧进入熔池的电流在电弧正下方有着较高的电流密度,从熔池到母材内部,电流密度是逐渐降低的。电流与其自身产生的磁场之间相互作用而产生了电磁力,该电磁力指向电流发散方向,由此产生了电磁对流。电磁对流的流动方向如图中指示,是向着电流的发散方向即从电弧正下方熔池中心区向熔池底部流动。

图(d)是由于熔池内部熔化金属密度差引起的对流,称作浮力流,与通常的热对流有相同的机构。焊接情况下,熔池内部的温度是从电弧正下方的高温区向固液界面处的熔点温度变化着的,形成了熔池内部的空间温度场。液态金属是温度越高密度越低,密度高的部分受到浮力的作用向着重力的反方向运动。

电弧焊情况下,在这些对流中,以等离子气流引起的对流、表面张力流及电磁对流最为重要。

电磁对流在熔池的中心区是向下方流动,在表面上是从熔池边界区向中心区流动。由于熔池表面的温度较高,对于平焊情况,表面的熔化金属因浮力有留在表面的倾向,对电磁对流有减弱的作用。熔化金属的表面张力通常情况是随温度的上升而减小,因此形成从中心区向周边区的流动,仍然是与电磁对流反向。小电流焊接时,表面张力流使熔深变浅。

2.表面张力流与微量元素的影响

(1)液态金属表面张力

表面张力在熔化焊接中起到重要作用。表面张力与熔滴过渡、熔池形成及其内部的流动都有紧密的联系。在此介绍液态金属表面张力的一般性质。

在高温下,测量铝、铜、镍、铁等工业用金属的表面张力是很困难的,实验数据较少。有一点是切实可信的,即纯金属的表面张力及密度随温度的升高而减小。

对液态金属表面张力的测定可以采用悬浮液滴法。少量的氢加入到氩气与氦气的混合气体中,把要测的金属放置在此气氛下,通过电磁场使金属悬浮在气氛空间,通过激光使其熔化。表面张力值通过测量液滴的自身固有振荡频率得到。对于质量为 m 的液滴,其表面张力 γ 与自身固有频率 ω 之间有下式关系:

$$\gamma = \frac{3}{8}\pi m \omega^2 \tag{2.4}$$

此外还有其它方法,比如源于对表面张力定义的静滴法等。用该方法测量液态金属的表面张力,由于需要把高温液滴滴到耐火物质上,有受到氧等物质污染的可能。

图2.8是测量得到的铝、铜、铁、水银、钠的表面张力随温度的变化。图2.9示出通过

悬浮液滴法测量得到的铁、钴、镍的表面张力值,中部实线是通过回归分析得到的数值,其中铁的表面张力数值最高。

大多数的液态金属,当其含有氧、硫等表面活性元素时,虽然含量可能非常少,但表面张力都有大幅度降低。铁中加入表面活性元素,能够降低表面张力数值。在微量添加时,相对于微量元素浓度的影响,表面张力的变化梯度是很大的。在有较高的添加浓度时,表面张力曲线成为直线,比如在氧元素含有量处于 $0.05\% \sim 0.1\%$ 范围时,表面张力的测定值为 $0.9 \sim 1.2\text{N/m}$。钢的表面张力值通常

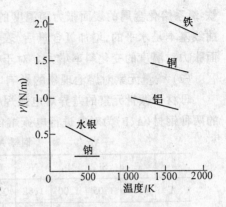

图 2.8　液态金属的表面张力

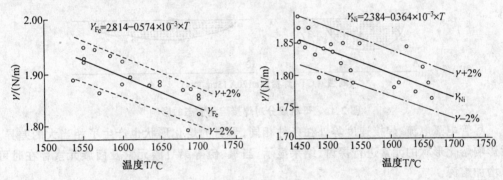

图 2.9　纯铁与纯镍的表面张力随温度的变化

处于这一范围。

图 2.10 所示为几种非金属元素对铁的表面张力的影响,这一点对其它金属也是一样的。

另一方面,虽然纯金属的表面张力随温度的升高而降低,但当有表面活性元素存在时,表面张力的温度系数却会变为正值。这是由于随温度的升高,存在于表面上的活性元素量在逐渐减少。最初的表面活性元素含量越高,这种影响也就越为显著。图 2.11 示出

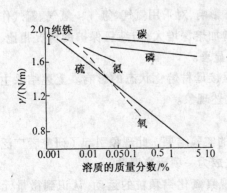

图 2.10　非金属元素对铁表面张力的影响

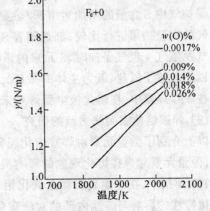

图 2.11　铁中氧含量对表面张力的影响

铁-氧系熔化金属的表面张力随温度的变化。当氧元素质量分数为 0.002％时,表面张力曲线基本是水平的,增加氧含量后,表面张力的温度系数变为正值,并随氧含量的增加,表面张力对温度的变化斜率增大。对于铁-硫系液态金属也有类似的特性。

（2）微量元素对熔池现象的影响

母材中微量元素的差异对电弧焊中母材的熔化现象构成影响,以几乎具有相同组成的两种钢材（A、B）为对象进行电弧熔化实验,得到图 2.12 所示的结果。

钢材 A、B 的化学组成（w％）

	C	Si	Mn	Ni	Cr	Mo	V	S	P	[O]	[N]	Ca
A	0.40	1.05	1.00	1.88	0.71	0.58	0.1	0.007	0.008	0.009	0.011	0.002
B	0.39	1.00	1.05	1.80	0.76	0.61	0.1	0.005	0.008	0.005	0.004	0.002

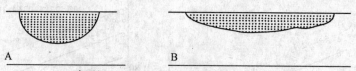

A   B

（高强钢,GTA焊接,Ar,120A,15cm/min）

图 2.12　母材成分对焊接熔化形态的影响

尽管电弧电流、焊接速度等外在条件相同,母材的熔化形状也产生了相当大的差异。对影响熔化形状的元素进行探讨,结果显示,当氧、硫等第Ⅵ族元素及卤族元素存在时可以增加熔深。

Cr-Ni 系奥氏体钢的自动 TIG 焊,即使保持焊接参数处于一定值,焊接熔深也常常发生变化。对高锰奥氏体不锈钢,伴随着焊接区铝含量的增加,熔宽/熔深比明显增加,这是由于铝与氧的亲和力大于一般金属,能够除去焊接区的氧,减少氧对焊接熔深增加的效果,但铝不能除去硫的作用。

在奥氏体不锈钢中加入硫、硒（Se）、碲（Te）、氧、铈（Ce）元素,其中硫、硒、碲、氧含量的增加,能够减少熔宽/熔深比,即熔深增加,而铈有相反的效果。认为铈与硫、氧都有化合反应,减少了硫、氧对熔深增加的作用效果。

保护气中 S 含量的增加对熔深/熔宽比也有影响,对采用氦气、氩气＋氢气、氩气作为保护气的实验结果进行比较,都是随着 S 量的增加熔深增大,与纯氩保护的情况相比,采用氦气及氩气＋氢气保护时,S 元素的影响更为显著。

以上叙述了以硫、氧为主体的微量元素对焊接母材熔化状态的影响。上述结果主要表现在 TIG 焊接中,在熔化极电弧焊中未发现上述现象。

（3）焊接熔池表面张力流的研究

以上介绍了微量元素对焊接熔化现象影响的实验结果。此现象引起了研究者广泛的兴趣,微量元素对焊接熔化现象的影响机理随之成为一项研究课题。

TIG 焊接中,在熔池表面加入氧化铝颗粒,观察氧化铝颗粒的运动,认识到微量元素对熔化特性的影响与熔池内部的对流现象有着密切的关系,由此提出了图 2.13 所示熔池对流形式对熔化特性影响机理的观点。

图(a)所示,当熔池表面流从熔池中心区向周边区流动时,得到的熔深较浅。图(b)的情况是熔池表面流从熔池周边向中心区流动,这种情况下得到的熔深较深。即是,对于图(a)的情况,电弧输入的热量通过液流被传送到熔池的周边区,其结果是使周边熔化范围增加而熔深变浅。在图(b)的情况下,如图中箭头所示,电弧热被直接输送到熔池底部,从而使熔宽较小而熔深增加。例如,对于硫及氧含量较少的钢材,形成图(a)所示的对流形式,熔深较浅;而硫及氧含量较多的钢材,形成图(b)所示的对流形式,能够得到较大的熔深。

那么,微量元素的存在为什么会造成图2.13中所示的熔池对流形式,这一点就涉及到所提出的熔池表面张力正温度系数影响学说,也就是钢中的硫、氧等表面活性元素,使表面张力的温度系数的符号发生反转,如图2.14所示,即是使表面张力对流的方向发生反转。例如,对于表面活性元素较少的材料,如图(a)所示,表面张力随温度的升高而减小,由此原因,电极正下方熔池表面温度较高处的表面张力低于表面温度较低的熔池周边区的表面张力,从而产生了从熔池中心区向周边区的流动,即形成外向表面张力流,并获得较浅的熔深;对于表面活性元素较多的材料,如图(b)所示,表面张力随温度的上升而增大,从而产生从熔池周边区向中心区的流动,即形成内向表面张力流,而电极正下方熔池中心区的熔化金属具有较高的温度,被液流直接传向熔池底部时,也带去较多的热量,从而使熔深增加,也可以表述为熔化效率提高。

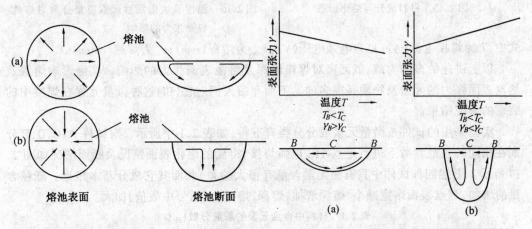

图2.13 熔池表面张力流对熔化现象的影响   图2.14 表面张力温度系数与熔化形态

如果是对上述两种材料进行连接,则焊缝熔深偏向有表面活性物质的材料,得到不对称熔化形态,如图2.15所示。把表面张力作为表面活性元素质量分数与温度的函数,利用热力学方法进行计算,其概略结果如图2.16所示。

电弧焊接区的对流热输送与表面张力的关系目前还不是完全明确,主要是研究焊接对流热输送有很大难度,液态金属表面张力的测试也很困难,焊接熔池条件下的表面张力测试更为困难,比如焊接熔池温度及其分布的测试就存在很大的难度。基于上述学说观点,实际评价焊接熔池表面张力有一个经验公式:

$$\gamma = \frac{4.3 \times I \times E}{t_{max} \times \sqrt{V_S}} \tag{2.5}$$

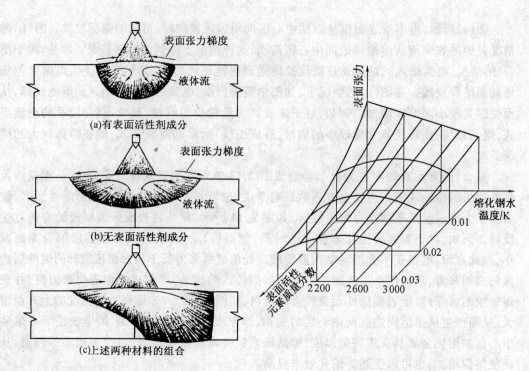

图 2.15 材料成分与熔化形态

(a)有表面活性剂成分

表面张力梯度

液体流

(b)无表面活性剂成分

表面张力梯度

液体流

(c)上述两种材料的组合

图 2.16 温度及表面活性元素质量分数对熔池
表面张力的影响

式中,I 为焊接电流(A);E 为电弧电压(V);t_{max} 为熔深(mm);v_s 为焊速(cm/min)。

以上讲述的多数为硫、氧元素对焊接熔深及熔池表面张力的影响。实际影响熔深及熔池表面张力的元素及物质是很多的。下面介绍人们对铋(Bi)这种微量元素在焊接中的表现的研究结果。

实验采用的试件按微量元素成分分类有五种,如表 2.1 中所示。对试件 A、C、D、E 分别在相同的规范参数下进行定点 TIG 电弧焊接,得到的熔化表面情况及断面情况如图 2.17 所示。上述四种试件中只有铋元素含量有很大的差别,而其它成分基本相近。随铋含量的增加,焊点表面熔宽减小,熔深增加,熔深/熔宽比(括号中数值)加大。

表 2.1 材料中合金元素的质量分数($w\%$)

材料	C	Si	Mn	P	S	Ni	Cr	Bi	Al
Steel:A	0.07	0.25	1.87	0.030	0.001	8.42	18.12	< 0.01	0.032
Steel:B	0.02	0.26	1.75	0.034	0.030	8.29	18.83	< 0.01	0.005
Stell:C	0.06	0.21	1.92	0.030	0.001	8.64	18.41	0.04	0.022
Steel:D	0.07	0.20	1.93	0.028	0.001	8.44	18.33	0.12	0.032
Steel:E	0.07	0.20	1.91	0.029	0.001	8.47	18.24	0.14	0.024

对试件 A、C、D、E 的实验结果,利用熔池数据及(2.5)式分别计算熔池表面张力数值,结果如图 2.18 所示。随铋含量的增加,熔池表面张力降低;随电弧热输入量即熔池温度

的升高,熔池表面张力值加大。

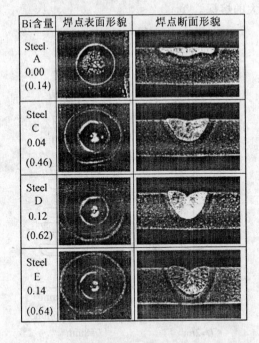

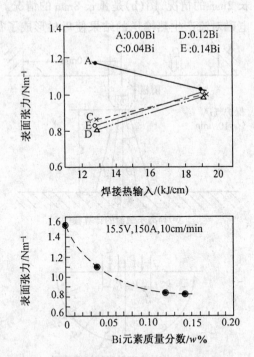

图 2.17　活性元素硫、铋含量对定点熔池熔化的　　图 2.18　活性元素铋对熔池表面张力及其温度
　　　　　影响　　　　　　　　　　　　　　　　　　　　　　系数的影响

　　以上从熔池表面张力构造即表面张力流的角度论述了焊接母材熔化的特征及现象。
电弧焊条件下,焊接熔池中也作用着电磁力,这使现象变得更为复杂。实际上,(2.5)式中
评价熔池表面张力与焊接熔深的关系,就没有考虑电磁力的作用。

3. 等离子流及电磁对流对熔化现象的影响

　　对于电弧焊熔池,除表面张力作用之外,
还需要考虑等离子气流及电磁对流的影响。
前者使熔池表面金属产生向着周边的流动,
后者产生向着熔池中心的流动,流动的强度
依赖于电弧的形态如图 2.19 所示。比如,在
熔池表面上的阳极区域较大的情况下,等离
子气流增强,而熔池内的电流密度下降,从而
使电磁对流相对减弱,如图(a)的情况。而在
阳极区收缩的情况下,如图(b)所示,电磁对流的影响增强。

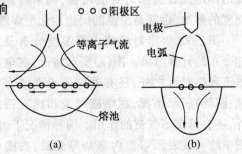

图 2.19　电弧形态对熔池对流流动的影响

　　对于氩气保护 GTA 焊接,电弧阳极形态因母材中微量元素含量而变化。为了考察电
弧焊接时的对流热输送,把表面张力和电磁力的作用综合起来进行判断是很重要的。利
用图 2.20 所示的模型,通过数值计算对焊接熔池中的热输送现象进行探讨。假定电弧电
流呈现图(a)所示的圆锥状分布,评价图(b)模型所示的等离子气流、电磁对流及表面张力
对流对熔化现象的影响。

　　图 2.21 示出计算结果的一例,是对熔化形状随时间的变化做出的推断。图(a)是弧

长 2mm 的情况,图(b)是弧长 8mm 的情况。图(a)中只考虑了电磁对流和热对流的效果,电磁对流产生热输送的结果使母材形成了很大的熔深。

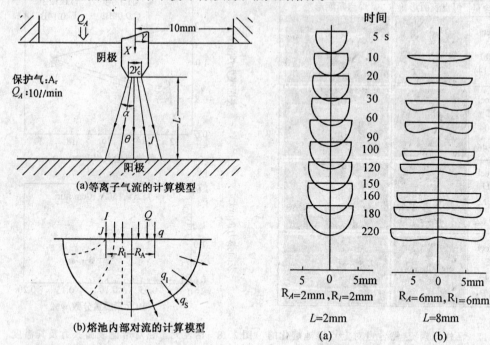

(a)等离子气流的计算模型

(b)熔池内部对流的计算模型

图 2.20 电弧形态与熔池对流模型

图 2.21 电弧焊熔池对流与熔化的计算结果
(GTA,Ar,I = 200A)

在图(b)中,与电磁对流相比,等离子气流的作用及表面张力对流增强,结果得到浅而宽的熔池,也就是所说的周边熔化型焊缝。

图 2.22 示出对熔池内部温度分布及流速分布的计算结果。图(a)所示情况,在电磁对流和热对流之外,还有外向的表面张力对流;图(b)所示情况,在电磁对流和热对流之外,还有等离子气流的作用。两种情况下,左图中的实线表示熔池内部的等温线,右图中各点上的短线表示流体方向和强度。比如,图(b)中显示,熔池内部熔化金属的最大流速可以达到 40cm/s,即是熔池内部有极强的流场,弧长增加后,等离子气流作用增强,容易形成较浅的熔深。

进行 GTA 焊接的数值模拟多数采用 100A 到 200A 的电流范围。使用 150A 焊接电流对铝材料的移动热源 GTA 焊接数值模

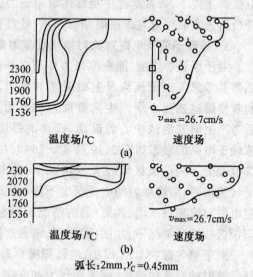

图 2.22 熔池内部对流现象计算结果
(a)电磁对流、热对流与表面张力对流的效果
(b)电磁对流、热对流与等离子气流效果

拟,结果显示电磁对流的流动速度在轴心部位达到 250mm/s 程度,而浮力产生的流动勉强达到 10mm/s。在其它的计算中亦显示浮力没有多少影响。电流 200A、弧长 2mm 时,可以忽略等离子体气流的影响,但当弧长达到 5mm 程度时,等离子体气流转变成决定性的因素。在电弧得以扩展、能够忽略表面张力流的条件下,熔池的形状只由热传导所决定。对定点 GTA 电弧焊接(TIG 点焊)进行三维模拟,如果忽略表面张力的作用,稍稍一点对称性偏差就会对对流及所形成的熔池形状造成显著的影响。如果考虑存在 0.5×10^{-4}N/(mK)程度的表面张力梯度引起的对流的话,非对称性的影响就不再显著。在电弧收缩程度较大时,不能忽略表面张力流的影响。

2.1.3 焊接参数与工艺的影响

在实际焊接中,影响熔池与焊缝尺寸的因素很多,相互关系也较复杂,针对具体情况,需要通过实验找出各种因素与焊缝尺寸的关系。通过计算机,可根据焊接条件算出焊缝和热影响区的尺寸,但也需要积累大量的实验数据。

1. 电流、电压、焊接速度等的影响

(1)焊接电流

其它条件不变,焊接电流增大时,焊缝的熔深和余高增加,而熔宽略有增加。这是因为:

① 电流增大后,作用在工件上的电弧力和电弧对工件的热输入均增大,热源位置下移,有利于热量向深度方向传导,熔深增大。熔深与焊接电流近于成正比关系,比例系数(熔深系数 K_m:每 100A 电流获得的 mm 熔深)与电弧焊的方法、焊丝直径、电流种类等有关,如表 2.2 所示。

表 2.2　各种电弧焊方法及规范(焊钢)时的熔深系数

电弧焊方法	电极直径/mm	焊接电流/A	电弧电压/V	焊接速度/(m·h^{-1})	熔深系数 K_m/(mm/100A)
埋弧焊	2	200 ~ 700	32 ~ 40	15 ~ 100	1.0 ~ 1.7
	5	450 ~ 1200	34 ~ 44	30 ~ 60	0.7 ~ 1.3
TIG 焊	3.2	100 ~ 350	10 ~ 16	6 ~ 18	0.8 ~ 1.8
MIG 焊	1.2 ~ 2.4	210 ~ 550	24 ~ 42	40 ~ 120	1.5 ~ 1.8
CO$_2$ 焊	2 ~ 4	500 ~ 900	35 ~ 45	40 ~ 80	1.1 ~ 1.6
	0.8 ~ 1.6	70 ~ 300	16 ~ 23	30 ~ 150	0.8 ~ 1.2
等离子弧焊	1.6(喷嘴孔径)	50 ~ 100	20 ~ 26	10 ~ 60	1.2 ~ 2.0
	3.4(喷嘴孔径)	220 ~ 300	28 ~ 36	18 ~ 30	1.5 ~ 2.4

② 熔化极焊接中,通常是通过改变送丝速度来改变焊接电流,即使在采用恒流特性电源进行铝合金 MIG 焊时,增大焊接电流也需要相应增加焊丝送进速度,保证送丝量与焊丝熔化量的平衡,由于焊丝供给量增加,并且熔宽增加较少,所以余高增大。

③ 电流增大后,弧柱直径增大,会使熔宽增加,但是电弧潜入工件的深度增大,电弧斑点移动范围受到限制,因而熔宽增加量较小,也就是熔宽的增加小于熔深的增加。

(2)电弧电压

电弧电压增大后,电弧功率加大,工件热输入有所增大。由于电弧电压的增加是以增加电弧长度实现的,使得电弧热源半径增大,工件热输入能量密度减小,因此熔深略有减小而熔宽增大。同时由于焊接电流不变,焊丝送进速度和焊丝熔化量没有改变,使得焊缝余高减小。

各种电弧焊方法为了得到合适的焊缝成形,在增大焊接电流时,也要适当地提高电弧电压,也可以说电弧电压要根据焊接电流来确定,这在熔化极电弧焊中最为常见。

(3) 焊接速度

焊速提高时焊接线能量(q/v_w)减少,熔宽和熔深都减小,余高也减小。因为单位焊缝长度上的焊丝金属熔敷量与焊速 v_w 成反比,而熔宽则近似于与 $v_w^{1/2}$ 成反比。

焊接速度是评价焊接生产率高低的一项重要指标。从提高焊接生产率考虑,措施之一是提高焊接速度。要保证结构设计上所需的焊缝尺寸,在提高焊接速度时要相应提高焊接电流和电弧电压,这三个量是相互联系的。但在大功率下高速焊接,有可能在工件熔化及凝固中形成焊接缺陷,比如裂纹、咬边等,所以对焊速的提高一般需要加以限制。

2. 电流的种类和极性以及电极尺寸等的影响

电流的种类和极性影响到工件热输入量的大小,也影响到熔滴过渡的情况以及熔池表面氧化膜的去除等。钨极端部的磨尖角度和焊丝的直径,影响到电弧的集中性和电弧压力的大小,而焊丝的直径和焊丝的伸出长度等,还影响到焊丝的熔化和熔滴的过渡,因此都会影响到焊缝的尺寸。

(1) 电流的种类和极性

电流的种类区分为直流和交流,直流还区分为恒定直流和变动直流,交流的情况根据电流波形还区分为正弦波交流和方波交流等。

钨极氩弧焊焊接钢、钛等金属时,以直流正接所形成的焊接熔深最大,直流反接时的熔深最小,交流居于两者之间。低频脉冲焊通过调整脉冲参数,可以控制焊缝成形尺寸。焊接铝、镁及其合金时,考虑到要利用电弧阴极清理作用,以采用交流为好,方波交流由于波形参数的可调性,焊接效果更好。

熔化极电弧焊,直流反接时的熔深和熔宽都要大于直流正接的情况,交流焊接居于两者之间。但在直流正接时,焊丝熔化快。对于 GMA 焊接,考虑到熔滴过渡的重要性,一般采用直流反接。埋弧焊对电流种类和极性的选择要考虑焊剂的成分,直流焊接时也是采用反接,以获得更大的熔深。

(2) 钨极端部形状、焊丝直径和伸出长度的影响

钨极前端角度和形状对电弧集中性及电弧压力影响较大,应该根据使用的电流、焊件厚薄选取。通常电弧越为集中、电弧压力越大,所形成的熔深越大,而熔宽相应减小。

熔化极电弧焊,如果电流不变,焊丝越细,电弧加热越为集中,熔深增加,熔宽减小。但在一定方法下焊丝直径的选取也要考虑电流值和熔池形态,避免不良焊缝的出现。

焊丝伸出长度加大时,焊丝电阻热增加,焊丝熔化速度增加,使余高增大而熔深有所减小,这在钢质、细径焊丝中表现最为明显,铝焊丝影响不大。虽然增加焊丝伸出长度可以提高焊丝金属的熔敷效率,但从焊丝熔化的稳定性和焊缝成形方面考虑,必须限制焊丝伸出长度的允许变化范围。

(3) 焊接工艺因素对焊缝尺寸的影响

除上述因素外,焊接工艺因素对焊缝成形也有影响,如坡口形式、尺寸、间隙的大小,电极与工件间的倾角,接头的空间位置及焊接方式等。

总之,影响焊缝成形的因素很多,要获得良好的焊缝成形,需要根据工件的材料、厚度、接头的形式及焊缝的空间位置,以及对接头性能和焊缝尺寸方面的要求,选择适宜的焊接方法、焊接规范和焊接工艺。

2.1.4 焊缝成形缺陷及形成原因

焊接缺陷有多种,比如内部缺陷和外部缺陷、微观组织缺陷和宏观缺陷等,气孔、夹渣、裂纹缺陷除与焊接规范和工艺有关外,更主要的是受到焊缝冶金因素和焊接热循环的影响,相对比较复杂。在此探讨焊缝成形方面所表现出的明显缺陷。

图 2.23 示出电弧沿厚板表面行走时板的熔化状态。在图中的(A)区,由于热源移动速度较大,而电流值相对较小,热输入不足,母材几乎不产生熔化。在(B)区和(C)区,母材都出现了连续性熔化。但对于高速、大电流下的(C)区,焊道形状不规则,尽管热输入很充分,却得不到正常的焊道,即是焊道上出现这样或那样的缺陷。对于电弧焊而言,虽然增大电流可以提高焊接生产率,但更多的情况下,由于会形成不规则焊道而使得可用的焊接条件范围被限定在图示的区域中。

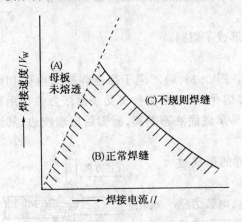
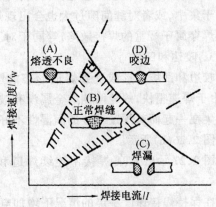

图 2.23　厚板对接不规则焊道的产生　　　　图 2.24　薄板对接不规则焊道的产生

图 2.24 示出薄板对接焊焊道的形成状况。在(A)区由于热输入小,不能保证背面熔合;而在(C)区,由于热输入量大使得熔化宽度过大,熔池脱落,亦不能形成稳定的焊接。

不规则焊道是带有成形缺陷的焊道,以下介绍有代表性的焊接缺陷。

1. 未焊透和未熔合

单面焊接时,接头根部未完全焊透的现象叫未焊透,如图 2.25(a)所示。单层焊、多层焊或双面焊时,焊道与母材之间、焊道与焊道之间未能完全结合的部分称作未熔合,如图 2.25(b)(c)所示。对图 2.25(d)所示情况,正反面焊道虽然在中部熔合到一起,但相互熔合搭接量低,焊缝强度仍然受到影响,称作熔合不良。

未焊透、未熔合有相同的产生原因,主要是焊接电流小、焊速过高,或者是坡口尺寸不合适,以及电弧中心线偏离焊缝、电弧产生偏吹等,细丝短路过渡 CO_2 焊接,由于工件热输入量少,容易产生这种缺陷。薄板焊接中,如果夹具对焊件背面的散热程度大,也会出现未焊透,或背面一部分焊透、一部分未焊透的成形不均现象。

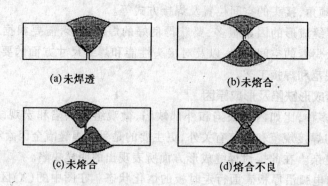

(a)未焊透   (b)未熔合

(c)未熔合   (d)熔合不良

图2.25　未焊透和未熔合缺陷

2. 焊穿

焊接时熔化金属自焊缝背面流出并脱离焊道形成穿孔的现象叫焊穿。焊接电流过大、焊速过小都可能出现这种缺陷。厚板焊接时,熔池过大,固态金属对熔化金属的表面张力不足以承受熔池重力和电弧力的作用,从而形成熔池脱落。在薄板焊接时,如果电弧力过于集中,或者对缝间隙过大也会出现焊穿。

焊穿属于严重的焊接缺陷,等同于对工件形成了切割。

3. 咬边和凹坑

咬边和凹坑的形成受到熔池形态的影响。图2.26(a)对应于高速焊接的电弧和熔池,由于焊速很快,焊缝两侧的金属没有被很好熔化,同时熔化金属受表面张力的作用容易聚集在一起而对焊趾部位的润湿性不好,容易形成固液态剥离,凝固后出现咬边,其形态如图2.26(b)所示。

图2.27示出GTA焊接不连续焊道和凹坑的形成过程。

在保持焊接速度一定的情况下增加电流值,电弧力随之增大,熔池的凹陷量增加,如图(b)所示,电弧正下方只有很薄的熔化层,把该区域称作沟槽区。

如果再加大电弧压力,沟槽区扩大,最后如图(d)所示,电弧下方后部的沟槽面凝固,残留在焊道中。沟槽面凝固是连续进行时,形成分离焊道;沟槽面凝固是周期性出现时,形成断续的凹坑焊道。

对于GMA焊接,由于从焊丝供给熔化金属使熔池底部的凝固延缓,其结果是沟槽区的侧壁先开始凝固,容易发生咬边或侧壁熔合不良。如果电弧压力继续增强,熔化金属经由熔池底部流向后部,就形成了凹坑焊道。

4. 焊瘤

焊瘤有两种表现形态:一是熔化金属流淌到焊缝区以

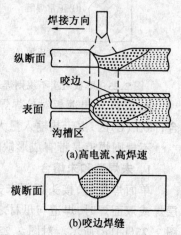

焊接方向

纵断面

咬边

表面

沟槽区

(a)高电流、高焊速

横断面

(b)咬边焊缝

图2.26　焊缝咬边缺陷的形成

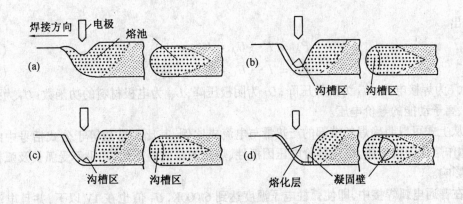

图 2.27 凹坑焊道的形成

外未熔化母材上聚集成金属瘤,这是由于填充金属过多引起的,或熔池重力作用的结果;另一是直接在焊缝上聚集成大的金属瘤,多数情况是由于不稳定的熔滴过渡造成。

以上介绍了电弧焊中常见的焊接缺陷及其形成原因,此外还可能出现其它形式的成形缺陷,比如图 2.28(a)所示的表面波纹不均匀,图(b)所示的熔化宽度不均匀,图(c)所示的蛇行焊道,图(d)所示的表面缩孔等。大电流 MIG 焊接当电弧阴极斑点的清理作用消失、阴极斑点进入熔池内部时,电弧力集中到熔池底部,对熔池金属有激烈的搅动作用,将出现类似大象皮肤的不良焊缝,称作起皱焊缝。

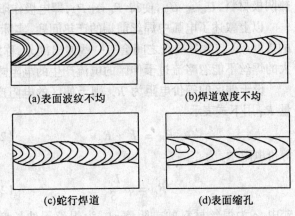

(a)表面波纹不均　　(b)焊道宽度不均

(c)蛇行焊道　　(d)表面缩孔

图 2.28　焊缝成形缺陷的其他表现形式

要想抑制上述焊缝成形缺陷的产生,可以采取多种办法,比如使电弧作用区分散开来、减小电弧力、采用粗径焊丝、给焊丝一个前倾角使电弧吹向前方、采用下坡焊等措施,埋弧焊有合适的焊剂层厚度,合适的焊丝伸出长度,二氧化碳电弧焊中采用小电流区下的短路过渡方式,在大电流区采用潜弧方式焊接,以及增加保护效果,稳定熔滴过渡等。

2.2　焊丝熔化与熔滴过渡

2.2.1　焊丝的熔化与熔化速度

1. 焊丝的熔化热

熔化极电弧焊中的焊丝在作为电弧一极的同时亦因电弧热而产生熔化,熔化的部分作为熔滴过渡到熔池后与母材熔化金属混合,共同形成焊缝金属。

焊丝熔化所需要的热量大部分来自电弧对电极前端的加热。前一章已论述过,焊丝作为阳极还是作为阴极,其前端的产热量是不同的,各自的等价电能 P_A、P_C 简化用下面公

式给出

$$P_A = I \cdot (U_A + U_W + U_T) \tag{2.6}$$

$$P_C = I \cdot (U_C - U_W - U_T) \tag{2.7}$$

式中，I 为焊接电流；U_A 为阳极压降；U_C 为阴极压降；U_W 为电极材料的功函数；U_T 为弧柱电子、离子动能的等价电压。

从上式可以明确焊丝端部的产热量与电流成比例。其比例常数等于公式括号中的数值，称作熔化等价电压。熔化等价电压因极性、焊丝的材质而变化，几乎不受弧长及弧柱电压的影响。

在普通电弧焊接中，即使弧柱电子温度达到 6 000K，U_T 值也在 1V 以下，并且电流密度较大时，U_A 接近于 0V，因此熔化等价电压主要由 U_C 和 U_W 值决定。

熔化极电弧焊，焊丝都是冷阴极材料，由于 $U_C \gg U_W$，通常有 $P_C \gg P_A$ 的关系，即是以相同材质的焊丝作为阴极，其产热量要大于作阳极时的产热(TIG 焊与此相反，由于钨是热阴极材料，$U_C \leqslant U_W$，使得 $P_C \ll P_A$，即电极作阳极时的产热量显著增大)。

以上叙述了电弧中焊丝前端的产热问题。实际焊接中，在焊丝通电点(导电夹和焊丝的接触点) 与电弧端点之间会有一些伸出部分，称之为干伸长，如图 2.29 所示，对电阻率大的焊丝不能忽略流过干伸区的电流产生的电阻热。

设干伸区的等价电阻为 R_e，则干伸区的电阻产热量 P_R 用下式表示

$$P_R = I^2 \cdot R_e \tag{2.8}$$

等价电阻 R_e 为

$$R_e = \rho \frac{L_e}{S} \tag{2.9}$$

式中，ρ 为焊丝材料的电阻率；L_e 为焊丝干伸长度；S 为焊丝截面积。

气体保护熔化极电弧焊，通常情况下，焊丝干伸长 L_e 为 10 ~ 30mm。对于导电性良好的铜、铝合金等焊丝，P_R 与 P_A 或 P_C 相比很小，可以忽略。对于钢材料及钛合金焊丝，由于电阻率高，特别在细丝大电流焊接时，干伸长增大后，P_R 可以达到与 P_A 或 P_C 同等程度数值。

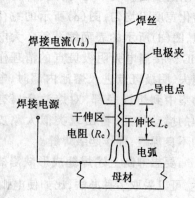

图 2.29　焊丝干伸长与电阻

此外，有时也考虑电弧弧柱区对焊丝的辐射、对流使焊丝增加的热量，如果忽略这部分热输入的话，用于焊丝熔化的总热量 P_m 就是 P_A 或 P_C 与 P_R 之和，一般用下式表示

$$P_m = I \cdot (U_m + I \cdot R_e) \tag{2.10}$$

式中，U_m 是电弧热的熔化等价电压，等于(2.6) 式或(2.7) 式括号中的内容。

2. 电极焊丝的熔化速度和比熔化量

如前所述，通过电弧产热和电阻产热在单位时间内向焊丝供给的热量为 P_m。焊丝前端在这部分热量的作用下，被加热到该材料熔点以上温度时产生熔化，随后熔化金属短时保持在焊丝前端，然后不断脱落产生过渡。焊丝前端脱落的金属所保有的热量从焊丝前端流了出来，就是说在电弧长度维持一定数值时，向连续送进的焊丝提供的热量与脱落过渡

的金属所保有(带走)的热量应该是相等的。

单位时间脱落的金属所保有的热量 Q_m 由下式给出

$$Q_m = W \cdot (C \cdot T_f + H) \cdot J \tag{2.11}$$

式中，W 为单位时间内熔化金属的重量；C 为金属比热；T_f 为脱落金属的平均温度；H 为潜热；J 为功当量。

如果设 $P_m = Q_m$，从(2.10)式和(2.11)式有下式成立

$$I \cdot (U_m + I \cdot R_e) = W \cdot (C \cdot T_f + H) \cdot J \tag{2.12}$$

整理得到下式

$$M_R = W/I = (U_m + I \cdot R_e)/\{(C \cdot T_f + H) \cdot J\} \tag{2.13}$$

式中，W/I 表示单位时间、单位电流下的脱落金属量，称作焊丝的比熔化量[单位 mg/(A·s)]，用 M_R 表示。

比熔化量在焊丝材料的物理常数 C、H、T_f 数值确定以后，只依赖于 $(U_m + I^2 \cdot R_e)$。特别在 MIG 焊场合，焊丝作为阳极时的 U_m 与材料的功函数 U_w 大致相等而为一定值，在能够忽略电极干伸区电阻产热的场合，比熔化量与电流值无关，是个定值。

另一个评价焊丝熔化特性的参数是焊丝熔化速度。焊丝的熔化速度由来自电弧的热输入量及焊丝的电阻产热所决定，前者如式(2.6)、(2.7)所显示的，大致与电弧电流成比例，后者如式(2.8)所显示的，与电流的平方成比例，此外还受到熔滴保有热量的支配。如果熔滴在焊丝端部达到熔点及产生熔化的同时即脱离焊丝，这种情况下其自身保有热量最低，效率也好。

到目前为止，对焊丝熔化速度或熔化量进行了许多的研究。大量实验结果表明，焊丝熔化速度与焊丝干伸长呈线性关系，其斜率因电流值及材质而异。电阻热对熔化速度的贡献量由干伸长决定，而且电阻率较大时其贡献量也大，比如不锈钢及低碳钢焊丝其贡献率在 50% 以上。以上述实验结果为基础，考虑焊丝干伸部分的电阻热效果，有如下实验式成立

$$v_f = \alpha I + \beta L_e I^2 \tag{2.14}$$

式中，$\alpha(\text{m/As})$ 和 $\beta(1/A^2 s)$ 为比例常数，因焊丝材质、直径、保护气种类而改变。

上式中忽略了焊丝电极夹的热传导损失。与热传导速度相比，由于焊丝的送进速度要快得多，温度场几乎不在焊丝轴向上传导，焊丝上的温度分布急速下降。因此，在研究焊丝熔化的能量平衡时，可以忽略传向电极夹的热量损失。

图 2.30 按焊丝直径差别示出铝焊丝的熔化速度。各直线表明焊丝的熔化速度与焊接电流有着良好的比例关系。从直线斜率计算比熔化量得到图中所示数据，显示铝焊丝比熔化量与焊丝直径无关，几乎为定值。

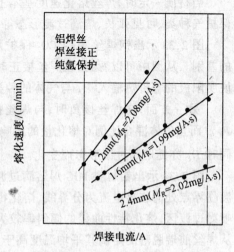

图 2.30　铝焊丝熔化速度与电流关系

铝焊丝情况下,电阻产热的效果不显著,而钢焊丝的情况,电阻产热的影响非常大。图2.31示出不锈钢焊丝的熔化特性。这种情况下熔化特性不再呈直线,而是随电流值的增大,熔化特性的斜率增大,而且干伸长度越大斜率也越大,显示出电阻产热的影响。图2.32示出不锈钢焊丝干伸长与熔化速度的关系,由于等价电阻 R_e 与 L_e 成比例,熔化速度随 L_e 的增加而增加。图2.31中示出的干伸长为0mm的熔化速度曲线是把图2.32中的各直线延伸到干伸长等于0mm时获得的数据,实际焊接中干伸长不可能得到0mm,但验证了干伸长为0时熔化特性呈直线这一点,与理论分析是吻合的。

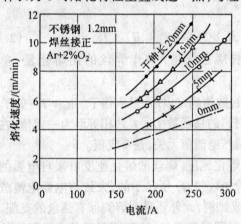 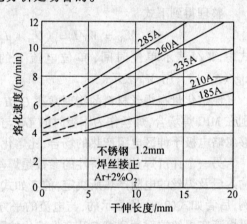

图2.31 不锈钢焊丝熔化速度与电流的关系　　图2.32 干伸长对不锈钢焊丝熔化速度的影响

焊丝的熔化现象从本质上讲是伴随熔滴脱落、过渡的非稳定现象,处理上也很复杂。来自电弧的热输入是作用于固体焊丝以及焊丝端部熔化金属表面怎样的区域上,这一点也是很重要的。目前对电极表面上电流流入流出点、热量进入点即阴极区、阳极区现象,以及焊丝端部熔滴内的热传导机构还不清楚,有待于今后的实验及理论探讨加以阐明。

3.影响焊丝熔化速度的因素

当材质一定时,焊丝熔化速度基本上是由电流、焊丝直径、干伸长决定。但焊丝极性、保护气种类、可见弧长、熔滴过渡形态等也有很大影响。

图2.33示出钢焊丝、Ar + CO_2 保护焊接改变保护气混合比时,不同极性下熔化速度的差别。从图中可以看到,在焊丝接正时,焊丝熔化速度与混合气种类无关,几乎成定值,说明阳极的等价热输入 P_A 与气体的种类无关。

另一方面,在焊丝接负时,与焊丝接正相比,其熔化量显著提高,原因是由于 $P_A \ll P_C$。而且气体混合比例对熔化量的影响也很显著,这是由于保护气种类对 P_C 构成影响,同时 P_C 亦随熔滴过渡形态而变化。

图2.34示出铝材料 MIG 焊熔滴过渡形态与熔化速度的关系。以喷射过渡和粗滴过渡临界点处的临界电流为分界线,熔化特性曲线的斜率发生变化。在熔滴呈细小颗粒的喷射过渡区,熔化特性曲线的倾斜率较大,也就是比熔化量减小,其原因是喷射过渡区中从焊丝前端脱落的熔滴其平均温度高于粗滴过渡区的熔滴平均温度,熔化同量的焊丝需要更多的热量输入。

通常情况下,气体保护熔化极电弧焊焊丝前端的熔滴受到电弧的强烈加热,其温度高

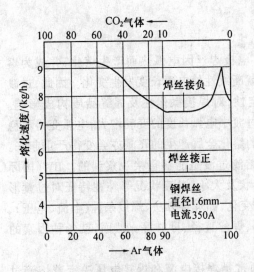

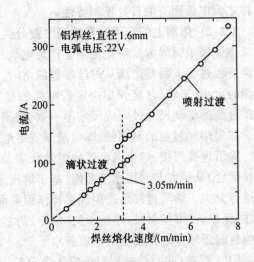

图 2.33　焊丝极性及保护气混合比对熔化速度　图 2.34　熔滴过渡形态对焊丝熔化速度的影响
　　　　　的影响

于熔点温度,接近于蒸发温度而处于过热状态。比如铝焊丝达到 1 400 ~ 1 800℃,钢焊丝达到 1 800 ~ 2 200℃。这种情况下,熔滴越细小,受到的加热就越严重,脱落熔滴的平均温度也越高,而比熔化量却是减小的。

　　图 2.35 示出纯氩气保护铝合金 MIG 焊中,干伸长一定,通过改变焊丝前端与母材表面的距离测量到的电流-电压特性。图中的各个曲线分别代表不同的送丝速度,电弧工作在该曲线上的每一点,焊丝熔化速度与送进速度相等,因此也称作等熔化速度曲线,曲线上的数字表示相应点处的可见弧长。

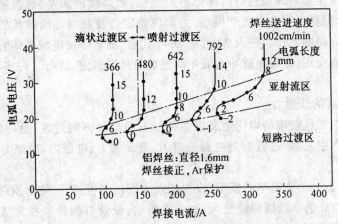

图 2.35　铝焊丝熔化速度与电流及电弧电压(电弧长度)的关系

　　从图中曲线看到,送丝速度一定,当可见弧长达到 8mm 以下时,曲线向左下方弯曲,该区域(图中所指示的亚射流区)中比熔化量增大。此情况是由于当可见弧长缩短后,熔滴的平均温度降低,使得焊丝的比熔化量增大。这种现象只在高纯度惰性气体保护 MIG 焊中才能看到,特别是大电流下最为显著。在焊丝送进速度发生变动时,焊丝比熔化量随可见弧长的减小而增大的特性使电弧自身具有保持弧长稳定的能力,因此把这种熔化特性称之为电弧固有的自身控制特性。

2.2.2　熔滴上的作用力与熔滴过渡分类

熔化极电弧焊方法中是把焊丝作为电极。电极焊丝因电弧热而产生熔化,并成为熔滴向熔池过渡。每当熔滴从焊丝端部脱落时,就断续性使电弧长度发生变化。因此,过渡熔滴的大小、形状、过渡频率决定着电弧的稳定性,对焊接操作性及焊缝品质构成影响。如果过渡的熔滴尺寸过大或尺寸不一致,熔滴过渡中电弧长度的变动增大,电弧变得不稳定。如果熔滴过渡的不顺畅,焊丝前端或熔池的熔化金属产生的飞溅亦会变得严重起来。

除了埋弧焊接,熔化极电弧的燃烧状态及熔滴过渡是能够直接观察到的。IIW(国际焊接学会)从研究与利用角度考虑,基于熔滴形状及大小、过渡状况等外在特征对过渡形态进行分类。熔滴过渡形态因许多操作因素而变化,如焊接方法、焊接条件(电流、电压)、极性、保护气、焊丝材质、焊丝种类(实心、药芯)、焊丝直径、母材等。然而,就各种因素的影响目前还较多地停留在定性理解水平。

GMA 焊接(实心焊丝),当保护气确定后,通常是焊接电流和焊接电压决定着熔滴过渡形态。然而,过渡形态转变时的电流、电压值是由什么因素决定的,保护气及焊丝中的合金元素、药芯焊丝的成分对熔滴过渡有怎样的影响等等,关于这类不明确的问题目前还有许多。特别是后一个问题,不仅涉及熔化金属的粘性及表面张力改变问题,而且还涉及电弧等离子体的导电性及热传导率改变问题,如果单纯从熔滴过渡角度来进行研究是不能解决的。

虽然熔滴过渡现象极为复杂,但对其所作的研究确是在伴随着各种焊接方法的开发及实用化的过程中不断进行着,历史上从很早就进行了探讨。对近年来在各种制造领域广泛应用着的气体保护电弧(GMA)焊接的熔滴过渡现象的研究是从 1960 年前后开始的。实验中利用高速摄影对现象进行时间分解及观察,对熔滴的大小、过渡速度、过渡频率等作了研究,同时也提出了各种数学模型,为实现稳定过渡及对熔滴过渡机构的理解,进行了参数解析等方面的工作。进入 20 世纪 80 年代后,随着焊接电源晶体管化、逆变化的发展以及脉冲焊的应用,针对 1 脉冲过渡 1 滴过渡条件的选定,进行了许多实验性探讨及模型解析。

1. 熔滴过渡的作用力

焊接电弧中焊丝前端的熔化金属以各种形态向母材方向过渡,最后到达熔池。使焊丝端部的熔滴产生脱落、过渡的力主要是重力、表面张力、电磁力、摩擦力这 4 项,如图 2.36 所示。

图 2.37 示出一个最简单的模型,设想把水管阀门缓慢打开,使水滴缓慢脱落的情况。这时积蓄在管口处的水滴缓慢地长大,如图中所示,设管口的外半径为 R,在管口的四周有下式所示的表面张力 γ 作用在水滴上,支撑着水滴使其不能马上脱落。

$$F_\gamma = 2\pi R\gamma \tag{2.15}$$

当水滴充分长大以后,作用在水滴上方向向下的重力为:

$$F_g = V \cdot \rho \cdot g \tag{2.16}$$

式中,V 为水滴的体积;ρ 为水滴的密度;g 为重力加速度。

当 F_g 大于 F_γ 后,水滴就会从管口脱落。焊接电弧中当在粗径焊丝中流过较小的电流

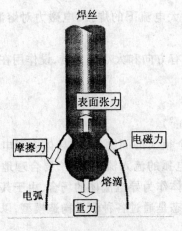

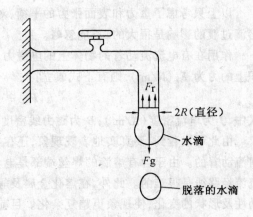

图 2.36 熔滴上的作用力　　　　　　　　　图 2.37 液滴脱落模型

时,就会产生与上面完全相同的现象,通常称作重力过渡。对于金属熔滴的情况,即使是相同直径的焊丝,由于存在着表面张力 γ 及密度 ρ 的较大差别,其脱离前的熔滴形状也是不相同的,ρ/γ 值越大的金属越容易形成小颗粒过渡,如图 2.38 所示(图中 a:熔滴半径;R:焊丝半径;ρ:密度;γ:表面张力;g:重力加速度)。

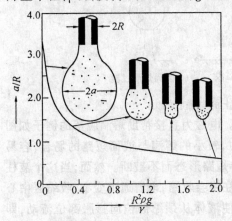

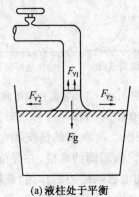

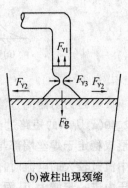

(a)液柱处于平衡　　　　　(b)液柱出现颈缩

图 2.38 熔滴脱落前的形状与毛细管常　　图 2.39 与液面短路的液滴模型
　　　　　数的关系

　　图 2.39 示出与图 2.37 类似的实验。当水滴保持在管口时,把水杯的水面接近水滴的正下方,当水滴的底部一接触到水面,如图中(a)所示的情况,水滴与水面短路形成液柱。如果在水滴比较小的时候使其与水面接触,所形成的水柱就会以图中(a)的形态继续保持下去,即处于平衡。当水滴大到某一尺寸后再接触水面,就会如图中(b)所示,首先是形成缩颈,然后被水面所吸收。液柱产生缩颈的原因是由于液柱的长度大于它的直径,作用在液柱中部的表面张力 $F_{\gamma3}$ 对液柱产生拘束作用。

　　水滴以短路方式向水面过渡的现象与焊接电弧中熔滴与熔池间的短路过渡现象是相同的。即是作用在熔滴上的表面张力通常是阻止熔滴脱落的力,而在这种情况下却变为促进熔滴过渡的力。上述熔滴过渡形态在其它场合也能够看到,比如埋弧焊中熔滴与熔渣壁接触而产生的渣壁过渡现象,也是与表面张力的作用有着联系。

以上只考虑了重力和表面张力的平衡,对于较大电流下的焊接,电磁力对熔滴脱落、熔滴过渡的影响是很大的,不能忽略。

作用在有电流流动着的物体上的电磁力,是具有方向和大小的矢量,设作用在单位体积上的力为 $F_m(N/m^3)$,则有下式成立:

$$F_m = J \times B \tag{2.17}$$

式中,J 为电流密度(A/m^2);B 为磁力线密度(Wb/m^2)。

由此可以看到,要真实地表现现象,还存在一个很大的问题,即在导体内部电流是如何流动着的。由于含有熔滴的焊丝端部是电流到电弧的流入流出部位,要合理地确定电流流经路线是很难的。此外,在熔化金属及等离子体作为导电流体的场合,由于其具有流动性及形状的变化,使现象更趋复杂化。目前的状态是通过各种假设构造模型,以此来评价电磁力的作用。

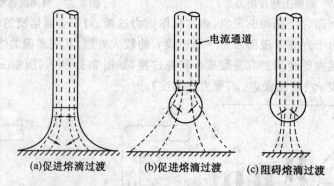

(a)促进熔滴过渡   (b)促进熔滴过渡   (c)阻碍熔滴过渡

图 2.40 作用在液柱或熔滴上的电磁收缩力

电磁力对熔滴过渡也有阻碍力和促进力之分。电磁力直接帮助熔滴脱落的例子如图 2.40(a)所示的短路过渡情况。与水滴的情况类似,较小的熔滴与液面短路的场合,容易形成稳定于焊丝端部与熔池液面间的液柱,并保持短路形态而不破断。然而,当这个液柱中流过较大的电流时,受到电磁收缩力的作用,液柱将会收缩,电流通道变窄,收缩区中心压力进一步增大,从而产生轴向上的压力梯度,驱使液体从颈缩部位向膨胀部位流动,即促使熔滴向熔池过渡。

在电弧较长、熔滴未与熔池液面短路的场合,焊丝前端熔滴的底部形成图 2.40(b)所示的电弧,熔滴中流过的电流出现下方扩展型分布,此时的电磁力不仅是指向内侧,而且也指向下方。其中向下的分力使熔滴受到向下的作用力,促进熔滴从焊丝端部脱离。由于电磁收缩力与电流的平方成比例,电流值越大,电磁收缩力数值也越大,并远远大于重力数值。因此实际焊接电弧中,在仰焊位置焊接时,尽管重力作用在熔滴过渡的相反方向上,但也可以实现小颗粒熔滴过渡,这正是电磁收缩力在起作用。

然而对于二氧化碳气体保护电弧及氮气电弧,由于弧柱电位梯度较大,电弧收缩并多数情况是集中在熔滴底部一个

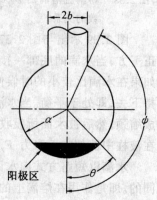

图 2.41 焊丝端部熔滴模型

极为窄小的区域,这种情况如图 2.40(c)所示,电磁力向上作用,阻碍熔滴的过渡,当电流值增加后,反倒容易形成大块熔滴,要实现喷射过渡很困难。

在流体形状及电流流通路线明确的场合,能够计算得到作用于该流体上的电磁力。采用图 2.41 所示的熔滴模型,评价球形熔滴、内部电流均匀分布流动时作用在熔滴上的电磁力。电流从作为阳极的焊丝端部熔滴的下端面流出到电弧,设此表面上的电流密度一定,利用式(2.17)对熔滴整体进行积分,计算作用在熔滴上方向向下的电磁力 F_m,得到如下结果:

$$F_m = 10^{-7} \times I_a^2 \Big[\ln \frac{a\sin\theta}{b} + \frac{1}{2} \Big\{ \frac{1}{3}\sin^2\Big(\frac{\theta}{2}\Big) + \frac{1}{4}\sin^4\Big(\frac{\theta}{2}\Big) + \frac{1}{5}\sin^6\Big(\frac{\theta}{2}\Big) + \cdots \Big\} \Big]$$

$$(2.18)$$

式中,a 为熔滴半径;b 为焊丝半径;$a\sin\theta$ 为阳极半径。

在阳极区直径大于焊丝直径时,F_m 是正值,表示电磁力起到促进熔滴脱离的作用。在阳极区直径小于焊丝直径时,F_m 是负值,电磁力阻碍熔滴的脱落。

式(2.18)忽略了熔滴金属的流动,并设阳极区的电流密度分布是均一的。实际使用中应根据熔滴尺寸及电流通道的分布进行电磁力的修正。

此外,熔滴从焊丝端部脱落过渡的促进力还有电弧空间产生的等离子气流的作用,对熔滴产生摩擦力。等离子气流起因于电弧弧柱中的电磁压力之差,也可以看作是电磁力的一部分。

2. 熔滴过渡形态的分类

国际焊接学会(IIW)对各种熔滴过渡形态进行了分类,如表 2.3 所示。

表 2.3　IIW 对电弧焊熔滴过渡形态的分类

熔滴过渡类型		形态	焊接方法(例)
1.自由过渡	1.1 滴状过渡 1.1.1 大滴过渡		低电流 GMA 焊接
	1.1.2 排斥过渡		长弧 CO_2 电弧焊
	1.1.3 细颗粒过渡		中间电流区 MAG 焊
	1.2 喷射过渡 1.2.1 射滴过渡		铝 MIG 焊及脉冲焊
	1.2.2 射流过渡		钢 MIG 焊
	1.2.3 旋转射流过渡		特大电流钢 MIG 焊
	1.3 爆炸过渡		焊条电弧焊 CO_2 电弧焊

熔滴过渡类型		形态	焊接方法(例)
2.接触过渡 (桥络过渡)	2.1 短路过渡		短弧 CO_2 电弧焊 铝亚射流过渡焊接
	2.2 连续桥络过渡		非熔化极填丝
3.渣壁过渡	3.1 渣壁过渡		埋弧焊
	3.2 套筒壁过渡		焊条电弧焊

自由过渡(free transfer)是熔滴通过电弧空间的过渡,其间有 3 种情况:第 1 种是滴状过渡,根据熔滴尺寸和熔滴形态,区分为大滴过渡、排斥过渡和细颗粒过渡;第 2 种是喷射过渡,因熔滴尺寸和过渡形态又区分为射滴过渡、射流过渡和旋转射流过渡;第 3 种是 CO_2 电弧焊和焊条电弧焊中经常看到的爆破过渡。

接触过渡(contact transfer)是熔滴通过与熔池表面接触后出现的过渡,其中短路过渡主要表现在 CO_2 电弧焊中,在铝合金 MIG 焊亚射流过渡中也含有短路过渡成分;桥络过渡是指非熔化极焊接中外部填加焊丝的熔滴过渡情况。

渣壁过渡的 2 种形态分别出现在埋弧型和焊条电弧焊中,埋弧焊情况是部分熔滴沿着熔渣壳过渡,焊条电弧焊是部分熔滴沿药皮套筒壁过渡。

以上介绍了电弧焊中熔滴过渡的分类,电弧焊熔滴过渡形态和过渡过程将结合具体的焊接方法进行阐述。

第3章 钨极氩弧焊

3.1 钨极氩弧焊特点与应用

3.1.1 钨极氩弧焊原理与特点

1. 钨极氩弧焊的原理

钨极氩弧焊是以钨材料或钨的合金材料做电极,在惰性气体保护下进行的焊接,又称为 TIG(Tungsten Inert Gas)焊或 GTA 焊接(Gas Tungsten Arc Welding)。

钨的熔点约为 3 380℃,是熔点最高的一种金属,与其它金属相比,具有难熔化、可长时间处于高温的性质。TIG 焊正是利用了这一性质,在圆棒状的钨极和母材间产生电弧进行焊接。

氩气是惰性气体的一种。惰性气体也称作非活性气体,具有不与其它物质产生化学反应的性质,泛指氦、氩、氖等气体。TIG 焊中利用这一性质,以惰性气完全覆盖电弧和熔化金属,使电弧不受周围空气的影响及保护熔化金属不与空气中的氧、氮等发生反应。

TIG 焊的历史比较久远,1911 年人们考虑了在氢气中使用钨电极的方法。当时使用氦气和氩气进行焊接,造价是很高的。1930 年工业中开始大量使用镁这种金属,这时 TIG 焊才开始表现出它的真正价值,原因是镁熔化后极易被氧化,焊接时必须完全隔离空气的影响,从此 TIG 焊就随着铝、镁等金属的焊接需要而发展起来。到目前为止,几乎所有的金属焊接都在不同程度地使用着 TIG 焊方法。

TIG 焊原理如图 3.1 所示。钨电极被夹持在电极夹上,从 TIG 焊焊枪喷嘴中伸出一定长度,在钨电极端部与被焊件母材间产生电弧对母材(焊缝)进行焊接,在钨电极的周围通过喷嘴送进保护气,保护钨电极、电弧及熔池,使其免受大气的侵害。

在需要填充金属到熔池中时,如图中所示,是从电弧的前面把填充金属(填充焊丝)以手动或自动方式按一定的速度向熔池中送进。

2. 钨极氩弧焊的特点

TIG 焊的优点是能够实现高品质焊接,得到优良焊缝。这是由于保护气对电弧及熔池的可靠保护完全排除了氧、氮、氢等气体对焊接金属的侵害;钨电极与母材间产生的电弧在惰性气氛中极为稳定,焊缝很美观、很平

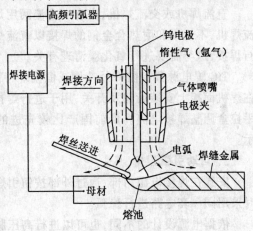

图 3.1 钨极氩弧焊弧焊原理

滑。焊接电流在 10～500A 范围内,电弧都很稳定,电弧电压仅有 8～15V。对热输入量的调节很容易,可以进行薄板及各种姿态下的焊接,以及精密焊接等。由于电弧稳定、熔池可见性好,焊接操作也容易进行。图 3.2 示出钨极氩弧焊电弧形态一例。

TIG 焊的缺点是焊接效率低于其他方法,氩气等惰性气体的价格稍稍高一些。由于钨电极承载电流能力有限,电弧功率受到制约,致使焊缝熔深浅,焊接速度低。然而就目前的焊接状况看,许多产品对焊接品质的要求高于对焊接效率的要求,比如精密焊接和非铁金属的焊接等。

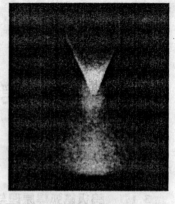

图 3.2　TIG 焊电弧形态一例

3.1.2　钨极氩弧焊应用对象

钨极氩弧焊可以焊接各种工业结构金属,应用在各种工业行业中。以目前最为普遍的应用对象衡量,TIG 焊是所有焊接方法中应用面最广的,比如各种钢材料的焊接、各种有色金属的焊接、各种合金的焊接以及金属基复合材料的焊接,其中对有色金属及其合金(铝、镁等)、不锈钢、高温合金、钛及钛合金、难熔的活性金属(钼、铌、锆)等的焊接最具优势。既可以焊接厚件,也可以焊接薄件。既可以对平焊位置焊缝进行焊接,也适合于对各种空间焊缝进行焊接,比如仰焊、横焊、立焊、角焊缝、全位置焊缝、空间曲面焊缝等。

钨极氩弧焊有自动焊和手工焊两种焊接方式,使用于各种长度、各种位置、角度焊缝的焊接,应用范围得以扩展。

从焊接能力考虑,钨极氩弧焊多数使用在厚度 6mm 以下焊件的焊接上,对于厚度更大的工件,在开坡口的情况下采用 TIG 焊封底(打底)同样可以提高焊缝背面成形质量,因此也有广泛的应用。

3.1.3　钨极氩弧焊设备

钨极氩弧焊设备包含如下几部分:

1. 焊接电源(或称焊机)

直流焊机或交流焊机,也有交直流两用焊机。钢材料多使用直流焊机,也可以使用交流焊机,不锈钢和耐热合金钢的焊接以直流焊为主,有色金属及其合金多使用交流焊机进行焊接,这与需要进行氧化膜清理有关。

TIG 焊电源具有陡降外特性或恒流外特性(垂直下降特性),有利于焊接电流的稳定。在焊机面板上安装旋钮及开关,用于进行焊接方式、焊接参数的设定,也可以通过引出的手控盒调整焊接电流。目前国产比较先进的焊接电源其面板上显示的功能如图 3.3 所示。

2. 自动引弧设备

安置在焊接电源内部,通过外部按钮引燃电弧。常用的方式是高频引弧,在交流焊接时采用同一套电路进行稳弧。

依据电源设计的不同,也可以进行高压脉冲式引弧和稳弧,但效果较差。

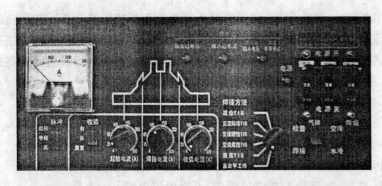

图 3.3　TIG 焊电源面板所显示功能

3．保护气回路

包括氩气瓶(或有氦气瓶)、保护气导管、减压表(含气体流量计,见图 3.4)等。氩弧焊机通常在其内部设置电磁气阀,保护气受引弧与熄弧动作的控制而导通或阻断。

4．冷却水路

对于较大电流下的焊接要对焊枪进行水冷,每种型号的焊枪都有安全使用电流,是指水冷条件下的许用电流值。目前的氩弧焊机也是在其内部设置电磁阀,控制冷却水的流通。较为先进的焊机,内部有冷却水自动循环装置,也使用独立的冷却水自动循环装置(图 3.5)。对于电流较小的焊接,可以不进行水冷或使用空冷式焊枪。

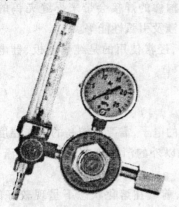

图 3.4　钨极氩弧焊用减压表(含气体流量计)　　图 3.5　电弧焊用循环冷却水装置

5．焊枪

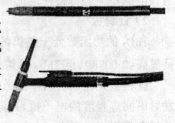

有空冷式焊枪和水冷式焊枪,分别有各自的许用电流值;有自动焊焊枪和手工焊焊枪,如图 3.6 所示。焊枪内部结构包含电缆接续、水路内部循环、气路通道、电极夹、电极换装、喷嘴等。通常在手工焊焊枪上安装有引弧按钮,便于操作。焊枪上电缆的另一端接续到焊接电源一极输出上。

6．地线电缆

把焊接电源另一极的输出接续到被焊件上。

图 3.6　钨极氩弧焊焊枪

以上所列是钨极氩弧焊的基本设备构成。对于自动焊接,还应有焊件移动装置或焊枪运动机构。根据被焊件尺寸、结构形式，多数情况下需要配备焊接工装夹具。在目前的技术条件下，可以根据需要配备焊缝跟踪装置进行焊缝自动跟踪(这对其他电弧焊方法是共同的)。为了保持电弧长度的稳定，还可以配备弧长自动调节装置和执行机构。某些先进的焊机，在其内部配备了弧压反馈弧长调节电路。

3.2 TIG焊中的钨电极

电弧放电中的钨电极需要具有如下几方面的性质：

(1) 电弧引燃容易、可靠，电弧产生在电极前端，不出现阴极斑点的上爬；

(2) 工作中产生的熔化变形及耗损对电弧特性不构成大的影响；

(3) 电弧的稳定性好。

TIG焊及等离子弧焊接选择钨材料作为电极，主要是由于钨材料具有很高的熔点，能够承受很高的温度，在很广泛的电流范围内充分具备发射电子的能力。比如 TIG 电弧、等离子电弧的阴极电流密度通常达到 $(10^6 \sim 10^8)\mathrm{A/m^2}$ 程度，其工作温度在电极端部通常达到 3 000K 以上的高温。在这样高的温度下工作，钨电极本身也会产生烧损。因此，如何维持钨电极形状的稳定性、减少钨电极的烧损是很重要的。

钨电极的烧损及形状的变化会带来如下几方面问题：一、形状的变化会带来电弧形态的改变，影响电弧力及对母材的热输入；二、对重要构件的焊接会带来焊缝夹钨的问题；三、影响电极的使用寿命，需要频繁换电极。此外还涉及引弧性能等。

目前钨电极的材料有纯钨材料和钨的合金材料，经常使用的是纯钨电极、钍电极、铈电极，一些性能更好的新材料电极也在发展中。

3.2.1 钨电极材料

1. 纯钨电极

与钍钨极、锆电极相比，纯钨电极要发射出等量的电子，需要有较高的工作温度，在电弧中的消耗也较多，需要经常重新研磨，非自然消耗以外的消耗较大，一般在交流 TIG 焊中使用。

交流电弧亦是很稳定的电弧，正常使用状态下，前端在熔化状态下呈现较好的半球状，随后形状的保持比较容易。纯钨材料自身熔点最高，在交流负半波更能抗烧损，因此，当钨电极不需要保持一定的前端角度形状时可以使用纯钨极。

2. 钍钨极

ThO_2 的功函数低于纯钨的功函数，电子发射所需要的能量降低。虽然 Th 的熔点不是很高(2 008K)，但 ThO_2 的熔点为 3 327K，接近钨的熔点(3 653K)。

钍钨极是在钨材料中加入 1% ~ 2% 的 ThO_2。与纯钨电极比较，能够在较低的温度下发射出同等程度的电子数目，同时电极前端的熔化、烧损也少于纯钨极(直流正接)，并且电弧容易引燃。

由于加入了钍元素，电极的许用电流值增加，相同直径的电极可以流过较大的电流。一般用于惰性气体保护电弧点焊或 TIG 直流正接(DCSP)焊接。

然而，在直流反接(DCEP)或交流焊接中，钍钨极效果不明显。在铝合金交流焊接中，会增加直流分量。

3. 铈钨极

近年来，随着焊接自动化的发展、对高精密焊接要求的提高，钍钨极的性能比如小电流下的引弧性能、小电流电弧稳定性、耐耗损性能等越发难以满足要求。因此而开发了具有更优越性能的电极。此外，由于钍是放射性元素，应用受到一定的限制，目前已经很少使用钍钨极。

铈钨极是在纯钨材料中加入微放射性稀土元素铈（Ce）的氧化物（CeO_2），加入量通常为 1%~2%，焊接中使用性能在某些方面优于钍钨极，表现如下：

（1）在相同规范下，弧束较细长，光亮带较窄，温度更集中；

（2）最大许用电流密度可增加 5%~8%；

（3）电极的烧损率下降，修磨次数减少，使用寿命延长；

（4）直流焊接时，阴极压降降低 10%，比钍钨极更容易引弧，电弧稳定性也好。

4. 锆电极

锆电极在电弧中的烧损进一步减少，在需要特别防止电极对母材产生污染时可以使用锆电极。锆电极也适合在交流焊接中使用，因为锆电极处于一定形状后的保持性能良好，即电极形状的稳定性好。

锆电极通常是以烧结的方式制造成棒材，然后对表面进行化学研磨或机械研磨，具有适当的硬度、均匀的直径和清洁的表面。

此外，人们正在研制的电极还有镧钨极（$W+1\%LaO_2$）、钇钨极（$W+2\%Y_2O_3$）等。

3.2.2 各种钨电极的基本特性

1. 引弧性能

作为评价引弧性能的方法之一，在可能引弧的最小空载电压下以高频振荡方式进行引弧试验，并进行比较。

事先设定的电源空载电压分别为 22,24,36V，施加高频的时间为 10 秒，调查这一过程中气隙放电能否从非自持放电转移到自持放电。

对每一电极分别在各个设定电压下进行 30 次试验，结果有三种情况发生：一种情况是高频振荡引燃了电弧，随后能够稳定存在下去，这是可靠引弧。第二种情况是电弧有短暂的引燃，很快就自动熄灭，是非可靠引弧；第三种情况是高频放电没有向电弧放电转移，完全没有引燃电弧。结果如图 3.7 所示，由此可以看出各种钨电极引弧性能上的差别。

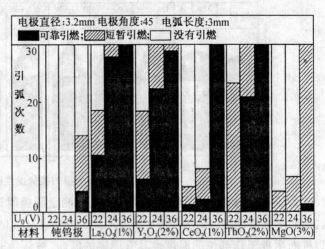

图 3.7　各种钨电极的引弧性能

2．电弧静特性、电弧压力

图 3.8 示出电弧电压、电流的测定结果。图 3.9 示出阳极上电弧力的轴向分布。结果表明，与纯钨极相比，加入氧化物的电极都有着极为相近的特性。

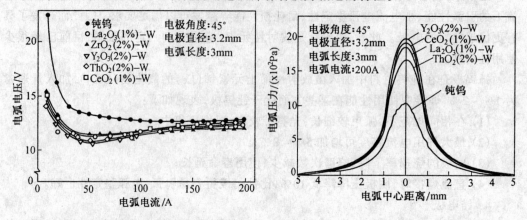

图 3.8　各种钨电极的电弧静特性差异　　　　图 3.9　钨电极电弧力差异

3．电极的变形与消耗

考察电极在进行电弧放电时的前端形态。图 3.10 所示为采用直径 1.6mm 的钨电极，180A 下经过 1 小时放电后的电极前端外观形貌。该直径下的电极熔断电流约为 200A，所采用的条件是相当严酷的。

图 3.11 示出上述几种电极使用后的内部组织变化。其结果是，对于 $La_2O_3(2\%)$-W、$Y_2O_3(2\%)$-W、$CeO_2(1\%)$ 电极，使用后其形状几乎未发生变化，而对于 $ThO_2(2\%)$-W、$ZrO_2(2\%)$-W、$MgO(2\%)$-W 电极，使用后前端产生了熔化变形且内部出现气孔。

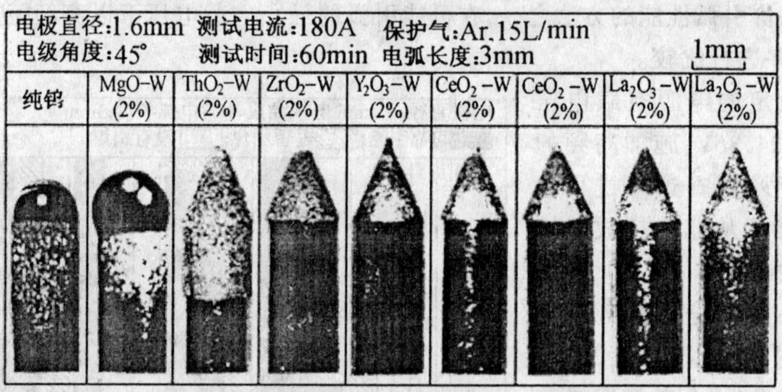

电极直径：1.6mm		测试电流：180A		保护气：Ar.15L/min				1mm
电级角度：45°		测试时间：60min		电弧长度：3mm				
纯钨	MgO-W (2%)	ThO₂-W (2%)	ZrO₂-W (2%)	Y₂O₃-W (2%)	CeO₂-W (2%)	CeO₂-W (2%)	La₂O₃-W (2%)	La₂O₃-W (2%)

图 3.10　各种钨电极的抗烧损性能差异

为了推定电极的工作温度，利用热电偶测量阴极附近的电极温度，结果显示，与 $ThO_2(2\%)$-W 电极比较，$La_2O_3(2\%)$-W、$Y_2O_3(2\%)$-W、$CeO_2(1\%)$ 电极的温度处于较低状态，可以推断阴极工作部位的温度也具有同样的倾向，被认为是各电极在熔化变形上存在差异的原因。

下面叙述电极消耗及保护气对电极消耗的影响。在氩气保护气氛中产生电弧 300 秒，把其间电极重量的减少量作为消耗量进行测定，结果是纯钨电极的消耗量最大，

$La_2O_3(2\%)$-W、$Y_2O_3(2\%)$-W、$CeO_2(1\%)$-W 电极消耗量最小,这一点与电极的工作温度也有很大的关系。在保护气体中混入微量的氧气或氮气,在上面确定的工作时间内,氮气对电极消耗量几乎没有影响,而且前端也没有产生变形。然而混入氧气后,即使是极为微量的混入,电极消耗量就有很大程度的增加。氧气量越多,整个电极的表面氧化越为显著,在产生电极直径减小的同时,尖端部位出现伞状物。在保护气中混入氧气后电极消耗量显著增加的原因是由于钨本身就是极易氧化的金属,以及 WO_2 之类的氧化钨易于升华,在 600℃下就会产生激烈的升华,在氧化性气体中产生显著消耗,这是所有钨极都存在的问题,如何解决这个问题是人们研究的重点。氢气及氮气对电极消耗量的影响与氮气的情况相同。

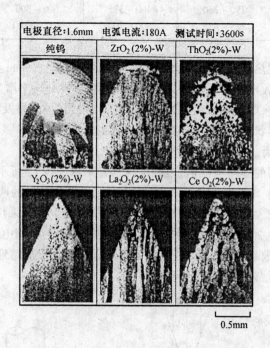

图 3.11　电极烧损后的前端组织变化

3.2.3　钨极直径和前端形状

1. 电极直径

钨电极直径要根据焊接电流值和极性来选取。表 3.1 示出两种极性下(含交流)电极直径与最大允许电流。同一直径下,直流反极性及交流焊接时的允许电流小于直流正极性时的数值。这是由于钨电极作为阳极从电弧得到的热量大于作阴极的情况。实际焊接特别是直流正极性情况下,电极烧断前其前端产生熔化、形状改变,使电弧的形态及焊接熔深出现变动,因此有必要选择有些富裕的电极直径。

表 3.1　钨电极的许用电流值

钨极直径 / mm	焊接电流 / A			
	交流		直流正极性	直流反极性
	W	ThW	W, ThW	W, ThW
0.5	5 ~ 15	5 ~ 20	5 ~ 20	–
1.0	10 ~ 60	15 ~ 80	15 ~ 80	–
1.6	50 ~ 100	70 ~ 150	75 ~ 150	10 ~ 20
2.4	100 ~ 160	140 ~ 235	150 ~ 250	15 ~ 30
3.2	150 ~ 210	225 ~ 325	250 ~ 400	25 ~ 40
4.0	200 ~ 275	300 ~ 425	400 ~ 500	40 ~ 55
4.8	250 ~ 350	400 ~ 525	500 ~ 800	55 ~ 80
6.4	325 ~ 475	500 ~ 700	800 ~ 1100	80 ~ 125

电极本身的电阻热使电极最大允许电流值降低。比如 1.6mm 直径的电极,从电极夹中伸出 20mm,在 200A 电流下仍然可以使用,但当电极伸出长度增加到 40mm 后,在 150A 下就会被烧断。此外,电极从喷嘴中的伸出长度对焊接保护效果及焊接操作性亦有影响,该长度应根据接头形状确定,并对气体流量作适当的调整。

2．电极前端形状

根据极性及使用的焊接电流值,电极前端通常采取图 3.12 所示几种形式。

直流正极性焊接,电极前端角度为 30°~ 50°时,电弧向母材的吹力最强。多数直流正极性焊接都要求有较大的熔深,因此在焊接电流 200A 以下可以采用这一电极角度。

当焊接电流超过 200A 后,电极前端处于更高的温度,同时随电弧吹力的增加,保护状态会有所恶化,电极前端形成图 3.13 所示的伞形。电极伞形前端形成后虽然仍可以维持稳定的焊接,但焊接结束后需要重新更换电极。

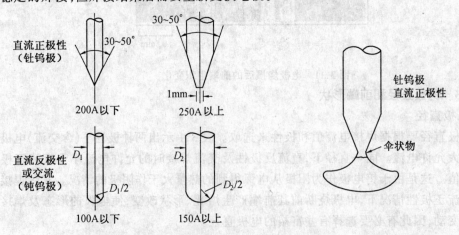

图 3.12　焊接中采用的钨电极形状　　　图 3.13　电极前端烧损形成伞形

当焊接电流超过 250A 后,电极前端会产生熔化损失,因此,都是在焊接前把电极前端磨出一定尺寸的平台。大电流焊接时,电极前端具有一定尺寸的平台,对焊接结果没有不良影响。

直流反极性和交流焊接时,同一电流下,电弧对电极的热输入大于直流正极性的情况,同时电流也不是集中在阳极的某一区域,这时把电极前端形状磨成圆形最为合适。如果所使用的焊接电流处于电极最大允许电流值附近,则不论电极开始是何种形状,一旦电弧引燃,电极前端熔化,自然形成半球形。

3.3 焊接方法

钨极氩弧焊的焊接方法是指以何种方式进行焊接。随着焊接技术的发展,目前所采取的焊接方式也是多种多样的。

3.3.1 直流焊接与交流焊接

1. 直流焊接

直流钨极氩弧焊没有极性变化,但电极接正还是接负,对电弧的性质及对母材的熔化有很多的影响。

(1)直流反极性焊接

钨电极接在直流电源的正端时称作直流反极性(DCRP)焊接。反极性焊接时,钨极是电弧的阳极,受到大量的电子撞击,电极产热量大而被过热熔化,即使是粗径电极也不能流过很多的电流只能使用在100A以下。此时,由于钨极不具有发射电子的作用,所以可以使用纯钨极。但是反极性接法时,电弧具有对母材表面的氧化膜进行清理的现象(清理作用)。电极接正时,母材是阴极,从其表面发射出电子。电子容易从有氧化物的地方发射出来并形成阴极斑点,阴极斑点受到质量较大的正离子的撞击,使该区域氧化膜被破坏掉。电弧连续破坏母材表面上电弧覆盖区域的氧化膜,实现对氧化膜的清理。

反极性焊接时,电弧在工件上的产热量少,焊缝熔深浅而熔宽大,生产率低。由于上述三方面原因,钨极氩弧焊直流反极性焊接只有对薄件铝、镁及其合金才可以采用。

(2)直流正极性焊接

钨电极接在电源输出的负端称作直流正极性(DCSP)焊接。钨极氩弧焊直流正极性焊接是所有电弧焊方法中电弧过程最为稳定的。

直流正极性焊接对被焊接表面没有去除氧化膜的"阴极雾化"作用,但由于下述各项原因,除焊接铝、镁及其合金外,在焊接其它金属材料时一般均使用直流正极性。

① 金属及其合金的表面不存在高熔点氧化物问题。

② 工件做阳极,电弧在阳极上的产热量大(与做阴极的情况比较而言),实验数据表明,TIG电弧下,电弧产热量的约70%给予母材用于母材熔化,因而焊接熔深大而熔宽窄,生产率高,工件的收缩和变形也小。

③ 钨极作为负极时的自身产热量小,不易过热,形状保持良好,使用寿命长。

④ 小电流下电弧也很稳定,能够形成稳定的焊缝。

2. 交流焊接

如第一章中交流电弧和电弧阴极清理作用所做的论述,在焊接应用中,对铝、镁及其合金的焊接推荐使用交流。然而交流焊接表现出的突出问题是电流过零,不采取稳弧措施的话电弧会熄灭,或者是电流不连续,影响焊接过程的稳定和焊缝形态的稳定。

第一章对交流 TIG 焊稳弧措施做了讲述。对于像铝及其合金这样电子发射能力很弱、材料导热性很强的金属,稳弧的基本原则是在铝从阳极向阴极转换、电流过零的瞬间,在工件与钨电极间施加一个高电场,可以是高频高压振荡,也可以是高压脉冲,高压数值依据电流数值、焊接电流波形(波形过零速率)、母材状态(尺寸与散热量)而定。

为使电弧燃烧更为稳定,在电流从负半波(钨电极为正、母材为负)向正半波(钨电极为负、母材为正)转换的瞬间最好也施加同样的稳弧电压。满足正半波向负半波极性转换的稳弧电压足以满足负半波向正半波的可靠转换。

对于钢材料,如果采用交流焊接,母材熔深和焊接效率不如直流正极性焊接,而且钨电极状态不好,故很少采用。对于铝合金,由于氧化膜问题而无法采用直流正极性焊接,同时由于钨电极电流容量问题无法进行大电流焊接,故没有比较意义。

3.3.2 低频脉冲焊

脉冲电弧焊是指利用图 3.14 所示等形式的变动电流进行焊接。从电流波形上看,脉冲电流有如下几项参数:脉冲电流峰值 I_p(称作"脉冲峰值电流",也可直接称作"脉冲电流"),脉冲电流基值 I_b(称作"基值电流"),峰值电流时间 t_p(称作"峰值时间"),基值电流时间 t_b(称作"基值时间"),脉冲电流频率 f(称作"脉冲频率"),以及脉冲周期 T。钨极氩弧焊一般采用低频频率进行焊接,称作"低频脉冲焊",低频频率通常在 0.5 ~ 10Hz。

低频脉冲焊由于电流变化频率很低,对电弧形态上的变化可以有非常直观的感觉,即电弧有低频闪烁现象。峰值时间内电弧燃烧强烈,弧柱扩展;基值时间内电弧暗淡,产热量降低。

在熔池形成上,当每一个脉冲电流到来时,焊件上就形成一个近于圆形的熔池,在脉冲持续时间内迅速扩大;当脉冲电流过后进入基值电流期间时,熔池迅速收缩凝固,随后等待下一个脉冲的到来。由此在焊件上形成一个一个熔池凝固后相互搭接所构成的焊缝。控制脉冲频率和焊接速度及其它焊接参数,可以保证获得致密性良好、搭接量合适的焊缝,如图 3.15 所示一例。

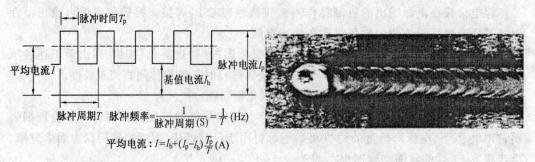

图 3.14 低频脉冲焊的电流波形　　　　图 3.15 低频脉冲焊焊缝形貌

钨极氩弧焊中的低频脉冲焊有如下几项工艺特点:

1. 电弧线能量低

对于同等厚度的工件,可以采用较小的平均电流进行焊接,获得较低的电弧线能量,因此利用低频脉冲焊可以焊接薄板或超薄件。

2. 便于精确控制焊缝成形

通过脉冲规范参数的调节,可精确控制电弧能量及其分布,降低焊件热积累的影响,易于获得均匀的熔深和焊缝根部均匀熔透,可以用于中厚板开坡口多层焊的第一道封底。能够控制熔池尺寸使熔化金属在任何位置均不致于因重力而流淌,很好地实现全位置焊和单面焊双面成形。

低频脉冲焊中通常没有电弧磁偏吹问题,斑点不出现飘摆,熔深有一定程度的增加,熔宽也合适,焊缝形状良好。

3. 宜于难焊金属的焊接

脉冲电流产生更高的电弧温度和电弧力,使难熔金属迅速形成熔池。过程中由于存在电流基值时间,熔池金属凝固速度快,高温停留时间短,且脉冲电流对熔池有强烈的搅拌作用,所以焊缝金属组织致密,树枝状结晶不明显,可减少热敏感材料焊接裂纹的产生。

脉冲电流的各项参数在焊接中起不同的作用。通常对基值电流 I_b 的选取以保证维持电弧稳定燃烧即可(此时也称作"维弧电流")。决定电弧能量和电弧力的参数是峰值电流 I_p、峰值时间 t_p 和脉冲频率 f。根据被焊件厚度、材料、所设定的焊接速度、接头形式等,采取配合调整的办法选取上述参数。

3.3.3 高频脉冲焊

高频脉冲焊利用了高频电弧的特点,比如电弧集中、挺直性好、小电流下电弧燃烧稳定等。通常使用的高频电弧其电流变动频率在 20～30kHz。高频下的电弧形态及电弧压力特性如图 3.16 所示,随电流频率的增加,电弧收缩程度增强,电弧压力增大。在钨极氩弧焊中使用有如下的特点:

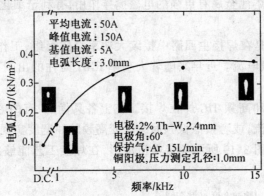

图 3.16　高频电弧形态及电弧压力的频率特性

1. 超薄板的焊接

高频脉冲电弧在 10A 以下小电流区域仍然非常稳定,如图 3.17 示出高频电弧与普通直流电弧形态的对比。当电极出现烧损时,电弧并不出现明显的偏烧。利用这些特点进行 0.5mm 以下超薄板的焊接,特别是对不锈钢超薄件的焊接,焊缝成形均匀美观。

2. 高速焊接

高频电弧在高速移动下仍然有良好的挺直度,如图 3.18 所示。在焊管作业中,焊接速度可以达 20m/min,与普通直流电弧相比,提高焊接速度 1 倍以上。在其它焊件焊接

I_a=20A,L_a=9mm,d=2.4mm I_p=90 A,I_b=5A I=50A,v=50cm/min,L_a=6mm,f=10kHz

                           f=10kHz,L_a=9mm,d=2.4mm

(a)直流TIG电弧   **(b)高频TIG电弧**   **(a)普通TIG电弧**   **(b)高频TIG电弧**

图 3.17 小电流电弧比较   图 3.18 高速焊时电弧形态比较

中,焊接速度也高于普通 TIG 焊。

3.坡口内焊接得到可靠的熔合

添加焊丝情况下,在坡口内分别利用高频脉冲焊和直流焊进行堆焊,结果有很大差别。

直流焊接时,如果焊丝填充量很多,熔池与坡口侧面的熔合状况恶化,焊道凸起,并偏向一侧。形成这样的焊道后,在进行下一层焊接时,焊道两端的熔化不能充分进行,将产生熔合不良。

高频脉冲焊所形成的焊道,在焊丝填充量很多时仍然呈现凹形表面,对下一层的焊接没有不良影响。利用这个特点,对外径 30mm、壁厚 6mm 的管子进行焊接(管子转动),以前需要焊 4 层的焊缝,这时只用 2 层即可完成,生产率得以提高。

4.焊缝组织性能好

高频电流对焊接熔池金属有更强的电磁搅拌作用,有利于细化金属晶粒,提高焊缝机械性能。

高频 TIG 焊电源是在焊接主回路中接续大功率晶体管组,工作在高频开关状态或高频模拟状态,输出高频电流。近年来随着大功率 IGBT 元件的出现,在焊接电源中使用更具优势。

低频脉冲 TIG 焊和高频 TIG 焊在焊接工艺上各具优点,有的电源采取高频对低频调制的方法输出焊接电流,或者按照低频时续改变高频脉冲宽度实现高低频输出(平均电流的低频脉冲效果),如图 3.19 所示焊接电流波形,在焊接工艺能够发挥两者优点,获得成形更为优良的焊缝。

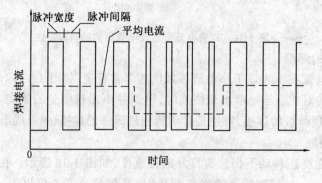

图 3.19 变化高频脉冲宽度的低频焊波形

3.4 焊接条件的选择

3.4.1 焊接规范条件

与其他焊接方法一样,TIG 焊也是以焊接电流、电弧电压、焊接速度作为三个基本焊接规范条件。只是在 TIG 焊接中,多数情况要求得到高品质的焊接结果,如何确保气体保护效果也是十分重要的。有关焊接规范和气体保护对焊接熔池及焊缝成形影响的普遍性问题已在上一章做了介绍,在此介绍钨极氩弧焊中的应用特点。

1.焊接电流

焊接电流通过工位操作盒或焊机上的电流调整旋钮设定。TIG 焊中对焊接电流通常都采取缓升缓降,即在焊接引弧时采用较小的引弧电流引燃电弧,然后焊机自动按所设定的时间速率提升电流至所要使用的焊接电流值,这一点主要是为了给焊接行走(动作开始)提供一个缓冲时间,也利于对电弧引燃后初始状态进行观察(比如电弧是否燃烧在焊接线上)。在焊接结束时,焊接电流按设定的时间速率下降,最后熄灭,这一点主要是使电弧下方的熔池凹陷区有一个金属回填过程,防止大电流熄弧在焊缝上形成弧坑,同时在封闭形焊缝焊接时,使焊缝的最后连接部位不致产生过量熔化。

焊接电流缓升缓降在脉冲焊中同样适用,如图 3.20 示意出电流改变过程。

2.电弧电压

TIG 焊多是以电弧长度作为规范参数。此外,如果电弧长度增加,电极与母材间的距离过大,会使电弧对母材的熔透能力降低,也会增加焊接保护的难度,引起电极的异常烧损,在焊缝中发生气孔。反之,如果电极过于接近母材,电弧长度过短,容易造成电极与熔池的接触,钨极被污染或断弧,在焊缝中出现夹钨缺陷。

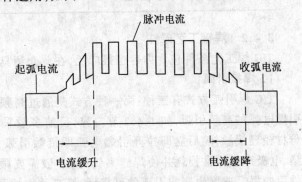

图 3.20 焊接电流缓升缓降控制

TIG 焊电弧长度根据电流值的大小通常选择在 1.2 ~ 5mm 之间。需要填加焊丝时,要选择较长的电弧长度。

3.焊接速度

TIG 焊在 5 ~ 50cm/min 的焊接速度下能够维持比其它焊接方法更为稳定的电弧形态。利用这一特点,TIG 焊常被使用在高速自动焊中。

在通常情况下,高速电弧焊接容易产生咬边及焊缝不均匀缺陷。咬边不仅使焊缝外观恶化,还会引起应力集中,对接头强度有不良影响。比如 200A 焊接电流、50cm/min 焊接速度下可以得到正常的焊缝,当速度增加到 100cm/min 时将会出现咬边。因此在进行高速 TIG 焊时,必须均衡确定焊接电流和焊接速度。

手工 TIG 焊接时,由于焊枪移动速度不稳,也会引起不规则焊缝以及出现部分熔透不良。

4. 保护气流量

TIG焊决定保护效果的主要因素有喷嘴尺寸、喷嘴与母材间的距离、保护气流量、外来风等。保护气流量的选择通常首先要考虑焊枪喷嘴尺寸和所需保护的范围以及所使用焊接电流的大小。

喷嘴尺寸的选择要求对熔池周围的高温母材区给予充分的保护。对一种直径的喷嘴，如果保护气流量过大，将会形成紊流流动，并导致空气的卷入。喷嘴形状也具有同等重要的作用，自己随意制作的喷嘴，即使在较小的气流量下也可能出现紊流。表3.2给出对喷嘴尺寸及气流量的推荐选择。

表3.2 钨极氩弧焊喷嘴孔径与保护气流量的选用范围

焊接电流 /A	直流正极性焊接		直流反极性焊接	
	喷嘴孔径 /mm	保护气流量 /(L·min⁻¹)	喷嘴孔径 /mm	保护气流量 /(L·min⁻¹)
10 ~ 100	4 ~ 9.5	4 ~ 5	8 ~ 9.5	6 ~ 8
100 ~ 150	4 ~ 9.5	4 ~ 7	9.5 ~ 11	7 ~ 10
150 ~ 200	6 ~ 13	6 ~ 8	11 ~ 13	7 ~ 10
200 ~ 300	8 ~ 13	8 ~ 9	13 ~ 16	8 ~ 15
300 ~ 500	13 ~ 16	9 ~ 12	16 ~ 19	8 ~ 15

3.4.2 焊接工艺条件

TIG焊工艺条件包含内容也很广泛，在此介绍具有普遍性的几个方面。

1. 焊接引弧

TIG焊引弧方式有三种：第一种方式是通过高频放电破坏电极与母材间的绝缘，进而引燃电弧的高频引弧，如1.4.2节内容，目前多数采用这种方式；第二种方式是把电极与母材轻轻接触，随后立即拉开引燃电弧即接触引弧，这种方式为避免电极受到母材的污染、电极产生异常损耗并使焊缝夹钨等，一般需要限制引弧电流在7A以下，电极接触工件后的提升速度也影响引弧的可靠性；第三种方式是利用一个辅助碳棒或钨棒与钨电极接触，两者之间加上一个较小功率的电源，在钨电极和辅助棒之间引燃电弧，随后在焊接电源空载电压作用下，电弧转移到钨电极与焊件之间燃烧，即间接接触引弧，这种方式有可能使电极上形成电极斑点。

采取接触引弧主要是为了避免高频引弧的电磁干扰。比如在有计算机控制的焊接自动化系统中，在机器人自动焊系统中，或者对周围电子设备，电弧高频干扰的影响是很强烈的，可能造成软件程序的紊乱、电子器件的损坏或者焊接电流的失控。上述场合，如果不能良好解决高频电磁干扰问题，采取接触引弧也是可行的。

引弧产生的高频电磁场有多种传播途径，比如空间、地面、电缆线、控制线、物体表面、进入电网等，在计算机焊接控制系统中采取一些措施也可以一定程度地予以解决，主要措施有如下几项：

（a）利用隔离变压器和抗干扰抑制器阻断来自电源线的干扰。

（b）强电、弱电分开走线，避免强弱电交叉走线。

(c) 从电弧附近引入到设备中的信号线采用屏蔽线。

(d) 提高一次引弧成功率,避免短时间内频繁引弧。

(e) 计算机安置在控制柜中并与电弧距离在1.5米以上。

(f) 设备(包括焊机)应良好接地。

引弧时需要注意的是必须在保护气流通后引燃电弧,如果在钨极与空气接触状态下引弧,一种可能是电弧没有被引燃,一种可能是电弧被引燃后非常暴乱,工件和钨极瞬时被氮化和氧化,不能继续使用,母材表面会出现凹坑。

直流正极性焊接,电弧引燃后,如果电极发射热电子很充分,电极处于高温状态,则电弧在电极的前端燃烧,并具有良好的稳定性。然而,如果电弧引燃后,电极温度上升较慢,则电极不具备足够的热电子发射能力,电弧将在电极上寻找容易发射电子的氧化物,如图3.21(b)所示,电弧沿着电极表面向上爬。由于电弧上爬,电弧弧长拉长,使电弧电压增加。当电弧电压增加到接近电源的空载电压时,电弧将会熄灭。如果电弧上爬后能够持续一段时间,在电极温度上升后,电弧又会回到电极的前端稳定燃烧。

2. 提前送气与滞后停气

在引弧动作开始之前要提前通以保护气,驱除导气管中的空气并使焊接区处于被保护状态下,这称作提前送气。

焊接结束时,如果在电弧熄灭的同时停止保护气,焊缝结束部位会产生严重氧化,而且处于高温状态的钨极也会受到氧化而出现显著烧损,为此,在熔池完全凝固及电极完全冷却之前需要继续流通保护气,这称作滞后停气。

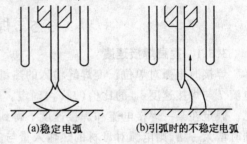

(a)稳定电弧　　　　(b)引弧时的不稳定电弧

图3.21　引弧时电弧阴极斑点的形成

3. 填加材料的选定

手工焊接时,右手拿着焊枪,左手拿着填加材料,以手工方式向焊接区送进,这时使用的填加材料通常是直径2~4mm的焊丝。

自动焊接时,把送丝导向管装在焊枪上,通过送丝电机及驱动轮等自动向焊接区送进焊丝。而焊丝通常有0.8~1.6mm直径,被卷在焊丝盘上。

TIG焊不存在填加材料的过热问题,其中的合金元素几乎都能过渡到熔池中去,因此可以使用与被焊件相同材质的填加材料。对裂纹倾向性大的材料进行焊接时,可以考虑采用含碳量低的焊丝。

自动焊应注意填丝角度、焊丝端部与电极的距离,最合适的方式是焊丝前端底部紧贴熔池边缘,焊丝熔化后直接流入熔池。如果焊丝端部脱离熔池距离较多,焊丝端部熔化后会聚集成一定尺寸的球滴,在重力和电弧吹力下过渡到熔池,这时有连续的"啪 — 啪"声,但焊缝成形不好。此外,TIG自动化焊接通常都是在焊枪的前部填充焊丝。

4. 焊接夹具

TIG焊在较低的电流下电弧也很稳定,多用于薄板焊接。薄板焊接中,多数情况是在板的正面进行焊接,并使背面充分熔化,得到背面成形良好的焊缝。

形成合适的背面熔化所对应的焊接条件范围是很窄的。对焊接参数的选择,如果热输入低,会造成背面未熔化;如果热输入较大,虽然背面可以很充分地熔透,但亦有可能因熔化金属自身重力而造成熔池脱落,也就是所说的焊穿,或者是熔化宽度与焊件厚度不成比例。为防止焊穿现象的发生,薄板焊接时如果工件具备被装夹条件,应考虑利用夹具进行焊接,正面压紧,背面加上铜垫板,防止焊接变形造成对缝间隙的改变、产生错位和错边,以及防止熔池脱落。当焊件结构上的原因存在各区域散热条件不均时,采用夹具改善散热变化的差距也是有效的,一个目的就是要形成正反面尺寸均匀的焊缝。

5. 其它工艺要求

包括焊件坡口形式及尺寸的选择,焊件清理等准备性工作等。

TIG焊对材料有比较严格的清理要求,由于氩是惰性气体,没有氧化性也没有还原性,对焊缝金属没有脱氧或去氢作用,因此焊接开始前,应尽可能把母材上要焊接部分的表面打磨干净,包括去除油、锈、水分等,在铝合金焊接中,对氧化膜的机械清理也是必须做的。

3.5 焊接技术

3.5.1 提高焊接速度

焊接时电弧对单位长度焊缝输入的热量即焊接热输入在电弧电压 U_a 一定时由焊接电流 I 与焊接速度 v_W 的比值(I/v_W)确定。

假定在某一焊接电流和焊接速度下得到了良好的焊缝,现在把焊接电流和焊接速度同时增大一倍,则电弧对母材的热输入量与前面相同,应该得到相同的焊缝。然而实际中却不是这么简单。

比如焊接熔深,在相同热输入条件下,大电流高速度焊接时的熔深大于低电流低速度焊接时的熔深。以较快的速度进行焊接可以缩短焊接时间,从生产率角度看以大电流高速度焊接更为有利。然而大电流高速度焊接容易产生咬边、焊缝不连续、不均匀等缺陷。

电弧力的作用是产生咬边及异常焊缝的一项原因。这个电弧力随焊接电流的增大而增大,作用在熔池的前半部分表面上,把熔化金属压向熔池后部,使前半部分熔化金属量减少,结果形成咬边及异常焊缝。焊接速度增加,这类缺陷更为容易产生。

要防止上述缺陷的出现,可以减小电弧力,或者弱化电弧力对熔池前半部分的影响。具体措施有两种:第一种是改变电极前端形状,电极前端磨出一定的平台比之完全尖形时,电弧力有较大程度的降低,同一电流下使用前端有平台的电极,可以提高焊接速度1.5倍。第二种是在氩气中混入氦气,比如在氩气中混入30%的氦气,电弧力可以降低一半,这是指电极前端尖形时的情况,当电极前端磨出平台后,电弧力的降低程度没有这么大。在氩气中混入氦气后,母材的熔化情况会更好,从这个角度讲,混入氦气对提高焊接速度也是有效的。

要减轻电弧力对熔池前半部分的作用效果,也可以采取电极倾斜方式进行焊接。由于电弧力在电极轴线方向上的作用最为强烈,电极垂直于熔池表面时电弧力对熔池的影响最大,而当电极向前方倾斜时,电弧力对熔池金属向后方的排斥作用就会减弱,这与降低电弧力的效果是相同的。

3.5.2 增加焊接熔深

如果能够增加焊接熔深,那么对于较厚板即使不开坡口就可以进行单层焊接,无疑会提高生产效率。一般情况下,TIG焊在不使用填加金属对I型坡口进行对接焊时,单层焊并使背面可靠熔透,所能焊接的钢板板厚在3~4mm程度。根据焊接条件的选取,有时也可以对5~6mm板厚钢材进行焊接。即使对开坡口的厚板进行焊接,如果能够得到更大的初层焊熔深,也可以增加坡口钝边的高度,并减少焊接层数。

能够增加熔深的焊接条件可以列举如下:

1. 增大焊接热输入

增大焊接电流或者降低焊接速度。焊接电流增大后,热输入增加,电弧力也增大,一般情况下熔深会增加,然而在TIG焊时,电弧同时也会扩展,热量容易向熔池的周边区域传导,使得熔宽也随之增加。

对于热传导性能较差的母材,比如不锈钢或钛,增大焊接电流后,熔宽的增加非常明显,这种情况下,最好是把电流减小一些,而代之以降低焊接速度。反之,对于热传导性能优良的母材,比如铝、铜的情况,可以增大焊接电流,而把焊接速度加快一些。

如果焊接电流很大,电弧力过于强烈,容易形成有缺陷的焊缝,这时可以把电极前端磨出一定尺寸的平台。

任何一种钢材,其热传导性能都不是很好。在进行TIG焊时,与其提高焊接电流值,不如降低焊接速度更为有效。

2. 减小电弧长度

通常电弧长度较短时能获得较大的熔深。然而,如果弧长过短,电弧电压降低也使得电弧产热量减少,这也是不希望的。电弧长度一般以1~3mm为宜,现象如图3.22所示。

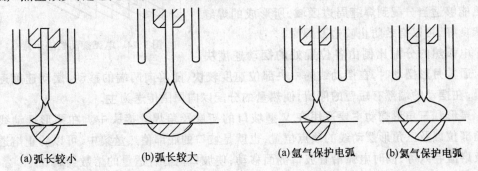

(a)弧长较小   (b)弧长较大   (a)氩气保护电弧   (b)氦气保护电弧

图3.22 电弧长度对焊接熔深的影响   图3.23 氩气保护电弧与氦气保护电弧的差异

3. 在氩气中混入氦气

氩气中加入氦气后,电弧电压会相应提高,电弧产热量增大。只是氦气的价格远远高于氩气的价格,如果填加量较多,必然会增加焊接成本。

保护气中加入氦气,有降低电弧力的效用,因此,在大电流焊接时这种做法特别有效。

增加焊接熔深也可以直接采用钨极氦弧焊接。直流正极性氦弧焊,单道可以焊接12mm厚的铝板,正反两道可焊接20mm厚的铝板,焊接速度两倍于交流钨极氩弧焊。与钨极交流氩弧焊相比,电弧热量更集中,熔深大,焊缝窄,变形小。由于焊接速度快,被焊金属过热小,接头软化区小。焊接LD10铝合金时,焊接接头的常温及低温机械性能均比交流钨极氩弧焊高。正极性时钨极受热温度低，向焊缝渗钨的危险大大减小；同时，直流不需要稳弧装置，设备可以简化。图 3.23 示出氩弧及氦弧下电弧形态及母材熔化状态的比较。

直流正极性虽然没有去除工件表面氧化膜的"阴极雾化"作用，但当电弧相当短时，电子撞击也能起到一点清除氧化膜的作用。为此，直流氦弧焊是可以顺利地焊接铝及铝合金的。焊后焊缝表面有一层薄的氧化层，用刷子刷去，即可获得平滑而光亮的焊缝。

3.5.3 摆动电弧焊接

1．摆动焊接特点

手工电弧焊焊缝的好坏与焊工的技术有直接的关系，其中的一项技术就是摆动操作。焊工以一定的周期、一定的摆动轨迹对电弧进行摆动，如此进行焊接。摆动轨迹是多种多样的，典型轨迹有月形、栗形、三角形等，如图 3.24 所示。

通过摆动操作，除了能够防止产生咬边、焊瘤、熔合不良、焊穿、夹渣等焊缝缺陷之外，还对进行横焊、立焊、仰焊及单面焊双面成形有良好作用。

电弧焊中的摆动操作有如下两项作用：

（1）合理分配电弧热量

母材较厚时需要加工坡口。为使坡口各部分有适当的熔化，需要根据坡口形状对电弧热在坡口各部分做出合理的分配。比如，月形摆动操作主要适用于 I 型坡口或 V 型坡口第 2 层以后的焊接。这是因为月形摆动能够形成宽度较大的焊缝，并且电弧热能够适当分配到焊缝周边区域，所形成的焊缝形状良好，可以有效防止咬边及焊瘤。

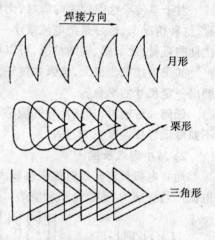

焊接方向

月形

栗形

三角形

图 3.24　电弧摆动轨迹示意

电弧热的分配比例由各位置处的摆动速度决定。通常月形摆动时，在摆动线的中央部位速度较快，随着向两端的移动，摆动速度逐渐减慢，在摆动的端部有短暂的停留，使热量的分配以向周围传送为主。

栗形和三角形摆动主要适用在 V 型坡口的初层及角焊缝接头中。在栗形摆动线的尖角部位以及三角形摆动线的顶点位置，也就是坡口的底部使热量集中，可以防止熔透不良及熔渣卷入等，同时电弧沿着坡口侧面移动，使坡口内有合适量的熔敷金属。

（2）控制熔化金属的流动

在电弧焊过程中，随着电弧的移动，母材上产生逐次局部熔化，同时也在逐次凝固形成焊缝。然而有时也会由于电弧热输入的增大使熔化量增加，进而产生熔化金属从焊缝脱落现象。

平焊位置上的熔池脱落是由于板的背面熔化过大而引起的。然而在仰焊、立焊、横焊位置焊接时还会有熔化金属从熔池正面脱落现象发生。为防止熔池脱落现象的发生，只能是减少熔化金属量，以较低的热输入进行多层焊接。然而熔池小必然会带来焊接生产率的降低。

要想使母材尽可能多的熔化而又不会脱落，可以利用电弧力的作用，以电弧力抑制熔化金属的重力,在电弧力的指向上多加考虑。

更为积极的方法是使母材形成局部的熔化和凝固,即摆动电弧法和脉冲电弧焊方法。

比如使电弧沿着焊接方向进行往复摆动,如图 3.25 所示,这就如同以较高的焊接速度进行反复焊接一样,能够使局部产生更充分的熔化。实际上

图 3.25　电弧往复摆动轨迹

图 3.24 中的摆动也包含了这种作用,这在单面焊及全位置焊接中发挥了积极的效果。

2. 摆动操作的自动化

如果有自动摆动操作装置,平常人也可以焊接出熟练焊工所能焊出的同等焊缝。

进行自动摆动操作,有机械方法、机头电控方法和磁场作用方法等。机械方法是使焊枪通过靠模产生机械运动,通过把焊接方向上的运动与直角方向上的运动适当地组合,就可以产生相当复杂的摆动轨迹。这种方法原理上很简单,同时可靠性高,因此使用较多。

机头电控方法是焊枪安装在具有横向和立向运动机构的机头上(通常称作机头十字滑架),焊枪的运动通过电机带动丝杠实现,通常需要用微处理机系统控制电机,并与脉冲电流相互配合。这种方法柔性大,在需要改变摆动轨迹时不需要对机械部分进行改动,而是通过设计微处理机软件来实现,具有变化灵活、可选择性强等优点,目前一些专用焊机中已经具备了这种功能。

磁场控制方法是焊枪自身不进行摆动,而焊接电弧产生摆动。如图 3.26 所示,对电弧区施加一个横向磁场,电弧弧柱受到电磁力的作用,电弧偏向电磁力指向一侧。利于这个原理,使电弧在某一方向上产生一定角度的倾斜,并使这一倾斜能够周期性出现。这种方式只需要在普通焊枪的前部加上产生磁场的装置即可,如图 3.27 所示,但一般只能进行简单的横向往复摆动。

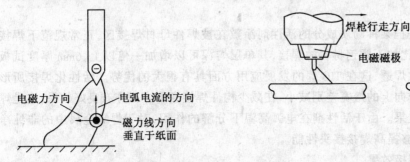

图 3.26　磁场控制电弧摆动原理　　　　图 3.27　磁控电弧摆动设计

除此之外,还可以通过气体的喷射气流使电弧产生摆动,把小直径的控制气喷嘴设计在保护气喷嘴内,控制气气流按一定方向喷射出来使电弧产生偏向,当控制气流交互变化方向时,就使电弧产生摆动,如图 3.28 所示。

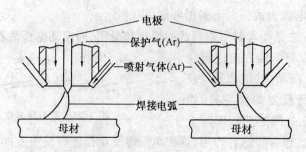

电极

保护气(Ar)

喷射气体(Ar)

焊接电弧

母材　　　　　　　　母材

图 3.28　气控电弧摆动设计

3.5.4　A-TIG 焊接技术

1．A-TIG 焊概念

A-TIG 焊即指"活性化 TIG 焊"。

普通 TIG 电弧进行钢、钛、铝等材料焊接,由于电弧热量分散及电弧力数值低等项原因,在正常使用的规范参数下,考虑焊缝深宽比等成形方面的要求,通常单层焊接只能够获得较小的熔深。对于厚度较大的板材或管材焊接,在需要背面完全熔透时,就需要进行坡口加工以及采用多层焊接。为发展 TIG 焊的应用,在 20 世纪 60 年代中期,苏联巴顿焊接研究所提出了"活性化 TIG 焊"的概念,至 80 年代初期,在钢材料、钛合金的焊接中取得了良好结果。

巴顿研究所以实用技术研究为主,在活性剂影响机理方面认为是电弧收缩的作用。欧美等国对此项技术的研究开展的较晚。80 年代初期随着表面张力影响学说的提出,对活性化焊接机理有了新的认识,随后多年的研究重点也随之转移到焊接表面张力的研究上。进入 90 年代,人们重新认识活性化焊接的应用前景,近年来国外科研机构和产业部门对活性化 TIG 焊方法有加速研究的趋势,并形成了 A-TIG 焊的概念和技术,工作受到广泛重视。

活性化焊接是把某种物质成分的活性剂涂敷在被焊件母材焊接区,正常规范下焊接熔深大幅度提高,比如不锈钢材料的焊接,其单层熔深可以增加一倍以上,6mm 厚度试板不开坡口可以一次焊透,这在 TIG 焊的发展应用方面具有很大的优势。活性化焊接所形成的焊缝在深度方向上的熔宽差别减小,在减少构件焊接变形方面亦有良好效果,这是焊接中的一项重要成果。由于活性剂在电弧高温下分解的作用,对于焊缝金属中的非纯净物有净化作用,能够提高焊接接头性能。

2．A-TIG 焊焊接效果

A-TIG 焊对于提高钨极氩弧焊焊接效率具有重要意义。

图 3.29 示出 6mm 厚不锈钢板材采用普通 TIG 焊和 A-TIG 焊得到的结果,活性剂微量涂敷对焊接熔深的增加即有明显效果。相同现象也表现在等离子弧焊接中。试验结果表明,A-TIG 焊对于厚板可以显著较少焊道层数,焊接效率提高 1 倍以上。图 3.30 示出普通钨极氩弧焊、A-TIG 焊、等离子弧焊各方法对 1m 长不同厚度板进行焊接所需的焊道层数及焊接时间的对比。

在薄板焊接中 A-TIG 焊同样有较高的焊接效率,并且焊缝成形有大的改善。如图 3.31 所示的钛合金薄板焊接,试验规范下,普通 TIG 焊方法得到的焊道其正面有很大的熔

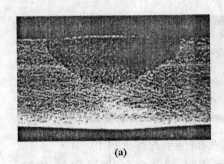 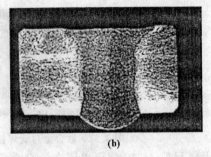

(a)   (b)

图 3.29　TIG 焊与 A-TIG 焊熔深能力对比(6mm 厚度不锈钢)

(a)普通 TIG 焊接结果　(b)A-TIG 焊接结果

宽,但背面却未能熔透(许多材料都有这个问题)。用 A-TIG 方法进行焊接,相同的焊接规范下,所形成焊道的正面熔宽略有减小,但背面有良好的熔透,焊缝成形形态更为合理。因此与普通 TIG 焊相比,利用 A-TIG 焊方法,在焊接电流不变的情况下,可以提高焊接速度、提高焊接生产率;在焊接速度不变的情况下,可以降低焊接电流,这对减小工件热输入、减小焊接变形是有利的。

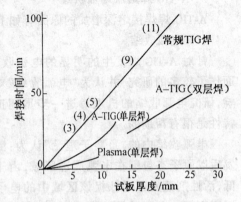

图 3.30　焊接 1m 长度焊缝所需时间及所需焊道层数比较

通过调整活性剂的成分,可以改善焊缝的组织和性能。此外,钛合金活性化焊接能够消除常规 TIG 焊所表现出的氢气孔,也可以净化焊缝(降低焊缝中的含氧量)。对于表面清理不当、保护出现问题或者潮湿气候下的焊接,钛合金常规 TIG 焊缝中容易出现气孔,而采取活性化焊接后,气孔没有出现。图 3.32 示出 1.2mm 厚度钛合金板对缝焊接时气孔产生情况,在未涂敷活性剂区域,焊缝中产生了较多量的气孔,而涂敷活性剂区域没有产生焊接气孔。

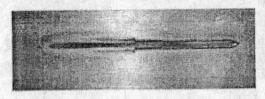 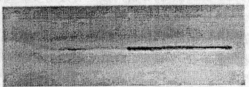

(a) 焊道正面　　活性涂敷区域　　　　　　　(b)焊道背面

图 3.31　钛合金涂敷活性剂的焊接效果

(TC4, $t = 1mm$, $I = 36A$, $v_W = 200mm/min$, $L_a = 1.5mm$)

A-TIG 焊得到的焊缝,其正反面熔化宽度比例更趋合理,熔宽均匀稳定,由于焊件散热条件变化或者夹具(内涨环)压紧程度不一致所导致的背面出现蛇形焊道及不均匀熔透(或非对称焊缝)的程度减低,对保证焊缝使用性能有利。

A-TIG 焊最初是开发用来消除钛合金焊缝气孔,后来应用在提高钛合金的熔深和焊

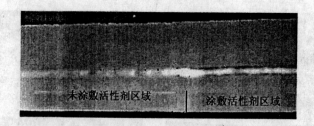

图 3.32　钛合金对缝焊接气孔产生情况(X-光照片)

缝性能上。目前 A-TIG 焊可以用在钛合金、不锈钢、镍基合金、铜镍合金、碳钢上,PWI 还开发了相关的药芯焊丝用于 MIG 焊中。

3．A-TIG 焊熔深增加机理

A-TIG 焊焊接熔深增加的原因有如下三项:

(1) 电弧收缩

针对 A-TIG 焊发生的明显的电弧收缩现象,人们在电弧方面作了较多的研究,并认为"电弧收缩"对熔深增加有很大的影响,研究电弧收缩的机理对进一步得到正确的配方和改善电弧特性是很有帮助的。

电弧收缩中的"负离子理论"认为:活性剂在电弧高温下蒸发后以原子态包围在电弧周边区域,由于电弧周边区域温度较低,活性剂蒸发原子扑捉该区域中的电子形成负离子并散失到周围空间。负离子虽然带的电量和电子相同,但因为它的质量比电子大得多,不能有效担负传递电荷的任务,导致电场强度 E 减小,根据最小电压原理,电弧有自动使 E 增加到最小限度的倾向,结果造成电弧自动收缩(如图 4.33 所示),电弧电压增加,热量集中,用于熔化母材的热量也增多,从而使焊接熔深增加。

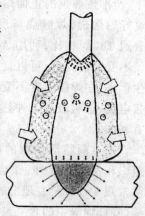

图 3.33　负离子理论模型

虽然负离子的出现对于电弧收缩是一个很好的解释,可是由于负离子本身的特性和实验手段的缺乏,目前尚缺乏有效的实验验证。

验证电弧收缩的一个有效途径是测试电弧电压。采用图 3.34(a)所示不锈钢试件,在试件右半区域涂敷活性剂 SiO_2,在相同的电弧参数下从左向右焊接,测得的电弧电压变化如图 3.34(b)所示,可以看出电弧从无活性剂区进入有活性剂区后电弧电压有明显增

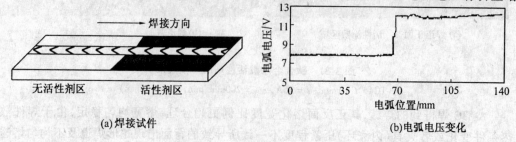

(a)焊接试件　　　　　　　　　　(b)电弧电压变化

图 3.34　活性剂对电弧电压的影响

(120A, 200mm/min, 弧长 3mm, 铈钨极 3.2mm, 钨极角度 60°, 氩气 10L/min)

加。

(2) 阳极斑点收缩

"阳极斑点"理论认为:在熔池中填加硫化物、氯化物、氧化物后,熔池上的电弧阳极斑点出现明显的收缩,同时产生较大的熔深,如图 3.35 所示。

填加活性剂后,熔池产生的金属蒸气受到抑制,由于金属粒子更容易被电离,在金属蒸气减少的情况下,只能形成较小范围的阳极斑点,电弧导电通道紧缩,在激活了熔池内部电磁对流的同时,熔池表面的等离子对流受到减弱,从而形成较大的熔深。这种解释对非金属化合物型的活性剂较有说服力,但对金属化合物却不适用。

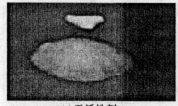

(a)无活性剂　　　　　(b)有活性剂

图 3.35　活性元素存在时的电弧阳极斑点区域收缩

研究认为,在阳极区,一个类似中空的负离子空间分布(实际上是一个静电棱镜)由于受到前向收缩力而压缩阳极区的电子流朝阳极运动,从而引起了阳极势能的大大削减,最终大幅度提高了阳极区的电流密度。其压缩程度取决于某个长度范围内的电场能,而这个长度又取决于空间电荷中负离子的浓度和它的几何形状。

(3) 表面张力变化影响学说

如上一章所讲述的,在熔池中含有活性元素成分时,熔池金属表面张力从负的温度系数转变为正的温度系数,熔池表面形成从外围周边区域向熔池中心区域的表面张力流,熔池中心处形成向深度方向的质点流动,使电极正下方温度较高的液态金属直接流动到熔池底部,对深度上的熔化效果增加,从而使焊接熔深增加。

不同的活性剂对电弧及熔池可能有不同的作用,氟化物、氯化物影响电弧的可能性较大,非金属氧化物影响阳极区的可能性较大,而金属氧化物影响熔池表面张力的作用可能较大。

A-TIG 技术今后的发展趋势有如下几方面:(1) 活性剂成分的改进、新的活性剂的开发;(2) 活性剂影响机理的深入研究;(3) A-TIG 焊接对焊缝性能的影响等。

利用活性剂对电弧电压的影响可以进行位置检测。如图 3.36 所示,在焊接线附近按一定形式涂敷 SiO_2 活性剂,电弧在活性剂区域横向摆动前进,从电弧电压的变化中可以检测到活性剂边缘(上升沿检测和下降沿检测),如图 3.37 所示,从而确定出焊缝位置,进

(a)　　　　　　　　(b)　　　　　　　　(c)

图 3.36　应用 SiO_2 活性剂的位置检测三种方式

行焊缝跟踪。具体实现方法有多种,比如:1.促使电弧保持在两个活性剂区域之间(图3.36a 所示);2.促使电弧返回一个活性剂覆盖区域(图3.36b 所示);3.电弧行走在活性剂覆盖的区域上形成焊缝(图3.36c 所示)。

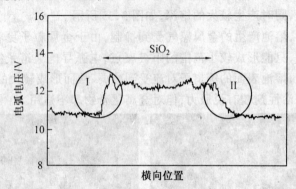

图3.37 活性剂的检测方法(对应图3.36(c))

3.5.5 热丝法焊接

传统的 TIG 焊由于其电极载流能力有限,电弧功率受到限制,焊缝熔深浅,焊接速度低,使用受到一定限制。尤其是中等厚度的焊接结构(10mm 左右),需要开坡口和多层焊。多年来,许多研究都集中在如何提高 TIG 焊的焊接效率,即熔敷率和焊接速度,包括 A-TIG 焊、旋转电弧、热丝 TIG 焊(Hot wire TIG)等。

热丝 TIG 焊原理如图 3.38 所示,在普通 TIG 焊的基础上对焊丝进行预热,以提高热输入量增加熔化速度,从而提高焊接速度。

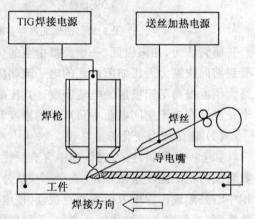

图 3.38 热丝 TIG 焊原理

图 3.38 电源极性的接法可以纠正电弧的"磁偏吹"并使坡口"预热",从而进一步提高焊接速度。

热丝 TIG 焊大大提高了热输入量,使焊丝熔化速度增加 20 ~ 50g/min。在相同的电流情况下焊接速度可提高一倍以上,达到 100 ~ 300mm/min。

同 TIG 焊相比,热丝 TIG 焊明显地提高了熔敷率、焊接速度,适合于焊接中等厚度的焊接结构,同时又具有 TIG 焊高质量焊缝的特点。同 MIG 焊相比,其熔敷率相差不大,但是热丝 TIG 焊的送丝速度独立于焊接电流,因此能够更好地控制焊缝成形,对于开坡口的焊缝,其侧壁熔合性比 MIG 焊好得多。

表 3.3 为使用二种不同 GTA 焊方法焊接窄间隙试样比较,热丝 TIG 焊焊接效率整整提高了一倍。此外热丝 GTA 法还可减少焊缝中的裂纹。可以预料,热丝 GTA 焊方法在海底管线、油气输送管线、压力容器及堆焊等领域中的应用将会进一步扩大,是一种很有发展前途的焊接方法。

表 3.3　两种方法焊接比较

		焊层	1	2	3	4	5	6
冷丝		焊接电流/A	300	350	350	350	300	330
		焊接速度/(mm/min)	100	100	100	100	100	100
		送丝速度/(m/min)	1.5	2	2	2	2	2.7
热丝		焊层	1	2	3	4	5	
		焊接电流/A	300	350	350	310	310	
		焊接速度/(mm/min)	200	200	200	200	200	
		送丝速度/(m/min)	3	4	4	4	4	

3.5.6　单电源型双面双弧焊

双面双弧焊可彻底消除未焊透缺陷,最大限度地降低焊接变形。

传统双面双弧焊接是两个电弧使用两台电源。美国肯塔基大学研究人员在传统双面电弧焊接基础上做了进一步研究,采用单电源的等离子弧(PA)和钨极氩弧(TIG)对焊缝正反面同时对称施焊(图 3.39),通过 TIG 弧扩大了等离子弧的小孔效应,显著提高了焊接生产效率,提高了熔合比,增加了熔深,减小了热影响区及焊接变形,能够得到满意的力学性能,适合于中厚板焊接。

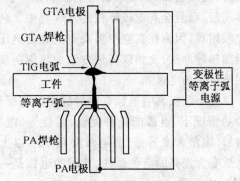

图 3.39　单电源双面双弧焊原理

同双电源焊接相比,单电源焊接时电流分布更为集中,电弧收缩程度增加,同时焊接电流直接流过焊接熔池,电磁收缩力的作用使熔池向深度方向发展,可以获得更大的熔深效果。

双面电弧焊的缺点是可达性差,要求工件焊接区两侧有焊枪的安装空间,在焊枪移动焊接时,应保持电弧相对位置。

3.5.7　空心阴极真空电弧焊接技术

1. 概述

在焊接化学活性金属和难熔金属时,常规的保护介质有时不能满足使用要求,必须采用更为有效的(含氧、氮、氢和水蒸气极少)保护介质,这样的保护介质实质上就是工程真空。1969 年莫斯科包曼高等技术学院首先开展了用空心阴极电弧放电作为能源进行电弧焊、堆焊和真空钎焊的研究工作。空心阴极电弧焊接(Hollow Cathode Vacuum Arc Welding,简称 HCVAW)具有较高的工艺能力,在 $1 \times 10^{-2} \sim 10$Pa 的工程真空环境中相对容易实施,于 1972 年开始广泛应用于前苏联的各工业企业。

研究结果表明,在一定电流和弧长下,HCVAW 焊缝比 GTAW 焊缝有更大的熔深。相关研究认为,焊接效率的提高是由于空心阴极真空电弧有收缩的电弧形态,并且在低气压状态下电弧弧柱散热小,电弧能量集中所致,同时产生的热影响区也较小。另外,在真空保护状态下,熔池金属对母材有良好的润湿性。

HCVAW 的工作状态是:将空心阴极焊枪置于真空室内,空心阴极内部通以惰性气体,气体经过空心阴极到达电弧中,真空泵不断地将真空室内的气体抽走,从而维持真空度在一定数值。在动态真空环境中,电弧在空心阴极和阳极工件之间燃烧,如图3.40所示。将空心阴极作为焊炬的真空焊接,具有设备简单、适应性强的特点,既利用了真空保护的优点,又能和常规电弧焊设备相通用,有着良好的工艺条件。

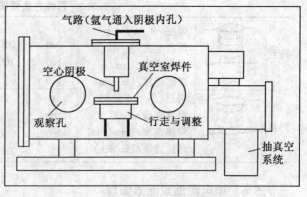

图3.40 空心阴极真空电弧焊接设备

2. HCVAW电弧放电现象

HCVAW焊接的引弧方法主要有三种:接触引弧、非接触加热引弧和高频引弧。在空心阴极电弧放电中,接触引弧可能损坏阴极,而且会有电极碎粒落入焊缝中。利用高频振荡器在真空低压情况下产生放电却比较困难,因为在真空中需要有更高的电压,引弧可靠性不高。加热引弧有高频加热和电阻加热等办法,比如以高频方法加热钽阴极,待钽极被加热到白热状态时再在空载电压作用下转换为电弧。

空心阴极真空电弧有两种稳定的电弧形态:发散态电弧和积聚态电弧。在小电流(<50A)情况下,电弧能量密度低,柔性大,电弧轮廓不清晰。随电流的增加,电弧挺度逐渐增加,能量密度升高,当电流升至50A以上时,弧柱直径相当于空心阴极内孔直径尺寸,电弧变为光亮的蓝色弧柱,此时的电弧是一束挺度很好、穿透能力很强的积聚态电弧,如图3.41所示。

与常规大气压下焊接电弧放电相比,空心阴极真空电弧放电有以下不同之处:

(1)首先是放电气压不同。空心阴极真空电弧是一种低气压环境下的放电现象,焊接过程中真空室的真空度一般在 $10^{-2} \sim 10\text{Pa}$ 的范围。

(2)其次是电极形状的不同。常规电弧焊采用实心的尖电极,而真空电弧放电采用空心的管状阴极,微流量的等离子工作气体从空心阴极内部流过。

(3)电子发射位置不同。常规电弧放电的电子发射一般位于电极尖端,而真空电弧放电电子发射位于空心阴极的内腔,在图3.42中,阴极上呈白炽状态的区域就是阴极热发射区域,称为"激活区"(Active zone)。

(a)发散态电弧   (b)积聚态电弧

图3.41 空心阴极真空电弧放电的两种电弧形态

(4)常规电弧焊接过程中电弧气隙一般在10mm以下,气隙过大不利于电弧的稳定燃烧。而HCVAW过程中电弧气隙达到100mm仍能稳定燃烧。

根据空心阴极真空电弧的产生和主要特征,可按图3.42所示将真空电弧划分为五个区域:阴极电压降区域(即激活区)I、空心阴极内部等离子区域 II、空心阴极出口附近区域

Ⅲ、弧柱区 Ⅳ 和阳极电压降区域 Ⅴ。

阴极压降和阳极压降区域是具有空间电荷的区域。近激活区出现的强电场,不允许电子从等离子区向阴极扩散,这个区域内的电流是通过由等离子区向阴极区转移的正离子流和阴极发射的电子流传递的。阳极压降区域是弧柱等离子区向阳极过渡的区域,在这个区域存在着阳极电场,主要由阳极工件

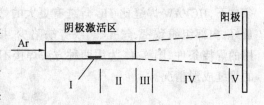

图 3.42　空心阴极真空电弧构造示意图

表面高密度的正离子形成的,在此区域,电流主要由电子传递,电子从等离子体区自由地跑出,移动到阳极金属上。

在空心阴极内部等离子区,由于双电子层的出现,使得该区域等离子体电势沿轴线方向增加(即上坡电势),在激活区和双电子层之间的电场强度作用下,电子迅速通过该区域,完成等离子体电流的传输。而在空心阴极出口区域 Ⅲ,电子在空心阴极内部得到加速后在阴极出口继续撞击气体分子,产生的正离子在电场作用下要向阴极激活区回流,使得该区域出现了负体电荷,负体电荷的积聚使得该区域的特征是等离子体电势的迅速下降(即出现下坡电势),下坡电势的出现使得正离子流向弧柱中心,于是可以中和该区域的负体电荷,并得以维持弧柱中等离子体的电中性。

在弧柱等离子区 Ⅳ,等离子体密度足够高的情况下,弧柱中激发、电离、复合等重要过程中,电子与其他粒子的碰撞起着决定性的作用。

3. 真空电弧焊的应用

在空心阴极电弧放电条件下,加热能量密度可达 $1 \times 10^5 \mathrm{W/cm^2}$,在一个行程内(无坡口)可焊厚度为 14～16mm 的钛合金板。采用空心阴极真空电弧焊接时,焊缝表面无鳞片状结构,并且从焊缝到母材金属,无论从正面还是从反面都为平缓过渡。真空电弧焊的接头比常规氩弧焊接头具有更高的耐腐蚀性能,接头的机械性能可满足技术条件要求。由于是真空保护状态,氧、氮的分压是正常空气状态时的 1/9～1/4,使得焊接过程中焊缝金属熔化结

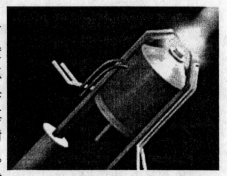

图 3.43　采用磁控技术的 HCVAW 焊枪

晶都得到更加良好的保护作用。焊接速度高,从而确保了焊件变形小的工艺特点。

钛合金的真空电弧焊技术已在俄罗斯运载火箭的钛合金燃料箱中得到了应用,焊接系统中采用了带有横向磁场控制的空心阴极焊枪(见图 3.43)。焊接过程中,通过磁场控制能使焊接电弧更加压缩,从而提高电弧能量,得到更加稳定可靠的焊接接头。

美国 NASA 研究报告指出:"由于干净的焊接环境和较低的能量输入,空心阴极真空电弧焊接显著地改善了通常情况下难焊金属的焊接性"。

小厚度金属,特别是化学活性金属焊接时的主要问题是:需要控制热输入量,并控制能量输入的特性,以限定熔池的大小。对需要在抽真空环境下焊接的工件,HCVAW 方法是最有前途的,它比电子束焊及其它方法更简便、更经济。

与常规 TIG 焊相比,真空电弧焊工艺具有独特的技术特点。例如在同样电流大小的条件下,HCVAW 焊缝比 TIG 焊缝有更大的熔深,并且焊缝较窄,焊接效率高,焊缝成形质量好,内部组织致密,气孔、裂纹等缺陷少,接头强度高。表 3.4 为 6mm 厚度不锈钢所采用的焊接条件,图 3.44 为用两种方法焊接不锈钢的焊缝横截面照片,图 3.45 显示了正面的焊缝成形情况。

表 3.4　焊接条件

焊接方法	材料	板厚	焊接电流	弧长	焊接速度	氩气流量
真空电弧	1Cr18Ni9Ti	6mm	100A	10mm	12m/h	15ml/min
TIG 焊	1Cr18Ni9Ti	6mm	100A	2mm	12m/h	8l/min

(a)TIG　　　　　　　　　　(b)HCVAW

图 3.44　HCVAW 和 TIG 焊熔深对比

图 3.45　不锈钢焊件的正面焊缝成形

3.5.8　自动焊弧长调节

TIG 焊接中,电弧长度对焊接结果的好坏有着很大的影响。焊接过程中,如果所设定的弧长发生变化,当电弧长度过短时容易造成电极和熔池的短路,如果过长则得不到足够的熔深,结果会影响焊接的进行或影响焊缝尺寸的均匀性。因此对于重要构件的焊接(自动焊),需要采取弧长自动控制措施。

利用电弧电压与电弧长度之间具有良好线性关系这一特性,TIG 焊多数采取电弧电压反馈控制的方法进行弧长控制,从焊机输出端或焊接电弧正负极两端把电弧电压采样到控制器电路中,焊接过程中把该电压的变化与初始值(或设定值)进行比较,输出变化的差值,再通过 PID 控制器输出控制量,控制伺服电机使焊枪在上下方向移动,实现焊接过程中弧长的稳定,图 3.46 示出 TIG 焊弧长稳定性控制的基本原理和调节器构成。

TIG 焊对弧长稳定性有很高的要求,由于 TIG 电弧是所有电弧中状态最为稳定的电弧,根据控制器的性能,通常可以把电弧电压的变化量控制在 ±0.3V 这样的数值,这在精密焊接中已能够满足要求。TIG 焊弧长控制器有焊机内藏式和外置式两种。

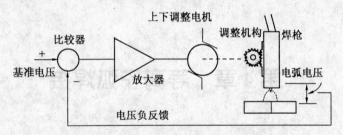

图 3.46 TIG 焊电弧电压反馈弧长控制原理与机构组成

第4章 等离子弧焊接

4.1 等离子弧的产生及其特性

4.1.1 等离子弧的产生

1．等离子弧概念

等离子弧是通过外部拘束使自由电弧的弧柱被强烈压缩所形成的电弧。

通常情况下的电弧如 GTA 电弧和 GMA 电弧,除受到电弧自身磁场拘束和周围环境的冷却拘束外,不受其它条件束缚,电弧形态相对比较扩展,电弧能量密度和电弧温度较低,可以称作自由电弧。如果把上述电弧的一极缩进到喷嘴里,喷嘴的孔径比较小,则电弧通过喷嘴孔时,电弧弧柱截面积受到限制,电弧不能自由扩展,即产生了外部拘束作用,电弧在径向上被强烈压缩,从而形成等离子弧。所以也把等离子弧叫做"拘束电弧"或"压缩电弧"。图 4.1 示出等离子弧与 TIG 电弧受拘束情况及形态的比较。

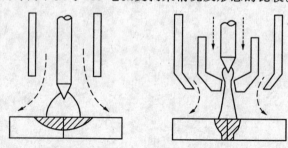

图 4.1 等离子电弧的形成及电弧形态比较

自由电弧受到外部拘束形成等离子弧后,电弧的温度、能量密度、等离子流速都显著增加,对喷嘴的热作用也会增强,因此从保证拘束能力和自身使用性考虑,等离子弧喷嘴需要采取水冷。

2．等离子弧的工作形式

等离子弧有三种工作形式:

① 转移型等离子弧 如图 4.2(a)所示,在喷嘴内电极与被加工工件间产生等离子弧,主电源正负极分别接续到工件和电极上。由于电极到工件的距离较长,引燃电弧时,首先在电极与喷嘴内壁间引燃一个小电弧,称作"引燃弧",电极被加热,空间温度升高,高温气流从喷嘴孔道中流出,喷射到工件表面,在电极与工件间有了高温气层,其间也含有带电粒子,随后在主电源较高的空载电压下,电弧能够自动转移到电极与工件之间燃烧,称作"主弧"或"转移弧"。主弧引燃后,通过开关切断引燃弧。

② 等离子焰流 如图 4.2(b)所示,在钨电极与喷嘴内壁之间引燃等离子弧,电弧电源

正负极分别接续到电极和喷嘴上。由于保护气通过电弧区被加热,流出喷嘴时带出高温等离子焰流,对被加工工件进行加热,因此称作"等离子焰流"。电极与喷嘴内壁间的电弧,其电流值较小,电弧温度低,因此等离子焰流的温度也明显低于电弧,指向性不如等离子弧。

③ 混合型等离子弧 在图 4.2(a)中,当电弧引燃并形成转移弧后仍然保持引燃弧(这时称作"小弧")的存在,即形成两个电弧同时燃烧的局面,效果是转移弧的燃烧更为稳定。

混合型等离子弧和转移型等离子弧都需要有两套电源供电(可以是一体式),引燃弧电源相对功率较小,一般只需要有几安培的输出。

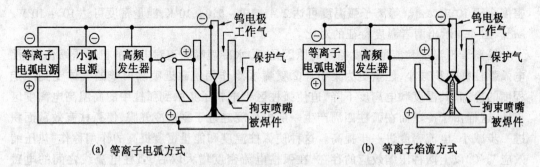

(a) 等离子电弧方式   (b) 等离子焰流方式

图 4.2　等离子弧在工件加工中的工作形式

4.1.2　等离子弧特性及用途

1.电弧静特性

与 TIG 电弧相比,等离子弧的静态特性有如下几方面特点:

(1)受到水冷喷嘴孔道壁的拘束,弧柱截面积小,弧柱电场强度增大,电弧电压明显提高,从大范围电流变化看,静特性曲线中平特性区不明显,上升特性区斜率增加,如图4.3(a)所示。

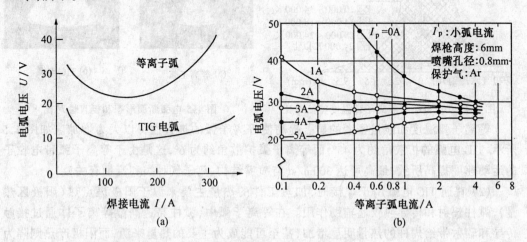

图 4.3　等离子弧静特性变化特点

(a) 等离子弧与 TIG 电弧静特性   (b) 小弧电流对等离子弧静特性影响

(2)混合式等离子弧中的小弧电流对转移弧特性有明显影响,小弧电流值增加,有利于降低转移弧电压,这在小电流电弧(主弧)中表现最显著,如图4.3(b)所示。

(3) 拘束孔道的尺寸和形状对静特性有明显影响,喷嘴孔径越小,静特性中的平特性区间越窄,上升特性区的斜率越大,即弧柱电场强度越大。

(4) 在电极腔及喷嘴孔道中流过的气体称作"工作气"或"离子气",离子气种类和流量对弧柱电场强度有明显影响,因此,等离子弧供电电源的空载电压应按所用等离子气种类而定。

2. 热源特性

与 TIG 电弧相比,等离子弧在热源特性方面有如下特点:

(1)温度更高,能量密度更大。普通 TIG 弧的最高温度为 $1.0 \times 10^4 \sim 2.4 \times 10^4 K$,能量密度小于 $10^4 W/cm^2$。等离子弧温度可达 $2.4 \times 10^4 \sim 5.0 \times 10^4 K$,能量密度可达 $10^5 \sim 10^6 W/cm^2$。图 4.4 示出两者温度特征的对比。

等离子弧温度和能量密度提高的原因是:①水冷喷嘴孔道对电弧的机械压缩作用,使电弧弧柱截面积减小,能量更为集中。②喷嘴水冷作用使靠近喷嘴内壁的气体受到一定程度的冷却,其温度和电离度下降,迫使弧柱区带电粒子集中到弧柱中的高温高电离度区流动,这样由于冷壁而在弧柱四周产生一层电离度趋近于零的冷气膜,使弧柱有效截面进一步减小,电流密度进一步提高。这种使弧柱温度和能量密度提高的作用称作"热压缩效应"。③以上两种压缩效应的存在,在弧柱电流密度增大以后,弧柱电流线之间的电磁收缩作用也进一步增强,使弧柱温度和能量密度进一步提高。以上三个因素中,喷嘴机械拘束是前提条件,而热压缩是最本质的原因。

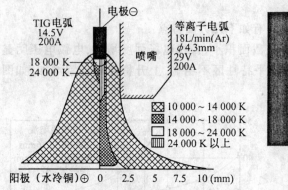

图 4.4 TIG 电弧与等离子弧温度特征对比　　　图 4.5 电弧断面形态和挺直性对比

等离子弧温度和能量密度的显著提高使等离子弧的挺直性得以大为增加。如图 4.5 所示,TIG 电弧的扩散角约为 45°,而等离子弧扩散角约为 6°,这是由于等离子弧带电粒子的运动速度提高所致,最高可达 300m/s(与喷嘴结构、离子气种类和流量有关)。

(2) 普通 TIG 电弧用于焊接时,加热工件的热量主要来源于阳极斑点热(阳极区热量),弧柱辐射和传导热仅起辅助作用。在等离子弧中,弧柱高速高温等离子体通过接触传导和辐射带给焊件的热量明显增加,甚至可能成为主要的热量来源,而阳极产热则降为次要地位。

3. 等离子弧应用

因高温、高能量密度等热源特点,等离子弧可以对各种金属材料进行焊接、堆焊、喷涂、切割。利用等离子焰流可以对某些非金属材料进行加工。图 4.6 给出等离子弧在焊接领域的应用分类。

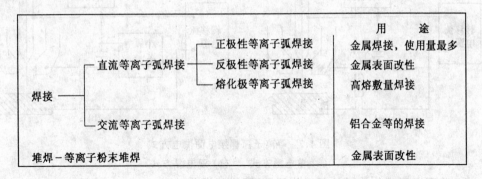

图 4.6　等离子弧焊接的应用分类

4.2　等离子弧焊接设备

等离子弧焊接设备包括焊接电源、等离子弧焊枪、水路和气路系统、动作控制系统。

4.2.1 焊接电源

1. 电源特性

钨电极等离子弧焊接采用陡降特性或垂直下降特性(恒流特性)电源。在用纯氩作为离子气时,电源空载电压需要达到 65 ~ 80V;用氢、氩混合做离子气时,空载电压需要达到 110 ~ 120V。

电源形式分为直流等离子弧焊接电源、交流等离子弧焊接电源以及直流脉冲等离子弧焊接电源。交流电源主要用于铝及铝合金的焊接,由于等离子弧焊接对电弧稳定性要求较高,所以交流焊接一般是使用方波电源或变极性电源。

2. 单电源工作

大电流下一般采用转移型等离子弧焊接方式,但需要有"引燃弧"的配合,通常可以从电源正极串联一个电阻接续到焊枪喷嘴上,如图 4.7(a)所示,以高频方式在电极与喷嘴内壁间引燃小弧,随后电弧转移到电极和工件间燃烧,此时可以通过电位器动作切断"引燃弧"。

3. 双电源工作

30A 以下的小电流焊接时要采用混合型电弧工作,因为小电流电弧稳定性差,在较长的电弧通道和离子气的强烈冷却下容易熄灭,因此需要保持小弧(引燃弧)的继续燃烧。一般需要用两套独立的电源分别对转移弧和小弧供电,如图 4.7(b)所示。小弧电源的空载电压为 100 ~ 150V,而转移弧电源的空载电压有 80V 即可。

由于小弧电流一般都很小,喷嘴是用铜材料制成,因此小弧也可以采取弹簧压缩—回抽的办法引燃,只是设计和制造上对焊枪电极的对中性要求更高。

4.2.2　等离子弧焊枪

1. 焊枪基本要求和典型结构

等离子弧焊接对设计使用的焊枪有如下几方面要求:

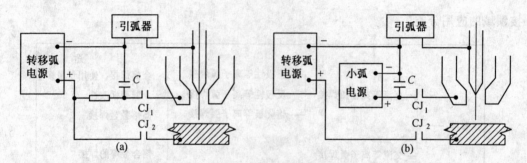

图 4.7 等离子弧焊接电源供电方式

(a) 单电源方式　　(b) 双电源方式

① 能固定喷嘴与钨极的相对位置,并可进行调节;

② 对喷嘴和钨极进行有效的冷却;

③ 喷嘴与钨极之间要绝缘,以便在钨极和喷嘴内壁间引燃小弧;

④ 能导入离子气流和保护气流;

⑤ 便于加工和装配,特别是喷嘴的更换;

⑥ 尽可能轻巧,便于使用中进行观察。

图 4.8 为两种实用焊枪的结构,其中图(a)的结构用于较大电流下的焊接(300A),图(b)的结构用于小电流焊接(16A),一般称作"微束等离子弧焊接",两者差别在于喷嘴采用直接或间接水冷。冷却水从下枪体 5 进,从上枪体 9 出。上下枪体之间有绝缘柱 7 和绝缘套 8 隔开,进出水口也是水冷电缆的接口。钨电极安置在电极夹 10 中,电极夹从上冷却套(上枪体)插入,通过螺母 12 锁紧电极。离子气和保护气分两路进入下枪体。微束等离子弧焊接枪体在电极夹上有一压紧弹簧,按下电极夹头顶部可实现接触短路回抽引弧。

等离子弧焊接采用双气路焊枪,在内腔中流动的气体称作"离子气"或"工作气",在外层气道中流动的是保护气。

2. 焊枪喷嘴

喷嘴是等离子弧焊枪中的关键部件,其结构是否合理,对保证等离子弧的应用性能具有决定性作用。

如图 4.9 所示,焊枪喷嘴有如下几项主要的结构参数:

① 喷嘴孔径 d　决定等离子弧直径大小即等离子弧的被压缩程度。应根据使用电流和离子气流量确定。当电流和离子气流量给定时,孔径越大则压缩作用越小,孔径过大则无压缩效果,孔径过小易被烧损或容易引起双弧(后面介绍),破坏等离子弧的稳定性。因此对于给定的孔径,有一个合理的电流范围。表 4.1 列出常用孔径及其电流值范围。等离子弧切割时,使用的气流量远大于焊接,故对相同的喷嘴孔径可以使用大一些的电流。

② 喷嘴孔道长度 l　d 给定后,l 增加,则压缩作用增强,常以孔道比(l/d)表征喷嘴

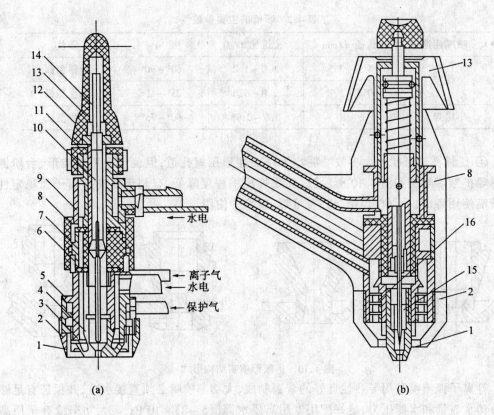

图 4.8　等离子弧焊枪

（a）大电流等离子弧焊枪　　（b）微束等离子弧焊枪

1—喷嘴；2—保护套外环；3、4、6—密封圈；5—下枪体；7—绝缘柱；8—绝缘套；9—上枪体；10—电极夹头；11—套管；12—螺帽；13—胶木套；14—钨极；15—瓷对中块；16—透气网；17—压紧螺母

孔道压缩特征（表 4.2）。

③内腔锥角 α　又称压缩角，实际上对等离子弧的压缩状态影响不大，特别是离子气流量较小、l/d 较小时，30°～180°均可用。但应考虑与钨极端部形状相配合，以利于阴极斑点处于钨极顶端而不上爬。

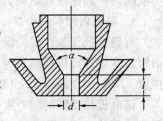

图 4.9　喷嘴的基本结构

表 4.1　喷嘴孔径与许用电流

喷嘴孔径/mm	许用电流/A	喷嘴孔径/mm	许用电流/A
0.6	≤5	2.8	~180
0.8	1~25	3.0	~210
1.2	20~60	3.5	~300
1.4	30~70	4.0	–
2.0	40~100	4.5~5.0	–
2.6	~140		

表 4.2　喷嘴的主要参数

喷嘴用途	孔径 d/mm	孔道比 l/d	锥角 α	备注
焊接	1.6~3.5	1.0~1.2	60°~90°	转移型弧
	0.6~1.2	2.0~6.0	25°~45°	混合型弧
堆焊	6~10	0.6~0.98	60°~75°	转移型弧

④ 压缩孔道形状　大多数喷嘴均采用圆柱形压缩孔道,但也可采用圆锥形、台阶圆柱形等扩散形喷嘴如图 4.10 所示,这类喷嘴压缩程度降低,有利于提高等离子弧稳定性和喷嘴使用寿命,分别在焊接、切割、堆焊、喷涂中使用。

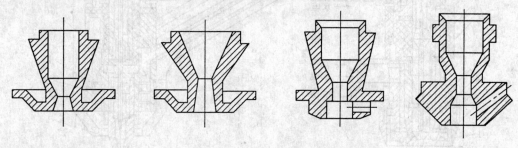

图 4.10　扩散形喷嘴结构形式

等离子弧喷嘴采用导热性良好的紫铜制成,大功率喷嘴必须直接水冷,并保证有足够的冷却水流量和水源压力,最好配用专用高压水源[$(5~8)\times10^5$Pa]。大功率枪有采用高压循环蒸馏水直接冷却枪体,再经换热器用自来水散热的复合冷却方法的。为提高冷却效果,喷嘴壁厚不宜大于 2~2.5mm。

喷嘴结构不合理或冷却水流不足往往是造成喷嘴损坏的直接原因。大功率紫铜喷嘴的使用寿命最多也只有几十小时。为延长喷嘴使用寿命,曾设计过用钽、钨等高熔点材料为喷嘴内壁的镶嵌式结构,因加工制造困难而未得到推广。

3．电极内缩和同心度

有钨电极安装位置确定的电极内缩长度 l_g 是另一个对等离子弧有很大影响的参数。内缩长度增加可以提高对等离子弧的压缩程度,但过大的内缩也易引起双弧。一般焊枪中取 $l_g = l \pm 0.2$mm。$l_g < 1$ 时可使等离子弧稳定性明显提高。

钨电极与喷嘴的同心度也是一个很重要的因素。钨电极偏心会造成等离子弧偏斜,可能使焊缝出现单侧咬边,也是促成双弧的一个诱因,在焊枪设计上最好考虑调整同心的环节。

4．送气方式

可采用两种方式即切向或径向向焊枪中送入气体(离子气),如图 4.11 所示。切向送气时经一个或多个切向气道送入,气流形成的旋涡流入喷嘴孔道时其中心为低压区,有利于弧柱稳定于孔道中心。径向送气时气流将沿弧柱轴向流动。有研究结果表明,切向送气的弧柱压缩程度较高一些。

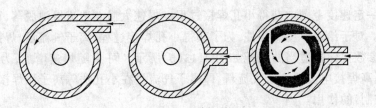

图 4.11　喷嘴送气方式

4.3　等离子弧焊接

4.3.1　小孔型等离子弧焊接

1．基本特点

利用等离子弧能量密度和等离子流力大的特点，可在适当的参数条件下实现熔化型穿孔焊接。这时等离子弧把工件完全熔透并在等离子流力作用下形成一个穿透工件的小孔，熔化金属被排挤在小孔的周围，随着等离子弧在焊接方向移动，熔化金属沿电弧周围熔池壁向熔池后方流动，于是小孔也就跟着等离子弧向前移动。稳定的小孔焊过程是不采用衬垫实现单面焊双面成形的好方法，一般大电流等离子弧焊接（100～300A）大都采用这种方法。图 4.12 示出等离子弧小孔法焊接中小孔的形成和熔池熔化状态。

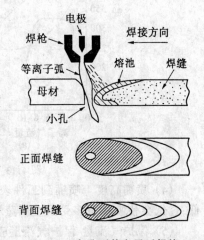

图 4.12　穿孔型等离子弧焊接

穿孔现象只有在足够的能量密度下才能出现。板厚增加时所需的能量密度也增加。由于等离子弧的能量密度难以进一步提高，因此穿孔型等离子弧焊接只能在有限板厚内进行。

2．参数选择

（1）离子气流量　离子气流量增加可使等离子流力和电弧穿透能力增大。其它条件给定时，为形成穿孔需要有足够的离子气流量，但过大时不能保证焊缝成形，应根据焊接电流、焊速、喷嘴尺寸和高度等参数条件确定。采用不同种类或混合比的气体时，所需流量也是不相同的。用得最多的是氩气，焊不锈钢时可采用 Ar + (5% ～ 15%)H_2，焊钛时可采用 Ar + (50% ～ 75%) He，焊铜时也可采用 100%N_2 或 100% He。

（2）焊接电流　其它条件给定时，焊接电流增加，等离子弧穿透能力提高。同其它电弧焊方法一样，焊接电流总是根据板厚或焊透要求首先选定的。电流过小，小孔直径减小或者不能形成小孔；电流过大，小孔直径过大，熔池脱落，也不能形成稳定的穿孔焊过程。因此在喷嘴结构尺寸确定的条件下，实现稳定穿孔焊过程的电流都有一个适宜的范围。离子气流量也有一个使用范围，而且与电流是相互制约的。图 4.13(a)为喷嘴结构、焊速等参数给定后，用实验方法对 8mm 厚不锈钢板焊接测定的小孔焊接电流和离子气流量的规范匹配关系。喷嘴结构不同时，这个范围是不同的。

（3）焊接速度　其它条件给定时，焊接速度增加，焊缝热输入量减少，小孔直径减小，因此只能在一定速度范围内获得小孔焊接过程。焊速太慢会造成熔池脱落,正面咬边,反面突出太多。对于给定厚度的焊件,为了获得小孔焊接过程,离子气流量、焊接电流、焊接速度这三个参数要保持适当的匹配如图4.13(b)所示。可见随焊速增加,为维持小孔焊接过程,应提高焊接电流或离子气流量,即离子气流量在小孔法等离子弧焊接中起到能量参数(能量控制)的作用。

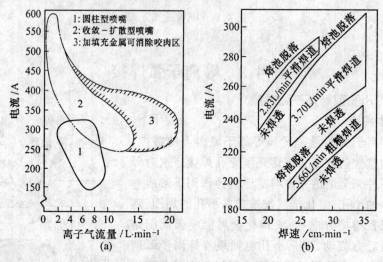

图4.13　穿孔型焊接规范参数匹配条件

　　(4)喷嘴高度　喷嘴到工件表面的距离一般取3~5mm。过高会使电弧穿透能力降低,过低会使喷嘴更多受到金属蒸气的污染,易形成双孔,也不利于对焊接状态的观察。

　　(5)保护气流量　保护气流量应与离子气有一个恰当的比例,保护气流太大会造成气流的紊乱,影响等离子弧的稳定性和保护效果。

　　图4.14示出6mm厚度不锈钢等离子穿孔型焊接的焊接速度、离子气流量、喷嘴孔径所代表的电流密度相互配合所确定的焊接条件区间。

3.应用

　　穿孔型等离子弧焊接最适用于焊接3~8mm厚度不锈钢、12mm以下厚度的钛合金、2~6mm厚度的低碳钢或低合金结构钢,以及铜、黄铜、镍及镍基合金的对接缝。利用变极性等离子弧焊接电源,单面焊可以焊接12mm厚度的铝及铝合金。被焊材料在上述厚度范围内可不开坡口一次焊透,并实现单面焊双面成形。

　　为保证穿孔焊接过程的稳定性,装配间隙、错边等必须严格控制。填充焊丝可以降低对装配精度的要求,有利于防止焊穿并形成一定的焊缝余高,图4.15(a)示出焊丝填充方法。对更厚的板进行开坡口多层焊时,第2层以后可以采取图4.15(b)所示的对焊丝通电加热的填丝方法,对提高焊接效率有利。图4.16示出小孔法焊接得到的焊缝断面形貌,图4.17示出不同参数配合下等离子弧焊接可能形成的母材熔化及焊缝断面形貌。

4.3.2　其它形式等离子弧焊接

1.熔入型等离子弧焊接

　　当离子气流量减小、穿孔效应消失时,等离子弧仍可以进行对接、角接焊。熔池形态与TIG焊相似,称作熔入型焊接,可适用于薄板、多层焊缝的上面层、角焊缝焊接等,可填

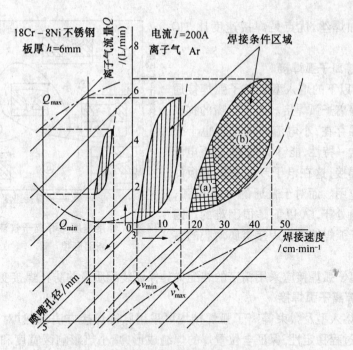

图 4.14　电流密度与可选择的焊接条件区域

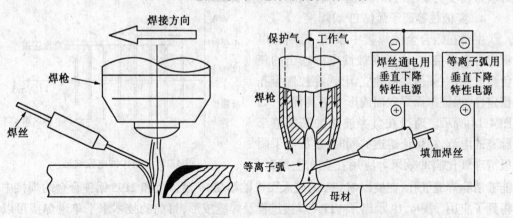

图 4.15　等离子弧焊接填丝方式

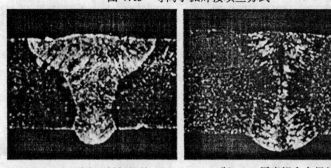

(a)6mm 厚度不锈钢焊件　　　(b)6mm 厚度铝合金焊件

图 4.16　穿孔型等离子弧焊接焊缝成形断面形态

加焊丝或不加焊丝,优点是焊接速度比 TIG 电弧快。

2. 微束等离子弧焊接

15～30A 以下的熔入型等离子弧焊接通常称作微束等离子弧焊接。由于喷嘴的拘束效应和小弧的存在,小电流等离子弧也十分稳定。利用这一特性,能够实现 1A 以下电流的等离子弧焊接,这在电子产品及极薄板的焊接中得以应用。而对于普通的 GTA 电弧,要维持电流值处于 1A 以下是很困难的。因此微束等离子弧焊接成为焊接金属薄膜的有效方法。

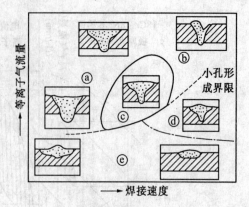

图 4.17　焊接速度与等离子气流量配合下的焊缝断面形貌

微束等离子弧焊接应采用精密的装配夹具保证装配质量并防止焊接变形。

3. 脉冲等离子弧焊接

小孔型、熔入型及微束等离子弧焊接均可采用脉冲焊接方法,通过对热输入量的控制,提高焊接过程稳定性,保证全位置焊的焊缝成形,减小热影响区宽度和焊接变形。其对坡口精度的要求可以降低。脉冲频率一般在 15Hz 以下。

4. 变极性等离子弧(VPPA)焊接

主要在铝合金的焊接中采用,特别在厚板铝合金焊接中,由于变极性电源输出的正负半波比例、幅值均可独立调节,在控制穿孔稳定性、保证单面焊双面成形上更具优势,如图 4.18 所示。通过在负半波施加高幅值窄脉宽的电流,在保证熔透的同时,也提高了阴极清理氧化膜的效果。应用在立向上焊时,

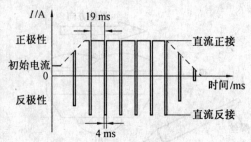

图 4.18　VPPA 的电流波形

能够消除焊缝气孔,在美国 NASA 的航天飞机贮箱 2219 铝合金和 2195 铝锂合金的焊接中得到了应用。图 4.19 示出了 VPPA 焊接过程及焊缝成形,目前的技术水平单道焊接可以一次焊透 25 mm 的铝板。

(a)VPPA 立焊　　　　　　　　　　　　(b)焊缝成形

图 4.19　VPPA 焊接过程　(2219 铝合金,6 mm 厚)

5. 熔化极等离子弧焊接

图 4.20 示出把等离子弧与 MIG 电弧联合使用的焊接方法,称作熔化极等离子弧焊接。等离子弧仍然在钨电极与工件或者喷嘴与工件燃烧,高温等离子弧包围着熔化极焊丝,焊丝的熔化速度大幅度增加,熔滴过渡比较顺畅,飞溅受到抑制。但焊丝电流如果大于某一临界电流,熔滴将出现旋转射流,对普通的焊接是不适用的(可以用于堆焊)。图(b)是在焊丝电极与母材间首先引燃电弧,可以省去高频引弧。

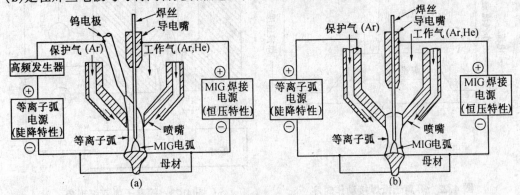

图 4.20　熔化极等离子弧焊接方法

6. 等离子 + TIG 复合焊接

此方法中,穿孔型等离子弧焊枪用于熔化焊接接头,后面安装 TIG 焊枪带有送丝装置用于盖面焊接。TIG 焊枪与 PAW 焊枪相距约 160 mm 左右。图 4.21 示出了焊枪及焊缝横截面照片,主要用于筒体纵缝或长直焊缝的自动化焊接过程中,TIG 焊枪也可以带有摆动装置以获得更大的盖面熔宽。使用该方法的优点包括:

(1)单道焊接过程,降低了填充金属量,比等离子弧焊接提高焊接速度 30% ~ 40%,焊接变形小;

(2)减少了焊道层数,热影响区窄,焊缝外观成形较 PAW 要好。

在管道行业,进一步提高效率的方式是采用 TIG + PAW + TIG 的方式。前面的 TIG 焊枪用于对焊接接头进行预热。

图 4.21　等离子 + TIG 复合焊枪及焊缝成形

4.3.3　等离子弧焊接中的其它问题

1. 动作时序

等离子弧焊接由于喷嘴尺寸较大、对喷嘴高度的要求较为严格,多数都是采用自动焊方法进行焊接。自动焊系统包括高频引弧、电流变化、焊接行走、填充焊丝、气路动作等。时序控制一般采取提前送气、高频引弧、转移弧燃烧、离子气递增、延时行走、电流和气流衰减、熄弧、延迟停气等。图4.22示出等离子弧焊接动作时序。

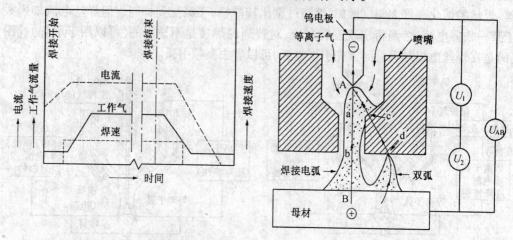

图 4.22　等离子弧焊接动作时序　　　　　　图 4.23　等离子弧双弧现象

2．双弧问题

正常的转移型等离子弧应稳定在钨极和工件之间燃烧,由于某些原因,有时会形成另一个燃烧于钨极－喷嘴－工件之间的串联电弧,从外部可观察到两个电弧同时存在,如图4.23所示,这就是双弧现象。形成双弧后,主弧电流降低,正常的焊接受到破坏,喷嘴过热,甚至导致漏水、烧毁,焊接过程中断。

（1）双弧形成机理　关于双弧的形成机理有许多不同的假设,比较一致的观点是:等离子弧稳定燃烧时,在弧柱和喷嘴孔道之间存在一层冷气膜,使等离子弧稳定燃烧在钨极和工件之间,这时

$$U_{AB} = U_{c,W} + U_{Aa} + U_{ab} + U_{bB} + U_{aj} \tag{4.1}$$

式中,U_{AB} 为等离子弧稳定电压;$U_{c,W}$ 为钨极上的阴极压降;U_{Aa}、U_{ab}、U_{bB} 分别为弧柱中 Aa、ab、bB 段压降;U_{aj} 为工件处的阳极压降。

实践表明,隔着冷气膜跟等离子弧弧柱接触的喷嘴是带电的,实测可证明

$$U_{AB} = U_1 + U_2 \tag{4.2}$$

U_1、U_2 分别为钨极与喷嘴、喷嘴与工件间的电压。这一现象说明冷气膜中仍然有着少量的带电粒子,因此等离子弧电流中有一部分是通过喷嘴传导的,这部分电流称作"喷嘴电流"。显然,等离子弧的电流数值越大,冷气膜厚度减小时,喷嘴电流数值 I_d 将越大,这就使实际等离子弧弧柱电流比实测值要小一些。喷嘴电流增大到足够数值时,冷气膜中带电粒子数量增多,于是很容易产生雪崩式击穿而形成双弧。副弧是由 Ac、dB 组成的。

当形成双弧时

$$U'_{AB} = U_{c,W} + U_{ac} + U_{a,Cu} + U_{cd} + U_{c,Cu} + U_{dB} + U_{aj} \tag{4.3}$$

式中,U'_{AB} 为旁路串联电压之和;U_{cd} 为喷嘴上 cd 段电阻压降,近为 0;$U_{c,W}$、$U_{c,Cu}$ 为钨、铜的阴极压降;U_{aj}、$U_{a,Cu}$ 为工件、铜的阳极压降;U_{Ac}、U_{dB} 为 Ac、dB 旁路电弧的弧柱压降。

显然,要形成双弧必须穿透冷气膜的隔离作用,因此

$$U_{AB} \geqslant U'_{AB} + U_T \tag{4.4}$$

式中,U_T 为冷气膜对激发旁路电弧的位障电压。

假定主弧和旁路电弧的弧柱电场强度相同,且认为 $U_{Aa} = U_{Ac}$,$U_{bB} = U_{dB}$,则把(4.1)式和(4.3)式代入式(4.4),可得

$$U_{ab} \geqslant U_{a,Cu} + U_{c,Cu} + U_T \tag{4.5}$$

式(4.5)可认为是焊接等离子弧的双弧形成条件。

(2)影响双弧形成的因素　由式(4.5)可知:

① 喷嘴结构参数对双弧形成有决定性作用,喷嘴孔径 d 减小,孔道长度 l 或内缩 l_g 增大时,都会使 U_{ab} 增加,容易形成双弧。

② 喷嘴结构确定后,电流增加,U_{ab} 增大,会导致形成双弧。

③ 离子气流量增加虽然也使 U_{ab} 增加,但同时也使冷气膜厚度增加,U_T 增加,双弧形成的可能性反而减小。

钨极与喷嘴的不同心会造成冷气膜不均匀,使局部区域冷气膜厚度和 U_T 减小,常常是导致双弧的主要诱因。

采用切向进气,可使外围气体密度高于中心区域,既有利于提高中心区域电离度,又有利于降低外围区域温度,提高冷气膜厚度,防止双弧的形成。

④ 喷嘴冷却不良,温度提高,或表面有氧化膜污染(含金属蒸气污染),或金属飞溅附着成凸起物时,也增加了双弧形成的可能。

⑤ 离子气成分不同,导致双弧的倾向也不一样,比如使用氢－氩混合气时,等离子弧发热量可增加,但引起双弧的临界电流会降低。

3. 电极选择

等离子弧焊接中使用的非熔化极一般都是钍钨极或铈钨极,国外也有采用锆钨极或锆电极的。表4.3示出等离子弧用钨电极直径与使用电流范围。

表4.3　钨电极直径与使用电流范围

电极直径/mm	使用电流/A	电极直径/mm	使用电流/A
0.25	< 15	2.4	150 ~ 250
0.50	5 ~ 20	3.2	250 ~ 400
1.0	15 ~ 80	4.0	400 ~ 500
1.6	70 ~ 150	5.0 ~ 9.0	500 ~ 1000

为便于引弧和增加电弧稳定性,电极前端一般磨成 60°尖角。电流小或电极直径用的较大时,尖角可以更小一些;电流大、直径大的可磨成圆台形、圆台尖锥形、锥球形、球形等,以减缓烧损(图4.24)。

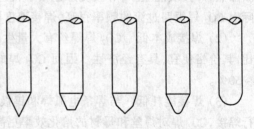

图4.24　钨极端部形状

第5章 CO$_2$气体保护电弧焊

5.1 CO$_2$电弧焊原理与特点

5.1.1 CO$_2$电弧焊原理

利用CO$_2$气体在焊丝熔化极电弧焊中对电弧及熔化区母材进行保护的焊接方法称作"CO$_2$气体保护电弧焊",简称"CO$_2$焊"。与上两章所讲述电弧焊方法相比,CO$_2$焊有如下两点特征:

第一个特征是,采用卷在焊丝盘上、与母材相近材质的金属焊丝作为电极。焊丝即是电弧的一极,同时焊丝熔化后作为焊接金属的一部分与母材熔化金属共同形成焊缝,起到填充材料的作用,如图5.1所示。

第二个特征是,为防止外界空气混入到电弧、熔池所组成的焊接区,采用了CO$_2$气体进行保护。气体是从喷嘴中流出,并且能够完全覆盖电弧及熔池。

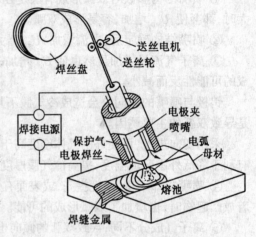

图5.1 CO$_2$电弧焊方法

5.1.2 CO$_2$电弧焊特点

与其它电弧焊方法相比,CO$_2$焊有以下特点:

(1) 焊接生产率高 利用CO$_2$电弧焊接中厚板时,可以选择较粗焊丝,使用较大电流实现细颗粒过渡,这时焊丝中的电流密度高达100~300A/mm^2,焊丝熔化速度快,熔敷率高,同时电弧加热集中,电弧挺度大,穿透力强,焊接熔深大,可以不开坡口或开小坡口,生产率比焊条电弧焊提高1~3倍。

在焊接薄板时,可选用细焊丝,使用较小电流实现熔滴短路过渡,这时电弧对工件间断加热,焊接线能量小,焊接变形也很小,甚至不需要焊后校正工序,也可以提高工效。实际上CO$_2$焊短路过渡的频率很高,焊接速度即焊接生产率也是很高的。

(2) 焊接成本低 CO$_2$焊焊丝有大量生产,CO$_2$气在工业中大量使用,与氩气、氦气相比,其价格便宜,具有经济性。因而CO$_2$焊的材料成本只是焊条电弧焊和埋弧焊的40%~50%。

(3) 焊接能耗低 与焊条电弧焊和钨极氩弧焊相比,对相同厚度、相同长度的焊缝进行焊接,CO$_2$焊对焊丝和母材的熔化效率更高,有更大的焊接速度,消耗的电能得以降低,是一种较好的节能焊接方法。

（4）适用范围广　CO_2 焊可以采取自动焊或半自动焊方法，对任何位置、任何角度、任何长度及复杂的曲面焊缝都可以进行焊接。薄板可焊到 1mm 左右，厚板可以采取多层多道焊接，不受结构条件的制约。

（5）CO_2 焊是一种低氢型或超低氢型焊接方法，焊缝含氢量低，抗裂纹性好。与氩弧焊相比，CO_2 焊本身对油、锈、水分等不敏感，这是 CO_2 焊的一大优点。

（6）焊后不需清渣，明弧焊接便于监视，有利于机械化操作。

（7）焊接保护效果良好　CO_2 气体密度较大，并且受电弧加热后体积膨胀也较大，在隔离空气保护焊接电弧和熔池方面效果良好。

CO_2 气体在电弧高温下分解出氧，形成很强的氧化性气氛，使该方法表现出如下缺点和不足：

（1）CO_2 焊不能用于非铁金属的焊接，只能用于低碳钢和低合金钢等黑色金属的焊接。对于不锈钢，焊缝金属有增碳现象，影响抗晶间腐蚀性能，因此也只能用于对焊缝性能要求不高的部件。

（2）CO_2 焊熔滴过渡不如 MIG 焊稳定，飞溅量较大。

（3）CO_2 焊产生很大的烟尘，操作环境不好。

CO_2 焊在较细直径的焊丝中流过较大的电流，焊丝熔化速度非常快，为了保持电弧长度处于一定值，焊丝必须是连续快速向焊接区送进。由此原因，手工送丝实际上是不可能的，必须利用电机等驱动装置进行自动送丝。这也就把 CO_2 电弧焊的操作方式限定在半自动焊或自动焊两项上。

通过对焊接条件的合理选择，以及随着焊接电源特性的不断改进，现在 CO_2 焊已成为钢铁材料焊接中不可缺少的一种重要焊接方法。

5.2　CO_2 电弧焊的金属化学基础

5.2.1　CO_2 气体的氧化性及合金元素的氧化

1. CO_2 气体的氧化性

CO_2 气体在高温下产生如下分解并处于平衡状态：

$$2CO_2 \Leftrightarrow 2CO + O_2 \qquad (5.1)$$

图 5.2 示出 1 个大气压、非电弧环境下的气体平衡组成。该气体组成随温度的变化而变化，当温度达到 3 400K 以上时，O_2 的分压超过了 CO_2 的分压。在电弧环境中，气氛组成虽然没有达到平衡状态，但由于电弧温度很高，CO_2 气体仍然有 40% ~ 60% 的比例分解。

O_2 高温下进一步分解出原子：

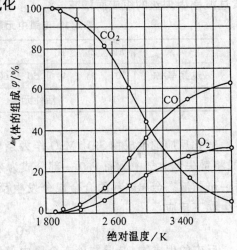

图 5.2　CO_2 的分解与气氛构成

$$O_2 \Leftrightarrow 2O \qquad\qquad (5.2)$$

这种分解亦称"解离"。当电弧温度为 5 000K 时，O_2 的解离度高达 96.5%。可见 CO_2 气体在电弧高温下有强烈的氧化性。

2. 合金元素的氧化

在低于金属(钢材料)熔点温度(1 500℃)时，CO_2 气体本身即对 Fe 及钢材料中的重要合金元素 Si、Mn 等有氧化能力：

$$CO_2 + Fe \Leftrightarrow FeO + CO$$
$$CO_2 + \frac{1}{2}Si \Leftrightarrow \frac{1}{2}SiO_2 + CO \qquad\qquad (5.3)$$
$$CO_2 + Mn \Leftrightarrow MnO + CO$$

这种氧化在熔池金属周围未熔化区域或凝固的焊缝表面上发生，属于表面氧化，进行的激烈程度较低，对电弧、熔池和焊缝没有大的影响。

在高温电弧所笼罩区域的熔化金属表面(熔池金属和熔滴金属)主要发生的是与氧原子或氧气分子的反应，因两者在电弧中有较多的分解，并且氧化性更强，从而对处于液态表面的 Fe、Si、Mn、C 等元素造成氧化：

$$Fe + O \Leftrightarrow FeO$$
$$Si + 2O \Leftrightarrow SiO_2$$
$$Mn + O \Leftrightarrow MnO \qquad\qquad (5.4)$$
$$C + O \Leftrightarrow CO$$

通过上述反应，使金属中的合金元素 Si、Mn、C 等受到氧化烧损，特别是焊缝中的合金元素含量减低，必然对焊缝机械性能构成影响。

在 CO_2 电弧中，对焊丝中的合金成分而言，Ni、Cr、Mo 的过渡系数最高，被烧损的量少。Si、Mn 的过渡系数较低，Al、Ti、Nb 的过渡系数更低，烧损比 Si、Mn 还多。表 5.1 示出 CO_2 电弧中各元素的过渡率，越是容易与电弧中的氧产生反应的元素其过渡率越低，C 元素过渡率因焊丝的组成而增减。

表 5.1　电弧中元素过渡率(纯 CO_2 气保护)

元素	Al	Zn	Ti	Si	V	Mn	Nb	Cr	P	S	Co	Ni	Cu
过渡率/%	30	35	40	50	60	70	70	90	100	100	100	100	100
	活性元素							稳定元素					

氧化反应的生成物 SiO_2、MnO 作为杂质浮在熔池表面。CO 是在液态金属表面生成的，将散失到大气中。而 FeO 一部分成为杂质浮在熔池表面，一部分熔入液态金属中，并进一步与液态金属内部的合金成分发生反应使其氧化。比如与液态金属内部的 C 元素产生如下反应：

$$FeO + C \Leftrightarrow Fe + CO \qquad\qquad (5.5)$$

反应的生成物 CO 是在液态金属内部形成的，如果不能及时逸出金属表面进入大气空间，就将残留在焊缝中形成气孔。另外，CO 在高温液态金属中聚集后体积膨胀，在熔滴内部或熔池表面层下产生爆破,从而形成液态金属的飞溅,其中以熔滴中产生的比较剧烈。

合金元素烧损、CO 气孔、焊接飞溅是 CO_2 电弧焊的三个主要问题。其中的焊接飞溅问题还与其它因素有关,必须采取相应解决措施。

5.2.2 CO_2 焊的脱氧措施与焊缝金属合金化

1. 熔池脱氧

在钢材料的电弧焊接中,采用 CO_2 作为保护气的设想从很早以前就已经有了,并进行了种种试验,然而由于无法防止焊缝中产生的气孔而长期没能实用。可是,当人们知道了在焊丝中加入脱氧元素可以克服 CO_2 的氧化性危害之后,该方法的实用化得以快速发展,以至达到今天的广泛应用。

现在,如果焊丝中含有足够量的 Mn 及 Si 元素,由于 Mn、Si 与 O 的亲和力大于 C 与 O 的亲和力,液态金属中的 FeO 将首先与 Mn、Si 结合,以如下的形式进行脱氧反应,可以阻止 CO 的产生,进而防止焊接区气孔的产生:

$$2FeO + Si \Leftrightarrow 2Fe + SiO_2 \tag{5.6}$$
$$FeO + Mn \Leftrightarrow Fe + MnO$$

由此可见,通过锰、硅的脱氧作用能够去除 CO_2 气体所具有的强氧化性弊端。

然而,从另一方面来看,(5.6)式反应所生成的 MnO 及 SiO_2 作为非金属夹杂如果残存在焊缝金属中,会降低焊缝金属的机械性能,比如使焊缝的塑性和冲击值降低,因此需要采取措施使脱氧生成物在液态金属尚未凝固之前能够充分浮出表面。单独采用 Si 做脱氧剂时,虽然 Si 有比较强的脱氧能力,但脱氧生成的 SiO_2 熔点较高(1 983K),颗粒较小,不易浮出熔池。单独使用 Mn 做脱氧剂时,Mn 的脱氧能力较小,并且生成物密度较大($5.11g/cm^3$),也不易浮出熔池。最有效的办法是采取 Si-Mn 联合脱氧并合理选择焊丝中锰、硅的含量及其比例。

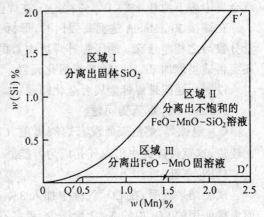

图 5.3 钢水成分与脱氧生成物的关系

基础研究表明,对于含有 Si、Mn 元素的液态钢水,在凝固之前的温度下(1 510℃以上),从液态钢水中分离出来的脱氧生成物的形态因 Si、Mn 含有率而变化,如图 5.3 所示。在图中的区域Ⅰ生成固体 SiO_2,在区域Ⅲ生成 FeO + MnO 固溶体,上述两种情况下脱氧生成物的熔点都高于液态钢水的熔点,在钢水中以微细形态析出,并且分布很分散,凝固后就继续残存下来。可是,在区域Ⅱ生成不饱和的 FeO-MnO-SiO_2 溶液,该溶液在钢水中聚集,流动性良好,很容易浮出到熔池表面并形成熔渣。

即是通过调整焊丝中含有的硅、锰元素的组成,使其在液态金属中的组成能够处于区域Ⅱ,可以减少熔池中的氧含量,并且能够使脱氧生成物不再残存在焊缝中。目前 CO_2 电弧焊所使用的焊丝即是基于上面的基础理论,考虑到焊缝金属的机械性能后通过实验选定的,比如国内应用最为广泛的 H08Mn2SiA 焊丝,就是采用 Si-Mn 联合脱氧。

还可以选用其它元素做脱氧元素。脱氧元素的选用原则一是与 O 的亲和力要大于 Fe 与 O 的亲和力,能把 O 从 FeO 中置换出来,并先于 C 与 O 反应;二是不对焊接过程和焊缝构成不良影响,比如形成气孔、形成飞溅、形成夹渣等,这类脱氧剂元素被采用的有 Al 和 Ti。其中 Al 是能力最强的脱氧剂,在 2 273K 以下温度,Al 对 O 的的亲和力比 C 还大,所以能有效抑制 CO 气孔的生成,但是 Al 的存在会降低焊缝金属的抗热裂纹能力,因而焊丝中 Al 的含量不宜过多。Ti 也是强脱氧剂之一,除脱氧作用之外,Ti 还可以对金属起到细化晶粒的作用,以及与 N 结合成氮化物,防止钢的时效。

2. 焊缝金属合金化

为了防止气孔、减少飞溅以及降低焊缝产生裂纹的倾向性,CO_2 电弧焊焊丝中的含 C 量一般都限制在 0.15% 以下。但 C 是保证金属(钢)机械强度的不可缺少的元素。焊丝中的含 C 量被限制在 0.15% 以下后,加上在电弧中受到的烧损和蒸发,往往使焊缝的含 C 量低于母材,降低了焊缝的强度。因此 CO_2 电弧焊在焊接低碳钢和一般低合金钢时,要依靠脱氧后剩留在焊缝中的 Si、Mn 等合金元素弥补 C 的损失,使焊缝强度得以保证,所以焊丝中 Si、Mn 的质量分数也需要有较高的数值。根据试验,焊接低碳钢和低合金钢用的焊丝,Si 的质量分数在 1% 左右,经过在电弧中的烧损、蒸发和在熔池中的脱氧后,还可在焊缝金属中剩下约 0.4% ~ 0.5%,而 Mn 在焊丝中的质量分数一般为 1% ~ 2%。

在焊接 30CrMnSiA 这类高强钢时,母材中 C 的质量分数高达 0.3%,而焊丝中 C 的质量分数与之相差悬殊。为了弥补焊缝中 C 的不足,焊丝中除需要有足够的 Si、Mn 元素外,还要再适当填加 Cr、Ni、Mo、V 等强化元素。

以上所述即是焊缝金属合金化问题。

5.2.3 CO_2 焊气孔问题

CO_2 电弧焊,熔池表面没有熔渣覆盖,CO_2 气流又有较强的冷却作用,因而熔池凝固比较快,这就使焊缝中出现气孔成为可能。

1. N_2 气孔

试验结果表明,在 CO_2 气体中加入 3% ~ 4% 的 N_2,焊接后未发现焊缝中有 N_2 气孔。而焊接使用的 CO_2 中的 N_2 含量很少,最多不超过 1%。这就说明由于 CO_2 气体不纯而引起 N_2 气孔的可能性很小,焊缝中产生 N_2 气孔的主要原因是由于焊接保护不良,大量空气侵入焊接区所致。比如保护气流量小、喷嘴被飞溅物阻塞、喷嘴与工件间的距离过大,焊接场地有侧向风等。

在电弧高温下,$N_2 \leftrightarrow 2N$,通常分解量较低。

分解出的 N 以原子形态溶解于铁水中,溶解度取决于铁水温度和焊接电弧中 N 的分压。

在焊接熔池的冷却过程中,N 的溶解度急剧下降,N 原子析出并相互聚集在一起形成 N_2 分子,随后逐渐增多形成气泡并力求从熔池中逸出,如果熔池凝固过快,就会在其中形成气孔(N_2 气孔)。

N_2 气孔在焊缝中成堆出现,类似蜂窝,既有内部的,也有外部的。

CO_2 焊使用的 CO_2 气体密度较大,从喷嘴出来后容易堆积在熔池上部,而不会很快漂散,同时 CO_2 气体受电弧加热时体积膨胀较大,所以 CO_2 气体作为保护气在隔离空气、保护熔池和焊接电弧方面效果良好。

然而 CO_2 焊工艺特点决定此方法会产生飞溅,几种熔滴过渡形式下对电弧的扰动较大,如果焊接规范和工艺不合适,就使空气有了渗入电弧的机会,形成 N_2 气孔。因此,N_2 气孔要从保护可靠性和工艺参数两方面予以排除。

2. H_2 气孔

CO_2 电弧焊中 H 的来源有两条途径:一是焊丝、工件表面的油、锈和水分;另一是 CO_2 气体中的水分。

电弧空间的水蒸气发生如下分解:

$$H_2O \Leftrightarrow 2H + O \tag{5.7}$$

自由状态的 H 原子被电离:

$$H \Leftrightarrow H^+ \tag{5.8}$$

H^+ 溶入金属中。在熔池冷却过程中,H^+ 的溶解度降低,析出并聚集成 H_2 气团,如不能逸出到熔池外部,就造成 H_2 气孔。

对于 CO_2 焊这种方法,电弧高温下 CO_2 发生分解,增加了 O 的分压,使 H_2O 的分解度降低或分解困难。同时高温下 CO_2 气体及 O 原子与 H_2 及自由状态的 H 原子发生作用,使电弧气氛中含 H 量减少,H^+ 亦减少。

$$\begin{aligned} H_2 + CO_2 &\Leftrightarrow CO + H_2O \\ H + CO_2 &\Leftrightarrow CO + OH \\ H + O &\Leftrightarrow OH \\ H + 2O &\Leftrightarrow H_2O \end{aligned} \tag{5.9}$$

上述反应的生成物是不溶于金属的水蒸气和羟基。

综上原因,由于 CO_2 气体的氧化性,使电弧空间的 H 存在量减少,H_2 气孔产生的可能性降低。CO_2 焊方法本身对铁锈、水分没有埋弧焊或氩弧焊那么敏感,通常被称作低 H 型或超低 H 型焊接方法。

CO_2 焊焊前的准备工作除了焊丝需要清理去油外,工件上如果没有大量的铁锈,一般不需处理。当然 CO_2 气体还是需要一定的纯度,有时需要倒水、干燥等。

焊接中 H 是以离子形态溶入金属中的。直流反极性焊接时,熔池为阴极,它发射大量的电子,使熔池表面的 H 离子又复合成原子,因而减少了进入熔池的 H^+ 数量。所以直流反极性焊接,焊缝中含 H 量只是直流正极性时的 $1/3 \sim 1/5$,产生 H_2 气孔的程度降低。

3. CO 气孔

上述两种气孔即 H_2 气孔和 N_2 气孔,是电弧高温下 N 原子、H^+ 溶解于熔池金属中,在熔池金属冷却时,由于溶解度急剧下降,析出后未能及时逸出而产生的气孔。

而 CO 气孔属于反应型气孔,产生的原因主要是熔池中的 FeO 与 C 反应生成 CO。

$$FeO + C \Leftrightarrow Fe + CO \uparrow \tag{5.10}$$

CO 不溶于液态金属(钢)中,就形成了气泡。在熔池金属处于高温时,反应生成的 CO 气泡基本能逸出熔池。在熔池处于结晶温度时,由于区域性 FeO、C 的偏析,偏析区 FeO、C

的浓度较高,这一反应仍很剧烈。如果液态金属的凝固速度大于气泡的浮出速度时,就以 CO 气孔的形式残留在焊缝中。

CO 气孔沿结晶方向分布,呈条虫状,内表面光滑,一般在焊缝内部分布。

当焊丝中含有足够的脱氧元素 Si、Mn 时,并且限制焊丝中的含碳量,可以抑制 FeO 与 O 的反应,防止 CO 气孔的生成。所以在 CO_2 电弧焊中,只要焊丝选择适当,产生 CO 气孔的可能性是很小的。

此外,氧元素虽然在钢的固液相中的溶解度有很大的差别,但由于容易与铁及其它元素产生氧化物,所以在焊缝中不会出现 O_2 气孔。

5.3　熔滴过渡与焊接条件的选择

5.3.1　CO_2 电弧焊熔滴过渡形式

CO_2 电弧焊的熔滴过渡很复杂,根据焊丝直径、焊接电流、电弧电压(电弧长度)及电源特点等焊接条件的不同,可以出现多种复杂的过渡,比如大滴状过渡、短路过渡、排斥过渡、颗粒状过渡、潜弧喷射过渡等,但并不是哪种过渡形式都可以用于焊接生产。图 5.4 示出 ϕ1.6mm 焊丝在电弧中可能出现的熔滴过渡变化区间。

图中 A 区,电流很小,电弧电压较高,焊丝熔化慢,熔滴呈大块状(大滴),不易脱离焊丝,焊接时不能获得连续的焊道。如果在该区降低

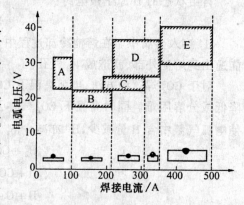

图 5.4　CO_2 电弧焊熔滴过渡变化区间

电弧电压即缩短电弧长度,由于电流很小,焊丝的熔化不稳定,将有固体短路的发生。

图中 B 区,小电流、低电压的短路过渡规范区,短路频率高,电弧电压低(17～21V),熔滴过渡稳定,飞溅较小,适合焊接薄板。

图中 C 区,较高弧压的短路过渡、颗粒过渡混合过渡区,两者比例因参数匹配而异,飞溅较大,但电弧加热效率高。从提高焊接生产率考虑,往往被实际操作所采用,焊接中等厚度工件,熔深较大。

图中 D 区,中等电流和高弧压规范区,熔滴呈变化形态的大块状过渡,或称排斥过渡,焊接飞溅大。

图中 E 区,大电流焊接,弧压较高,熔滴呈细滴的非轴向过渡,焊接熔深大,飞溅小,称作细颗粒过渡,适合焊接较厚的工件。

在粗丝(ϕ3～5mm)焊接时,根据规范的选择,可以出现一种潜弧喷射过渡,正常使用是在大电流、较低电压和较高焊速下焊接厚板。

5.3.2　短路过渡

1.熔滴短路过渡过程

实现熔滴短路过渡的基本条件是采取较细的焊丝(ϕ0.8～1.6mm),以较小的电流在低的电弧电压下进行焊接。

如图 5.5 所示,在电弧引燃的初期,焊丝受到电弧的加热而逐渐熔化,端部形成熔滴并逐渐长大(图中 1、2),此时电弧向未熔化的焊丝中传递的热量在逐渐减小,焊丝熔化速度下降,而焊丝仍然以一定的速度送进,在熔滴积聚到某一尺寸时,由于过分靠近熔池而发生短路(图中 3),这时电弧熄灭,电压急剧下降。熔滴短路在焊丝端头与熔池间形成短路液柱,短路电流开始增大,但由于焊机回路中串联有电感,短路电流是逐渐增加。在熔池金属表面张力和液柱中电流形成的电磁收缩力的作用下,使液柱靠近焊丝端头的部位迅速产生"颈缩",称作"颈缩小桥"(图中 4)。当短路电流增加到一定数值时,在熔池金属和焊丝端部表面张力的拉伸配合下,"小桥"迅速断开,此时作用电压很快恢复到电源空载电压,并且由于断开的空间仍然具有较高的温度,电弧又重新引燃(相当于接触引弧),而后电流逐渐降低(向稳定值靠近),又重新开始上述过程。

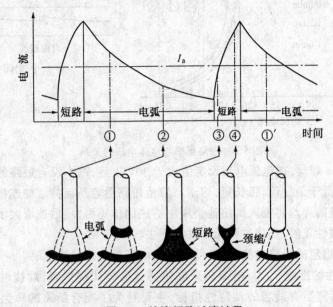

图 5.5 熔滴短路过渡过程

在短路过渡焊接中,燃弧和短路反复而规则地进行着,每次短路后熔滴向熔池过渡一次,即使在小电流区也能实现平稳的过渡。

2. 短路过渡的稳定性及影响因素

短路过渡时,过渡熔滴越小,短路频率越高,焊缝波纹越细密,焊接过程越稳定。在稳定的短路过渡情况下,要求尽可能高的短路频率。短路频率常常作为衡量短路过渡过程稳定性的标志。

(1) 电弧电压的影响 电弧电压(电弧长度)数值对短路过渡过程有明显的影响。如图 5.6 所示,对 φ0.8、1.0、1.2、1.6mm 焊丝,为获得最高短路频率,最佳的电弧电压数值大约在 20V 左右,这时短路周期比较均匀。

如果电弧电压高于最佳值范围,短路过渡频率降低。在电弧电压高于一定数值后,熔滴过渡频率继续降低,并且转变为自由过渡。比如电弧电压在 22～28V 时,因电弧电压比正常短路的电弧电压值高(电弧长度大),熔滴体积得以长大,将出现部分排斥过渡即混合

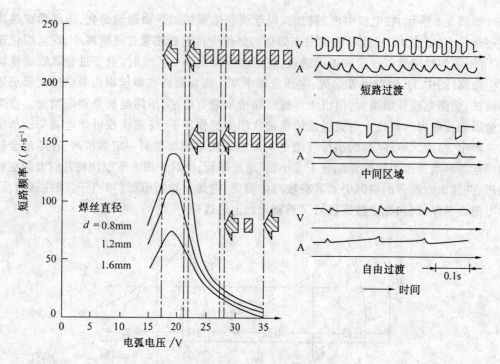

图 5.6 短路频率与电弧电压的关系

过渡。对 $\phi1.2mm$ 焊丝,在电弧电压设定值大于 30V 以后,基本没有短路的发生。

若电弧电压低于最佳值,弧长短,熔滴与熔池短路后容易保持液柱连接状态而不易过渡,此时不断送进的焊丝将插入到熔池金属中造成固体短路,随后被增大了的短路电流所烧断,并形成爆破性飞溅,焊接过程无法进行下去。

因此要保证稳定的短路过渡焊接过程,电弧电压的选择最为重要。

(2)电源特性的影响 CO_2 电弧焊采取短路过渡方式焊接时,焊接电源不仅需要有平的外特性,而且需要有适当的动特性指标,主要是为了配合所需的短路电流上升速率 (di/dt) 和在适当的短路峰值电流 (I_{max}) 下实现过渡,这两个指标都是由回路电感决定的。如果回路电感很大,短路电流上升速率过慢,所能达到的短路峰值电流较小,短路液柱上的颈缩不能及时形成,熔滴不能顺利过渡到熔池中,严重的情况也会造成固体短路。如果回路电感过小,由于短路电流上升速率过大和短路峰值电流过大,可能会使液柱在未形成颈缩就从内部爆断,引起大量飞溅。此外,从焊接线能量和焊缝成形方面也要求焊接电源有合适的回路电感,使焊接有合适的燃弧时间和短路时间相配合。

短路过程结束后,电源空载电压的恢复速度要快,以便及时引燃电弧。

(3)送丝速度的影响 图 5.7 中示出在电源输出电压一定的条件下,改变焊丝送进速度后,短路频率 f、短路时间 T_s、最大短路电流 I_{max}、平均焊接电流 I_a 的变化。当焊丝送进速度达到一定数值之后开始出现短路,短路频率在 P 点开始急剧增大,在 R 点达到最大值。与此相对应,T_s、I_{max}、I_a 亦产生变化。连接原点与短路频率 f 曲线上的点所构成的直线的斜率,代表一次短路所过渡的熔滴的体积。其中以 Q 点处斜率最大,所过渡的熔滴的体积也就最小。这时,T_s 和 I_{max} 也几乎是处于最小值,意味着该点处的过渡最为稳定。

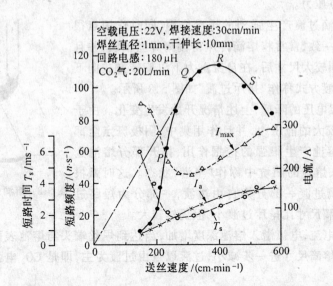

图 5.7 送丝速度与短路频率、短路时间、短路峰值电流、平均电流的关系

5.3.3 颗粒过渡

CO_2 电弧焊,对于某一直径的焊丝,在电流增大到一定数值并配以适当的电弧电压,熔滴以较小的尺寸自由飞落进入熔池,把这种现象称作 CO_2 电弧焊颗粒过渡。

颗粒过渡的特点是电流大,而电弧电压要根据焊丝直径选择。这样可以把颗粒过渡分为中丝细颗粒过渡和粗丝潜弧喷射过渡两种形式。

1．细颗粒过渡

细颗粒过渡是 $\phi 1.6 \sim \phi 3.0mm$ 中等直径焊丝 CO_2 电弧焊熔滴的主要过渡形式。这是因为中丝的短路过渡区间很窄,难以实现稳定的短路过渡焊接。另外,使用中丝可以在较大的电流下实现稳定的熔滴过渡,能够用大电流在平焊位置焊接较厚工件,不但熔敷系数很大,而且熔深也很大,是一种高生产率的焊接方法。

实现熔滴细颗粒过渡需要有合适的电弧电压。在电弧电压较高时,熔滴呈排斥过渡。

我们知道,CO_2 电弧焊使用的 CO_2 保护气,在电弧高温下分解,此分解是吸热反应。CO_2 保护气在电弧空间一般有 $40\% \sim 60\%$ 的分解度,所以吸热作用也很强烈。也就是说,在 CO_2 分解的同时,将强烈地冷却电弧。电弧从自身减少能量损失、维持最小能量消耗的角度,将自动收缩弧柱截面和压缩导电通道长度,结果使电流密度和电场强度提高。另外,电弧受到强烈冷却、能量损失增加后,从维持产热与散热平衡的角度,它的产热量也必然相应增加,也使电弧电场强度提高。在 CO_2 气氛中,电弧电场强度可以达到 $17.7V/cm$,是氩弧的 3 倍。

根据最小电压原理,电场强度越大,对弧长的变化越为敏感,这时电弧总是企图保持最小弧长,所以电弧只能发生在熔滴底部与熔池最小距离处。并且阳极斑点也受到散热量增加的影响,只占有很小的熔滴表面(称作弧根)。弧根是焊接电流的主要通道,此处电流密度大、产热集中,所处区域内的金属被过热而产生大量金属蒸气,垂直于熔滴表面向外发射,对熔滴产生反作用力。此外作用在弧根部位的还有电磁收缩力和带电粒子的撞击力,共同形成斑点压力。

斑点压力对熔滴过渡产生强烈的排斥作用,同时作用点很难保持与焊丝轴线一致,常常将熔滴排斥得偏离焊丝轴线,并且上翘,当熔滴长大到较大尺寸后,在自身重力下以旋转方式向下飞落。这种熔滴过渡方式称作"排斥过渡"如图5.8所示。

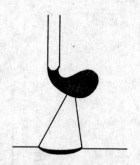

但是,随着电弧电压的降低,上述情况开始发生变化。由于电流较大,电弧有较大的静压力,并且作用集中,阴极斑点全部集中在熔池上,对熔池产生很强的挖掘作用,排开部分熔池金属,电弧部分地潜入熔池的凹坑中称作"半潜"状态。这时弧根面积有所扩展,熔滴过渡一部分为自由过渡,一部分为短路过渡,即混合过渡,熔滴尺寸比排斥过渡小,但仍然较大。

图5.8 熔滴排斥过渡形态

这时如果增加电流,电弧潜入熔池深度增加,当达到焊丝端头与熔池表面平齐时(称作临界潜弧状态),熔滴尺寸进一步减小,过渡以自由过渡为主,即是 CO_2 电弧焊的"颗粒过渡"。

如果再增加焊接电流,电弧对熔池金属的挖掘作用继续增强,焊丝端头将几乎全部潜入熔池凹坑中,这时熔滴尺寸减小到接近焊丝直径,其过渡形式与射滴过渡接近,称作 CO_2 电弧焊的"细颗粒过渡"。这一过程如图5.9所示。

要实现 CO_2 电弧焊中等直径焊丝的"颗粒过渡"或"细颗粒过渡",必须对焊丝直径与电弧电压、焊接电流进行合理选择。

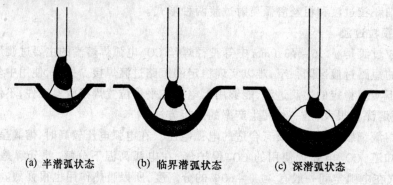

(a) 半潜弧状态　　　(b) 临界潜弧状态　　　(c) 深潜弧状态

图5.9 CO_2 电弧焊自由过渡熔滴与电弧形态的变化

2. 潜弧喷射过渡

潜弧喷射过渡是粗丝 CO_2 焊中出现并被采用的一种熔滴过渡形式。由于是粗丝($\phi 3.0 \sim \phi 5.0$mm)焊接,采用了更大的焊接电流,同时电弧电压也不是很高,避免排斥过渡的出现。

粗丝潜弧焊接与中丝潜弧颗粒过渡的差别,在于粗丝潜弧焊需要有较高的焊接速度。粗丝大电流高速焊,焊丝的前端紧挨着熔池前部表面壁熔化,并呈尖形,以一种熔滴流的形式脱落,即以喷射过渡的形式到达熔池,几乎不产生飞溅。在焊接速度较小时,虽然焊丝端头潜入熔池凹坑中,但仍有排斥过渡的特征,如图5.10所示。

有研究认为,电弧潜入熔池凹坑中以后,熔池金属向电弧喷出大量的金属蒸气,改变

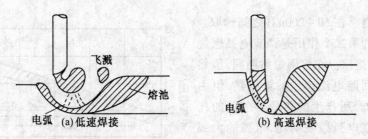

图 5.10　粗丝焊接熔滴潜弧过渡形态

了电弧气氛,使电弧容易扩张,甚至产生"跳弧现象",可能是使熔滴细化的原因。

5.3.4　焊接条件的选择

1.短路过渡焊接规范参数

短路过渡焊接主要采用细焊丝,一般是 $\phi0.6 \sim \phi1.4$mm。随着焊丝直径的增加,飞溅颗粒和飞溅数量都相应增大。实际应用中,焊丝直径最大用到 $\phi1.6$mm。直径大于 ϕ1.6mm的焊丝,如再采取短路过渡焊接,飞溅相当严重,所以生产上很少采用。

短路过渡焊接主要的规范参数有:电弧电压、焊接电流、焊接回路电感、焊接速度、气体流量以及焊丝伸出长度。

(1)电弧电压和焊接电流　实现短路过渡的条件之一就是保持较短的弧长,就焊接规范而言,短路过渡的一个重要特征是低电压,并且要求与焊接电流有较好的配合。表5.2示出三种直径焊丝典型的短路过渡焊接规范。采用这种规范焊接时飞溅最小。

表 5.2　不同直径焊丝的短路过渡焊接规范

焊丝直径／mm	0.8	1.2	1.6
电弧电压／V	18	19	20
焊接电流／A	$100 \sim 110$	$120 \sim 135$	$140 \sim 180$

然而在实际焊接生产中选择焊接规范时,除了考虑飞溅大小,还要考虑生产率等其他因素。所以实际使用的焊接电流远比典型规范大得多,这时的电弧电压也要相应提高,即中等规范焊接如图 5.11 所示。采用中等规范焊接时的熔滴过渡既有正常短路过渡,也有瞬时短路过渡和自由过渡,但焊接过程和焊接质量相对也比较稳定,可以满足焊接生产要求。

(2)焊接回路电感　短路过渡焊接在回路中串联电感,有以下两方面作用:一是限制与调节短路电流上升速率 di/dt。短路电流的上升速度过大或过小对熔滴过渡的稳定性和飞溅量的大小都是不利的。

$$\frac{di}{dt} = \frac{U_0 - iR}{L} \tag{5.11}$$

式中, U_0 为电源空载电压; i 为电流瞬时值; R 为焊接回路电阻(包含焊丝干伸长电阻); L 为焊接回路电感。

短路电流上升速率要与焊丝的最佳短路过渡频率相适应。细焊丝熔化速度快,需要较大的 di/dt;粗焊丝熔化速度慢,熔滴过渡的周期长,则要求较小的 di/dt。一般短路过渡焊接的回路电感在 50 ~ 200mH 之间选取。

回路电感的第二个作用是调节电弧燃烧时间,控制母材熔深。在熔滴短路期间,虽然在工作区也有回路电流产生的电阻热,但由于工作区电压低,所产生的热量对工件的作用很小。只有在电弧燃烧期间,电弧的大部分热量才输入工件,并形成一定的熔深。当回路电感小时,一是熔滴短路时间缩短,二是所达到的短路峰值电流大,短路过后焊丝熔化速度加快,使燃弧时间也缩短,而燃弧时间的长短对母材熔化的作用更大。当回路电感较大时,熔滴短路时间和电弧燃烧时间都会相应增加,而燃弧时间增加的更多,如图 5.12 所示。

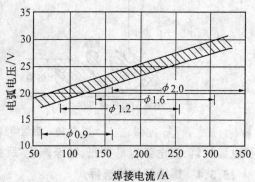

图 5.11 短路过渡及中等规范焊接参数

一般电弧燃烧时间短,熔滴短路过渡频率高,但焊接熔深较小,对薄板焊接有利。适当增加电感值,虽然短路过渡频率降低,但电弧燃烧时间加长,可以增大母材熔深,对焊接较厚板有利。

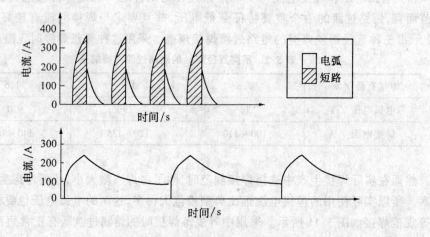

图 5.12 回路电感对短路和燃弧时间的影响

(3) 焊接速度 焊接速度对熔滴短路过渡过程没有特殊影响。对焊缝成形的影响与其他焊接方法是一致的。只是 CO_2 电弧焊中,电弧在熔池表面的收缩程度更大,提高焊接速度更容易形成焊缝咬边。

(4) 焊丝干伸长 短路过渡焊接所使用的焊丝都很细,焊丝干伸长上产生的电阻热成为焊接规范中不可忽视的因素。在其他规范参数不变时,焊丝干伸长增加,干伸区压降增加,焊接电流减小,熔深也减小。直径越细、电阻率越大的焊丝这种影响越大。图 5.13 示出不锈钢焊丝干伸长对焊接电流的影响。在半自动焊中,有时因焊接部位空间窄小的限制,操作中增加焊丝干伸长度,结果焊接电流和熔深都减小。

此外,随着焊丝干伸长的增加,焊丝上的电阻热增大,焊丝熔化加快,对提高焊接生产率是有利的。但是干伸长增大后,喷嘴与工件间的距离亦增大,虽然可以清楚地看到焊接区,但抗风能力弱,可能会卷入空气,影响电弧的稳定性。如果干伸长较短,虽然保护效果会好一些,但飞溅容易附着在喷嘴里,也有可能造成保护不良,而且焊接区的可见性差,操作性降低。根据经验,合适的焊丝干伸长应为焊丝直径的 10 ~ 12 倍。短路过渡焊接一般为 8 ~ 15mm,颗粒过渡焊接为 15 ~ 25mm。

(5) 气体流量 细丝小规范焊接时的气体流量通常为 5 ~ 15L/min;中等规范焊接时约为 20L/min;粗丝大规范(颗粒过渡)焊接时约为 25 ~ 50L/min。室外作业要适当加大保护气流量。

(6) 电源极性 CO_2 电弧焊一般都采用直流反极性,飞溅小,电弧稳定,熔深大,成形良好,而且焊缝含氢量低。

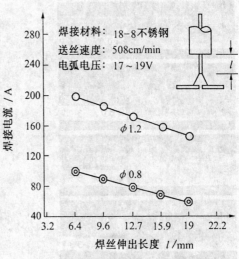

图 5.13 焊丝干伸长对电流的影响

堆焊及焊补铸件时,采用直流正极性较为合适。因为熔化极阴极产热量比阳极产热量大,焊丝熔化系数大,约为反极性的 1.6 倍,金属熔敷率高,可以提高生产率。同时工件为正极,产热量小,熔深浅,对堆焊有利。

2. 颗粒过渡焊接

CO_2 电弧焊熔滴颗粒过渡并没有严格的划分区间,主要是通过焊接电流与电弧电压的搭配,使焊接能有一个比较稳定的过程。在此讲述的内容也包含部分中等规范熔滴混合过渡的情况。

(1) 中等直径焊丝焊接规范区间 图 5.14 示出各直径焊丝的合适电流、电压范围及与短路过渡规范区间的比较。电弧电压对焊接结果有很大影响如图 5.15 所示。为得到良好的焊接结果,需要有合适的电弧长度,而这个电弧长度是由电弧电压决定的。电弧电压低时,电弧长度变短,熔深增加,焊缝宽度变窄。相反,当电弧电压较高时,熔深变浅,而熔宽加大,形成扁平焊缝。

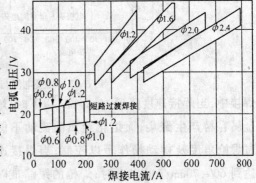

图 5.14 熔滴颗粒过渡规范区间

焊接电流对母材熔化形状的影响如图 5.16 所示。随焊接电流的增大,焊接熔深、焊缝宽度及焊缝余高也随之增大。图 5.17 示出焊接电流与焊丝熔化速度的关系,图 5.18 示出焊接电流与焊缝熔深的关系,可以根据所需要的熔深来确定焊接电流和焊接速度。

在一定的电流、电压下,随焊接速度的增加,焊缝熔深、余高、焊缝宽度减小。当速度进一步提高后容易产生咬边。为防止咬边的发生,可以增加焊接电流、缩短弧长。半自动

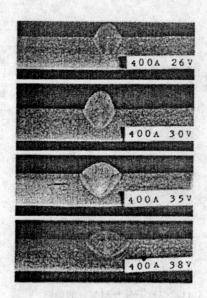

图 5.15　焊接电压对母材熔化形态的
影响(焊接速度 40cm/min)

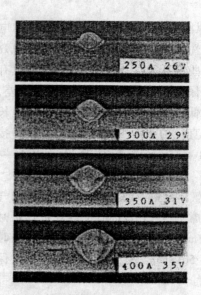

图 5.16　焊接电流对母材熔化的影响
(焊接速度 40cm/min)

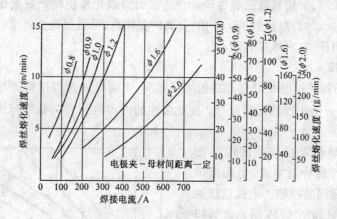

图 5.17　焊接电流与焊丝熔化速度的关系

焊接中,当焊接速度降到 15cm/min 以下时,熔化金属容易产生聚集,而熔化金属的流动不能通过焊枪角度及摆动操作予以控制;当焊接速度达到 60~70cm/min 以上时,焊枪的跟踪难以实现。因此半自动焊多采用 30~50cm/min 的速度范围进行焊接。

(2)粗丝焊接规范区间　直径 $\phi 4.0$mm 的焊丝 H08Mn2SiA,其正常使用规范区间如表5.3和图 5.19 所示。

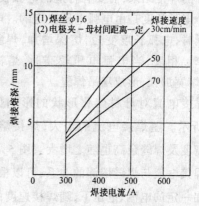

图 5.18　焊接电流对焊缝熔深的影响

表 5.3 $\phi4.0$mm 焊丝（H08Mn2SiA）的使用规范

区域	I			II			III		
参数	电流 /A	电压 /V	焊速 /(cm/min)	电流 /A	电压 /V	焊速 /(cm/min)	电流 /A	电压 /V	焊速 /(cm/min)
规范	650	28～30	90	650	25～28	90	650	21～25	90
	700	28～31	90	700	26～28	90	700	22～26	90
	750	30～32	100	750	28～30	100	750	23～28	100
	800	31～33	115	800	28～32	115	800	24～28	115
特点	电弧半潜,颗粒过渡			临界潜弧,颗粒过渡			深潜,有短路		

图 5.19 中 I 区,电弧部分潜入熔池凹坑(半潜),熔滴呈颗粒状过渡,焊接过程较稳定,焊缝成形较好,飞溅稍大。

图 5.19 中 II 区,焊丝端头与工件表面平齐,电弧潜入凹坑较深(临界潜弧),焊接过程比 I 区稳定,飞溅少,焊缝成形较好。

图 5.19 中 III 区,焊丝端头在工件表面下 2mm 左右,电弧潜入凹坑很深(深潜状态),熔滴喷射过渡,常伴有瞬时短路。若潜入过深,熔滴过渡将转变为正常的周期性短路焊接,过程稳定,飞溅很小,但焊缝成形差,产生梨形焊缝。

图 5.19 中 IV 区是不稳定过渡区。

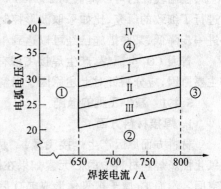

图 5.19 粗丝焊接规范区间选择

人们对粗丝焊接所做的研究较少,选择合适的焊接规范受具体条件的影响。目前 CO_2 电弧焊仍然以细丝短路过渡焊接或中等规范焊接及中丝颗粒过渡焊接为主。

5.4 焊接飞溅

在焊接过程中,大部分焊丝熔化金属可以过渡到熔池,有一部分焊丝熔化金属(也包括少量的熔池金属)飞到熔池以外的地方,这种现象称作"焊接飞溅"。焊接飞溅造成焊接材料的损失,恶化了操作环境,增加了焊接清理工序,严重时对电弧稳定性及焊接过程构成影响。

用飞溅率(Ψ)表示焊接飞溅量的大小,定义为飞溅损失的金属与熔化焊丝(或焊条)重量的比值,它与焊接规范参数、工艺参数及熔滴过渡形式有密切的关系。实际测量焊接飞溅率可以有两种办法:一种是焊接后收集飞溅颗粒的办法,但要保证完全收集也是很困难的,需要对焊接区进行封闭,并且要做到封闭区内部焊接前后状态的一致(特别是各部件的表面状态)。第二种办法是通过测量焊丝损失系数(Ψ_s)来一定程度表示焊接飞溅率(Ψ)大小。焊丝损失系数包含飞溅损失和氧化、蒸发损失等,表示公式如下:

$$\Psi_s = \frac{a_m - a_y}{a_m} \times 100\% \tag{5.12}$$

式中，a_y 为熔敷系数，单位时间、单位电流所熔敷到焊缝中的焊丝金属重量；a_m 为熔化系数，单位时间、单位电流所熔化焊丝金属的重量。

由于焊接中的金属蒸发量相对较少，在不去除焊缝表面渣壳的时候，可以以损失系数表示飞溅率 Ψ，去除渣壳后所测得的即是损失系数 Ψ_s。

熔化极电弧焊的飞溅率大小首先因焊接方法而有很大的差异，MIG 焊和埋弧焊在规范参数合适并且工艺配合良好时，飞溅很少，飞溅率在 1% 以下或不产生飞溅。焊条电弧焊和 CO_2 电弧焊的飞溅问题最为突出，也包括 MAG 焊（活性气体保护电弧焊），与采用的焊接规范及电源特性有直接关系，严重时飞溅率高达 20% 以上，较为正常的情况是 3% ~ 5%，控制较好的可以降低到 2% ~ 3%。近年来，国内外对 CO_2 电弧焊的熔滴过渡和飞溅进行了细致的研究，比如采取波形控制和送丝控制，以及采用药芯焊丝等，焊接飞溅得到进一步降低，某些措施已经可以达到 1% 左右的飞溅量或实现了无飞溅焊接。

普通 CO_2 电弧焊，产生焊接飞溅有材料方面、工艺和规范方面、电源特性方面等三项主要原因，应分别针对上述原因予以解决。

5.4.1 减少飞溅的措施

1. 焊接材料方面

材料方面原因产生焊接飞溅，一是由于焊丝材料含有 C 元素，一是由于保护气具有氧化性。焊丝材料中的 C 元素如果在熔滴表面被氧化，一般是以气体的形式散失到电弧空间。然而 Fe 原子被氧化形成 FeO 后，一部分将流入熔滴内部，与熔滴内部的 C 元素发生作用，生成 CO 气体，CO 不溶于液态金属而逐步聚集成气泡，当气泡聚集到足够大尺寸时，在熔滴内部受高温作用体积急剧膨胀，使熔滴爆裂，从而产生飞溅。

针对上述问题所能采取的措施是正确选择焊丝，限制焊丝含 C 量，选择有较多脱氧元素成分的焊丝进行焊接。另外还可以采用混合气体保护进行焊接，比如 CO_2 + Ar（如 50% CO_2 + 50% Ar）混合气，可以降低电弧气氛的氧化性，减少 FeO 的产生数量。

2. 工艺和规范方面

在熔滴自由过渡范围内，如果焊接规范参数的选择使熔滴呈现大滴过渡或排斥过渡，将形成较多的飞溅。在中等规范的混合过渡区，自由过渡和非正常短路过渡也会增加飞溅量。

需要采取的措施有如下几种：

（1）正确选择焊接电流，匹配合适的电压，尽可能避免排斥过渡形式。通常在小电流短路规范区的飞溅量小，大电流细颗粒过渡规范区的飞溅也较小，细丝中等规范区产生的飞溅量较大。

（2）焊枪倾角不超过 20°，焊枪垂直时飞溅最小。

（3）限制焊丝干伸长。

（4）送丝速度均匀。

（5）电源直流反接时飞溅小。

采用混合气保护（CO_2 中加入 Ar）从工艺角度也可以降低焊接飞溅。Ar 的加入能够使电弧形态相对扩展，电弧对熔滴的排斥作用减弱，对减少大颗粒飞溅有利，但 Ar 的混入量需要达到 30% 以上才有明显效果。这种措施在中等直径焊丝的混合过渡或细颗粒过渡中应用效果良好,在细焊丝短路过渡焊接中很少采用,原因是细丝短路过渡焊接的飞溅并不严重,反而降低了焊接熔深,并使焊接成本增加。

3．电源方面

稳定的短路过渡过程中,短路小桥应形成在焊丝端头与液柱之间,如果形成在液柱与熔池之间则需要有一个转变时间。如果短路电流上升过快,以及所达到的短路峰值电流过大,都会使液柱在没有形成合适位置的颈缩小桥或者没有明显产生颈缩时就出现爆断,爆断处的飞溅量明显增加。

通过回路电感使短路过渡焊接中的电流上升速率 di/dt 和短路峰值电流 I_{max} 有一个合适的数值,是普通 CO_2 电弧焊短路过渡焊接减少飞溅的一项重要措施。

图 5.20 和图 5.21 分别示出 CO_2 电弧焊短路过渡和颗粒过渡飞溅产生的主要形式和相关原因。

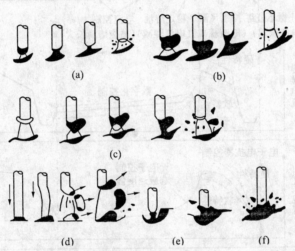

图 5.20　短路过渡的主要飞溅形式

（a）细丝小电流时　（b）中等电流大电感时　（c）中等电流小电感时

（d）焊丝固态短路时　（e）潜弧焊短路时　（f）大电流焊接短路时

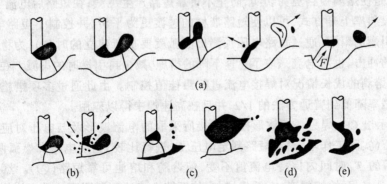

图 5.21　颗粒过渡的主要飞溅形式

（a）斑点力使熔滴上绕造成的飞溅　（b）焊丝通过大电流而爆断　（c）气体析出引起的飞溅

（d）熔滴内部气体膨胀引起的爆破飞溅　（e）熔滴在电弧空间形成串联电弧引起的飞溅

5.4.2 新型控制方法

焊接电源特性及电流输出是决定 CO_2 电弧焊短路过渡稳定性及飞溅率的重要因素。普通焊接电源由于动特性变化迟缓,用于进行熔滴过渡控制存在很大难度。随着焊接电源技术的进步,目前通过电流波形及人工智能技术控制焊接过程及熔滴过渡成为主要的研究内容。

图 5.22 示出一种被称作"能动性电弧控制-DAC 控制"方法所采用的焊接电流波形与常规焊接电流波形的比较。

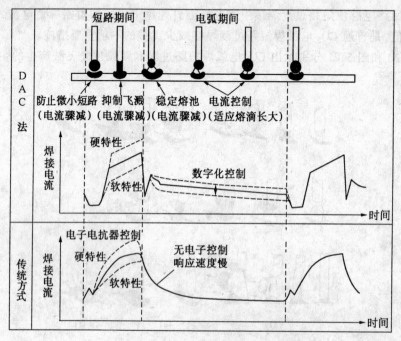

图 5.22 DAC 控制法控制焊接飞溅

DAC 控制方法在电弧短路期间,首先为防止瞬时短路现象的发生,采取了降低电流的方式,作用是使熔滴短路更为切实,防止不可靠短路产生飞溅;在短路后电流上升期,对电流采取分段斜率上升方式,可以使短路液柱的过渡更为平滑,并控制了短路电流峰值。在电弧重新引燃的瞬间(通过短路电压预测出电弧就要重新建立的时刻),为稳定熔池和免受大电流的冲击,也对电流采取了急速下降的措施,减少再引燃时的飞溅。在电弧正常燃烧期,根据熔滴的成长情况对焊接电流进行最佳值控制。由此通过多项措施使短路过渡的焊接飞溅率降低到普通方法的 1/2,并且在高速焊中得以应用。

图 5.23 示出 CO_2 焊另一项波形控制焊接所采取的电流波形及与电压对应关系。通过对检测电压(实际工作电压)与短路判定电压 U_j 进行比较,区别电路和燃弧两种状态。在短路形成后的 T_d 时间内保持电流值不变,使熔滴和熔池可靠短路(Ⓐ)。然后电流迅速增大到 I_u,从 I_u 开始按斜率 K_s 缓慢增加,使短路电流达到所需要的最小峰值(Ⓑ)。短路过后的燃弧初期,对输出电压(U_h)采取恒压控制,焊接电流值由 U_h 值决定(Ⓒ)。

电弧重新引燃后经过 T_h 时间,电压从 U_h 开始以斜率 S_v 下降到 U_L,同时图中虚线表示的电流设定限从 I_r 值以斜率 S_i 下降到 I_L(Ⓓ)。在此期间,电流值仍然随电压值而变化,即使熔滴和熔池由于表面扰动发生了瞬时短路,电流值也受到电流设定限的抑制,防止短路周期的紊乱。在燃弧的后期,弧长变短,由于电源的恒压特性,电流要增加,但由于受到电流设定限的制约,电流仍然被抑制在I_L数值(ⓔ)。

电弧产生后经过了($T_h + T_d$)时间,如果这是熔滴仍然没有发生短路,则把电流降低到I_m值,促使熔滴短路(ⓕ)。由此把一个短路周期分为6个区间,并对各个区间分别进行最佳控制,结果焊接飞溅量降低了20%以上。

从以上分析看到,人们通过电流波形控制焊接飞溅都是采取了如下几点措施:①在电弧再引燃之前或引燃瞬间减低焊接电流,抑制电弧力控制

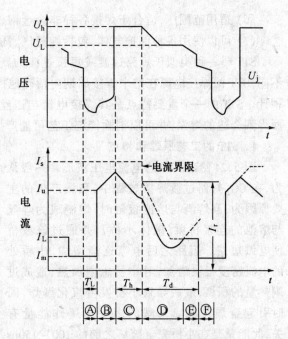

图5.23　电流波形措施控制焊接飞溅

再引燃飞溅;②在电弧再引燃的初期保持电弧长度,对电流进行限制,防止瞬时短路造成飞溅;③在燃弧未期熔滴短路发生之前降低焊接电流,促使熔滴短路或者使短路更为切实;④输出波形中联合采取恒压/恒流控制,实现最佳规范。

上述波形的输出只能通过电源逆变式控制来完成,多数通过微处理器实现人工智能型控制。

5.4.3　表面张力过渡控制

采用短路过渡工艺的细直径实心焊丝CO_2气体保护焊广泛应用在薄板与全位置焊接领域,这是因为短路过渡工艺具有燃弧率低、向工件的热输入功率小、熔池体积小且易于成形控制等特点,然而飞溅大是其最突出的弊端。另外在管道的焊接中,根部焊道是要求最苛刻的焊道,不仅因为它最难焊,对焊工的操作技巧要求最高,而且焊接速度对整个管道工程的铺设具有决定性的影响。

表面张力过渡技术(Surface Tension Transfer – STT)是20世纪90年代初期由美国林肯(Lincoln)电气公司开发的一种MIG/MAG焊熔滴过渡控制技术。与传统的焊接工艺相比,它具有以下优点:

(1)热输入减少,可以减少根部焊缝的焊接变形以及热影响区的面积。

(2)同传统的MIG/MAG焊方法相比,飞溅减少了90%,烟尘减少了50%~70%,因此焊缝以及周围非常干净。

(3)对焊工的要求降低,同时正反面成形均匀一致,边缘熔合得更好。甚至可以进行0.6mm板材的仰焊。

(4)降低了焊缝装配误差的要求,例如对3mm的板材,间隙可以达到12mm。

(5)在焊接薄板和根部打底焊中,可以取代TIG焊,从而提高生产效率。

(6) 适用范围广,适合于焊接各种非合金钢、低合金钢、高合金钢和电镀钢。

(7) 可以使用各种保护气体,包括纯氩气、氦气和 CO_2 气体。

STT 是一种类似于短路过渡或短弧过渡的新的过渡方式,与标准的气体保护焊设备不同,STT 的焊接电源在整个焊接周期内精确地控制着流过焊丝的电流,其响应时间以微秒计。STT 的一个重要特点是其焊接电流与送丝速度无关,由此可以更好地控制热输入而得到合适的熔深,并可以消除传统工艺可能产生的冷搭接现象。

1. STT 的工艺原理和特点

图 5.24 给出 STT 的电流电压波形。一般认为,在 CO_2 短路过渡焊接过程中,飞溅产生的主要原因为:当熔滴与熔池接触时,熔滴成为焊丝与熔池的连接桥梁(液体小桥),并通过该液桥使电弧短路。短路之后电流逐渐增加,小桥处的电流密度很快增加,对小桥急剧加热,造成过剩热量的积聚,最后导致小桥发生汽化爆炸,同时引起金属飞溅。飞溅的多少与爆炸能量有关,此能量是在小桥完全破坏之前的 $100 \sim 150 \mu s$ 内积聚起来的,由这时的短路电流(即短路峰值电流)和小桥直径所决定。

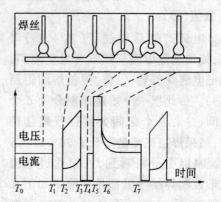

图 5.24 STT 的理论电流、电压波形

因此,防止小桥中能量的积聚就能防止飞溅的产生。STT 理论从电弧中熔滴过渡物理过程出发,在整个熔滴过渡过程中,电流波形根据电弧瞬时热量的变化进行实时变化。

在表面张力过渡理论中,熔滴的每个过渡周期被分为以下几个阶段:

(1) 燃弧阶段 $T_0 - T_1$:

该阶段电流熔化焊丝,在焊丝末端形成一个球状熔滴并控制熔滴直径,以防止熔滴直径太小时电弧不稳定,太大时产生飞溅,同时电流维持电弧继续燃烧。

(2) 过渡阶段 $T_1 - T_2$

随着熔滴的长大和焊丝的推进,熔滴接触到熔池,开始了过渡阶段。这时电源使焊接电流在一个很短的时间内下降到一个较低值,熔滴靠重力和表面张力的吸引从焊丝向熔池过渡,形成液体小桥。

(3) 压缩阶段 $T_2 - T_3$

形成小桥后,熔滴开始向熔池铺展。这时,电源使电流按一定斜率上升到较大值,这个大电流产生一个向内的轴向压力加在小桥上,使小桥产生缩颈。

(4) 断裂阶段 $T_3 - T_4$

缩颈减小了电流流过的截面,增大了小桥电阻,电源随时检测反映电阻变化的电压变化率。小桥断裂时存在一个临界变化率,一旦电源检测到这一变化率,它将在数微秒内将电流拉至一个较小值。表面张力吸引断裂后的熔滴进入熔池,实现无飞溅过渡。这时,焊丝从熔池中脱离出来。

(5) 再燃弧阶段 $T_4 - T_7$

焊丝脱离熔池后,电流上升到一个较大值以实现快速可靠再燃弧。同时,这个大电流产生的等离子流力一方面推动刚脱离焊丝端部的熔滴快速进入熔池,并压迫熔池下凹,以获得必要的弧长和必要的燃弧时间,从而保证焊丝端部得到要求的熔滴尺寸,另一方面保证必要的熔深和良好的熔合。然后,电流逐渐下降到基值电流,进入下一个燃弧周期。由于在整个过渡周期的每个环节中,电流严格按照电弧瞬时热量要求的变化而变化,防止了过剩热量的积聚,因此也减少了飞溅。

2. STT 的实际应用

在 STT 的设备方面,美国林肯(Lincoln)电气公司相继开发了一系列用于 MIG/MAG 焊的 STT 焊接电源。通过连续比较实际测得的电压值同程序预先设定值以及前一个周期的电压值,实时地改变焊接参数。电源内部有一个被称为"dV/dt detector"的电路,来识别短路过渡的结束时间。STT 焊接电源可以用于 MIG/MAG 焊接,它既不是恒流源(CC),也不是恒压源(CV)。其送丝速度和焊接电流是独立控制的。

图 5.25 ~ 图 5.27 示出了采用 STT 焊接电源焊接的产品。

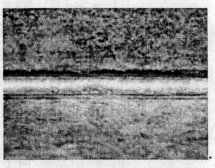

图 5.25　电镀钢板角焊缝焊接
(板材厚度为 3mm,图中可以看出表面层并没有破坏)

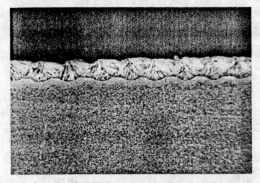

图 5.26　NiCr 合金钢的平板堆焊
(板厚 30mm)

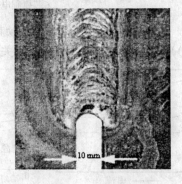

图 5.27　立向下焊接
(钢板厚度 2mm,对接间隙为 10mm)

5.5　CO_2 电弧焊设备

CO_2 电弧焊所使用的焊接机械由如下基本要素组成:① 焊接电源;② 焊丝送给装置;③ 焊枪;④ 行走台车;⑤ 保护气供给系统;⑥ 冷却水循环系统。

半自动焊接不包括行走台车,焊枪的移动由操作者完成。图 5.28(a)(b)分别示出半自动和自动焊装置的构成及其连接方法。

5.5.1　焊接电源

CO_2 电弧焊使用专用的直流焊接电源。直流焊接电源从其外特性可以分出图 5.29 所示的 3 个种类。其中,随输出电流的增加,输出电压随之减小的电源称作下降特性电源(图(a));输出电压与输出电流无关而近于恒定值的电源称作恒压特性电源或平特性电源

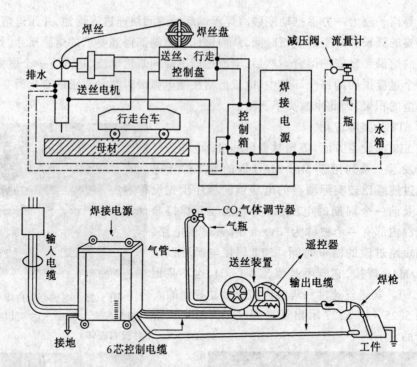

图 5.28 半自动和自动焊装置的构成及其连接方法

(图(b));输出电流与电压的变化无关而保持设定值的电源称作恒流特性电源(图(c))。

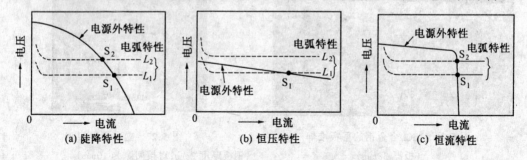

图 5.29 焊接电源外特性及与电弧静特性的匹配

由于 CO_2 电弧的静特性是上升的,所以平特性电源和下降特性电源都可以满足电源-电弧系统的稳定条件。

对 $\phi0.8\sim\phi2.4mm$ 直径焊丝的焊接,采用平特性或缓降特性电源,配合等速送丝机构,这时利用电弧自身调节作用稳定电弧长度。对 $\phi3.0mm$ 以上直径焊丝的焊接,由于电弧自身调节灵敏度降低,需要采用下降特性电源,配合变速送丝机构,这时利用弧压反馈电路稳定电弧长度。

实际上目前所使用的 CO_2 电弧焊平特性电源,其外特性都有一些下降,下降率一般不大于 5V/100A,缓降特性电源的下降率可允许到 8V/100A。

短路过渡焊接要求电源有良好的动特性品质,能够满足短路过渡对短路电流上升速率 di/dt、短路峰值电流 I_{max}、焊接电压恢复速度 du/dt 的要求。而颗粒过渡焊接对电源动特性没有特殊要求。

5.5.2 焊丝送给装置

卷在焊丝盘上的焊丝被送进到焊枪中,该送给装置如图5.30所示由如下几部分基本组成:修正焊丝弯曲的矫直装置、送进轮、加压轮、减速器、驱动送进轮的送进马达。

半自动焊为了减轻焊枪重量,有利于操作,常常采用在送丝机和焊枪间通过可弯曲导管送进焊丝的方法,称作推丝式送丝。

在采用软质焊丝或细丝的场合,如果用推丝方式送丝,焊丝容易产生弯曲,所以采用在焊枪的手柄中加入马达的拉丝方式送丝。此外还可以把两者并用,以推拉方式进行送丝。图5.31示出三种送丝方式。

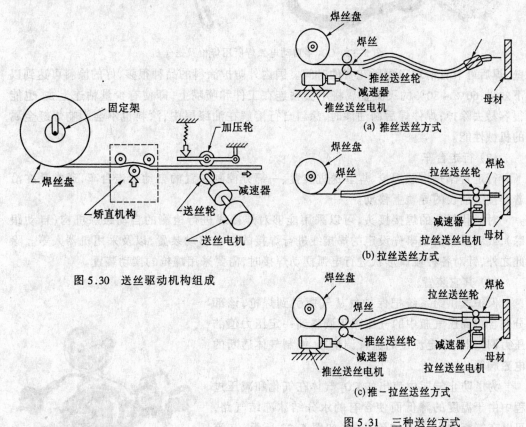

图5.30 送丝驱动机构组成

(a) 推丝送丝方式

(b) 拉丝送丝方式

(c) 推—拉丝送丝方式

图5.31 三种送丝方式

5.5.3 其它设备

（1）焊枪

焊枪完成如下几方面工作:向焊接区喷出保护气;通过送丝装置送进焊丝;对焊丝通电使之产生电弧。半自动焊焊枪是操作者拿在手里进行操作,因此必须具有重量轻、易于操作的特点,同时要能经受住电弧的高温。CO_2电弧焊与MIG焊相比,其喷嘴的温度上升较少,因此更多地采用空冷式焊枪。为了进行狭窄区的焊接作业,焊枪前端常常呈弯曲型。

焊接中的飞溅会附着在焊枪喷嘴内壁上,需要进行清理。自从CO_2电弧焊在生产上推广应用以来,各种防护涂料亦应运而生。施焊前将防护涂料涂刷在工件表面和喷嘴内

图 5.32 CO_2 半自动电弧焊所用焊枪及送丝机

壁,焊后可节省清理飞溅所花费的时间。国内外防护涂料的品种很多,好的涂料可达到以下效果:60%~80%的飞溅金属将不会粘连在工件和喷嘴上,即使有少量粘连上去,也能很容易去除掉;焊件焊后刷油漆时,涂料自行溶解在油漆层中;涂料也不会影响焊缝金属的机械性能。

（2）行走台车

行走台车是搭载焊枪、焊丝送进装置、一部分控制装置的自动行走台车,通常是在沿着焊接线铺设的导轨上移动。

对形状复杂的焊接接头,可以采用能够对焊接线进行检测的自动跟踪机构（自动跟踪）,或者采用沿着事先设定的焊接线进行焊接的自动移动装置,以及采用机器人等。除此之外,针对各种坡口形状进行电弧摆动焊接时,需要采用焊枪的摆动装置。

（3）其它装置

保护气供给系统把保护气从气瓶引到焊枪,该部分包含把高压气瓶中的气压减压调整到一定压力值的压力调整器、设定流量的流量调整器、控制气体通断的电磁阀等。

为了防止气瓶中流出的 CO_2 气体在气化和减压过程中由于温度的降低而使含有的水分结冰冻结气路,可以在气瓶的出口处加预热器（如图 5.33 所示,与流量计一体）。对焊缝质量要求较高时,还要在气路中加入干燥器。

图 5.33 CO_2 气体减压流量调节器

冷却水系统对焊枪提供冷却水,许多场合是通过水泵进行循环式冷却。

5.6 等速送丝调节系统

送丝调节系统在焊接过程中起到如下作用:当某种原因使电弧长度发生变化时,通过对焊丝送进速度或焊丝熔化速度的调整,使电弧恢复到原有长度或一个新的平衡长度,从而保证焊接过程的稳定。

等速送丝调节系统是焊接过程中焊丝等速送进,利用焊接电源外特性的自身控制作用来调节焊丝熔化速度,保持电弧长度不变,也称作电弧的自身调节。

5.6.1 等速送丝调节系统静特性

1. 静特性曲线方程

熔化极电弧焊中,焊丝的熔化速度(v_m)正比于焊接电流(I),并随电弧电压(U)的减小(弧长的缩短)而增加,用公式表示为:

$$v_m = k_i I - k_u U \tag{5.13}$$

式中,k_i 为熔化速度随焊接电流变化的系数,其值取决于焊丝电阻率、焊丝直径、干伸长及焊接电流数值,单位为 cm/(s·A);k_u 为熔化速度随电弧电压变化的系数,其值取决于弧柱电场强度、弧长的数值,单位为 cm/(s·V)。

如果焊丝等速送进,则弧长稳定时送丝速度(v_f)等于焊丝熔化速度:

$$v_f = v_m \tag{5.14}$$

上式是熔化极电弧焊系统的稳定条件方程。把式(5.13)代入式(5.14),整理得

$$I = \frac{v_f}{k_i} + \frac{k_u}{k_i} U \tag{5.15}$$

式(5.15)表示在给定送丝速度条件下,弧长稳定时的电流和电弧电压之间的关系,称作自身调节系统静特性或等熔化速度曲线方程。该曲线上每一点的电流(I)和电压(U)的组合都可以使焊丝的熔化速度等于焊丝的送进速度。亦即电弧在该曲线上任何一点燃烧时,$v_f = v_m$;而当电弧不在该曲线上燃烧时,$v_f \neq v_m$,焊接过程不稳定。另一方面,电流(I)与电压(U)的组合应同时满足电源外特性曲线所给定的条件。因此,电弧的稳定工作点应在自身调节系统静特性曲线与电源外特性曲线的交点上,电弧静特性曲线通过该点,即电弧长度对应于该点的电压值。

2. 静特性曲线特征及影响因素

式(5.15)中的 k_i 和 k_u 参数分别是电流、电压的函数,k_i 相当于(2.2.9)式中的($\alpha + \beta L_e I$),而 k_u 与电弧电压(U)的关系很难通过数学公式导出,所以式(5.15)所表示的等熔化速度曲线要通过实验测量得到。测量的方法是在给定的保护条件、焊丝直径、干伸长下,设定一种送丝速度 v_f,在某一电弧电压值(U_1)下,得到电弧达到稳定燃烧状态时的焊接电流值(I_1),即所得到的(I_1, U_1)是所设定送丝速度下的一个稳定工作点。改变电弧电压值(U),再得到另一个电弧稳定工作点(I_2, U_2)。多组实验数据可以绘出一条设定送丝速度 v_f 下的等熔化速度曲线。改变送丝速度 v_f 并重复上述过程,得到另一条设定送丝速度 v_f 下的等熔化速度曲线。由此可以得到一系列等熔化速度曲线。图5.34示出对某一直径钢焊丝测得的等熔化速度曲线。

以钢焊丝为例,焊丝等熔化曲线变化特征及影响因素有如下几方面:

(1)电弧较长时,等熔化速度曲线随电弧电压的变化较小,所处位置主要由焊接电流值决定,说明此时的 k_u 值较小。

(2)电弧较短时,电弧电压数值开始对熔化速度起作用,等熔化速度曲线向电流降低的一侧倾斜,说明 k_u 值在逐渐增加。这种变化被称作"电弧固有的自身调节作用",送丝速

度越大(焊接电流值越大),这种表现越为明显。

(3) 送丝速度增加,等熔化速度曲线向右上方移动;送丝速度减小,等熔化速度曲线向左下方移动。

(4) 焊丝干伸长增加,等熔化速度曲线向左移动,说明 k_i 值在增大;焊丝干伸长缩短,等熔化速度曲线向右移动,说明 k_i 值在减小。

(5) 焊丝直径减小或焊丝材料电阻率增大,将使 k_i 值增大,等熔化曲线位置向左移动;反之向右移动。

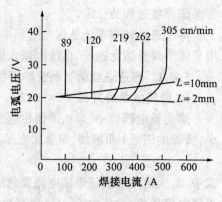

图 5.34   钢焊丝的等熔化速度曲线

(6) 等熔化速度曲线所处位置、变化程度除与上述因素有关外,还与电弧气氛有很大的关系,比如氩气保护电弧、CO_2 气体保护电弧、混合气体保护电弧、埋弧等。

5.6.2   等速送丝焊接系统弧长自身调节

1. 调节过程

假设焊接过程中由于某种原因使电弧长度发生改变,如图 5.35 所示电弧长度缩短的情况,这时电弧静特性曲线向下移动,电弧工作点从 $Q_0(I_0, U_0)$ 移动到 $Q_1(I_1, U_1)$。由于 Q_0 点是电源外特性(曲线 1)、电弧静特性(曲线 2、3)和等熔化速度曲线(曲线 4)共同确定的稳定工作点(电弧工作在该点同时满足电源、电弧系统的稳定条件及焊丝送进 - 焊丝熔化平衡条件),当电弧工作点转移到 Q_1 点时,虽然能够满足电源 - 电弧系统的稳定条件,但不满足焊丝送进、焊丝熔化平衡条件,对比情况是焊

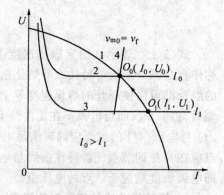

图 5.35   等速送丝系统电弧调节过程

接电流增加($I_2 > I_1$)、电弧电压降低($U_2 < U_1$)。由式(5.13)可知,电弧在 Q_1 点工作的焊丝熔化速度大于在 Q_0 点工作的焊丝熔化速度($v_{m1} > v_{m0}$),而焊丝是等速送进($v_f = v_{m0}$),使得焊丝熔化速度大于焊丝送进速度,从而使电弧长度逐渐增加,电弧工作点从 Q_1 点沿电源外特性曲线逐步向 Q_0 点靠近,最后稳定在 Q_0 点,电弧长度恢复到改变前的数值。

如果电弧长度的改变是增长的,上述自身调节仍然将发挥作用,此时焊丝的熔化速度小于送进速度,弧长被逐步缩短,最终也恢复到改变前的水平。

2. 系统调节精度

所谓调节精度是指电弧受到干扰而产生工作点偏移(包括弧长、电流、电压)时,调节系统发挥作用使系统被调节到一个新的稳定工作点,此时被调节量的稳定值与初始稳定值之间的偏离程度,也称作调节系统的"静态误差"。

造成系统稳定工作点偏移的原因有如下三种:送丝速度变动、弧长变动和网路电压变动。

(1) 送丝速度变动时,系统新的稳定工作点将由变化后的等熔化速度曲线与电源外

特性曲线的交点决定。此时系统没有向初始工作点调节的作用，两工作点之间的偏差表现在电弧电压、电弧长度及焊接电流的改变上。

（2）弧长变动时，若调节过程完成后，焊枪高度没有发生变化，即焊丝干伸长不变，则系统将返回到初始稳定工作点工作，电流、电压、弧长都恢复到原值，不产生任何静态误差。然而实际焊接中，电弧长度的改变通常都是由于焊枪相对工件表面距离的变化所引起的，比如工件表面台阶、环缝椭圆度等，这种情况在调节过程完成后，系统新的稳定工作点将偏离系统初始工作点，电流、电压、弧长都不能恢复到原值。

如图5.36所示情况，$Q_0(I_0, U_0)$ 是初始稳定工作点，由于某项原因使焊枪相对工件距离减小，首先弧长缩短 $l_0 \rightarrow l_1$，电弧工作点 $Q_0 \rightarrow Q_1(I_1, U_1)$，$Q_1$ 点焊丝熔化速度 v_{m1} 大于 Q_0 点焊丝熔化速度 v_{m0}，而送丝速度 v_f 不变，则随着焊丝的送进使弧长又逐渐拉长向初始弧长恢复。然而由于焊枪已经降低，焊丝干伸长减小（包括弧长恢复过程中的增加量），v_f 送丝速度下的等熔化速度曲线右移，新的稳定工作点产生在新的等熔化速度曲线与电源外特性相交的位置 $Q'_1(I'_1, U'_1)$，由此产生了系统静态误差（$\Delta I = I'_1 - I_1, \Delta U = U'_1 - U_1, \Delta l = l'_1 - l_1$）。

影响系统调节精度的因素有如下几方面：

① 焊丝干伸长变化量大，系统调节精度降低，静态误差增加；

② 焊丝直径越细，或者材料电阻率越大，则焊丝干伸长变化的影响加剧。

③ 采用平特性或缓降特性电源，系统静态误差小。

（3）网路电压变动时的系统调节误差

网压发生变化时，如图5.37所示，首先电弧稳定工作点从 $Q_0(I_0, U_0)$ 变化到 $Q_1(I_1, U_1)$，Q_1 点是新的电弧稳定工作点，满足电源 - 电弧系统的稳定条件及焊丝送进 - 焊丝熔化平衡条件，但与初始稳定工作点 Q_0 之间产生了静态误差，并将保持下去。

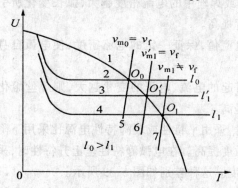
图5.36　焊枪高度变化时的系统调节精度

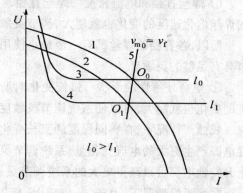
图5.37　网压变化时的系统静态误差

因此从这个现象中可以看到，等速送丝调节系统对网压变动没有调节作用，只有电弧工作点的改变过程。

在长弧焊情况下，为减少电弧电压的静态误差，常采用缓降特性或平特性电源，如图5.38（a）所示；在短弧焊情况下，为减少焊接电流的静态误差，可以采用陡降特性或恒流特性电源，如图5.38（b）所示。图5.38中，曲线1是焊丝等熔化速度曲线，曲线2~5是电源外特性曲线。

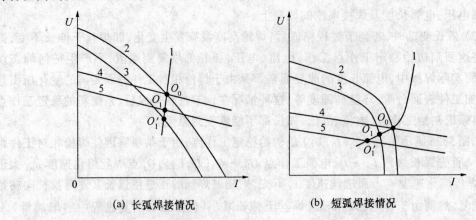

(a) 长弧焊接情况　　　　　　(b) 短弧焊接情况

图 5.38　不同电源特性和电弧长度下的系统调节误差

3. 系统调节灵敏度

系统调节灵敏度是指调节作用对电弧工作点产生微小变化的反应能力。系统调节灵敏度越高,电弧工作点的动态变化越小,调节恢复速度越快。只有在电弧自身调节作用很灵敏时,焊接过程的稳定性才能得到保证。

等速送丝条件下,弧长变化引起的焊丝熔化速度变化越大,调节恢复越快,系统灵敏度越高。

由焊丝熔化速度公式可知:

$$\Delta v_{\mathrm{m}} = k_i \cdot \Delta I - k_u \cdot \Delta U \tag{5.16}$$

由此可见自身调节系统灵敏度受如下因素影响:

① 焊丝直径和电流密度　焊丝直径越细或焊丝中的电流密度越大,弧长变化所引起的焊丝熔化速度的变化也就越大,调节灵敏度提高。

所以,各直径的焊丝都有一个最小使用电流值,保证一定的电流密度,使电弧自身调节具有足够的灵敏度。

② 电源外特性的形状　弧长变化时所引起的电流、电压的变化越大,则焊丝熔化速度的变化也就越大,可以使系统调节灵敏度提高。

长弧焊情况下,在相同程度的弧长变化时,采用平特性或缓降特性电源比采用下降特性电源产生更大的电流变化量,系统调节灵敏度提高。在电弧静特性呈上升特性时,采用上升特性电源可以获得更大的系统调节灵敏度。这种差别如图 5.39 所示。

在短弧焊情况下,由于 k_u 值较大,所以即使采用陡降特性电源,系统灵敏度依然较高,但这种情况只有在电弧固有的自身调节能够发挥作用时才可以使用。

③ 弧柱电场强度　弧柱电场强度大,意味着电弧单位长度变化所引起的电弧电压变化量大,所以可使系统调节灵敏度提高。

5.6.3　等速送丝焊接系统的电流与电压调整方法

熔化极气体保护电弧焊使用细丝或中等直径焊丝的情况较多,从系统调节精度和调节灵敏度角度考虑,多数是采取等速送丝配备平特性(恒压特性)或缓降特性电源进行焊

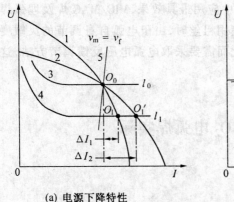 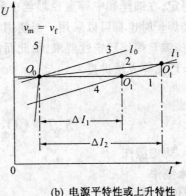

(a) 电源下降特性　　　　　　(b) 电源平特性或上升特性

图 5.39　电源外特性对系统调节灵敏度的影响

接,依据电弧静特性曲线斜率,也可以采用微升特性电源。

长弧焊时,由于焊丝熔化速度与焊接电流有良好的对应关系,因此从设备使用上,采取了以调整焊丝送进速度、根据系统自身调节特性自动确定工作电流值的方式来设定焊接电流,或者说调整了送丝速度也就调整了焊接电流,则电流值的可调整范围取决于送丝速度的可调整范围。

电弧电压的调整方法是通过调整焊接电源外特性所处位置或电源输出电压来实现,则电弧电压的可调整范围取决于电源外特性的可调整范围,如图 5.39 所示。

在实际焊接中,如果要把图 5.40 中处于 A 点工作的电弧调整到 B 点工作,需要分别调整两个旋钮(送丝速度和电源外特性),工作不方便,而且要想得到电流与电压的最佳配合也很困难,需要反复调整。因此,根据焊接实际中总结出的最佳参数规范,从电路上设计了单旋钮调整方式,以一个旋钮的调整使电流和电压按最佳配合同步改变。

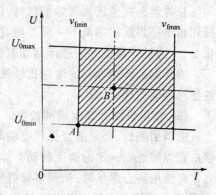

图 5.40　等速送丝系统电流及电压调整方法

在短弧焊接时,还可以采用等速送丝配备陡降特性或恒流特性电源进行焊接,这种情况利用了电弧固有的自身调节作用。但存在的问题是:对于给定的电流值,送丝速度的允许范围很窄,如果电源外特性与所设定送丝速度下的焊丝等熔化速度曲线配合不合适,将会产生焊丝短路或焊丝回烧导电嘴的情况。但是如果电流与送丝速度配合合适的话,则电流和弧长都十分稳定,焊接过程中,电流没有明显的变化,焊接熔深和熔宽都很均匀,能够得到更好的焊缝。根据焊接电流与焊丝熔化速度的关系,设计了焊接电流、送丝速度比例变化的控制方法,并且也实现了单旋钮调整。这种方法在铝合金 MIG 焊中应用更有特点,我们将在下一章结合铝合金焊接进行讲述。实际上在钢焊丝 CO_2 电弧焊和 MIG 焊中由于等熔化速度曲线受电弧电压的影响相对较小,即使是短路过渡焊接也使用了等速送丝配备平特性电源焊接方法。

以上讲述了 CO_2 电弧焊等速送丝电弧自身调节系统的焊接问题,主要点是保证电弧自身状态稳定,在细丝和中等直径焊丝中应用最具效果,MIG/MAG 焊及埋弧焊使用细丝和中等直径焊丝时也都可以采用。当使用粗丝时,由于电弧自身调节的灵敏度和调节精度不足,不能满足焊接稳定性要求,由此而需要采取电弧电压反馈调节方法,这一点将在第 7 章结合埋弧焊方法讲授。

5.7 CO_2 电弧焊实际

5.7.1 焊接操作

1. 基本操作

(1)焊接姿态

半自动 CO_2 电弧焊平焊位置的基本操作姿势包括站立操作、坐在椅子上操作、蹲下操作等。各种姿势下都需要对控制盒、焊枪电缆(含导气、导丝管)、控制电缆进行适当的吊挂,并注意焊枪的正确移动。

(2)焊接起弧

半自动焊接中,在焊枪前端与母材间保持适当距离,按下焊枪开关开始送进焊丝,在焊丝前端与母材产生接触的同时引燃了电弧。

在焊丝前端呈较大圆球形状时,以及在圆球下面带有熔渣时,为了可靠引燃电弧,最好用钳子把焊丝前端剪下一段。当对焊接操作较为熟练以后,可以一边用焊丝前端划动母材,一边按下焊枪开关进行划动引弧。

通常起弧部分母材的熔深比较浅,处理上比较麻烦,并容易产生焊接缺陷,需要注意这些问题的出现。

(3)焊枪角度和焊丝瞄准位置

电弧引燃后,必须适当保持喷嘴与母材间的距离,以及焊枪角度、瞄准位置等,使其能够沿着焊接线以一定的速度移动。焊枪角度如图 5.41 所示有前进角和后退角两种。

在使用实心焊丝时,从观察焊缝形状、焊接线的可见性及保护效果考虑,可采用10°~15°前进角焊接。在采用药芯焊丝焊接时,由于电弧力较弱,熔深较浅,前进角和后退角都可以采用。在进行水平角焊缝焊接及横向焊接时,除考虑焊枪角度之外,还需要充分注意焊枪的瞄准位置。比如进行图 5.42 所示的脚长在 5mm 以上的水平角焊缝焊接时,把焊丝的瞄准位置偏向水平板一侧 1~2mm,可以得到等脚长的焊缝。

(4)弧坑处理

如果对弧坑不能进行良好的处理,则会产生焊缝金属量的不足以及裂纹和缩孔,作为缺陷残存下来。弧坑处理有多种方法,比如回转焊枪、断续燃弧、使用收弧板、快速移动焊枪、摆动收弧等。由于焊接结束时的焊接电流越大所形成的弧坑也越大,所以对大容量焊机(500A 型)一般通过焊枪开关的动作把输出切换到低电流、低电压上进行弧坑处理。

2. 应用操作

(1)横向焊接

厚板的横向焊接,如果坡口较宽,可以采取斜向前后摆动焊接,如果坡口较窄,则直接进行前后摆动焊接。

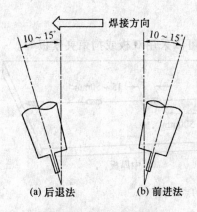

(a) 后退法　　(b) 前进法

图 5.41　焊枪角度选择

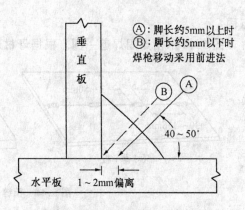

图 5.42　角焊缝焊接时的焊枪瞄准点

（2）立向焊接

立向焊接有立向上焊和立向下焊两种方法。6mm 以下的薄板通常采用立向下焊接，而厚板采用立向上焊接。立向下焊接的焊缝外观比较好，但容易产生熔透不良，应尽量避免摆动。立向上角焊缝的单层焊最大脚长约为 12mm，如果需要得到更大的脚长应该采用多层焊。

（3）打底焊

打底焊可以采用背面衬板，也可以不采用背面衬板。在不采用背面衬板时需要更高的操作技术。为得到均匀的背面焊缝需要具有较高的坡口精度，同时也需要严格设定焊接条件。

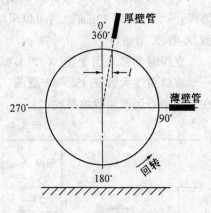

图 5.43　环缝焊接操作

（4）环缝焊接

环缝焊接中最需要注意的是瞄准位置对环缝形状有较大的影响。特别是厚壁回转管的焊接，如图 5.43 所示，原则上瞄准位置因偏离上部顶点某一角度，通过改变图中的偏心角来调整环缝形状。

5.7.2　坡口准备与接头形状

1．坡口加工

坡口的加工利用气切割、机械加工等方法进行，但其精度对焊接结果有很大影响。特别是对厚度 12mm 以上的钢板对缝焊接，其坡口根部间隙在 1mm 以下，钝边的目视误差在 ±1mm 以下，坡口角度的误差也要求在 ±5°以下。如果遇到精度很差的坡口，首先需要进行 1～2 层的打底焊接。

2．母材的清理

CO_2 电弧焊除去母材表面油、漆、水分、赤锈的方法有：（1）气体火焰加热；（2）喷丸；（3）研磨；（4）钢丝刷；（5）有机溶剂脱脂等。

3．定位焊

定位焊是为了保证接头精度、防止错边及焊接缺陷而进行的焊接。CO_2 电弧焊与焊条电弧焊不同的是：随着焊接的进行，坡口在敞开的方向上产生变形，因此需要进行定位点固。

图5.44示出点固焊道一例。根据母材形状也可以采用双板或拘束夹紧板等。

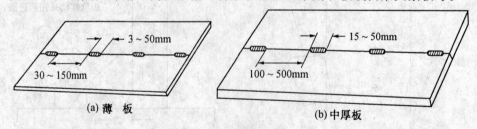

图5.44　长缝焊接中的点固焊

4．接头的坡口形状

表5.4示出 CO_2 电弧焊所采用的标准坡口形状。由于 CO_2 电弧焊能够得到较大的熔深，平焊在板厚12mm以内可以采用I型坡口对接，厚度12mm以上的焊件采用L型、V型、K型、X型坡口。

立焊时常常采用V型、X型、L型坡口，横焊时常常采用L型、K型坡口。

坡口角度大致在45°~60°范围。厚板焊接中如果坡口角度过小容易产生梨型焊缝，在焊缝中心区产生收缩裂纹。

表5.4　对接接头的标准坡口形状

坡口形状		板厚 /mm	焊接姿势	坡口角度 α /度		钝边间隙 G /mm		钝边量 R /mm
				有衬板	无衬板	有衬板	无衬板	
I		1.2~4.5	平焊	–	–	–	0~2	全板厚
		9以下	平焊	–	–	0~3	–	
		12以下	平焊	–	–	–	0~2	
L		60以下	平焊	25~50	45~60	4~7	0~2	有衬板：0~3 无衬板：0~5
			立焊	35~50	40~50	4~7	0~2	
V		60以下	平焊	35~60	45~60	0~6	0~2	
		50以下	立焊	35~60	45~60	3~7	0~2	
K		100以下	平焊、立焊	–	45~60	–	0~2	0~5
			横焊	–	45~60	–	0~3	
X		100以下	平焊	–	45~60	–	0~2	
			立焊	–	45~60	–	0~2	

5.7.3　焊接缺陷及其对策

焊接区的缺陷包括焊接裂纹、气孔、夹渣、熔合不良、咬边、焊瘤、熔透不良等构造上的

缺陷,焊接变形、形状不良等尺寸上的缺陷,机械及金属学性质上的缺陷几方面。图5.45
示出有代表性的焊接缺陷特征。

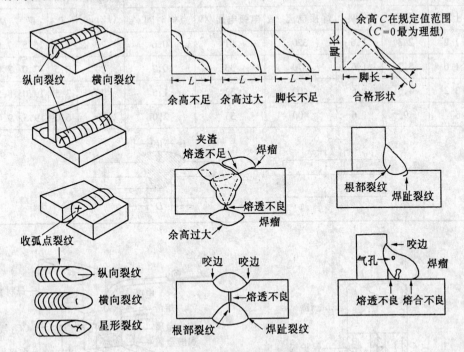

图5.45 常见的焊接缺陷特征

焊接缺陷的产生原因有如下几方面,比如对焊接准备没有给予重视,包括焊接材料的
选择不合适、坡口准备不合适、防风措施不充分等;对焊接设备的准备不充分,包括焊丝送
进不畅、保护气不良等;焊接条件选择的不合理以及操作人员的技能等。

5.8 特种CO_2电弧焊

5.8.1 CO_2电弧点焊

CO_2电弧点焊的原理如图5.46所示。在焊枪前端的喷嘴上设置有气体排泄孔,利用
该喷嘴对两块叠合在一起的被焊件从单面压紧,然后引燃电弧进行点焊。焊接条件如表
5.5所示。薄板情况可以直接进行点焊,当板厚超过4.5mm时,在上面的板上开一个孔,
进行"塞焊"。电弧点焊的要领是注意不要在上下板间留有间隙,以大电流短时间实现焊
接。近年来生产的某些焊机都有电弧点焊的定时功能。

表5.5 CO₂电弧点焊焊接条件

板厚 /mm		焊丝直径	焊接条件			CO₂气	焊点尺寸＊＊/mm		
上板	下板	/mm	焊接电流 /A	电弧电压 /V	点焊时间 /s	/(L/min)	P	W	D
1.2	2.3	1.6	320	31	0.6	20	1.5	15.5	7.0
1.6	3.2	1.6	370	33	0.7	20	2.5	17.0	7.0
3.2	4.5	1.6	400	32	1.5	20	3.5	19.0	8.5
6＊	9	1.6	400	35	2.0	20	6.0	19.5	9.0

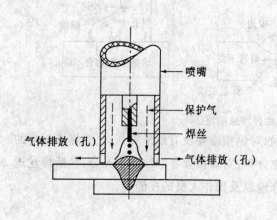 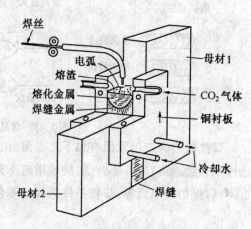

图5.46 CO₂电弧点焊原理　　　　图5.47 熔渣-气体保护电弧焊结构原理

5.8.2 熔渣-气体保护电弧焊

熔渣-气体保护电弧焊如图5.47所示。在水冷铜衬垫和母材所包围的区域里产生 CO_2 电弧进行立向焊接。这种焊接的特征是坡口加工简单（Ⅰ型对接、对缝间隔15～20mm），而且在立向姿态下生产率很高，多用于低碳钢及60公斤级以下的高强钢焊接中。

在许多场合使用药芯焊丝，由于焊丝中含有药剂，焊接中生成熔渣，所形成的焊缝外观良好。通过药芯可以方便地添加合金元素，并且可以采用交流电源进行焊接。焊接电流一般在450～650A，焊接速度因板厚情况而异，一般在5.5～1.5m/h。

在进行Ⅰ型对接缝的电渣－气体电弧焊接时，其焊接热输入高达70～300kJ/cm，对于高强钢会降低热影响区的抗弯曲韧性。

5.8.3 窄间隙焊接

窄间隙焊接是对厚板Ⅰ型对接坡口（坡口间隔10mm左右）进行多层焊接。其目的是提高焊接生产率，节约焊接材料，减少焊接热输入，得到高质量接头，并减少焊接变形。窄间隙焊接已被开发出许多种方法，图5.48示出其代表事例。这是采用二氧化碳与氧气的

· 162 ·

混合气进行保护,在坡口内放置焊条,用电弧把其熔化。此外,窄间隙焊也能够应用于全位置焊接,但都是用氩气和 CO_2 的混合气作为保护气。

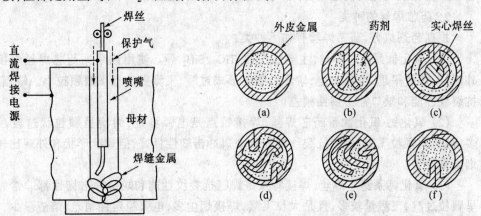

图 5.48　窄间隙焊接原理　　　　图 5.49　各种药芯焊丝截面形状

5.8.4　药芯焊丝 CO_2 电弧焊

药芯焊丝区别与通常采用的实心焊丝,是在金属外皮的内部包入焊接药剂制成的焊丝。可以见到的药芯焊丝断面有图 5.49 所示几种。焊丝外皮中包入的药剂成分主要是铁粉、TiO_2、SiO_2、BaF_2、Fe-Mn、Fe-Si、Al、Mg 等,在焊接中起到脱氧、稳弧、形成熔渣、添加合金、产生气体的作用。

1. 药芯焊丝焊接特点

使用药芯焊丝进行 CO_2 电弧焊,有如下几方面特点:

(1) 焊接飞溅大幅度减少　由于多量活性物质的存在,改变了 CO_2 电弧的性质,电弧形态有一定程度的扩展,同时焊丝金属外皮熔化过渡以细小颗粒进行,焊接飞溅大为降低。

(2) 保护效果好　药剂熔化后以熔渣和渣壳的形式覆盖在熔池表面和焊缝表面,形成对焊接区的气体、熔渣联合保护,抗气孔能力和抗侧向风能力都比单纯 CO_2 电弧焊强。

(3) 焊缝成形好　电弧形态上的变化使焊接熔池有了更为合适的横断面,焊缝熔深、熔宽比例适当;同时熔池和焊缝的表面有熔渣的覆盖,表面美观,覆盖在焊缝上的焊渣也容易剥离。

(4) 焊接规范区间得以拓展,有更为稳定的焊接过程。熔深浅一些,但抗裂纹性能良好。

(5) 可以降低金属外皮的含碳量,而通过药芯成分向熔池及焊缝中过渡合金成分,能够进行碳素钢、低合金钢、高强钢、低温用钢、不锈钢等材料的焊接。

(6) 与半自动 CO_2 电弧焊一样,可以进行全位置焊接。

药芯焊丝电弧焊有如下两点不足:

(1) 焊接时烟尘的产生量多。

(2) 由于是药芯焊丝,在对焊丝的保管、管理上应特别注意。

此外,焊丝外皮一般使用超低碳钢带,与实心焊丝相比,外皮薄且材质软,在较大的压力下易产生变形。送丝时,送丝导管中的阻尼也大于实心焊丝的情况,因此采用了对送丝轮和加压轮双轮驱动的送丝方式,即需要有专用送丝机。

2.药芯焊丝的种类

根据药剂成分,药芯焊丝有如下种类:

(1)氧化钛系药芯焊丝,主要成分是 TiO_2、SiO_2 等。使用该系列药芯焊丝焊接,焊缝外观好,焊缝平坦,电弧稳定,熔滴以喷射形式过渡,飞溅极少且飞溅颗粒小。缺点是焊缝抗裂纹性能和缺口冲击韧性稍差。

(2)氧化钙-氧化钛系药芯焊丝,焊接特点是电弧稳定,熔滴呈颗粒状过渡,飞溅稍多,也是小颗粒飞溅,焊缝抗裂纹性能和缺口冲击韧性良好,但焊缝形状和外观比较普通,烟尘量较多。

(3)氧化钙系药芯焊丝,焊接特点是焊缝抗裂纹性能和缺口冲击韧性都非常好,熔滴呈颗粒过渡,飞溅量较多,且是大粒飞溅,焊接烟尘多,电弧稳定性稍差,熔渣量少,以及焊缝成形较差。

(4)金属粉系药芯焊丝,焊接特点是电弧稳定性良好,熔滴呈喷射过渡,飞溅极少,也是小颗粒飞溅,焊缝抗裂纹性能和缺口冲击韧性良好,其他方面一般。

上述各类别药芯焊丝,在焊接操作性、焊缝抗裂纹性能和缺口冲击韧性等方面都优于实心焊丝,只是烟尘量多于使用实心焊丝。金属粉系药芯焊丝产生的熔渣少,熔渣保护作用与实心焊丝相近。在相同电流下,以金属粉系药芯焊丝达到的焊接速度最大,其次是氧化钛系药芯焊丝和氧化钙-氧化钛系药芯焊丝。

3.药芯焊丝焊接条件

直径 $\phi 1.2 \sim \phi 2.4 mm$ 的药芯焊丝一般采用直流焊接;直径 $\phi 2.4 \sim \phi 3.2 mm$ 的药芯焊丝既可以采用直流,也可以采用交流焊接。与实心焊丝相比,焊缝熔深浅、焊缝美观为其特征,在半自动焊、横向自动焊以及电渣-气体保护焊接中经常采用。表 5.6 示出各直径药芯焊丝的使用电流范围及与实心焊丝的比较。

表 5.6　焊丝直径与焊接电流范围

焊丝种类		焊丝直径 /mm	最佳焊接电流范围 /A	可使用焊接电流范围 /A
实心焊丝		0.6	40 ~ 90	30 ~ 180
		0.8	50 ~ 120	40 ~ 200
		0.9	60 ~ 150	50 ~ 250
		1.0	70 ~ 180	60 ~ 300
		1.2	80 ~ 350	70 ~ 400
		1.6	300 ~ 500	150 ~ 600
药芯焊丝	细径焊丝	1.2	80 ~ 300	70 ~ 350
		1.6	200 ~ 450	150 ~ 500
	粗径焊丝	2.4	150 ~ 350	120 ~ 400
		3.2	200 ~ 500	150 ~ 600

第6章 熔化极氩弧焊

6.1 熔化极氩弧焊方法

6.1.1 熔化极氩弧焊原理与特点

1. 熔化极氩弧焊原理

如图 6.1 所示,熔化极氩弧焊在焊接原理上与 CO_2 电弧焊相近,也是采用熔化极焊丝作为电弧的一极,从焊枪喷嘴中流出的气体对焊接区及电弧进行保护,焊丝熔化金属从焊丝端部脱落过渡到熔池,与母材熔化金属共同形成焊缝。

熔化极氩弧焊与 CO_2 电弧焊的差别主要表现在焊接采用惰性气体进行保护,其中以使用氩气的情况居多,也可以采用氩气与氦气的混合气进行保护,因此称之为 MIG(Metal Inter Gas Arc Welding)焊接。

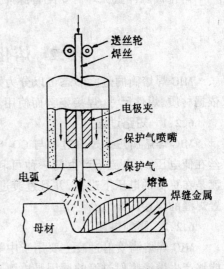

图 6.1 熔化极氩弧焊原理

2. 熔化极氩弧焊特点

与其它焊接方法相比,熔化极氩弧焊具有如下几方面特点:

(1)与焊条电弧焊、CO_2 电弧焊、埋弧焊相比,熔化极氩弧焊可以焊接几乎所有的金属。既可以焊接碳钢、合金钢、不锈钢,还可以焊接铝及铝合金、铜及铜合金、钛合金等容易被氧化的非铁金属。这一点与 TIG 焊、等离子弧焊一致。

(2)与 TIG 焊相比,由于采用熔化极方式进行焊接,焊丝和电弧的电流密度大,焊丝熔化速度快,对母材的熔敷效率高,母材熔深和焊接变形都好于 TIG 焊,焊接生产率高。

(3)与 CO_2 电弧焊相比,熔化极氩弧焊电弧状态稳定,熔滴过渡平稳,几乎不产生飞溅,熔透也较深。

(4)熔化极氩弧焊直流反接焊接铝及铝合金,对母材表面的氧化膜有良好的阴极雾化清理作用。

(5)由于惰性气体本质上不与熔化金属产生冶金反应,如果保护条件稳妥,可以防止周围空气的混入,避免氧化和氮化。因此,在电极焊丝中不需要加入特殊的脱氧剂,使用与母材同等成分的焊丝即可进行焊接。

熔化极氩弧焊也有如下几点不足:

(1)由于使用氩气保护,焊接成本比 CO_2 电弧焊高,焊接生产率也低于 CO_2 电弧焊。

（2）焊接准备工作要求严格，包括对焊接材料的清理和焊接区的清理等。

（3）厚板焊接中的封底焊焊缝成形不如 TIG 焊质量好。

6.1.2　熔化极氩弧焊设备

熔化极氩弧焊所使用的焊接设备与 CO_2 电弧焊是相通的，只是需要使用氩气瓶供气。对铝及铝合金等有色金属的焊接，由于焊丝材质较软，对送丝机需要有特殊考虑。

采用细丝及中等直径焊丝进行焊接，配备等速送丝机构和平特性或缓降特性电源，依靠电弧自身调节作用保持电弧长度的稳定；对粗丝配备变速送丝机构和陡降特性电源，依靠电弧电压反馈稳定电弧长度，但使用的较少；对铝及铝合金的焊接，还可以采取等速送丝配备恒流特性电源的方式，依据电弧固有的自身调节稳定电弧长度。

熔化极脉冲氩弧焊需要配备脉冲焊接电源，具备脉冲参数的调节功能。

6.2　熔化极氩弧焊熔滴过渡

MIG 焊熔滴的过渡形态可以分为短路过渡、喷射过渡、亚射流过渡、脉冲过渡等，分别依据材质、焊件尺寸、焊接姿势而使用。

6.2.1　短路过渡

MIG 焊熔滴短路过渡过程与 CO_2 电弧焊熔滴短路过渡是相同的，也是使用较细的焊丝在低电压、小电流下产生的一种可利用的熔滴过渡方式，区别在于 MIG 焊熔滴短路过渡是在更低的电压下进行，并且过渡过程稳定，飞溅少，适合进行薄板高速焊接或空间位置焊缝的焊接。

6.2.2　喷射过渡

MIG 焊熔滴喷射过渡主要用于中等厚度和大厚度板水平对接和水平角接。MIG 电弧能够产生熔滴喷射过渡的原因是电弧形态比较扩展。图 6.2 示出 CO_2 电弧与 MIG 电弧在

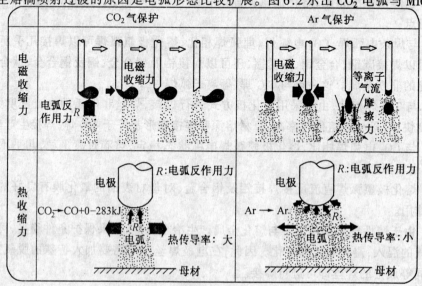

图 6.2　保护气对电弧形态的影响

电弧形态及电弧作用力方面的差别。

在 CO_2 电弧下,CO_2 气体分解对电弧有很大的冷却作用,使得电弧形态收缩并处于熔滴下部,熔滴过渡受到排斥。在 MIG 电弧下,氩气是单原子气体,没有分解问题,而且热传导率较小,对电弧的冷却作用小,因此电弧电场强度低,形态上容易扩展,能够较大范围包涵焊丝端头,熔滴过渡比较容易。

MIG 焊接一般采用焊丝为阳极的接法,而把焊丝接负或采用交流的较少。其原因有两项,一是要充分利用电弧对母材的清理作用,另一原因是为了使熔滴细化,并且能形成平稳过渡,在这一方面,采用焊丝接正是不可缺少的条件。

MIG 焊接如果把焊丝接为负极,阴极斑点因清理作用而要上爬到焊丝的固体区(图 6.3(a)),电弧以包围熔滴的形态出现,电磁力对熔滴过渡完全不起作用,即使在大电流下,熔滴过渡也主要因重力作用而进行,形成大颗粒的粗滴过渡,电弧不稳定,焊缝也不整齐,因此不具备实用性。

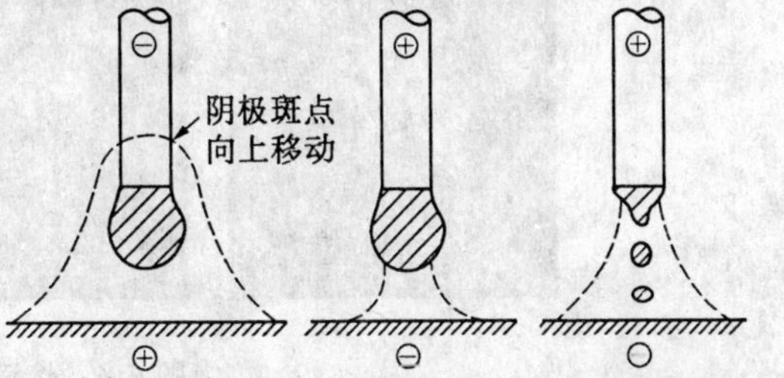

当把焊丝接为阳极后,如图 6.3(b)所示,电弧的阳极区形成在熔滴前端底部,

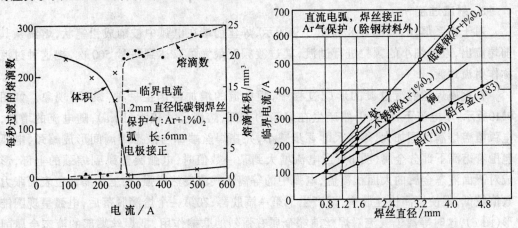

图 6.3　焊丝极性及电流值对电弧行为的影响

电弧弧柱呈圆锥形。在小电流时,由于电磁拘束力小,熔滴主要受重力的作用而产生过渡,其颗粒较大。增大电流后,如图 6.3(c)所示,电极前端被削成尖状,熔滴得以细颗粒化,这时的熔滴过渡形态称作"喷射过渡"。实现细颗粒喷射过渡的下限电流值称作临界电流(critical current)。喷射过渡中熔滴过渡平稳,电弧稳定,能够得到均匀的焊缝。

图 6.4 示出钢焊丝 MIG 焊电流值与熔滴过渡频度及熔滴体积之间的关系。当电流超过临界电流值后,过渡频度剧增,熔滴体积急剧减小。熔滴产生喷射过渡是电磁力超过了表面张力的作用所引发的现象,其临界电流值因焊丝材质、焊丝直径、保护气等有着显著的差异。图 6.5 示出各种焊丝的临界电流值。

图 6.4　电流与熔滴过渡频度及熔滴尺寸的关系　　　图 6.5　不同材料焊丝的临界电流

熔滴以小于焊丝直径的尺寸进行的过渡统称为喷射过渡。然而通过对过渡形态的细致观察，发现因焊丝材质的不同其熔滴过渡形态仍有差异，由此把 MIG 焊熔滴喷射过渡分为射滴过渡和射流过渡两种。

1. 射滴过渡

图 6.6 所示为电导率及热导率较大的铝和铜焊丝的熔滴过渡情况，其熔滴尺寸接近于焊丝直径，过渡频度在每秒 100～200 次左右，每一滴都呈现规则过渡，把这种过渡称作射滴过渡。实现熔滴从粗滴过渡到射滴过渡转变的临界电流称作射滴过渡临界电流。

图 6.6　熔滴射滴过渡

射滴过渡时电弧形态呈钟罩形，如图 6.7 所示。由于弧根面积大并包围熔滴，熔滴内部的电流线发散，作用在熔滴上的电磁收缩力 F_c 成为过渡的推动力。斑点压力 $F_{斑}$ 作用在熔滴表面各个部位，阻碍熔滴过渡的作用降低，这时阻碍熔滴过渡的力主要是焊丝对熔滴的表面张力。

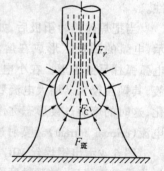

钢质焊丝 MIG 焊射滴过渡规范区间很窄，在形成射滴后马上转变为射流，因此也认为钢质焊丝恒定直流 MIG 焊没有射滴过渡。

MIG 焊射滴过渡主要是低熔点材料所表现出的熔滴过渡形式，但在脉冲 MIG 焊中通过脉冲参数控制，即使是钢质焊丝也会出现射滴过渡，实际上射滴过渡是脉冲 MIG/MAG 焊所力求实现的过渡形式。

图 6.7　熔滴与电弧形态

2. 射流过渡

对于钢系焊丝，如图 6.8 和图 6.9 所示，焊丝前端在电弧中被削成铅笔状，熔滴从其前端流出，以很细小的颗粒进行过渡，其过渡频度最大可以达到每秒 500 次，把这种过渡称作射流过渡。

在钢质焊丝射流过渡的形成过程中，随电流的增加会产生一种"跳弧"现象。如图 6.10所示，小电流下，电弧仍然产生在熔滴的下部，熔滴尺寸较大（图 a）；随电流的增加，电弧覆盖熔滴范围加大，熔滴尺寸逐步减小，并在焊丝端部与液态熔滴间形成缩颈，电弧包围着熔滴下部分金属（图 b）；当电流增大到某一数值时，电弧突然跳到缩颈的上部，形成对下面液态金属的大面积覆盖，电弧中的等离子气流突然增强，加上颈缩部位表面张力数值较低，促使熔滴快速脱离，即产生了第一滴脱落；在第一个熔滴脱落后，电弧呈现圆锥形（图 c），这时等离子气流对焊丝前端金属有强烈的摩擦作用，把焊丝端部的液态金属削成铅笔形，细小的熔滴从尖端一个接一个地向熔池过渡（图 d）。

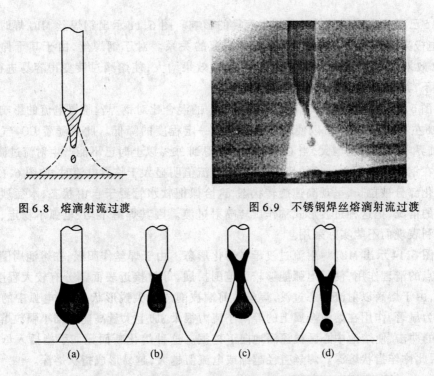

图 6.8　熔滴射流过渡　　　　图 6.9　不锈钢焊丝熔滴射流过渡

(a)　　　　　(b)　　　　　(c)　　　　　(d)

图 6.10　熔滴射流过渡中电弧形态的变化过程

电弧产生跳弧时的电流被称为射流过渡的临界电流。从图 6.4 和图 6.5 中可以看到不同直径低碳钢焊丝和不锈钢焊丝的射流过渡临界电流值,亦看出熔滴尺寸的迅速减小和过渡频度的急剧增加。

在射流过渡发生时,从对电弧的观察还可以看到,电弧中心有一条流束型黑线,是由速度很高的细滴组成的熔滴流,在熔滴流周围是圆锥状的烁亮区,内部有大量的金属蒸气。

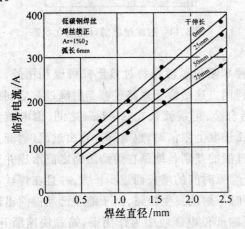
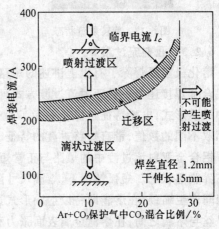

图 6.11　焊丝干伸长对喷射过渡临界电流的影响　　图 6.12　混合气成分比对喷射过渡临界电流的影响

射流过渡临界电流值与焊丝材料、焊丝直径、焊丝干伸长、保护气成分有直接联系。

图 6.5 已经显示了焊丝材料和焊丝直径的影响。图 6.11 示出钢焊丝 MIG 焊时焊丝干伸长(电极夹到焊丝前端的距离)与临界电流的关系。对于钢焊丝,由于其干伸区电阻热(I^2R 效应)较大,当干伸长度增加后其预热效果增大,使熔滴过渡变得容易进行,在同一直径下,其临界电流有很大程度的降低。

图 6.12 示出混合气体焊接中 Ar 与 CO_2 的混合比对钢焊丝临界电流的影响。通过加入 5% 左右的 CO_2 气,可以使临界电流值有一定程度的降低。此后随着 CO_2 气含量的增加,临界电流值急剧增大,当 CO_2 气的含量得到 30% 以上时已不能产生射流过渡。

在钢系焊丝干伸较长的情况下,或者电流值明显大于临界电流时,如图 6.13 所示,焊丝熔化部分被拉长,呈现高速旋转状态,这恰似把软水管置于自由状态,水猛烈喷出时所发生的情况,把这种过渡形式称作旋转喷射过渡。因其焊缝不均、电弧不稳定、飞溅量大等不利表现而不能实际采用。

图 6.14 示出 MIG 焊射流过渡母材熔化形态。由于焊丝作阳极,在熔池周围因电弧阴极斑点的清理作用,使得电弧能够较大范围扩展,母材接近表面部分有较大程度的熔化。但是,由于熔滴以射流形态过渡,焊丝的前端被削成很尖锐形状,这时电弧中的等离子气流极为显著,作用在熔池金属上的等离子流力很大,加上大量高速的细小颗粒熔滴对熔池金属的冲击,使熔池中心区被深深地向下挖掘。这种熔化断面宛如手指插入母材所形成的,因此称作指状熔深。焊丝直径越细或电流值越大,越易形成指状熔深。

 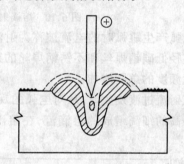

图 6.13　旋转射流状态　　　　　　　图 6.14　射流过渡的母材熔化状态

6.2.3　亚射流过渡

熔化极氩弧焊除了有以上讲述的短路过渡和喷射过渡两种过渡形式可以利用外,对于铝合金焊接还有一种亚射流过渡方式可以利用。这是介于短路过渡与射滴过渡之间的一种过渡形式,电弧特征是弧长较短。对于铝合金,可视弧长在 2～8mm 之间,因电流大小而取不同的数值,带有短路过渡的特征,当弧长取上限值时,也有部分自由过渡(射滴)。

铝合金亚射流过渡中的短路与正常短路过渡的差别是缩颈在熔滴短路之前形成并达到临界脱落状态。短弧情况下,熔滴尺寸随着燃弧时间的增长而逐步长大,并且在焊丝与熔滴间产生缩颈,在熔滴即将以射滴形式过渡时与熔池发生短路,由于缩颈已经提前出现在焊丝与熔滴之间,在熔池金属表面张力和颈缩部位电磁收缩力作用下,缩颈快速断开,熔滴过渡到熔池中并重新引燃电弧。因此,熔滴过渡平稳,基本没有飞溅发生。

6.2.4　电弧固有的自身调节作用

铝合金 MIG 焊电弧电压 U_a 与电弧长度 L_a 之间的关系如图 6.15 中所示。图中的电弧长度是焊丝前端与母材间的最短距离 L_a，称作"可视弧长"，而不是从焊丝前端到母材上阴极斑点位置的真正电弧长度 L_s。从图中看到，铝合金 MIG 焊当弧长 L_a 处于不同数值时，U_a 和 L_a 之间呈不同斜率的线性关系，并且随保护气种类的不同其变化斜率也不同。氩气保护时，在图中所示焊丝直径和焊接电流条件下，当弧长 L_a 小于 4mm 以后，电弧电压 U_a 随弧长 L_a 的降低而急剧减小；当弧长 L_a 大于 10mm 以后，随弧长 L_a 的增加，电弧电压 U_a 也有一定的增长斜率；而当弧长 L_a 处于中间区域时（$L_a = 4 \sim 10$mm）时，U_a 随 L_a 的变化量减小，该区域正是亚射流过渡所处区域，并且在焊丝的熔化特性上有特殊点。

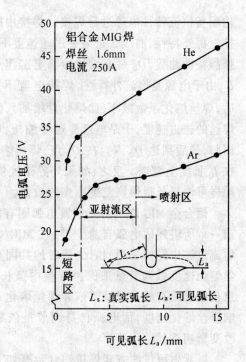

图 6.15　MIG 焊电弧电压与弧长的关系

图 6.16 示出纯氩气保护铝合金 MIG 焊中，干伸长一定，通过改变焊丝前端与母材表面的距离测量到的焊丝熔化电流-电压特性，实际上也就是焊丝的等熔化速度曲线。图中的各条曲线分别代表不同的送丝速度，曲线上的数字表示相应点处的可见弧长。

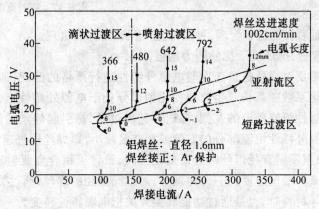

图 6.16　铝焊丝熔化特性与熔滴过渡形态间的关系

从图 6.16 中曲线看到，送丝速度一定，当可见弧长达到 8mm 以下时，各条曲线共同向左下方弯曲，并形成一个区域，该区域也就是上面所说的亚射流过渡区。在亚射流过渡区中，焊丝比熔化量增大，这是由于可见弧长缩短后，熔滴的温度降低，使得焊丝熔化不再需要很多的热量。这种现象只在高纯度惰性气体保护 MIG 焊中才能看到，特别是大电流下更为显著。在焊枪高度发生变动或出现其它干扰时，焊丝比熔化量随可见弧长的减小而增大的特性使电弧自身具有保持弧长稳定的能力，把这种特性称之为电弧固有的自身调节特性。

由于铝合金 MIG 焊亚射流过渡区存在上述焊丝熔化特点，使得可以采用等速送丝机构配备恒流特性电源进行焊接。焊接中的弧长自动调节过程如图 6.17 所示:曲线 1 是焊接电源外特性,曲线 2 是某一送丝速度下的等熔化速度曲线,l_0 代表初始稳定弧长下的电弧静特性曲线,Q_0 是电弧初始稳定工作点。现在出现某种干扰使电弧长度从 l_0 增加到 l_1,由于电源是恒流外特性,焊接电流不变,电弧工作点从 Q_0 改变到 Q_1,但是电弧变长后,焊丝熔化系数减小(比熔化量增加),使得焊丝熔化速度减小,焊丝熔化速度开始小于焊丝的送进速度,于是电弧要逐步缩短,电弧工作点从 Q_1 点沿电源外特性曲线向 Q_0 点回归,最后到达 Q_0 点。在 Q_0 点,焊丝熔化速度重新与焊丝的送进速度平衡,电弧又稳定在 l_0 长度上燃烧。反之,如果外界干扰使电弧长度从 l_0 改变到 l_2,通过上面的调节作用,同样可使弧长很快恢复到原先的数值。

铝合金 MIG 焊亚射流过渡电弧固有的自身调节与前一章所讲述的电弧自身调节(在 MIG 焊射滴过渡和射流过渡中同样采用)相比,两者的共同点都是利用焊丝熔化速度做调节量来保持焊接中弧长的稳定,不同点是电弧固有的自身调节依靠焊丝熔化系数的改变影响焊丝熔化速度,而电弧自身调节是依靠焊接电流的改变影响焊丝熔化速度。

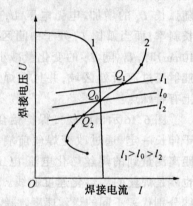

图 6.17 亚射流电弧固遥自身调节

以亚射流过渡方式焊接铝合金有如下优点:

(1) 由于采用了恒流特性电源进行焊接,焊接过程中弧长发生变化时,焊接电流值不会随之改变,因此焊缝熔深均匀,表面成形良好。

(2) 焊缝断面形状更趋于合理,可以避免“指状”熔深的出现。

(3) 电弧长度短,抗环境干扰的能力增强。

亚射流过渡需要对焊丝送进速度与电源外特性进行严格的匹配,即是需要使等熔化速度曲线出现熔化系数随弧长产生急速变化的部分处于电源外特性上,如果等熔化速度曲线处于电源外特性恒流部分的左侧,即送丝速度过慢,易引起焊丝的回烧;如果等熔化速度曲线处于电源外特性恒流部分的右侧或相交区段小,即焊丝送进速度过快,易造成固体短路。因此,根据不同直径焊丝的合适规范区间,设计了铝合金亚射流 MIG 焊焊机,并实现了对焊接电流和送丝速度的一元化调节,对不同直径的焊丝,通过旋钮选择规范。当需要焊接不锈钢等材料时,也是通过功能转换开关把电源特性转变为平特性输出,即可以进行普通的 MIG 焊接。

需要说明的是,电弧固有的自身调节只有在铝合金焊接中才能够发挥出作用。对于钢质焊丝,其熔化特性曲线在大电流下也会不同程度地表现出熔化系数随弧长变化的特征,但变化程度较低,所以一般不能用电弧固有的自身调节作用稳定焊接弧长。

6.3 熔化极脉冲氩弧焊

通常情况下的 MIG 焊多是以熔滴喷射过渡为主要焊接形式,焊接电流必须大于喷射过渡临界电流值,才能实现稳定的焊接。如果焊接电流小于喷射过渡临界电流,只能出现大滴过渡或短路过渡。大滴过渡的过程稳定性差,不能进行仰焊、立焊等空间位置焊缝的焊接,而短路过渡也有规范区间窄等问题,应用的较少。为了对薄板、空间位置焊缝及热敏感性材料进行有效的焊接,发展了熔化极脉冲氩弧焊,简称"脉冲 MIG 焊",利用周期性变化的脉冲电流进行焊接,其主要目的是控制熔滴过渡和焊接热输入。

6.3.1　脉冲 MIG 焊的熔滴过渡

图 6.18 示出脉冲 MIG 焊电流波形及熔滴过渡形态。在电流波形中,I_b 为基值电流,I_P 为周期性叠加的脉冲电流峰值。由于基值电流 I_b 小于临界电流,I_b 期间只产生焊丝前端的加热熔化,而不产生熔滴的脱落(图中的③④)。但脉冲电流 I_P 大于临界电流,在脉冲电流期间(T_P:脉冲宽度),电磁拘束力增大,按照图中①②顺序使熔滴产生强制过渡。

事实上焊接平均电流低于喷射过渡临界电流,在较小的焊接电流(平均电流)下即可实现熔滴喷射过渡。

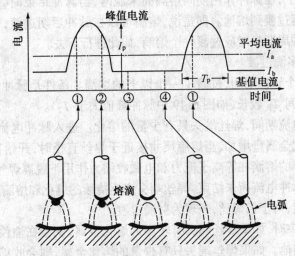

图 6.18　脉冲 MIG 焊电流波形及熔滴过渡形态(例)

根据脉冲电流各参数数值的不同,熔滴过渡将产生如下三种过渡形式:

(1) 多个脉冲一滴过渡

该现象是经过了多个脉冲的作用才过渡了一个熔滴。条件是脉冲峰值电流 I_P 或者脉冲持续时间 T_P 很小(如图 6.19 中脉冲截止于 T_1),其中 I_P 值有可能低于喷射过渡临界电流值。

在第一个脉冲作用期间,焊丝熔化量很小,需要经过第二个脉冲或更多的脉冲,焊丝端头才能熔化积累到能够脱落的熔滴尺寸。通常熔滴尺寸大于焊丝直径,重力对它的脱落起较大的作用。由于 I_P 小,等离子流力和电磁力对熔滴的推动作用不够。

(2) 一个脉冲一滴过渡

该现象是在一个脉冲期间只过渡了一个熔滴。条件是脉冲峰值电流 I_P 或者脉冲持续时间 T_P 大于上一种情况(如图 6.19 中脉冲达到 T_2)。

在脉冲电流期间产生第一个熔滴过渡以后,脉冲电流马上结束,随后等待下一个脉冲

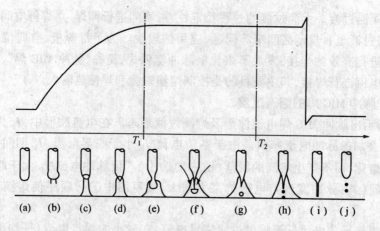

图 6.19　脉冲焊熔滴过渡

的到来。有的情况下,在脉冲作用期间熔滴尚未脱落,当脉冲结束时,受自身重力和惯性力的作用,熔滴脱落过渡到熔池。即是说,熔滴可以在脉冲后期过渡,也可以在脉冲下降沿过渡,但每个脉冲周期只对应过渡一个熔滴,如此进行下去。

（3）一个脉冲多滴过渡

该现象是在一个脉冲期间,过渡了一个以上的熔滴。条件是脉冲峰值电流 I_P 较大,或者是脉冲持续时间 T_P 较长(如图 6.19 中脉冲峰值大于 T_2)。

首先,在基值电流期间,焊丝端头只有少量的熔化。进入脉冲电流后,焊丝熔化速度提高,焊丝端头熔化金属量增加,当熔滴尺寸接近于焊丝直径时,开始在焊丝与熔滴之间形成缩颈,缩颈下部的熔滴在等离子流力和电磁收缩力作用下脱离焊丝端头,向熔池过渡一滴。随后,由于脉冲电流尚未结束,焊丝端头产生持续的熔化和熔滴过渡。对于钢质焊丝,表现为射流过渡;对于铝焊丝,表现为射滴过渡。

在脉冲电流结束时,如果焊丝端头有较多的熔化金属,就会在惯性力的作用下,脱离焊丝,最后过渡到熔池。如果焊丝端头只有少量的熔化金属,则会收缩成半球状,然后在基值电流期间基本维持这个状态,直到下一个脉冲到来。

6.3.2　脉冲 MIG 焊参数选择

在实际焊接中,脉冲 MIG 焊希望达到一个脉冲过渡一滴或几滴(2～3 滴)。这样便于实现稳定的焊接,能够控制过渡金属量和焊缝成形。

对图 6.20 所示意的脉冲电流波形,主要参数有:基值电流 I_b,脉冲电流 I_P,脉冲宽度 T_P,基值时间 T_b。波形中的其它参数有:平均电流 I_a,脉冲频率 f,脉宽比 K 等。

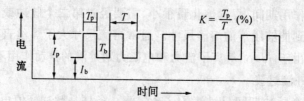

图 6.20　脉冲 MIG 焊焊接电流波形

正确选择上述参数,不仅可以实现稳定的熔滴过渡,而且可以控制焊接热输入及控制焊缝成形。

对于熔滴过渡,在平均电流值一定的情况下,有图 6.21 所示意的三种规范区间,其中"一脉一滴"区间随脉冲宽度的增加而逐渐缩小。要获得一个脉冲过渡一滴或几滴(2、3滴)的状态,需要把规范选择在"一脉一滴"或稍高些的区间范围内。

脉冲各参数的作用与影响如下:

(1) 基值电流 I_b 和基值时间 T_b:维持电弧稳定燃烧,同时对预热焊丝和母材提高一定的能量,使焊丝端头有少量的熔化。此外也是调节平均电流和焊接热输入的重要参数。但是基值参数不宜过大,否则脉冲焊特点就不明显,甚至在基值期间就出现熔滴过渡,将使过渡过程紊乱。

(2) 脉冲电流 I_p 和脉冲宽度 T_p:是决定脉冲能量的重要因素。为使熔滴呈喷射过渡,脉冲电流值必须大于临界脉冲电流值,脉冲宽度必须使脉冲电流处于临界脉冲电流之上,并避免"一脉多滴"情况的出现。

正常情况下,采用脉冲 MIG 焊的主要目的控制熔滴过渡(脉冲 TIG 焊的主要目的控制焊缝成形),然而通过叠加脉冲,可以使电弧力增加而增大熔深。图 6.22 示出平均电流一定,改变脉冲电流值时母材熔深及熔化截面积的变化情况。从图中看到,脉冲电流增加后,母材熔深显著增加,而由于平均电流一定,母材熔化断面积几乎不变。因此可以通过调节脉冲电流来获得所需要的熔深。

(3) 平均电流 I_a:脉冲 MIG 焊的一个主

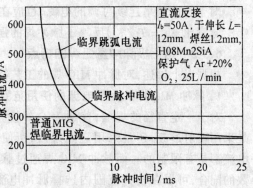

图 6.21 脉冲 MIG 焊熔滴过渡规范区间

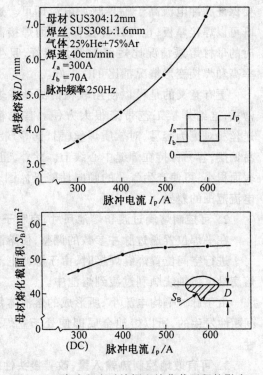

图 6.22 脉冲电流对熔深和熔化截面积的影响

要特征就是在平均电流低于临界电流下可以实现熔滴喷射过渡。而平均电流是决定对母材热输入量的重要指标,应根据焊件厚度、焊缝空间位置、焊接材质等进行选取。

(4) 脉冲频率 f 和脉宽比 K:普通的脉冲 MIG 焊电源是通过可控硅整流控制获得脉冲电流,脉冲频率等于电源频率(50/60Hz)或倍频数值(100/120Hz)。然而即使是这样的电源,对于铝、铜、不锈钢等几乎所有的材料都可以较好地实现熔滴喷射过渡。

在等速送丝情况下,一般希望熔滴过渡以 30 ~ 100 滴/秒比较合适,过渡频率过高需要有很高的脉冲电流配合,工艺上没有必要;过渡频率过低,由于规范区间窄,熔滴过渡的规律性受影响。一般典型的选择:50Hz 用于焊钢,100Hz 用于焊铝。

对于脉冲频率连续可调的电源,也应在上述规范附近选择焊接参数。

脉宽比 $K(=T_p/T_b)$ 反映了脉冲焊的强弱,一般在 50% 附近选取。

6.3.3 熔化极脉冲氩弧焊的特点

根据以上讲述,对脉冲 MIG 焊的工艺特点可归纳出如下几项:

1. 脉冲 MIG 焊扩大了电流的使用范围

对于一定直径的焊丝,普通 MIG 焊接,无论是采用喷射过渡,还是采用短路过渡,所使用的电流都是有限制的。而脉冲 MIG 焊通过脉冲参数的配合,可以在较大范围内选择脉冲电流,同时可以在较小的电流(平均电流小于连续电流焊接时的临界电流)下实现稳定的喷射过渡,只要保证脉冲电流高于临界脉冲电流即可。这样既可以焊接厚板,也可以焊接薄板,而焊接薄板时的母材熔透情况比短路过渡焊接好,且生产率高和焊接变形情况都比 TIG 焊好。

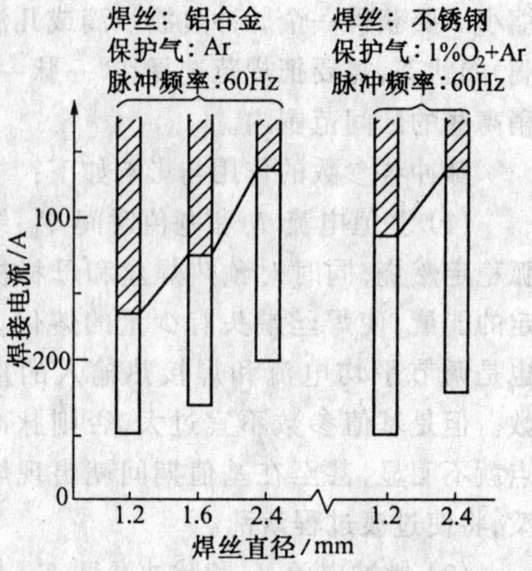

更有意义的是可以使用较粗的焊丝来焊接薄板,这给焊接工艺带来很大方便。首先粗丝送丝相对更为容易,对软质焊丝(铝、铜等)最为有利。其次,粗丝的挺直性好,焊丝指向不易偏摆,容易保持在焊缝中心线上。此外,粗丝的售价比细丝低,可降低焊接成本,并且比表面积小,可使产生气孔的倾向性降低。图 6.23 示出脉冲 MIG 焊与普通 MIG 焊可使用电流范围的差异。

图 6.23 MIG 焊焊丝直径与使用电流范围

2. 可控制熔滴过渡和熔池尺寸,有利于全位置焊接

在平焊位置通过脉冲参数的调整,使熔滴过渡按照所希望的方式进行。

进行空间位置焊缝焊接时,由于脉冲电流大,使熔滴过渡具有更强的方向性,有利于熔滴沿电弧轴线顺利过渡到熔池中。

由于脉冲平均电流小,所形成的熔池体积也会小一些,再加上脉冲加热和熔滴过渡是间断性发生的,所以熔池金属即使处于立焊位置也不至于流淌,保持了熔池状态的稳定性。

3. 可有效地控制热输入量,改善接头性能

对于热敏感性较大的材料,通过平均电流调节对母材的热输入或焊接线能量,使焊缝金属和热影响区的过热现象降低,从而使接头具有良好的品质,裂纹倾向性降低。此外,脉冲作用方式可以防止熔池出现单向性结晶,也能够提高焊缝性能。

6.3.4 脉冲 GMA 焊接熔滴过渡控制

在 MIG/MAG 焊熔滴过渡中,射滴过渡被公认为最佳的过渡形式,可以获得好的焊缝成形。在直流焊接中钢焊丝的射滴过渡区间非常窄,难以达到稳定的射滴过渡。在脉冲焊中,采取的方法是针对成分和各种直径的焊丝严格设定脉冲参数的匹配,但在干扰因素出现时,也避免不了出现大滴过渡或射流过渡,同时也只有数字化控制的电源才能达到好的效果。

通过大量的实验研究,人们掌握了下面的规律:不同焊丝的直径,在提高电流达到射流过渡临界电流后,并不是直接产生射流过渡,而是先出现一个或几个射滴过渡,随后由射滴过渡转变为射流过渡。因此,如果能找到一种实时检测熔滴过渡的方法,当检测到第一个熔滴过渡后,控制电流迅速降低,取消了继续向射流过渡的条件,也就不会再发生其它形式的熔滴过渡,使电弧在低电流下燃烧一定时间后,再控制电流上升到临界电流以上,创造下一次射滴过渡的条件,如此周而复始,即可得到稳定的射滴过渡。

能否实现这样的控制,关键是能否找到既简便而又准确的实时检测熔滴过渡的手段。在经过长时间的探索研究之后,终于找到了能满足这种要求的熔滴过渡弧光传感技术。

弧光传感熔滴过渡采用了一个弧光传感器,安装在电弧的侧面检测电弧弧光强度的变化。研究发现:熔滴过渡过程中,弧光检测信号中出现一个特征变化,在第一个熔滴缩颈被拉断,熔滴脱落焊丝端头的瞬时,弧光检测信号出现突然的降低,如图6.24所示。其原因是由于原来笼罩在熔滴下部断面的弧跟(电弧的阳极区)突然自动上跳至焊丝端头缩颈破断处,这一跳跃引起弧光辐射强度的跃变。

弧光信号的这一下凹现象准确显示了第一个熔滴的脱离与过渡过程,可以作为熔滴过渡的特征信号。这个特征信号的信噪比很高、稳定可靠,非常适合用来进行熔滴过渡的控制。

弧光传感器可以做成 $\phi 15 \times 50mm$ 的尺寸,体积较小、结构简单,对安装位置没有很严格的要求,也可固定在焊枪上,在生产现场使用非常方便。

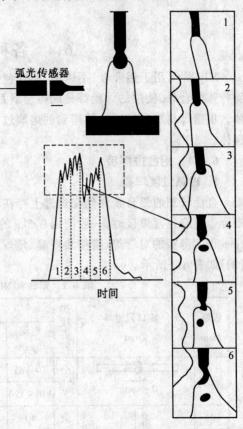

图 6.24　弧光传感熔滴过渡检测

采用弧光传感器实现稳定射滴过渡闭环控制的过程如下:预先设置脉冲电流值在射流过渡临界电流以上,脉冲电流加热并熔化焊丝,此时弧光强度信号数值较高,当焊丝端头积聚较多液态金属形成熔滴,随后形成缩颈并被拉断时,弧光强度信号陡降,根据实验结果,设置一个合适的弧光强度信号下降阈值(取脉冲电流期间弧光信号平均值的15%,可很好满足控制要求),当弧光强度下降至大于或等于此阈值时,控制系统向焊接电源发出一个控制脉冲信号,使电弧电流迅速由脉冲电流降至维弧电流(一般在50A),没有了由射滴过渡转变为射流过渡的条件,故在产生第一次射滴过渡之后,不会再继续产生熔滴过渡。脉冲电流的作用时间由第一个射滴过渡产生颈缩引起的光强下降大于阈值的时刻所决定。脉冲电流降到维弧电流后,延迟一定时间再升高到脉冲电流值,重复下一次射滴过渡及控制过程。

　　通过上面的控制可获得一个脉冲过渡一个熔滴的受控稳定射滴过渡过程。即便受外来因素干涉,弧长在 3~12mm 范围内突然变化,稳定的一脉一滴的射滴过渡也不会遭到破坏。熔滴过渡频率最高可达 130Hz。这种控制方法除了用来获得常规焊接方法不能自然产生的稳定射滴过渡外,还可以在不破坏熔滴过渡稳定性的条件下,对熔滴过渡频率、焊接热输入等实现较宽范围的调节。

6.4　各种金属的焊接

　　MIG 焊可用于铝合金、不锈钢、低合金钢、钛合金、镁合金、镍合金等各种金属的焊接。除特殊场合外,使用的焊丝都是同等金属系的焊丝。保护气主要采用氩气、氦气等惰性气体。根据母材材质及所希望得到的熔滴过渡状态,也可以以惰性气为主体加入部分其他气体。

6.4.1　铝合金焊接

1. 短路过渡焊接

　　直径较细的铝合金焊丝在送进上存在困难。采用直径 0.8mm 和 1.0mm 的焊丝进行铝合金短路过渡焊接时,一般使用 0.5kg 的小型焊丝盘以及特殊的送丝焊枪。对板厚 1~2mm 程度薄板的对缝焊、搭接角焊缝、角焊缝、端部接头的全姿势焊接所采用的焊接条件(例)如表 6.1 所示。

表 6.1　铝合金 MIG 焊短路过渡焊接条件

板厚 /mm	坡口尺寸 /mm	焊接姿势	焊接条件			焊丝		氩气流量 /(L/min)
			电流 /A	电压 /V	焊接速度 /(cm/min)	直径 /mm	送丝速度 /(m/min)	
2	0~0.5mm	全	70~85	14~15	40~60	0.8	–	15
		F	110~120	17~18	120~140	1.2	5.9~6.2	15~18
1	0~2mm	全	40	14~15	50	0.8	–	14
2		全	70	14~15	30~40	0.8	–	10
			80~90	17~18	80~90		9.5~10.5	14

2. 脉冲电弧焊接

　　图 6.25 示出铝合金焊丝的焊接电流范围与焊丝熔化速度的关系。普通直流焊接,当电流值处于临界电流(图中的 I_c)以下时不能形成喷射状熔滴过渡。而当采用脉冲电流焊接时,即使在临界电流以下的小电流区域(指平均电流)也能够实现稳定的熔滴过渡。其中对脉冲电流宽度、脉冲幅值、脉冲频率值要作适当的选择。

　　铝合金脉冲 MIG 焊不仅是扩大了焊接电流范围,而且使电弧稳定性提高,也易于实现立焊、上行焊等姿势焊接,对于提高焊接区质量、防止焊接区气孔亦有明显效果。表6.2 示出铝合金对缝及角缝的脉冲 MIG 焊标准焊接条件。

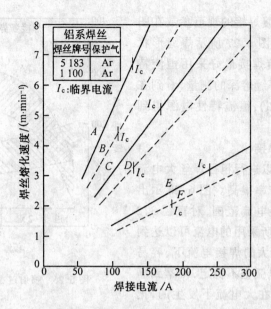

图 6.25　铝合金焊丝的焊接电流范围与焊丝熔化速度的关系

（图中实线的焊丝牌号为 5183,虚线的焊丝牌号为 1100, 曲线 *A*、*B* 的焊丝直径为 $\phi 1.2mm$;

曲线 *C*、*D* 的焊丝直径为 $\phi 1.6mm$,曲线 *E*、*F* 的焊丝直径为 $\phi 2.4mm$)

表 6.2　铝合金脉冲 MIG 焊焊接条件(氩气保护)

母材材质	板厚/mm	焊接姿势	使用焊丝	平均电流/A	基值电流/A	电弧电压/V	焊接速度/(cm/min)	气流量/(L/min)
1100 对接	3.0	F	1100 Φ1.6	120	50	21	60	20
		H		120	50	21	60	20
		V		120	50	21	60	20
		O		120	50	21	70	20
5083 或 5052 对接	3.0	F	5083 Φ1.6	120	60	20	60	20
		H		120	60	20	60	20
		V		110	60	19	60	20
		O		120	60	19	70	20
5083 角焊缝	3.0	水平 立向	5183 Φ1.6	130 130	60 60	21 21	60 60	20 20
	6.0	水平 立向		190 190	60 60	24 24	50 50	20 20
	12.0	水平 立向		280 240	60 60	28 24	40 30	25 25

3. 喷射过渡焊接

在铝合金 MIG 焊中采用最多的还是喷射过渡焊接。通常采用直径 1.6 ~ 2.4mm 的焊丝。对 1.6mm 直径焊丝当焊接电流达到 170A 以上、对 2.4mm 直径焊丝当焊接电流达到 220A 以上时,可以实现稳定的喷射过渡焊接。电弧电压在 23 ~ 30V 之间选取,送丝速度范围是 5 ~ 9m/min。根据板厚的差别,可以采取开坡口多层焊,水平位置焊接所采用的焊接电流、焊接速度如图 6.26 所示。立焊、横焊、仰焊时,焊接电流和焊接速度的上下限可以分别比水平位置焊接降低 5% ~ 10%。

铝合金亚射流过渡焊接的规范参数在图6.16中已有显示。从图6.27所示焊缝形状的变动看,亚射流过渡焊接最好采用恒流特性电源,通过对实际焊缝熔深的测量,看到在送丝速度变化时(10%),恒流特性电源得到的焊缝熔深更为稳定。

4.大电流 MIG 焊接

对铝合金厚板可以进行粗径焊丝大电流MIG 焊接,其焊接生产率很高。图6.28示出大电流 MIG 焊的焊接电流范围,对直径3.2～5.6mm 的粗径焊丝所采用的电流可以达到500～1 000A。在这样大的焊接电流下,容易产生焊缝起皱现象,电弧也不稳定,得不到满意的焊缝。该现象是在大电流下发生的,把

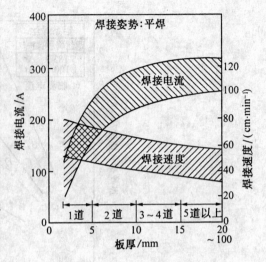

图 6.26 喷射过渡焊接参数范围

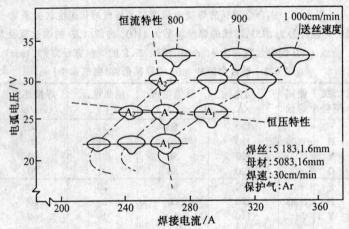

图 6.27 亚射流过渡焊缝熔化形态与电源特性的关系

不产生起皱现象的最大电流称作起皱界限电流。以往焊接,起皱界限电流是处于 500A 程度,认为进行铝合金的大电流焊接是很困难的。然而近年来,随着焊接设备及施工技术的发展,该界限电流被提高到 1 000A 程度,对 75mm 厚度的铝合金板可以进行双面单层焊接。

焊接中采用大电流用焊枪,其喷嘴口径较大,保护效果良好。焊接电源采用额定输出为 1 000A 的恒流特性电源。利用粗径焊丝(直径 5.6mm)、Ar + (50% ～ 70%)He 的混合气进行保护,最大焊接熔深可以达到 45mm。

表 6.3 示出大电流 MIG 焊接的标准焊接条件,图 6.29 示出 50mm 厚板焊件的焊缝断面形貌。

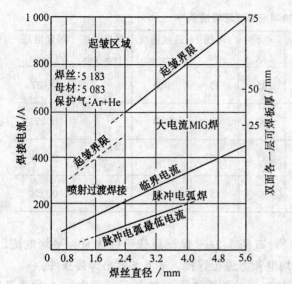

图 6.28 大电流 MIG 焊的焊接电流范围

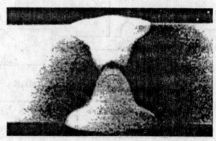

图 6.29 大电流 MIG 焊焊缝断面形貌

表 6.3 铝合金大电流 MIG 焊接条件

板厚 /mm	坡口尺寸	焊接材料				焊接条件			
		θ /°	b /mm	焊丝	气体	电流 /A	电压 /V	焊速 /(cm/min)	气流量 /(L/min)
25		90	5	3.2	Ar	480 ~ 530	29 ~ 30	30	100
25		90	5	4.0	Ar + He	560 ~ 610	35 ~ 36	30	100
38		90	10	4.0	Ar	630 ~ 660	30 ~ 31	25	100
45		90	13	4.8	Ar + He	780 ~ 800	37 ~ 38	25	150
50		90	15	4.0	Ar	700 ~ 730	32 ~ 33	15	150
60		60	19	4.8	Ar + He	820 ~ 850	38 ~ 40	20	180

注：(1) 正反面各焊一道;焊丝:5183。(2) Ar + He:内侧喷嘴 50% Ar + 50% He;外侧喷嘴 100% Ar。

6.4.2 不锈钢焊接

不锈钢 MIG 焊可以采用短路过渡、脉冲过渡、喷射过渡进行焊接。

短路过渡焊接使用直径 0.8 ~ 1.2mm 的焊丝,利用 Ar + (1% ~ 5%)O_2 或 Ar + (5% ~ 25%)CO_2 作为保护气,焊接条件如表 6.4 所示,多用于 3.0mm 以下薄板单层焊接。

表 6.4　不锈钢短路过渡焊接条件

板厚 /mm	接头形状	焊丝直径 /mm	电流 /A	电压 /V	送丝速度 /(cm/min)	焊接速度 /(cm/min)	焊丝消耗 /(kg/m)
1.6		0.8	85	15	460	42.5 ~ 47.5	0.037
2.0		0.8	90	15	480	32.5 ~ 37.5	0.050
1.6		0.8	85	15	460	47.5 ~ 52.5	0.034
2.0		0.8	90	15	480	28.5 ~ 31.5	0.058

注：保护气流量 7.5 ~ 10L/min。

脉冲过渡通过选择适当的脉冲电流,对直径 1.2mm 焊丝最低可以在 80A 平均电流、对直径 1.6mm 焊丝最低可以在 100A 平均电流下进行焊接。表 6.5 示出焊接条件。

不锈钢 MIG 焊中焊丝熔化速度与焊接电流的关系如图 6.30 所示。图中的 I_c 代表各直径焊丝的临界电流。

不锈钢喷射过渡焊接的典型焊接条件如表 6.6 所示。喷射过渡焊接所采用的保护气与短路过渡焊接相比,其中 O_2 及 CO_2 的含量较少,通常为 Ar + (1% ~ 2%)O_2 或 Ar + (5% ~ 10%)CO_2。在要求得到高品质焊接接头时,可以采用 Ar + (30% ~ 50%)He。

不锈钢也可以采用直径 2.4 ~ 3.2mm 较粗径焊丝进行大电流 MIG 焊接。焊缝端面形貌如图 6.31 所示(母材厚度为 10mm)。

表 6.5　不锈钢脉冲 MIG 焊接条件(焊丝:308,保护气:Ar + 1%O_2)

板厚 /mm	焊接 姿势	使用 焊丝	坡口 形状	焊接电 流 /A	基值电 流 /A	电弧电 压 /V	焊接速度 /(cm/min)	气流量 /(L/min)
1.6	F	ϕ1.2	I	120	65	22	60	
	H	ϕ1.2	I	120	65	22	60	
	V	ϕ0.8	90°V	80	30	20	60	
	O	ϕ1.2	I	120	65	22	70	
3.0	F	ϕ1.6	I	200	70	25	60	
	H	ϕ1.6	I	200	70	24	60	
	V	ϕ1.2	90°V	120	65	21	60	
	O	ϕ1.6	I	200	70	24	65	
6.0	F	ϕ1.6	90°V N = 1, G = 0	200	70	24	36	20
	H			200	70	23	45	
				180	70	24	45	
	V			280	70	23	60	
				90	50	19	15	
	O			180	70	23	60	
				120	60	20	20	

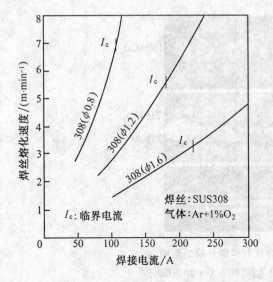

母材:SUS304(板厚10mm)
气体:Ar+2%O$_2$(30L/min)
焊丝:SUS308(直径2.4mm)
焊接电流:500A
电弧电压:28V
焊接速度:40cm/min

图6.30 不锈钢焊丝熔化速度与焊接电流的关系　图6.31 不锈钢大电流MIG焊焊缝断面形貌

表6.6 不锈钢喷射过渡的典型焊接条件

板厚 /mm	坡口 形状	焊接 姿势	焊接层数	焊接条件			送丝速度 /(m/min)	备注
				焊接电流/A	电弧电压/V	焊接速度 /(cm/min)		
3	I	F	1	200~240	22~25	40~55	3.5~4.5	背面 衬板
		V		180~220	22~25	35~50	3.0~4.0	
6	I	F	2 (1:1)	220~260	23~26	30~50	4.0~5.0	背面 悬空
		V		200~240	22~25	25~45	3.5~4.5	
12	X	F	5(4:1)	240~280	24~27	20~35	4.5~6.5	背面 悬空
		V	6(5:1)	220~260	23~26	20~40	4.0~5.0	
22	X	F	11(7:4)	240~280	24~27	20~35	4.5~6.5	背面 悬空
		V	14(10:4)	200~240	22~25	20~40	3.5~4.5	
38	X	F	18(9:9)	280~340	26~30	15~300	5.0~7.0	背面 悬空
		V	22(11:11)	240~300	24~28	15~300	4.5~7.0	

注:对缝及坡口间隙:0~2mm;焊丝直径:1.6mm;保护气流量:14~18L/min。

6.4.3 低碳钢及低合金钢焊接

低碳钢和低合金钢的MIG焊接采用Ar与CO$_2$的混合气体进行保护,但混合比不是一定值。经常采用的比例为Ar+(5%~20%)CO$_2$。当CO$_2$含量在20%以下时,电弧稳定性、飞溅情况、焊缝均匀性都能得到良好结果。图6.32示出混合比与焊缝外观的关系,有专用焊丝进行混合气保护下的焊接。

混合气保护MIG焊(确切地讲由于不是惰性气体,应称作MAG焊接)一般用于对飞溅及焊缝外观要求较为严格、不能采用CO$_2$电弧焊进行焊接的场合。表6.7示出对接接头、水平角接接头的标准焊接条件。

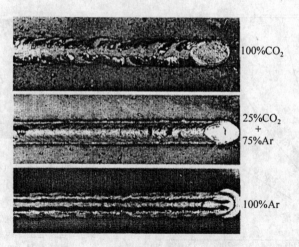

100%CO₂

25%CO₂
+
75%Ar

100%Ar

图 6.32　气体混合比对焊缝外观的影响

表 6.7　低碳钢焊接条件(80% Ar + 20% CO₂)

接头形式	板厚/mm	脚长/mm	焊丝直径/mm	焊接电流/A	电弧电压/V	焊接速度/(cm/min)	气流量/(L/min)
对接使用衬板	3	–	1.2	200	21	40	25
	6	–	1.6	330	28		
	9	–	1.6	460	36		
水平角焊缝	3	4	0.9	120	20	36	25
	6	5.5	1.2	220	20		
	9	8	1.6	360	32		

此外,这种混合气体也用于窄间隙焊接,焊接操作性良好,焊接缺陷少。表 6.8 示出窄间隙自动焊焊接条件,适合于平焊、立焊、横焊等。

表 6.8　钢的窄间隙自动焊条件(80% Ar + 20% CO₂)

焊丝直径	焊丝干伸长	焊接电流/A	电弧电压/V	焊接速度/(m/min)	热输入量/(kJ/cm)
φ0.9	12.7mm	220 ~ 240	25 ~ 26	1.0 ~ 1.14	3.3 ~ 5.25

采用 $Ar + (5\% \sim 10\%)CO_2$ 或 $Ar + (1\% \sim 5\%)O_2$ 混合气进行脉冲 MAG 焊,在低碳钢薄板焊接中得到应用。表 6.9 示出脉冲 MAG 焊的标准焊接条件,可以得到几乎无飞溅、外观非常好的焊缝。

以低碳钢、高强钢、低温用钢为对象进行多电极、大电流 MIG 焊,使用粗径(3.2 ~ 4.8mm)焊丝。与埋弧焊相比,该焊接法的特征有如下几方面:(1) 多层焊接时不需要除去熔渣;(2) 大电流下焊接生产率很高;(3) 自由调节电极间的距离,能够控制对焊接区的热输入;(4) 能够得到高品质的焊接接头。

表 6.9 低碳钢脉冲 MAG 焊的焊接条件

对缝间隙 /mm	焊接电流			电弧电压 /V	焊接速度 /(cm/min)	焊丝:φ1.0mm
	平均值/A	频率/Hz	基值/A			气体:Ar(10L/min) +
0					40	CO₂(1.5L/min)
0.5	60	60	46	18	35	姿势:平焊,横焊,立向下
1.0					25	焊
1.6					20	

6.4.4 铜合金焊接

铜及铜合金的 MIG 焊必须注意的是预热问题,图 6.33 示出板厚与所需预热温度的关系,表 6.10 给出标准焊接条件。从中看到,板厚 16mm 以上时需要接近 500℃ 的预热。焊丝直径一般在 2.4mm 以下,电流范围为 200 ~ 500A,保护气采用 Ar + (50% ~ 75%)He,该条件下可以实现喷射过渡焊接。

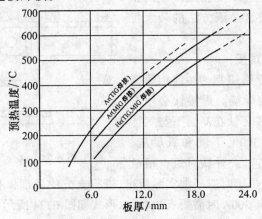

图 6.33 铜 MIG 焊接预热温度与板厚关系

表 6.10 铜 MIG 焊喷射过渡焊接条件

板厚 /mm	坡口形状	焊丝直径 /mm	送丝速度 /(cm/min)	保护气	气流量 /(L/min)	喷嘴口径 /mm	预热温度 /℃	焊接电流 /A	层数	焊接速度 /(cm/min)
< 4.8	0 ~ 0.8	1.2	450 ~ 787	Ar	15	19	38 ~ 93	180 ~ 250	1 ~ 2	35 ~ 50
6.4	80°~90° 1.6~2.4	1.6	375 ~ 525	He:Ar 3:1	23	19	93	250 ~ 325	1 ~ 2	24 ~ 45

板厚 /mm	坡口形状	焊丝 直径 /mm	送丝速度 /(cm/min)	保护气	气流量 /(L/min)	喷嘴 口径 /mm	预热 温度 /℃	焊接 电流 /A	层数	焊接速度 /(cm/min)
12.5	80°~90° 2.4~3.2 2.4~3.2	1.6	525~675	He:Ar 3:1	23	19	316	330~ 400	2~4	20~35
>16	30° 3.2	1.6	525~675	He:Ar 3:1	23	19	>472	330~ 400	—	15~30
		2.4	375~475	He:Ar 3:1	30	25	>472	500~ 600	—	20~35

厚铜板大电流 MIG 焊采用氦气保护,可以提高母材的熔化效率,即使在无预热的条件下也可以进行焊接,这是该方法的最大特点。

6.4.5 其它金属焊接

MIG 焊还可以用于铬钼钢、9%镍钢等高合金钢、钛及钛合金的焊接。焊接钛必须充分注意气体的保护效果。钛在高温下与气体的亲和力极强,200~300℃下就和氧反应,500℃以上开始与氮反应,此外钛对氢也很敏

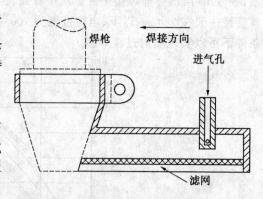

图 6.34 钛金属焊接中的保护

感,能够吸收氢。因此焊接时应根据实际情况,进行充分的后部保护和背面保护,保护罩后部的长度在焊接电流 300A 时需要有 200mm,形式如图 6.34 所示。表 6.11 示出钛的脉冲 MIG 焊条件,采用了同种金属系焊丝。

表 6.11 钛合金脉冲 MIG 焊条件

母材 材质	姿势	板厚与坡口形状	焊丝 /mm	保护气 /(L/min)	焊接条件			
					焊接电流 /A	电弧电压 /V	焊接速度 /(cm/min)	基值电流 /A
TP-35	水平	2mm,I 型对接, 背面衬板	1.2	Ar 40	130	21	65	45
TP-35	水平	10mm,90°V 背面衬板	1.6	Ar 40	310	26	25	55
Ti721	水平	25mm,90°X 间隙 2.4mm	1.6	Ar+ 25%He	155	22~24	5(平均)	80

此外,MIG 焊还可以进行纯镍的焊接,以及镁合金的焊接。

6.5 其它焊接技术

6.5.1 T.I.M.E.焊接方法

1. 概述

所谓 T.I.M.E.焊工艺,是 Transferred Ionized Molten Energy 的字头缩写,是由 Canada Weld Process 公司于 1980 年研究成功的一种高性能 MAG 焊接方法。它采用大干伸长和特殊的四元保护气体-T.I.M.E.气体(0.5%O_2,8%CO_2,26.5%He,65%Ar)通过增大送丝速度来增加焊丝熔敷率,在焊接质量有明显改善的同时将焊丝熔敷率提高了 2~3 倍。20 世纪 80 年代,这种高性能的焊接方法首先在日本和加拿大开始应用。1990 年 6 月在维也纳焊接商贸会上,T.I.M.E.焊工艺被首次介绍到欧洲。

2. T.I.M.E.焊接方法的工艺特点及优点

T.I.M.E.焊工艺的卓越性能是由经过革新的电源技术、强有力的送丝系统、遵循相关气体物理性质而设计的焊接设备和完善的工艺参数相结合、共同作用所得的结果。它对焊接电源、送丝机、焊枪、焊丝和保护气体有更高的要求。它在工艺上采用大干伸长,并以四元气体作为焊接保护气。在保证焊接质量的前提下,将送丝速度提高到传统 MAG 焊工艺的两倍以上,大幅度提高了焊丝熔敷率。由于 T.I.M.E.焊工艺所使用的送丝速度远远超出传统工艺的使用范围,人们通常以送丝速度这一参数来表征 T.I.M.E.焊工艺。

T.I.M.E.焊工艺自身的特点不但决定了它在继承传统 MAG 焊接工艺优点的基础上又有了新的突破,而且具有其无可比拟的优点,这两种焊接方法在使用工艺上的不同点列于表 6.12 和表 6.13,对相同焊丝直径下两种工艺的最大许用电流和所能达到的最高送丝速度和最大熔敷率作了比较。

表 6.12 传统 MAG 焊与 T.I.M.E.焊不同点

焊接方法	保护气体	焊丝干伸长	送丝速度
传统 MAG 焊	Ar,CO_2/O_2	10~15mm	5~16m/min
T.I.M.E.焊	0.5%O_2,8%CO_2,26.5%He,65%Ar	20~35mm	0.5~50m/min

表 6.13 传统 MAG 焊与 T.I.M.E.焊性能比较

焊接方法	焊丝直径	许用最大电流	最高送丝速度	最大熔敷率
传统 MAG 焊	1.2mm	400A	16m/min	144g/min
T.I.M.E.焊	1.2mm	700A	50m/min	450g/min

从 T.I.M.E.焊工艺的发展和应用状况来看,它具有如下优点:

(1)高熔敷率 由于在连续大电流区间能够获得稳定的熔滴过渡形式,突破了焊接使用电流的"瓶颈"限制。在平焊位置,焊丝熔敷率可达 10kg/h。即使在非平焊位置施焊,熔敷率也可达到 5kg/h。

(2)良好的焊接质量 良好的焊接质量源于 T.I.M.E.气体的卓越性能。首先,采用

T.I.M.E.气体能够获得稳定的旋转射流过渡,从而能够改变焊缝截面形状,保证侧壁熔合;其次,He气提高了电弧输入功率,因此改善了焊缝金属流动性,降低了咬边缺陷发生的几率,使得焊缝成形平滑美观、余高小。因为T.I.M.E.气体保护效果好,所以焊缝金属含氢量低,焊接接头的低温韧性得到明显改善。而且,焊缝金属中S、P含量明显低于传统MAG焊,也使焊接接头的其它力学性能得到提高。

(3) 高度灵活性 由于工艺本身覆盖了短路过渡、射流过渡、旋转射流过渡三种熔滴过渡形式,可以焊接各种板厚的工件。在射流过渡状态,熔滴沿焊丝轴线稳定、挺直地过渡到熔池中,不受重力影响,可以进行全位置焊接。而且,T.I.M.E.焊的焊接设备也可以用于其它焊接工艺,体现了使用的高度灵活性。

(4) 低成本 T.I.M.E.焊采用大干伸长焊接,不仅可以提高熔敷率,而且对于相同板厚的工件,可以减小坡口角度,因而减少了所需熔敷金属量。在同样的送丝速度下,能够焊接更长的焊缝。不但降低了生产成本,提高了焊接生产率,而且缩短了焊接工人的工作时间,也即节约了劳动力成本。而在国外任何焊接成本分析中,劳动力成本都占最大份额。所以,从本质上降低了总焊接成本。同时,尽管四元保护气体价格昂贵,但其卓越性能所带来的利润足以补偿其自身增加的成本。因此,T.I.M.E.焊工艺从多角度、全方位降低了焊接生产成本,提高了焊接生产率,给予焊接产品以很强的市场竞争力。

3. T.I.M.E.焊工艺应用范围

T.I.M.E.焊工艺主要用于焊接低碳钢和低合金钢,还应用于细晶结构钢(抗拉强度达到890N/mm²)、高温耐热材料(13CrMo44)、低温钢、特种钢(装甲板)、高屈服强度钢(HY80)等材料。

目前应用过T.I.M.E.焊工艺的领域有:① 造船业;② 钢结构工程;③ 汽车制造业,对焊接接头抗冲击性能有需求的地方;④ 机械工业,是T.I.M.E焊工艺最适用的领域,多数情况下都需要大焊接量,经常遇到长焊缝;⑤ 罐结构,主要用于自动焊,焊接环焊缝和纵向焊缝,按焊接材料厚度不同,焊速可达2～3m/min;⑥ 军工产品,可焊接坦克装甲板和潜艇。

6.5.2 双丝 MIG/MAG 焊

1. 双丝 MIG/MAG 焊的原理与特点

熔化极气体保护焊以其操作简便、灵活性大、便于实现机械化和自动化等特点,在实际生产中得到广泛应用。目前西欧MIG/MAG焊工艺的使用份额已占所有焊接方法的三分之二,而且还在不断增长;美国和日本MIG/MAG焊工艺占所有焊接工作量的三分之二还强。为了提高MIG/MAG焊接的效率,降低生产成本,本世纪初期出现了双丝焊方法。图6.35显示了TWIN双丝焊的工作原理,系统由两台焊机、两台送丝机及一把焊枪等组成,可与自动化专机或焊接机器人配套使用。在焊接过程中,作为电极的两根焊丝处在同一保护气环境下,由两个独立的、相互绝缘导电嘴送出后熔化并形成同一熔池,两个电弧相位相差180°,如图6.36所示。

同单丝MIG/MAG焊相比,双丝焊具有以下优点:①更高的焊接速度;②很小的热影响区;③低飞溅;④低气孔率;⑤高适应性;⑥极好的能量分配。

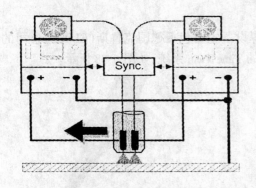

图 6.35 双丝焊的工作原理

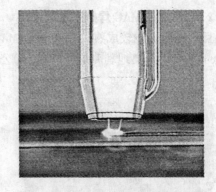

图 6.36 TANDEM 双丝焊熔滴过渡

MIG/MAG 单丝焊和双丝焊应用比较分别示于表 6.14 和图 6.37。

表 6.14 MIG/MAG 单丝焊和双丝焊应用比较

产品名称	焊接方法		
汽车油箱 材料:铝 板厚:2mm 焊缝形式:搭接,环缝 焊缝厚度:2.5mm	焊接参数	单丝焊	TANDEM 双丝焊
	焊丝直径	1.2mm	1.0 + 1.0mm
	焊接速度	55cm/min	130cm/min
	送丝速度	4.6m/min	8.2 + 6.1m/min
	熔敷效率	0.84kg/h	1.82 kg/h
空气净化器 材料:不锈钢 板厚:1mm 焊缝形式:3 板接头 焊缝厚度:2mm	焊丝直径	1.2mm	1.0 + 1.0mm
	焊接速度	120cm/min	290cm/min
	送丝速度	11m/min	19 + 14m/min
	熔敷效率	5.28kg/h	11.88 kg/h
起重臂 材料:钢 板厚:20mm 焊缝形式:V 型坡口 焊缝厚度:6~7mm	焊丝直径	1.2mm	1.0 + 1.0mm
	焊接速度	30cm/min	80cm/min
	送丝速度	13.5m/min	19.1 + 9.0m/min
	熔敷效率	7.29kg/h	15.17kg/h

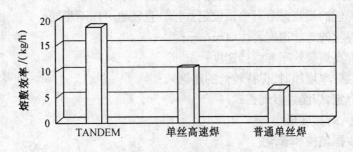

图 6.37 单丝焊和双丝焊熔敷效率比较

2.双丝 MIG/MAG 焊接设备与应用

目前国际上比较成熟的双丝 MIG/MAG 焊设备主要包括德国克鲁斯(CLOOS)公司的 Tandem 系统以及奥地利弗尼斯(Fronius)公司的 Time Twin 系统,如图 6.38 所示。

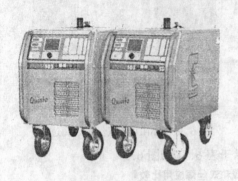

(a)TANDEM 焊机

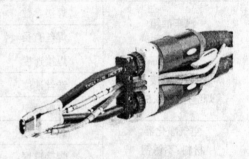

(b)TANDEM 焊枪

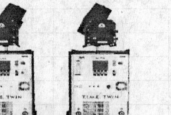

(c)Time Twin 系统

(d)Time Twin 焊枪

图 6.38 双丝 MIG/MAG 焊接设备

上述两类焊机都使用两台完全独立的数字化 MIG/MAG 焊接电源,通过各自微电脑控制器,控制每台送丝装置,并通过同步器 SYNC 调制两台单机的相位输出。

Tandem 和 Time Twin 双丝焊接设备具有如下工艺特点:

① 高性能焊机,100% 暂载率时的焊接电流 1 000A,脉冲电流 1 500A;

② 数字化双脉冲电源,可编程,连接 PC 机、打印机;

③ 每根焊丝的规范参数可单独设定,材质、直径也可以不相同;

④ 每根焊丝的送丝速度可达 30m/min;

⑤ 大大提高熔敷效率和焊接速度;

⑥ 在熔敷效率增加时,保持较低的热输入;

⑦ 电弧稳定,熔滴过渡受控;

⑧ 飞溅小,焊接变形小;

⑨ 焊接数据监控和管理;

⑩ 使用标准气体,耗气量少。

双丝焊可以应用于碳钢、低合金钢、不锈钢、铝合金等各种金属材料的焊接,适用于各种接头形式,其应用实例示于表 6.15 和图 6.39、图 6.40。

表 6.15 双丝焊应用实例

产品名称	焊缝形式	焊接速度
冰箱压缩机	角缝	3.2m/min
铝制机车车厢外壳	V 型坡口,板厚 3mm	2m/min
不锈钢制净化器	角焊缝	2m/min
灭火器罐体	搭接焊缝 1.25 + 1.0mm	4m/min
船体肋板	角焊缝	1.8m/min
热水箱	V 型坡口,板厚 3 + 3mm	2.6m/min
轿车轴部件	搭接焊缝 2.75 + 2.75mm	4m/min
起重臂	角焊缝	1.5m/min
汽车轮毂	角焊缝	2.5m/min

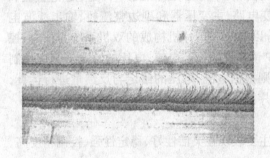

图 6.39 铝墙板纵缝单道焊
(焊丝 1.2mm,电流 340A,焊速 3.6m/min)

图 6.40 铝合金法兰内环焊接

总之,高速焊接和高熔敷率焊接是今后焊接技术的发展方向,而 MIG/MAG 双丝高速高效焊接又是热点之一,它将在工业生产中得到越来越广泛的应用。

6.5.3 数字化焊接

近十年来焊接件的厚度在不断减小,这主要是由于冶金技术的不断发展,既有新材料不断出现,又有旧材料的不断优化改善。焊接技术必须全力发展以跟上材料的发展及设计上的要求,同时必须提高焊接工艺的经济性来适应社会的发展。例如对 GMA 焊接而言,提高焊接工艺质量比什么都重要,目标是要扩大应用范围使新的优质的材料得到广泛、充分的利用。

迄今所有的焊机类型中,全数字化焊机是最先进的。该焊机将传统逆变焊机的模拟控制(即影响焊机品质的主要部分)改为数字化控制(DSP)。其系统结构框图如图 6.41 所示。通过这种方法来实现以软件形式为基础的特性来代替硬件形式的特性。这表示所有有关电弧的要求都可以用数字化的形式由焊机提供。可以在体积和重量方面比目前仍有少量使用的模拟控制设备进一步缩小,因为其功能可以用数字信号处理得到。软件化的优点是任何程序的执行或修改可以立即实现,例如可以实现机动性很高的焊机软件升级。如图 6.42 所示,用户可以通过笔记本电脑从远程无线下载焊机的控制软件对系统进行升级,而无需改变系统的硬件结构。

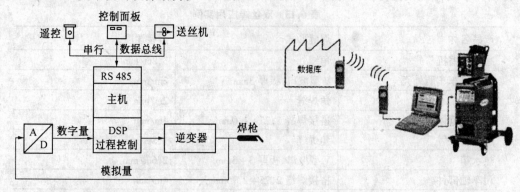

图 6.41　数字化焊机的系统框图　　　　图 6.42　机动灵活的软件升级可以增加或改进性能

全数字化焊机可以分为功率和控制两部分。功率部分,三相 380V 交流电经过整流和电容滤波得到 540V 的直流电,经过全桥逆变电路、主变压器和副边整流桥、输出滤波电感,最后输出所需要的电流、电压。控制部分以 DSP 和单片机构成的双机系统为核心,控制中电流和电压经过采样、A/D 转换,由 DSP 读取反馈值。电流、电压的给定值则由控制面板输入,传送给 DSP 处理器。DSP 处理器则根据电流、电压的给定与反馈量进行运算,得到相应的 IGBT 导通时间,产生 PWM 脉冲序列。

1. 数字化焊机的特点

总体上讲,数字化控制优越于模拟控制主要表现在灵活性好、稳定性强、控制精度高、接口兼容性好等几个方面。

(1)灵活性　对于数字化焊机来说,灵活性意味着同一套硬件电路可以实现不同的焊接工艺控制,对于不同焊接工艺方法和不同焊丝材料、直径可以选用不同的控制策略、控制参数,从而使焊机在实现多功能集成的同时,每一种焊接工艺方法的工艺效果也将得到大幅度的提高。以 CO_2 焊接短路过渡的波形控制为例,短路时的电流波形决定了其焊接飞溅的大小和焊缝成形的好坏,并且对于不同的焊丝直径和焊接工艺区间,最佳的电流波形会有所区别。

数字化控制的灵活性也体现在数字化焊机的控制软件的在线升级的功能上。目前技术上比较先进的数字化焊机在存储器的选择上从 E^2PROM 过渡到了 Flash,在电路设计上也增加了在线的 Flash 编程功能。因此,对于这种数字化焊机的控制程序升级或在线调试修改,不再需要 E^2PROM 的插拔、紫外线清除、编程写入,而是简单地通过通用的 RS232 串行通讯接口进行 Flash 编程来完成。

(2)稳定性　数字化焊机的第二个优势是它具有更强的稳定性。在模拟系统中,信号的处理是通过有源或无源的电网络进行的,处理参数的设定通过电阻、电容参数的选择来完成。这样在模拟系统中阻容参数的容差、漂移必然导致控制器参数的变化,一方面模拟控制的温度稳定性较差,另一方面模拟控制时的产品一致性难以保证。而在数字化控制中,信号的处理或控制算法的实施是通过软件的加/减、乘/除运算来完成的,因此其稳定性好,产品的一致性也得到了很好的保证。

(3)控制精度　数字化焊机具有更高的控制精度。模拟控制的精度一般由元件参数值引起的误差和运算放大器非理想特性参数(如 A_d、A_{CM}、U_{OS}、I_{OS}、噪声等)引起的误差所决定。模拟控制由于多级处理的误差积累和噪声的逐级放大,因此它的总体误差较高。而数字化控制的精度仅仅与模-数转化的量化误差及系统有限字长有关,如果对一个 $0 \sim 10V$ 变化的信号进行 10 位模-数转化的话,模-数转化中的量化误差为 $|e| \leqslant \dfrac{Q}{2} = \dfrac{1}{2} \times \dfrac{10}{2^{10}}$ = 0.0048828125,因此数字化控制常常可以获得很高的精度。

(4)接口及软件升级　数字化焊机的接口兼容性好。由于数字化焊机大量采用了单片机、DSP 等数字芯片,因此 PC 机与数字化焊机、数字化焊机与机器人以及数字化焊机内部的电源与送丝机、电源与水冷装置、电源与焊枪之间的通讯接口就可以非常方便地实现。相信随着现代焊接生产网络化管理的发展和普及,数字化焊机以其良好的接口兼容性必然会发挥越来越重要的作用。

图 6.43　TPS 系列焊机

2. 典型产品

目前市场上国外产的数字化焊机有很多种,典型的产品是奥地利弗尼斯(Fronius)公司生产的数字化焊机(TPS系列),如图 6.43 所示。它是全数字化控制脉冲逆变焊机,可焊各类碳钢、铝及铝合金、镀锌板、铬/镍材料。可作 MIG/MAG 焊、TIG 焊及手工电弧焊电源。美国林肯(Lincoln)公司的 Power Wave 455M 以及德国克鲁斯(CLOOS)公司都有类似的产品提供。

6.5.4　冷金属过渡(CMT)技术

1. CMT 技术的原理

传统的 GMA 焊接由于存在热输入量大、变形严重、飞溅无法避免等问题,限制了在某些领域的应用,尤其是 1mm 以下的薄板更是其应用的"禁区"。冷金属过渡(Cold Metal Transfer,CMT)技术是一种新型 GMA 焊工艺技术,它是在短路过渡的基础上开发而成的。普通的短路过渡过程是:焊丝熔化形成熔滴,熔滴同熔池短路,短路桥爆断,短路时伴有大的电流(大的热输入量)和飞溅。而 CMT 过渡方式正好相反,在熔滴短路时,电源输出电流几乎为零,同时焊丝的回抽运动帮助熔滴脱落(见图 6.44),从根本上消除了产生飞溅的因素。

图 6.44　CMT 的过渡形式

CMT 技术同普通 MIG/MAG 焊短路过渡方式的不同之处有:

(1)首次将焊丝运动同熔滴过渡过程相结合　使用 CMT 工艺,焊丝的送丝/回抽动作直接影响焊接过程。换句话说熔滴的过渡过程是由送丝运动的变化来控制,焊丝的"前送－回抽"频率可达到 70 次/s。整个焊接系统(包括焊丝的运动)的运行均为闭环控制,而普通的 MIG/MAG 焊,送丝机构相对独立。

(2)熔滴过渡时电压和电流几乎为零 数字化控制的 CMT 焊接系统能够自动监控熔滴的短路过渡过程,在焊丝发生短路时,电源将电流降至几乎为零,整个熔滴过渡过程就是高频率的"热－冷－热"交替的过程(见图 6.45),从而大幅度降低了热输入量。

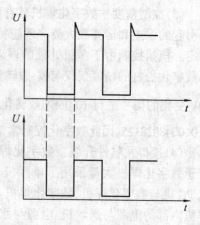

图 6.45 CMT过渡电弧电压

(3)焊丝的回抽运动帮助熔滴脱落 尽管熔滴过渡时电流非常低,熔滴的温度会迅速降低,焊丝的机械式回抽运动保证了熔滴的正常脱落,同时避免了普通短路过渡方式极易引起的飞溅(见图 6.46)。

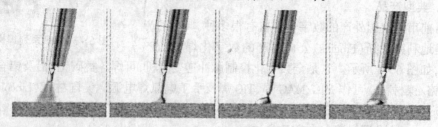

图 6.46 焊丝的运动

2. CMT 技术的特点

相比于普通的 MIG 焊短路过渡,CMT 技术具有如下优点:

(1)极低电流状态下的短路过渡,使得焊接热输入量小,能够焊接薄板和超薄板(可达 0.3mm),焊接变形小,如图 6.47 所示。同时 CMT 技术焊接时所产生的飞溅量非常小。相比于薄板的 TIG 焊接而言,焊接速度快,生产效率高。例如,1mm 铝合金对接焊时速度可达 250cm/min,采用 CMT 技术镀锌钢板钎焊的速度可达 150cm/min。

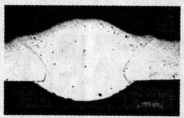

(a)普通 MIG 焊   (b)采用 CMT 技术焊接

图 6.47 热输入量的比较(母材:2mm $AlMg_3$ 焊丝:$\phi1.2$ mm $AlSi_5$)

(2)弧长控制精确,电弧稳定 普通 GMA 焊的弧长是通过电压反馈方式控制的,容易受到焊接速度变化和工件表面平整度的影响,而 CMT 技术的弧长控制是机械式的,它采用闭环控制并监测电弧长度。在干伸长或焊接速度改变的情况下,电弧长度也能保持一致。其结果就保证了电弧的稳定性。即使在焊接速度极快的前提下,也不会出现断弧的情况。

(3) 普通 GMA 焊在焊接过程中,当焊丝干伸长变化时,焊接电流会相应地增加或减少。而在 CMT 技术中,当焊丝干伸长改变时,仅仅改变的是送丝速度,不会导致焊接电流的变化,从而实现熔深和焊缝成形的均匀一致。同时由于其具有良好的搭桥能力,对装配间隙的要求降低,1 mm 板的搭接接头间隙允许达到 1.5 mm。

3．CMT 技术的应用

CMT 技术是在 6.5.3 节所述数字化焊接电源的基础上,加上 DSP 芯片控制下的换向送丝监控系统开发而成。其中,换向送丝系统由前、后两套协同工作的送丝机构组成,后送丝机构按照恒定的送丝速度向前送丝,前送丝机构则按照控制系统的指令以 70Hz 的频率进行脉冲式送丝。CMT 技术最早由奥地利弗尼斯(Fronius)公司在 2002 年开发,主要的工业应用包括:

(1) 薄板或超薄板(0.3～3 mm)的焊接。

(2) 电镀锌板或热镀锌板的电弧钎焊。

(3) 钢与铝的异种金属连接 在过去铝和钢的连接仅仅可能通过激光或电子束焊接,现在 CMT 技术也可实现这样的异种金属连接。

(4) 不等厚板的焊接,在焊缝厚度过渡区仅具有少量的热传导,实现均匀过渡。

6.5.5　交流脉冲 GMA 焊接

在交流脉冲 MIG/MAG 焊中,系统交替工作在直流反接(DCEP)和直流正接(DCEN)状态,图 6.48 示出了典型的电流波形图。DCEN 下的焊丝熔化速度远大于 DCEP 的情况,但由于电弧不稳定而不能长时间工作在 DCEN 下,从而一直尚未得到重视。近年来,通过应用逆变电源,实现了在正半波到负半波快速转换的同时,保证电弧不会熄灭,从而使该方法得到重视,日本 OTC 和 Panasonic 相继开发了交流脉冲 MIG 焊电源。采用交流脉冲 MIG 方法可以在较小的平均电流下,获得较快的焊丝熔化系数和较高熔敷率,因此在焊接铝合金薄板上具有明显的优势。

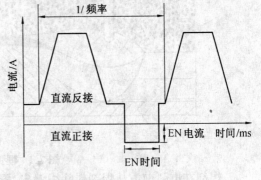

图 6.48　交流 MIG 焊接波形

交流 MIG 焊接尤其是交流极性 MIG 焊的特点如下:

(1) 送丝速度和焊接热输入独立可调;

(2) 较低的热输入;

(3) 相同平均电流下,比普通脉冲 MIG 焊熔敷率高;

(4) 同 TIG 焊相比,即使在较宽的间隙下也能获得良好的接头;

(5) 对于铝合金,通过调节 DCEN 的时间和幅值,可以控制焊丝的熔化速度及母材的稀释率。而对于钢,由于干伸长的电阻热较大,熔化系数的影响不如铝合金明显。

第7章 埋弧焊

7.1 埋弧焊原理及应用

7.1.1 埋弧焊原理与特点

1. 埋弧焊原理

埋弧焊如图7.1所示,预先把颗粒状焊剂散布在焊接线上,焊丝通过送丝装置,自动连续地向焊剂中送进,在焊丝前端与母材间引燃电弧,进行自动电弧焊。由于电弧掩埋在焊剂里面,从外部看不见,因此称作埋弧焊(Submerged Arc Welding: SAW)。

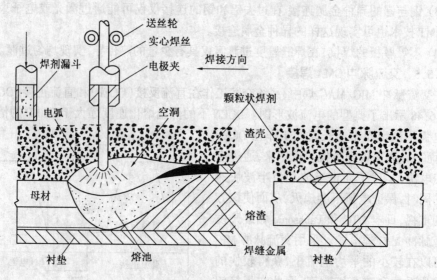

图7.1 埋弧焊焊接原理

焊剂在电弧前方从焊剂料斗中漏出,覆盖着电弧和熔化金属,隔绝空气起到保护作用,同时也起到稳定电弧的作用。此外,焊剂受电弧热而熔化,成为熔渣并与熔化金属反应,可以获得健全的焊缝金属,以及美观、均匀的焊缝外形。

2. 埋弧焊的主要优点

与其它焊接方法相比,埋弧焊有如下几点优势:

(1) 生产效率高 埋弧焊焊接生产率高有几方面的原因:一是电弧掩埋在焊剂层下燃烧,没有保护气散热损失,也基本没有电弧辐射能量损失,电弧热的有效利用率高达90%以上,在各种电弧焊方法中是热效率最高的。二是焊丝上焊接电流的提供点(电极夹)很接近电弧,焊丝电阻产热量少,可以在大电流、高电流密度下以很大的焊丝熔化速度进行焊接,母材的熔深很大,因而对厚板和中厚板可以进行快速焊接或不开坡口焊接,以及单面焊接,焊接生产率很高。

图 7.2 示出较小坡口下对厚板正反面各焊一层得到的焊缝断面形貌。

(2) 焊接金属的品质良好、稳定　电弧及熔化金属受到焊剂的保护,没有空气污染。通过自动控制能够保持弧长处于一定数值,因此所形成的焊接金属品质良好,而且也很稳定。

(3) 焊缝外观非常美观　熔化金属凝固过程中受到熔渣的覆盖,能够得到美观的焊缝外形。

(4) 焊接成本低　由于生产率高、缺陷少、品质稳定,其焊接成本与焊条电弧焊相比有大幅度降低。

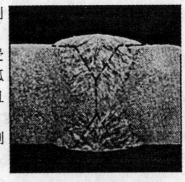

图 7.2　焊缝断面(板厚 30mm)

(5) 操作环境好　虽然是大电流焊接,但由于电弧处于焊剂中,几乎没有有害光线、烟尘、辐射热等对操纵者的影响。

3. 埋弧焊存在的问题

(1) 设备费用高　由于需要大容量配电设备和较高售价的焊接装置,与焊条电弧焊及半自动电弧焊相比,其设备费用提高。

(2) 对坡口精度有要求　这是熔深较大的自动焊接所固有的问题。在坡口精度较差时需要通过焊条电弧焊进行密封焊接,或者是采用适当的衬垫。

(3) 焊接姿势受到限制　因为采用的是颗粒状焊剂,因此只限于进行平焊和横焊,其它位置的焊接需要采用特殊性能的焊剂或承托焊剂的辅助装备。

(4) 适用材料　埋弧焊的应用对象还主要限定在碳素钢、低合金钢、不锈钢等钢材料的焊接上,而焊接有色金属存在困难。

(5) 焊缝金属的冲击韧性普遍不好　单层大电流焊接下焊缝金属晶粒粗大,缺乏韧性。在要求焊缝具有较高韧性时,应在焊丝、焊剂的组合上作出选择,或者是采用多层焊,即对焊接材料、焊接方法进行探讨。

(6) 主要用于自动焊、长焊缝、中等以上厚度板的焊接　对于半自动焊和短焊缝,设备移动不如气体保护电弧焊方便;埋弧焊小电流下电弧的稳定性差,也不适合焊接薄板。

7.1.2　埋弧焊的应用

埋弧焊由于其焊接生产率高及其它几项优点,在造船、锅炉、化工容器、桥梁、起重机械及冶金机械的制造中应用最为广泛。主要对碳素结构钢、低合金结构钢、不锈钢、耐热钢及其复合钢材等的各种钢板结构进行焊接。采用自动焊方式,能够得到成形和性能均符合要求的焊缝。

此外还发展了多丝埋弧焊、带极埋弧焊、金属粉末埋弧焊等,极大地提高了焊接生产率。在表面耐磨、耐腐蚀材料的堆焊方面也比其它方法更具优势。

7.2 埋弧焊设备

7.2.1 埋弧焊设备构成

图7.3示出标准的埋弧焊装置构成。主要由焊接电源、焊丝盘及焊丝送进机构、焊剂送进装置、焊接控制装置、行走小车、导轨等组成。由于自动焊是把焊丝盘、焊丝送进、焊剂送进、焊接控制(操作盘)、行走小车集成为一体,因此也把这部分称作焊接机,以区别于焊接电源。

表7.1根据电极形状、电极数、行走装置的差别对埋弧焊装置作出分类。

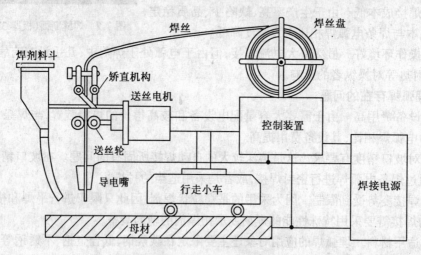

图7.3　埋弧焊装置构成

表7.1　埋弧焊装置的分类

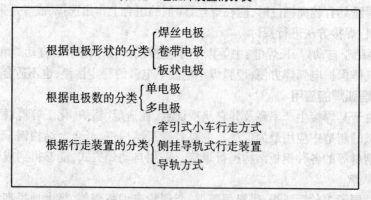

焊接电源采用普通的交流电源,电源的容量从500A到2 000A,根据用途来选择。薄板焊接时多采用直流电源。电源外特性一般为陡降特性。

较大型的自动焊焊机和专用型焊机带有焊剂自动回收装置,回收已凝固焊缝上未熔化的焊剂,能够重复使用。

进行埋弧焊生产在设备方面还应考虑如下问题:① 埋弧焊由于电流大、焊接时间长,为了防止其它用电设备对焊接条件的影响，最好采用专用供电设备。供电设备的容量应考虑多台焊机并用的情况。② 焊接电缆有温升问题，各直径电缆应在安全电流值下使用。③ 埋弧焊常使用交流焊接电源，由于是单相较大的负荷，在使用台数较多时，必须考虑电源三相平衡问题。多电极埋弧焊，应根据电极数、焊接条件进行正确的接线。

7.2.2 埋弧焊自动调节系统

良好的焊接质量需要通过合理的焊接参数选择与稳定的焊接过程来实现。对于通过大量试验所确定的合理焊接参数，在焊接过程中保持其稳定性至关重要。然而由于焊接过程中总是会出现一些干扰和变化，使焊接参数偏离所设定的数值，这将影响焊接质量的稳定。比如对电弧的稳定燃烧、母材和焊丝的熔化、熔滴过渡状态构成影响等，最终将在焊缝成形尺寸上反映出来，如造成焊接熔深的波动、熔宽的变化、余高的不均匀等。因此对各种电弧焊方法都需要采取措施保持焊接状态和焊接参数的稳定。

对于 TIG 焊和等离子弧焊接，是采用电源控制和弧长控制两项措施稳定焊接参数，比如通过直流负反馈获得恒流输出，通过外部机构稳定弧长（可以有弧压信号控制、弧光信号控制以及接触式信号检测等）。对于中等直径和细直径焊丝的气体保护熔化极电弧焊，如第 5 章和第 6 章中所讲述的，是采用平特性或缓降特性电源配备等速送丝机构，通过电弧自身调节作用保持弧长的稳定。对铝合金的亚射流过渡焊接，是采取等速送丝配备恒流特性电源，通过电弧固有的自身调节作用稳定电弧长度，两种方案都有调节精度和调节灵敏度问题。

埋弧焊通常采用较粗直径的焊丝，直径一般以 4mm 以上居多，如果仍然依靠电弧自身调节作用保持弧长的稳定，则由于系统对粗丝的调节灵敏度低、反应慢，无法满足参数稳定的要求，同时弧长变动时和调节过程中，焊接电流有较大的变动，将造成焊缝成形不均，这一点对于埋弧焊这种大热输入量的焊接在保证熔透稳定性方面是极为不利的。

我们知道，焊丝的熔化速度大致与焊接电流成线性关系，焊接电流应根据焊件条件、焊丝直径、所希望的熔滴过渡形态以及焊接生产率来选取，在兼顾电弧调节性能时可以把电流选的大一些，以满足焊丝电流密度的要求。然而由于焊丝电流密度是与焊丝的截面积成反比，在焊丝直径增加一倍时，即使焊接电流增加两倍，也不能达到细丝的电流密度值。因此从电弧调节灵敏度角度考虑，电弧自身调节系统不适合使用粗焊丝。

另外，埋弧焊所用焊丝的熔化特性也使之不具备产生电弧固有的自身调节作用的基础。

埋弧焊主要采用的是变速送丝弧压反馈调节系统，下面讲述系统静态特性和调节过程。

1. 系统静态特性

当电弧长度发生变化使焊接规范偏离原来的稳定值时，利用电弧电压做反馈量，通过转速调节机构（调节器），迫使送丝速度改变，把焊接规范调回到原先的数值。

调节器的静态特性方程为：

$$v_f = k(U_a - U_g) \qquad (7.1)$$

式中，v_f 为送丝速度；U_a 为电弧电压；U_g 为送丝给定电压；k 为调节器灵敏度。

送丝给定电压是从电路上给予调节器的初始输入电压，而实际送丝速度受电弧电压的影响,既是由电弧电压与送丝给定电压的差值决定。

埋弧焊电弧稳定工作条件仍然是:

$$v_m = v_f \tag{7.2}$$

并且有

$$v_m = k_i I - k_u U \tag{7.3}$$

式中,k_i 和 k_u 代表的意义同于第 5 章对电弧自身调节系统的讲述。

从上面三式可得

$$U_a = \frac{k}{k + k_u} U_g + \frac{k_i}{k + k_u} I \tag{7.4}$$

式(7.4) 称作电弧电压反馈调节系统的静态特性方程。表示在变速送丝自动焊系统中,送丝给定电压一定时,电弧在稳定工作点燃烧所需具备的焊接电流与电弧电压的配比关系。此静态特性曲线如图 7.4 示意,图中 U_o 代表曲线截距,$\tan\beta$ 代表曲线斜率。

也可以按等熔化速度曲线方式理解系统静态特性曲线。即电弧在该条曲线上燃烧时,焊丝熔化速度与焊丝送进速度相等。否则当电弧工作点离开该条曲线时(送丝给定电压不变的条件下),焊丝熔化速度与焊丝送进速度不相等。在系统内部参数调定以后,对应一定直径的焊丝、一定数值的送丝给定电压和一种电弧条件(焊丝干伸长、保护情况等),只有一条系统静态特性曲线与其对应。

然而严格讲,该曲线并非一条直线,即使在送丝给定电压不变的情况下,该曲线的截距和各点处的斜率仍然会受到电流和电压数值的影响,因为 k_i 和 k_u 是随电流或电压变动的。但这种变化对系统的调节特性影响不大,不影响系统调节作用的发挥。

从宏观角度考察影响系统静态特性的因素,有如下几项:

① 调节器灵敏度 k 变化,静特性斜率 $\tan\beta$ 随之变化。当 k 趋于足够大时,$\tan\beta$ 趋于为 0。说明此时系统具有最高的调节灵敏度。通常 k 值是由调节器电路参数值决定的,设定后一般不做调整。

② 送丝给定电压 U_g 增加,系统静态特性曲线上移;送丝给定电压 U_g 减小,系统静态特性曲线下移。

③ 焊丝直径减小或焊丝干伸长增加,由于 k_i 值增加,使曲线斜率 $\tan\beta$ 加大。

④ 焊丝材料、保护条件不同时,$\tan\beta$ 不同。

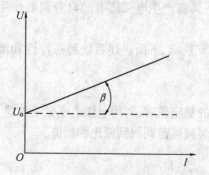

图 7.4　系统静态特性曲线

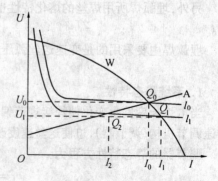

图 7.5　系统调节过程

2. 系统调节过程

以图 7.5 说明系统调节过程。

图中 W 代表已调定的电源外特性；A 代表调节系统静态特性；l_0 代表初始稳定状态下的电弧静特性。则电弧在上述三条曲线的交点 $Q_0(I_0, U_0, l_0)$ 燃烧，焊丝熔化速度等于焊丝送进速度，即 Q_0 是电弧稳定工作点。

现在由于某种原因（比如焊枪高度变动、坡口尺寸变化、工件表面弯曲、行走台不平等）使电弧长度缩短至 l_1，电弧工作点由 $Q_0(I_0, U_0, l_0)$ 改变到 $Q_1(I_1, U_1, l_1)$，由于 Q_1 不在 A 线上，将发生 $v_m \neq v_f$，即 Q_1 不是电弧稳定工作点，系统将展开调节。

在电弧调节器中，由于 $U_1 < U_0$，$(U_a - U_g)$ 值下降，将使送丝速度 v_f 下降 $\{v_f = k(U_a - U_g)\}$，甚至回抽（如果 U_a 下降过多），于是电弧长度逐渐回复，最后重新回到 Q_0 点稳定下来。

在上述调节过程中，Q_1 点的电流值 I_1 大于 Q_0 点的电流 $I_0(I_1 > I_0)$，也会使焊丝熔化速度增加，促使弧长拉长，即电弧自身调节也在发挥作用，但弧压反馈调节的作用更大。

在干扰原因使电弧拉长的情况下，系统同样会根据电弧电压的变动产生调节，只是电弧电压的增加将造成送丝速度的加快，弧长被逐步缩短，最后也回复到初始稳定点。

3. 系统调节精度

(1) 弧长变化时的调节精度

以图 7.6 说明弧长变化时的调节精度。

① 调节过程结束后，如果焊丝干伸长没有改变，则系统不出现静态误差。

② 调节过程结束后，如果焊丝干伸长发生了变化，则电弧将在一新的稳定工作点下燃烧，并产生误差。

在焊丝干伸长增加的情况下，由于系统静特性曲线斜率 $\tan\beta$ 增大，将产生电弧电压的正偏差，电弧长度的正偏差，焊接电流的负偏差。

在焊丝干伸长减小的情况下，由于系统静特性曲线斜率 $\tan\beta$ 减小，将产生电弧电压的负偏差，电弧长度的负偏差，焊接电流的正偏差。

因此影响静态误差的因素有：焊丝干伸长变化量、焊丝直径、焊丝电流密度、焊丝电阻率、焊接保护条件以及电源外特性变化率等。

由于电弧电压反馈调节系统通常采用陡降特性电源进行焊接（为了获得较大的电弧电压变化量以满足调节灵敏度的要求），所以焊接电流的改变量较小。电源外特性下降率越大，电流的变化量越小；恒流特性电源几乎没有电流的改变，但埋弧焊中很少采用恒流特性电源，陡降特性对于埋弧焊焊缝成形的稳定性更为有利。

另外，埋弧焊多采用粗丝进行焊接，焊丝电流密度较低，即 k_i 值和 $\tan\beta$ 值较小，而调节器灵敏度 k 较大，使得系统调节后的电压值误差和电流值误差都很小。

(2) 网压变动时的调节精度

网压变动时，如果调节器灵敏度较低，将产生较大的电弧电压变化；如果调节器灵敏度较高，将产生相对较大的焊接电流变化。而缓降特性电源相对于陡降特性电源，电弧电压和焊接电流的变化都比较大。图 7.7 示出网压影响使外特性产生同等程度降低时的系统误差比较。从这一点考虑，为了不降低系统调节灵敏度，也希望采取陡降特性电源进行

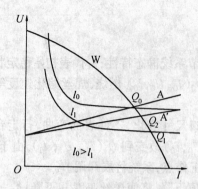

图 7.6　弧长变化时的调节精度

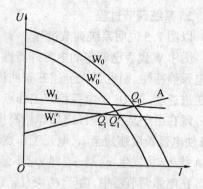

图 7.7　网压变动时的调节精度

焊接。

4. 系统调节灵敏度

系统调节灵敏度取决于弧长变化时系统送丝速度变化量的大小。

而 $\Delta v_f = k \cdot \Delta U_a$，所以：

（1）调节器灵敏度 k 越大，系统调节灵敏度越高。

但调节器灵敏度 k 值也不宜过大，否则会造成系统振荡，出现超调。

（2）电弧电场强度 E（弧柱）越大，单位弧长变化引起的电弧电压改变量也就越大，系统灵敏度提高。

5. 变速送丝系统焊接电流和电弧电压的调整方法

变速送丝系统焊接电流与电弧电压的调整方法如图7.8所示。即通过调节电源外特性来调整焊接电流；通过调节送丝给定电压来调整电弧电压。

因此，电源外特性所涵盖范围与送丝速度所涵盖范围的重叠区间就限定了焊接电流和电弧电压的调整范围。需要注意的是不同直径焊丝对系统静特性斜率有一定影响，如果系统调整不到适用的规范（如图中所示虚线规范区间），应通过改变系统调节器灵敏度做出调整。

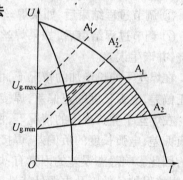

图 7.8　系统焊接电流与电弧电压的调整

7.3　埋弧焊焊接现象

7.3.1　焊接现象

埋弧焊对电弧不能进行直接观察。当初出现这种焊接法时，人们认为是电流流过液态熔渣产生电阻热对母材进行熔化。然而通过示波器观察，发现电流没有被熔渣分流，从而确认这是完全的电弧焊方法。

在图7.9中，设电流 i 为图（a）所示的正弦波，如果电流流过电阻 R，其端子电压 $i \cdot R$ 应呈图（b）的正弦波形式。把电流、电压的关系表示在直角坐标下应呈图（e）中 AOB 那样的直线，$\tan\theta = u/i$ 即为电阻值 R。

然而在电弧放电时，端子电压呈现图(c) 所示的矩形波形式。如果电流在电弧和熔渣中分流的话，端子电压应如图(d) 形式，图中端子电压达到 P' 点后产生电弧，在直角坐标系中，瞬时走向应是 $O \rightarrow P' \rightarrow Q \rightarrow P' \rightarrow O \rightarrow S' \rightarrow T \rightarrow S' \rightarrow O$。

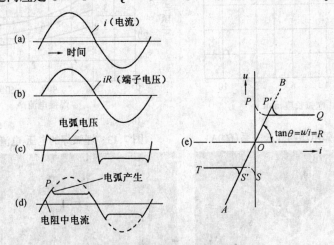

图 7.9　埋弧焊电弧现象分析

因此，通过对电压波形的观察，可以知道是电弧现象还是电阻产热现象。

图 7.10 示出普通交流埋弧焊的示波器波形，图 7.11 示出其 $u - i$ 波形，都说明这是一种电弧放电现象。

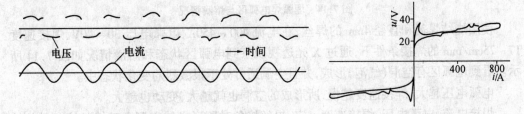

图 7.10　埋弧焊电流和电压示波器波形　　　图 7.11　埋弧焊电压-电流特性

7.3.2　电弧特性

埋弧焊电弧是处在焊剂层下，电弧被引燃后，金属和焊剂的蒸发气体及分解气体围绕电弧形成一个气泡，电弧就在这个气泡中燃烧。

实际焊接中，用肉眼观察不到这个气泡和电弧，需要通过 X 光透视才能了解电弧区发生的现象。图 7.12 是通过 X 光透视得到的电弧电压与电弧弧长的关系，两者之间也有良好的线性关系。图 7.13 也是通过 X 光透视，并以表征弧长（同于 CO_2 焊中的可见弧长）为参量得到的焊接电流-电弧电压特性，电弧电压随焊接电流的增大而降低，呈现出负阻特性。

7.3.3　熔滴过渡

与焊条电弧焊相比，埋弧焊是在相当高的电流密度下进行焊接。因此，由于电磁拘束效应的作用，焊丝前端的熔化金属呈细小颗粒过渡。

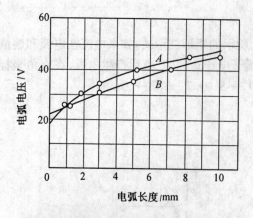

图 7.12 埋弧焊电弧电压与弧长关系(600A)　　图 7.13 埋弧焊的电压-电流特性

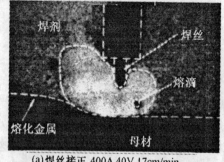

(a)焊丝接正,400A,40V,17cm/min

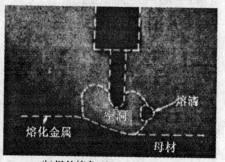

(b)焊丝接负,400A,30V,17cm/min

图 7.14 埋弧焊电弧区与熔滴情况

使用烧结焊剂和直径 4mm 的焊丝,在电流 400～450A、电弧电压 30～40V、焊接速度 17～25cm/min 的焊接条件下,通过 X 光透视观察到电弧区状态和熔滴情况如图 7.14 所示。看到电弧区有空洞(气泡)形成,并且空洞通常处于很激烈的变化状态中。

电弧电压越大、焊接速度越慢,所形成的空洞也就越大,变动也越大。

焊接电流、电弧电压、焊接速度一定,焊丝接负时所形成的空洞大于焊丝接正时的情况。

电弧电压较低或者焊接速度较慢时,在焊丝的前面有未熔化的焊剂,在焊丝的后部形成空洞。

此外,虽然不能直接观察电弧,但在焊丝接负时,从焊丝的熔化状态可以判断,电弧有向焊丝上方伸展的情况,这与 MIG 焊、CO_2 焊的情况是一样的。

低速焊接,熔滴多数是沿着前面的熔渣壁产生过渡。焊接速度增大后,熔滴多从后部过渡。

由于电流密度低(与 MIG 焊、CO_2 焊相比),熔滴的过渡频率达不到 MIG 焊中的喷射过渡程度。电流 400A、焊丝接负时每秒约过渡 10 次。焊丝接正时熔滴过渡的频率是焊丝接负时的数倍。但即使在焊丝接负时,也许是熔滴接触熔渣或电弧气氛的缘故,熔滴的尺寸较小,熔滴的直径大体与电极焊丝的直径相当。

此外熔渣的化学成分、物理性质对熔滴的大小、过渡频率有较大影响。

7.3.4 电极焊丝的熔化特性

图 7.15 示出对几种直径焊丝的熔化速度与焊接电流的关系。焊丝越细以及电流密度越大,比熔化量也就越大。图 7.16 示出焊丝干伸长与焊丝熔化速度的关系。焊丝干伸长为 0 时的焊丝熔化速度用 DR_0 表示。

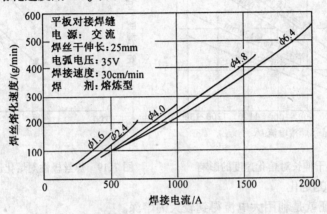

图 7.15　埋弧焊焊丝熔化速度与电流的关系

DR_η 表示焊丝电阻热对焊丝熔化速度的增加成分,与电弧热对焊丝的熔化速度 DR_0 相比,DR_η 数值是很大的,不能忽略。

图 7.17 显示电流密度 δ、焊丝干伸长 l 增加时,焊丝的熔化速度亦增加,其增加量与 $(\delta \times l)^{1.22}$ 成比例。有效利用焊丝干伸长上的电阻热,能够提高焊接生产率。

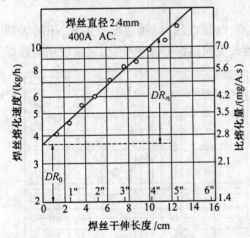

图 7.16　焊丝干伸长与熔化速度的关系　　图 7.17　焊丝熔化速度随电流密度及干伸长的增加

图 7.18 示出焊丝干伸长达到 280mm 时,焊丝熔化速度约为普通情况的 2 倍。

图 7.19 示出焊丝极性对焊丝熔化速度的影响。焊丝接负时的熔化速度约为焊丝接正时的 1.5 倍。焊丝接正时,焊丝的熔化速度受焊剂成分的影响较小。而焊丝接负时,因焊剂成分的改变,焊丝熔化速度要发生变化。

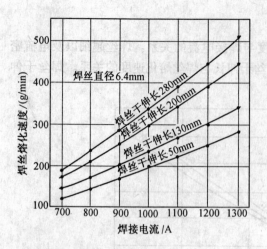

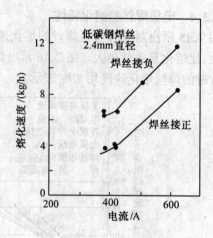

图 7.18　焊丝干伸长对熔化速度的影响　　　图 7.19　焊丝极性对熔化速度的影响

7.3.5　母材的熔化

埋弧焊的特征就是利用大电流得到较大的熔深。

人们通过实验求出了一些关于焊接参数与焊接熔深的实验关系式,下式即为其中的一例:

$$P = K \cdot \sqrt[3]{\frac{I^4}{v_\mathrm{w} \cdot U_\mathrm{a}^2}} \tag{7.5}$$

式中,P 为焊接熔深;K 为由焊剂确定的常数;I 为焊接电流;v_w 为焊接速度;U_a 为电弧电压。

从上式看到,焊接熔深(P)除了与焊接电流、电弧电压、焊接速度有关外,还随焊剂的种类而改变。即使是同一成分的焊剂,当粒度改变时熔深亦发生变化,通常使用粗粒焊

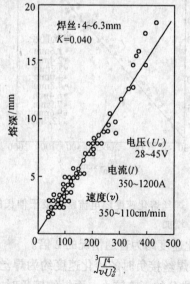

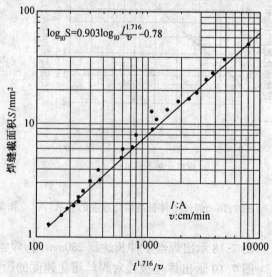

图 7.20　焊接参数与熔深的关系　　　图 7.21　焊接电流/焊接速度与焊缝截面积的关系

剂可以得到更大的熔深。图 7.20 示出焊接参数与熔深的关系。图 7.21 示出焊缝截面积 S 与焊接参数的关系。

图 7.22 是从母材的侧面用强力 X 光照射,直接对焊丝的熔化和母材的熔化状态进行透视观察的结果。

模式(Ⅰ)是在大电流、低电压、低焊速下观察到的焊接现象。焊丝潜入母材中,电弧在对前方母材进行熔化的同时,已熔化金属上也有一部分电弧,焊丝前端被削成笔尖状。

模式(Ⅱ)是对模式(Ⅰ)的电弧增加了焊接速度,电弧只产生在前方母材未熔化固体面上,焊丝前端呈小刀形。

模式(Ⅲ)属于一般的电弧状态,其电弧电压较高,焊接速度较低。

模式(Ⅳ)是对模式(Ⅱ)的电弧再次提高焊接速度时所产生的现象。

模式(Ⅲ)的状态可以得到最为稳定的焊缝。在多电极埋弧焊中,即使第 1 电极处于(Ⅰ)(Ⅱ)(Ⅳ)任一状态下,通过后续电弧对焊缝进行整形,亦可以得到良好的焊接结果。

模式(I)I 500A 30V 25cm/min

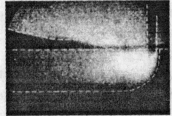
模式(II)I 500A 30V 100cm/min

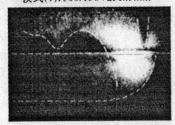
模式(III)I 500A 40V 25cm/min

模式(IV)I 500A 30V 250cm/min

图 7.22　埋弧焊焊接条件与母材熔深及焊丝熔化状态

在对 V 型坡口进行焊接时,如果坡口截面积一定,即使改变坡口角度,熔深(熔化形态)也不发生改变,如图 7.23 所示。这是由于埋弧焊这样的大电流焊接,坡口部分因瞬时(动态)热传导而产生大量的熔化,如果焊接条件一定,不论坡口形状如何,母材都会有一定的熔化量。

(a)角度:45° 深度:14mm

(b)角度:70° 深度:11mm

(c)角度:90° 深度:9mm

图 7.23　坡口面积一定情况下的焊接熔深(1200A,40V,30cm/min)

7.3.6 熔化金属与熔渣的反应

高温熔化金属与熔渣接触,在其接触面上将产生化学反应。对该化学反应从理论上进行研究,方法有两种:一是基于假设熔渣处于电中性分子状态的化学平衡理论,一是基于假设熔渣解离成离子的离子理论。

1. 化学平衡理论

埋弧焊焊剂的组成是以二氧化硅(SiO_2)为主体,还包含氧化锰(MnO)、氧化钙(CaO)、氧化铝(Al_2O_3)等其它氧化物及氟化物。其中的主要问题是硅(Si)、锰(Mn)的氧化反应和还原反应。

(1) Si 的反应

熔渣中的 SiO_2 与液态铁产生还原反应,反应式及平衡常数 K'_{SiO_2} 如下式:

$$(SiO_2) + [Fe] = [Si] + 2(FeO) \tag{7.6}$$

$$K'_{SiO_2} = [\%Si] \cdot (\%FeO)^2 / (\%SiO_2) \tag{7.7}$$

式中,(SiO_2)、$(\%SiO_2)$ 分别表示熔渣中的 SiO_2 及其质量分数;

(FeO)、$(\%FeO)$ 分别表示熔渣中的 FeO 及其质量分数;

$[Fe]$ 表示熔化金属中的 Fe;

$[Si]$、$[\%Si]$ 表示熔化金属中的 Si 及其质量分数。以下类同。

K'_{SiO_2} 与温度、熔渣的碱性度有关。温度越高,K'_{SiO_2} 越大;碱性度越大,K'_{SiO_2} 越小。

式(7.7)是熔渣被 SiO_2 所饱和了的情况,对于 SiO_2 较少的熔渣,应考虑活量系数 a_{SiO_2},则有下式:

$$K'_{SiO_2} = [\%Si] \cdot (\%FeO)2 / \{a_{SiO_2} \cdot (\%SiO_2)\} \tag{7.8}$$

K'_{SiO_2} 在一定温度下是恒定数。因此,熔渣中的 SiO_2 越多,式(7.6)的反应越向右边进行,促使一部分 SiO_2 被还原,Si 进入熔化金属。

(2) Mn 的反应

MnO、Mn 的反应用下式表示:

$$[Mn] + (FeO) = (MnO) + [Fe] \tag{7.9}$$

该反应的平衡常数 K'_{Mn} 用下式给出:

$$K'_{Mn} = [\%Mn] \cdot (\%FeO) / (\%MnO) \tag{7.10}$$

在一定温度下,K'_{Mn} 也是恒定数。当熔化金属中的 Mn 含量较少、熔渣中的 MnO 较多时,式(7.9)的反应向左进行,促使 Mn 从熔渣中还原出来进入熔化金属。

熔渣的碱性度对 K'_{Mn} 没有多少影响。

2. 离子理论

根据离子理论,熔渣与熔化金属的反应用下式表达:

$$2(SiO_2) = (SiO_4^{4-}) + (Si^{4+}) \tag{7.11}$$

$$(Si^{4+}) + 2[Fe] = [Si] + 2(Fe^{2+}) \tag{7.12}$$

式(7.11)和式(7.12)显示 Si 从 SiO_2 还原出来,并进入熔化金属中,而铁(Fe)被氧化进入熔渣。当熔渣中含有的 O^{2-} 离子不足时,Si 就向熔化金属中过渡。

Mn 的反应式如下

$$(Mn^{2+}) + [Fe] = [Mn] + (Fe^{2+}) \tag{7.13}$$

然而,由于式(7.12)和式(7.13)的反应是同时进行的,带有高价电荷的阳离子 Si^{4+} 的反应更为强烈。

7.4 焊接材料

埋弧焊由于其熔深较大,使得焊缝金属的性质受到母材化学成分的影响很大,但焊丝及焊剂的组合也对其有很大的决定作用。因此除了应该正确进行焊接条件的选择外,还需要对焊接材料作出选择。

7.4.1 焊丝

1. 焊丝标准

埋弧焊所用焊丝的成分及规格,各国都有自己的标准,国际焊接学会 IIW(国际标准化机构 ISO)对焊丝也有标准,分别用于焊接不同的材料及各种形式的焊缝。

埋弧焊用的焊丝,应根据所焊钢材的类别及对接头性能的要求加以选择,并与适当的焊剂配合使用。

低碳钢和低合金高强钢焊接应选用与母材强度相匹配的焊丝;耐热钢和不锈钢的焊接应选用与钢材成分相近的焊丝。

2. 焊丝尺寸与焊接电流范围

各种直径焊丝的焊接电流范围如表 7.2 所示。

表 7.2 焊丝直径及使用电流范围(低碳钢、低合金钢焊丝)

焊丝直径 /mm	1.2	1.6	2.0	2.4	3.2	4.0	4.8	6.4	7.9
电流范围 /A	200~350	250~400	250~500	300~600	350~800	450~900	500~1400	700~1800	1000~

7.4.2 焊剂

埋弧焊用焊剂的作用有如下几点:① 保护电弧;② 稳定电弧;③ 对焊缝整形;④ 向焊缝金属中补充合金元素;⑤ 针对特殊姿势比如横向焊接等。

焊剂的成分不同,对焊接操作性能、焊缝金属的性质有很大的影响。通常是根据制造方法、成分体系、焊缝金属性能或根据用途等进行分类。

1. 熔炼焊剂

把配制好的原料在电炉中溶解,冷却后加以粉碎制成的焊剂称作熔炼焊剂。

熔炼焊剂在熔化后急速冷却,通常呈玻璃状。

熔炼焊剂中不能大量添加合金元素,但通过冶金反应可以使 Mn 和 Si 过渡到焊接金属中。

熔炼焊剂的特征有如下几点:

(1) 焊缝外表美观;

（2）不易吸湿，通常在使用前不需要干燥；

（3）未熔化的焊剂可以重复使用。

2．烧结焊剂

把原料粉与合金元素相混合，通过结合剂制成颗粒状，然后进行烧结。

烧结焊剂的特征有如下几点：

（1）大电流下的焊接操作性良好，适合于厚板高生产率焊接；

（2）焊缝金属的性能特别是冲击韧性优良；

（3）容易添加合金元素，比如采用低碳钢焊丝，通过改变焊剂即可对低合金钢进行焊接；

（4）与熔炼焊剂相比，消耗量少，经济性好；

（5）从小电流到大电流，可以采用同一粒度的焊剂进行焊接。

3．各种成分系列焊剂的特征

焊剂根据成分系列分类具有如下特征：

（1）SiO_2-CaO-MgO 系

组成为 $w(SiO_2) = 50\%$，$w(CaO) = 30\%$，$w(MgO) = 10\%$，是典型的酸性焊剂。与高锰焊丝组合，用于低碳钢的焊接。大电流下的操作性良好，对铁锈不敏感。向焊缝金属中过渡的 Si 较多，但不适合多层焊。

（2）SiO_2-MnO 系

组成为 $w(SiO_2) = 40\% \sim 45\%$，$w(MnO) = 40\% \sim 45\%$，与低锰焊丝到高锰焊丝组合，用于低碳钢、50 公斤级高强钢的焊接。

该焊剂熔化温度低、流动性好，适合于高速焊及角缝焊接。MnO/SiO_2 比小于 1 的组成，对锈铁不敏感，不易产生气孔。

该体系中成轻石状、比重小的用在水平角焊缝的焊接中，操作性及熔渣剥离性良好，焊剂的消耗量也少。

（3）SiO_2-MnO-CaO-CaF_2 系

组成为 $w(SiO_2) = 40\%$，$w(MnO) = 20\%$，$w(CaO) = 20\%$，与各种焊丝组配，用于从低碳钢到 80 公斤级高强钢、低温用钢、耐热钢的焊接，焊缝性能特别是冲击值优良。

（4）SiO_2-CaO-MgO-Al_2O_3 系

组成为 $w(SiO_2) = 30\%$，$w(CaO) = 30\%$，$w(MgO) = 15\%$，$w(Al_2O_3) = 15\%$，用于低合金耐热钢厚板的焊接。

由于是高碱性焊剂，进行厚板焊接时，抗裂纹性能优良，焊缝金属的强度、韧性较高。

（5）MnO-SiO_2-TiO_2 系

与高锰焊丝组配，用于板厚 1.2 ~ 3.2mm 的薄板高速焊接。熔渣的剥离性及焊缝外观良好。

4．碱性、酸性的尺度

焊剂熔化成为熔渣，熔渣呈碱性还是呈酸性，对焊缝金属的性能、焊接操作性都有很大的影响。

一般酸性焊剂的焊接操作性好，能得到漂亮的焊缝，但焊缝冲击值低。而碱性焊剂得到的焊缝冲击值高,抗裂纹能力强,但焊接操作性不太好。

通常用碱性度作为衡量熔渣碱性、酸性的尺度,如下表示:

$$碱性度\ B_1 = 碱性成分的质量分数(CaO,MgO,MnO,FeO,Na_2O\%)/$$

$$酸性成分的质量分数(SiO_2,TiO_2,Al_2O_3\%) \tag{7.14}$$

$$碱性度\ B_2 = 碱性成分摩尔率的总和/酸性成分摩尔率总和 \tag{7.15}$$

$$碱性度\ B_3 = (各成分的摩尔率 \times 碱性系数)的总和 \tag{7.16}$$

B_3 是过碱性表示法,通常用 B_L 作记号,计算式如下:

$$B_L = 6.05nCaO - 6.31nSiO_2 - 4.97nTiO_2 - 0.2nAl_2O_3 + 4.8nMnO + 4.0nMgO + 3.4$$
$$nFeO$$

式中,n 代表各成分的摩尔率。

当 $B_L > 0$ 时呈碱性,当 $B_L < 0$ 时呈酸性。

7.4.3 焊丝与焊剂的组配

焊丝与焊剂的组配对埋弧焊焊缝金属的性能有着决定作用。

低碳钢的焊接可选用高锰高硅型焊剂,配用 H08MnA 焊丝,或选用低锰低硅型焊剂配用 H08MnA、H10Mn2 焊丝。

低合金高强钢的焊接可选用中锰中硅型焊剂,配用适当的低合金高强钢焊丝。

耐热钢、低锰钢、耐蚀钢的焊接可选用中硅过低硅型焊剂,配用相应的合金钢焊丝。

铁素体、奥氏体钢一般选用碱度较高的焊剂,以降低合金元素的烧损及掺加较多的合金元素。

7.5 埋弧焊焊接实际

7.5.1 焊接装置的构成

图 7.24 示出标准的埋弧焊焊接装置构成。焊接机本体由焊丝送进装置、控制装置及固定架、行走小车组成。焊接电源采用普通的交流电源,电源的容量从 500A 到 2 000A,根据用途来选择。薄板焊接时多采用直流电源。

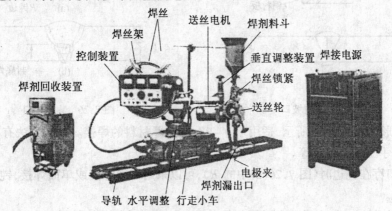

图 7.24 标准的埋弧焊焊接装置构成

焊接区未熔化的焊剂,利用回收装置进行回收,能够重复使用。

埋弧焊接由于电流大、焊接时间长,为防止其它电气设备对焊接条件的影响,最好采用专用供电设备。供电设备容量应考虑多台焊机并用的情况。在单相输入、多台使用时,必须考虑电源三相平衡问题。

焊接机:1 台的情况 $\qquad Q = \sqrt{\alpha} \cdot \beta \cdot P$ (7.17)

2~10 台的情况 $\qquad Q = \sqrt{n\alpha} \cdot \sqrt{1 + \alpha(n-1)} \cdot \beta \cdot P$ (7.18)

10 台以上的情况 $\qquad Q = n \cdot \alpha \cdot \beta \cdot P$ (7.19)

式中,Q 为电源设备容量(kVA);P 为焊接电源额定输入(kVA);α 为焊接电源的额定暂载率;β 为递减系数(实际使用的平均电流与额定电流的比值);n 为使用台数。

综合考虑实际使用的焊接电流值、使用率、环境温度、操作方便性等,选择一定导电截面积的焊接电缆。

7.5.2 接头的坡口形式

如何选择焊接区坡口的形状是一个重要的问题。坡口形状对接头的强度、可靠性、焊缝外观以及焊接成本都有影响。因此,在确定坡口形状时,需要对板厚、材质、要求品质、坡口加工及对接精度等种种条件做出充分的考虑。

1. 对缝焊接接头

(1) I 型坡口

坡口形状如图 7.25 所示,适用于 12mm 以下板厚材料的焊接。板厚在 8mm 以下时采用同材料衬垫或铜衬垫,可以采取单面单层焊接。板厚超过 8mm 时,进行两面各一层焊接。这种接头通常余高较大,因此不适合对余高有严格限制的场合。

后一层的焊接通常要增大电流以保证可靠熔透。为了避免过大的余高,在后一层焊接前,要采用电弧气刨进行清根。

(2) V 型坡口

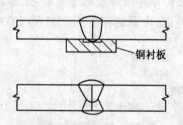

铜衬板

图 7.25 I 型坡口

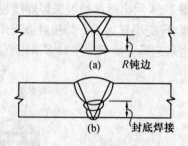

(a) R 钝边

(b) 封底焊接

图 7.26 V 型坡口

坡口形状如图 7.26 所示,适用于 9~38mm 板厚材料的焊接。焊接方法有单面焊、双面焊、并用手工焊条焊接等。

当坡口存在钝边时(图 7.26(a)中的 R),可以采用双面焊接或单面焊接,钝边 R 最大可达 10mm。

与 I 型坡口一样,在进行最后层焊接前,通过电弧气刨清根,得到可靠的熔透,并能减小余高。

无钝边的坡口(图7.26(b)),可以采用焊条电弧焊或半自动电弧焊封底,然后进行单面埋弧焊。

(3) X型坡口

坡口形状如图7.27所示,适用于16~38mm板厚材料的焊接。大电流下可以得到品质良好的焊缝。

由于坡口截面积小,焊接材料的消耗也少。此外,焊接条件的裕度大,这是埋弧焊中最常采用的焊接形式。

(4) U型坡口

这种坡口多针对40mm以上厚板的焊接。当板厚在40mm以下,但对热输入量有限制而必须进行多层焊时也可以采用。

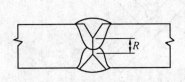

图7.27　X型坡口

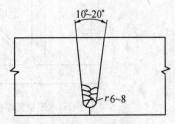

图7.28　U型坡口

为了在减小坡口截面积、提高生产率的同时也能减小焊接变形,如图7.28所示,该坡口多采取10°~20°的小角度。

对板厚75mm以上的超厚板,从板厚的中部开始进一步减小坡口角度。

(5) 坡口的精度

为得到可靠性高、品质优良的焊接接头,必须保证坡口精度。提高坡口精度能够在保证焊缝品质的同时充分发挥埋弧焊高生产率特点。图7.29示出对缝接头坡口的尺寸精度要求项目。

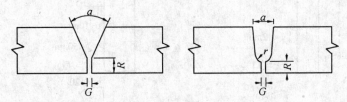

图7.29　坡口尺寸要求

坡口的加工有气体火焰切割、等离子火焰切割、机械加工、碳弧气刨几种工艺。

2. T型角焊缝接头

母材成平面直角相交、具有三角形焊缝金属断面的接头叫做T型角焊缝接头。

普通T型角焊缝接头坡口形式如图7.30所示。可以采取水平焊接和船型位置焊接等方式(图7.31)。船型位置焊接一般取45°倾斜,容易得到等脚长焊缝。在立板比较厚时,加大倾斜角度,使电弧对立板的作用增加,获得更大的立板熔深。

根据结构强度要求可以是两侧相互熔透焊接或未熔透焊接。对于立板完全熔透焊接,焊缝断面容易出现"梨形"形貌,在焊缝内部出现裂纹的可能性较大,这时应从坡口角度、焊接电流、焊接姿势等方面采取措施解决。

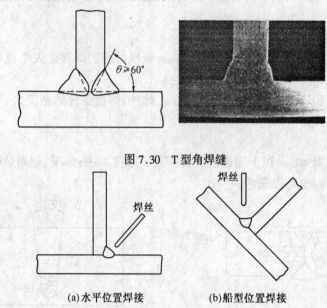

图 7.30 T型角焊缝

(a)水平位置焊接   (b)船型位置焊接

图 7.31 T型角焊缝的焊接

3. L型角接头

两板材边缘成直角连接的接头称作"L型角接头",一般在建筑、桥梁中使用。

L型角接头的坡口形状如图 7.32 所示,根据立板厚度及操作条件取"半V型"、"半U型"、"半X型"等,厚板接头采取多层焊接和双面焊接。

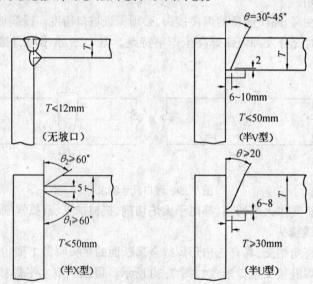

图 7.32 L型角焊缝的焊接

4. 坡口前期处理

(1) 表面清理 埋弧焊是一种高效焊接,母材熔化量较大,容易受到表面状态的影响,因此焊接前应对坡口加工后残留下来的油脂、氧化皮、毛刺等进行认真的清理,也要对原板材上的铁锈、防锈涂料等进行清除。

(2) 装配焊接　装配的目的是使要焊接的各构件正确、准确地组成结构,并保持相对位置、尺寸要求,在焊接时防止或减小焊接变形。

装配焊接用手工焊条或半自动电弧焊进行。由于焊道较短,对某些材质要考虑热影响区硬化及出现裂纹的问题。装配焊接长度、间距等依据板厚确定,随后认真去除焊渣。

(3) 引入板和引出板　在焊接的起始点不能达到所要求的熔深,在焊接结束点由于有收弧弧坑,不能得到完全的焊缝,因此在焊缝的两端需要有引入板和引出板(工艺板),焊接的开始和结束在此工艺板上进行。焊接工艺板除了可以去除焊缝不良部分之外,还对增加母材的拘束、降低端部电弧偏吹有好的效果。

引入板和引出板一般选用与母材相同材质、相同板厚的材料,并与母材有相同的坡口。

7.5.3　焊接条件的选定

1. 焊接电流

焊接电流对焊丝熔化速度及熔深有很大影响。图 7.33 示出焊接电流与焊缝端面形状的关系。随焊接电流的增大,熔深及余高随之增加。平板焊接中即使在同一焊接条件下,如果余高过大,将会产生焊瘤。电流再增大,将形成梨形焊缝,焊缝内部将产生高温裂纹。

为得到合适的熔化深度及良好的断面形状,必须根据坡口条件进行焊接电流的选择。

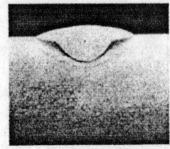 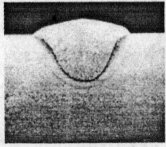 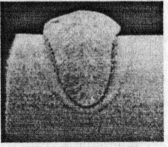

(a) 800A 40V 30cm/min　　(b) 1200A 40V 30cm/min　　(c) 1600A 40V 30cm/min

图 7.33　焊接电流对焊缝形状的作用(平板焊接, 焊丝直径 4.8mm, 熔炼型焊剂)

2. 电弧电压

电弧电压与电弧长度有关,对焊缝形状亦有很大影响。图 7.34 示出电弧电压与焊缝断面形状的关系。

电弧电压低,电弧潜入母材表面下方,热源处于母材中,形成深而窄的焊缝。如果电弧电压再降低,将形成梨形焊缝,并会产生裂纹。

电弧电压提高,焊缝变平,同时焊剂的熔化量增加。

3. 焊接速度

增大焊接速度,焊缝宽度、熔深同时减小。与宽度相比,余高增加。图 7.35 示出这种状态。如果继续增加焊速,将会形成咬边等缺陷。

在深坡口情况下,定性表示焊接速度与熔深的关系有图 7.36 所示的倾向。

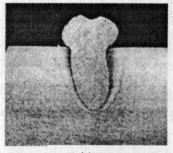

(a)30V   (b)40V   (c)50V

图 7.34 电弧电压对焊缝形状的作用(平板焊接，焊丝直径 4.8mm，熔炼型焊剂，1200A，30cm/min)

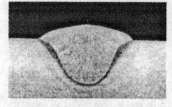

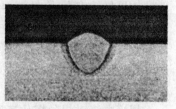

(a)30cm/min   (b)60cm/min   (c)90cm/min

图 7.35 焊接速度对焊缝形状的作用(平板焊接，焊丝直径 4.8mm，熔炼型焊剂，1200A，40V)

在焊接速度很小的区域(Ⅰ)，容易产生熔化金属向前流动现象。由于电弧在熔化金属上燃烧，不能对坡口底部直接加热熔化，使得熔深减小。极端场合会产生熔透不足以及熔渣卷到坡口底部。

区域(Ⅱ)是合适的焊接速度范围。区域(Ⅲ)容易产生咬边、气孔，得不到良好的焊缝。

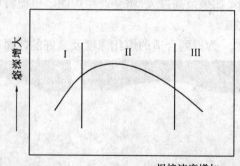

图 7.36 焊接速度与溶深的关系(坡口内焊接)

4．焊丝直径

在相同的电流、电压条件下，改变焊丝直径也会使熔深、焊缝宽度产生变化。图 7.37 示出焊丝直径对焊缝形状的影响。**焊丝越细，熔深越大，焊缝宽度越窄。**

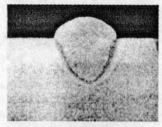
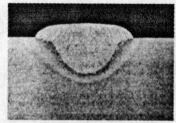
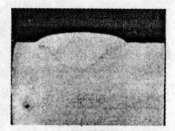

(a)丝径3.2mm   (b)丝径4.8mm   (c)丝径6.4mm

图 7.37 焊丝直径对焊缝形状的作用(平板焊接，800A，35V，30cm/min)

这是由于细径的场合，电流密度大，电磁拘束效果使电弧更为集中，电弧力更强。

焊丝越细,焊丝的熔化速度也越大,在效率上是有利的。但采用细丝大电流焊接,容易形成梨形焊缝,熔池不稳定,焊接结果不好。因此必须依据所用电流值选择合适直径的焊丝。

5. 焊丝倾角

图 7.38 示出焊丝倾斜角度的定义。

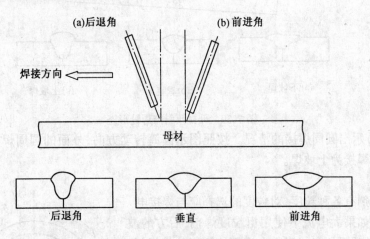

图 7.38　焊丝倾斜角度与焊缝形态

前进角焊接,熔化金属先行于电弧,电弧不直接对母材面加热,结果得到熔深浅、熔宽大、表面平的焊缝。此情况下很少发生咬边,适用于高速焊接。

后退角焊接,电弧力把熔化金属排向后方,电弧燃烧在露出的母材面上,容易形成熔深深、宽度窄、鼓起的后方。

需要较大熔深时,比如单面多电极焊接的第 1 电极采用后退角。

薄板(板厚 1.2～3.2mm)高速焊接时,采用铜夹具,把焊丝设置成后退角 20°,能得到良好结果。

6. 坡口角度

坡口角度越大,根部熔深相应增大。坡口角度增大后,对防止焊接缺陷是有利的。但如果过大的话,由于熔敷量很多,增加了热输入及变形。从效率方面来讲,虽然坡口较小一些为好,但容易产生熔透不足、裂纹等。因此,对大电流下采用 V 型或 X 型坡口,坡口角度最小需要达到 60°。

7. 母材的倾斜

如果母材沿焊接线方向倾斜,得到的焊缝形状与焊接方向有很大关系。如图 7.39 所示,此情况分为上坡焊和下坡焊两种。

下坡焊时,熔化金属向电弧前方流动,形成宽、平、浅的焊缝。在高速焊接时,采用下坡焊方式可以得到无咬边的低平焊缝。但如果母材向下倾角过大,焊缝中间下凹,在焊缝端部产生焊瘤,因此需要注意母材的倾斜不能太大。

上坡焊可以得到熔深大、焊缝窄、表面突起的焊缝。但如果母材倾角很大,熔化金属向后方流动,后方中央突起过多,会在两侧产生咬边。

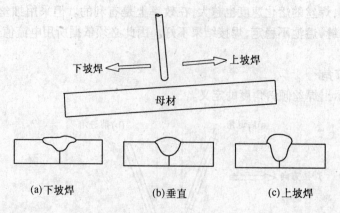

(a)下坡焊   (b)垂直   (c)上坡焊

图 7.39　母材倾斜与焊缝形态

图 7.40 示出圆周焊接的情况。按照图示圆筒转动方向,外面的圆周焊接为下坡焊,里面的圆周焊接为上坡焊。

8. 焊剂

熔炼焊剂有各种粒度,对粒度的选择应与焊接电流相适应。如果大电流下使用粗粒度焊剂,后方的波纹会很粗,外观不好。如果小电流下使用细粒度焊剂,气体的放出不顺利,焊缝尺寸不均,容易产生气孔。

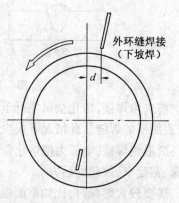

图 7.40　圆周焊接中焊丝对准位置

通常使用粗粒度焊剂可以得到熔深大、熔宽窄的焊缝;使用细粒度焊剂,可以得到熔深浅、熔宽大的焊缝。

焊剂的种类、焊剂的成分对焊缝形状有影响,最为明显的是熔炼焊剂与烧结焊剂的差别,如图 7.41 所示,通常熔炼焊剂能得到深熔的焊缝。

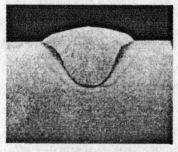

(a)熔炼焊剂   (b)烧结焊剂

图 7.41　焊剂类型差别对焊缝的影响(平板焊接, 1 200A, 40V, 30cm/min)

9.焊剂的散布方法

焊剂散布方式有散布到电弧的前方和与焊丝同轴散布两种,小电流焊接、熔池亦较小情况下,两种散布方法都是可以的,焊接上不会产生问题。但在厚板大电流焊接时,以把焊剂散布到电弧的前方为好,如果采用与焊丝同轴散布方式,落下来的焊剂直接压到熔池上面,所形成的焊缝不均匀,不能得到良好的结果。

如果焊剂散布量过多,气体的放出是间断的,也容易形成不均匀焊缝、气孔等。

以上叙述了各种因素的影响。实际焊接中,各种因素是相互作用着的。因此对焊接条件的选择应在充分把握单一因素影响的基础上,对各因素相互之间的关系要有一定的理解。

7.5.4 焊接缺陷及其对策

埋弧焊产生的缺陷及其防止对策如下所述。

1.烧穿

焊接电流过大是产生烧穿的最主要原因。但在电弧电压过低、焊接速度很慢时也会发生烧穿。此外,当坡口精度差、坡口角度、对缝间隙很大时同样可能产生烧穿。

为防止烧穿,需要在调整焊接条件的同时,提高坡口精度。如果坡口精度没有条件提高,应采用封底焊接或适当的衬垫。

由于熔炼焊剂和烧结焊剂对形成的熔深有较大的差别,注意不要在此出现失误。

2.熔透不良

焊接电流不足是最主要的原因,但电弧电压及焊接速度也有影响。

在坡口角度小或根部尺寸过大时也会产生熔透不良。要想防止熔透不良,需要在提高坡口精度的同时,选择合适的焊接条件进行焊接。

如果不能通过调整焊接条件予以解决,则可以考虑清根后再焊接。

3.高温裂纹

高温裂纹是熔化金属凝固过程中不纯物聚集在晶界上,使晶界塑性降低而发生。要想防止高温裂纹的产生,应选用碳、硫、磷含量低的母材及焊接材料,并使焊接金属中含有适量的锰以及使用碱性高的焊剂。

当坡口尺寸窄而深时,如果初层焊缝成梨形,则其中心容易出现收缩裂纹。这种裂纹可以通过采用小电流、低焊速、1~2次焊接,形成非梨形焊缝予以防止。

如果定位焊不充分,焊接中定位焊缝裂开,坡口张开,也会在初层焊缝中产生裂纹。为此,需要有充分的拘束,并通过定位焊抑制弯曲变形。

4.低温裂纹

高碳钢、低合金钢焊接,如果冷却时热影响区产生硬化、塑性下降,则可能产生低温裂纹。低温裂纹受焊接金属中氢含量的影响较大。

当母材的碳含量及板厚较大时也容易产生低温裂纹,通过预热及减缓冷却速度能够加以防止。目前已开发出抗裂纹能力优良、具有极低氢含量的埋弧焊用焊剂。

5.热影响区软化、脆化、耐蚀性降低

调质高强钢的接头在电弧热作用下,存在热影响区软化、接头效率降低、接头硬化的问题。根据钢种,需要确定最大热输入量,避免过大热输入,使热影响区宽度尽可能减小。

奥氏体不锈钢受电弧热影响,在热影响区析出颗粒状碳化物,耐蚀性降低。使用超低碳母材或含有碳稳定元素的母材可以防止该现象的发生。

焊接普通的奥氏体钢时,焊接后需要进行热处理。

6.气孔

产生气孔的原因是母材表面清理不充分,比如有涂料、油脂、红锈等附着物。此外,当焊剂散布量不足、对焊接区的保护不完全,以及焊剂散布量过大、气体放出不顺利时也会产生气孔。

在角焊缝焊接中,如果焊接速度过大,可能会产生气孔。

为得到无气孔的健全焊缝,需要对焊接区附近进行充分的清理,以及采用抗气孔性优良的焊丝与焊剂的组配,或者进行预热,减缓冷却速度等。

7.熔渣卷入

如果熔化金属、熔渣处于电弧前方,则容易产生熔渣卷入。这种现象容易出现在深坡口下坡焊接或引弧板与母材的连接部位存在坡口段差的情况下。为此,应该尽可能保持母材水平,或者使每层焊接的熔敷量不要过大,据此来选择焊接条件。

多层焊接时,如果对各层焊缝的分配不当,或者对前层焊缝的熔渣清理不充分也可能产生熔渣卷入,所以对各层熔渣需要充分清除。

8.咬边

高速焊时容易出现咬边。降低电弧电压能够一定程度防止咬边,但容易形成熔宽窄、余高大的焊缝。采用多电极焊接可以有效防止高速焊时的咬边。

9.焊瘤

当焊接电流过大、电弧电压过低、焊接速度过慢时容易产生焊瘤。

7.5.5 单面焊

对接焊缝要得到完全的熔透,最可靠的办法是进行双面焊接。然而依据构件形状,也有可能不具备双面焊的条件,此外,巨大的结构,比如巨型油轮等大而厚的板的焊接,要进行双面焊接受到反转工时、工场空间、设备等焊接成本的制约。因此,开发单面焊、提高生产率、降低成本成为人们追求的一个目标。单面焊有多种方式,分别有不同的应用对象。

1. 同种金属衬垫方式

图7.42示出采用与母材同材料的衬垫,在母材熔化的同时,衬垫亦产生熔化,并成为接合的一部分,在较薄板对缝焊接及L型角接头完全熔透焊接中有应用。

该方法中,母材与衬垫间的间隙亦是缺口的一种,不适合在动载荷下使用(疲劳载荷、冲击载荷)。

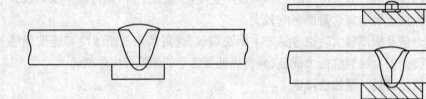

图7.42 同种金属衬垫方式　　　　图7.43 铜衬垫方式

2. 铜衬垫方式

该方法如图7.43所示,在母材背面设置铜衬垫,两者紧密接触,进行单面焊接。能够进行大电流的焊接,并得到均匀的背面焊缝。然而要做到铜衬垫与母材的紧密接触比较困难,容易产生毛刺、飞边,同时适应的焊接条件范围也较小,主要用在薄板的单面焊接中。

3. 焊剂衬垫方式

把耐火性焊剂放置在母材背面,通过气路加压使之与母材紧密接触,随后进行单面焊接。该方法能防止熔化金属的脱落,如图7.44所示。

焊剂衬垫对母材背面的附着性好,能够防止硬性衬垫与母材的密封不良所引起的缺陷。

然而如果只是采用耐火性的焊剂做衬垫,根据其散布状态,对母材的反压力会产生变动,可能形成不均匀的背面焊缝,因此只适

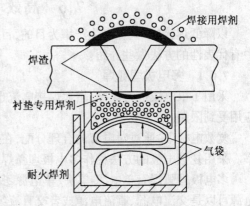

图7.44　焊剂衬垫方式

合于封底焊应用。目前制造了衬垫专用焊剂,该种焊剂在电弧热及母材热量下以固态化形式附着在母材背面,在电弧正下方总是处于固体形态,其对熔池的压力是稳定的,所以能够得到均匀的背面焊缝。其中有一部分焊剂熔化成为熔渣,而背面焊缝中不会产生缺陷。在 2～3 电极的多电极焊接中,该方法适用的板厚范围已经达到 38mm。

4. 铜·焊剂并用衬垫方式

该方法是在较薄的软铜板上散布数毫米厚的衬垫焊剂,使其与母材背面紧密接触,进行单面焊接(如图 7.45 所示)。由于母材与焊剂的接触密闭性良好,焊剂对母材的顺应性亦良好,不会产生衬垫密闭不良所引起的缺陷。

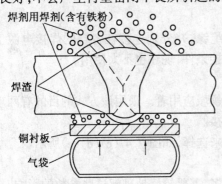

图 7.45　铜·焊剂并用衬垫方式

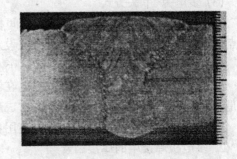

图 7.46　单面焊接头断面形貌

铜板能够抑制过大的熔透,可以进行大电流高效率焊接,而对坡口精度可以降低要求。散布在铜板上的焊剂熔化后成为熔渣,能够帮助形成无缺陷的背面焊缝。图 7.46 是该方法下得到的焊接接头断面形貌。

5. 现场安装用简易衬垫方式

此外还可根据现场条件开发专用的单面焊衬垫材料,从而不需要大型衬垫装置即可进行焊接。这种情况几乎都是采用软性、固形化的焊剂作为衬垫。

7.6 高效埋弧焊方法

以降低焊接成本、提高生产率为目的,目前已有多种高效焊接法得以应用。下面对其中有代表性的方法做些介绍。

7.6.1 多电极埋弧焊

采用1根电极进行焊接,增大焊接电流也能够提高生产率,但从操作性角度考虑,其应用受到限制。

复数电极下,通过对电流的合理分配,在不降低操作性的前提下,能够提高焊接生产率。采用复数电极的方法称作多电极埋弧焊。

多电极埋弧焊有单电源-单头、单电源-多头、多电源-单头、多电源-多头的分类,焊接电源可以是交流电源、直流电源或者交直流组合。

1. 各种多电极埋弧焊的特征

(1) 单电源、单头方式

2根焊丝用同一个马达送进,各电极一起接在同一电源上,如图7.47(a)所示。

电极沿焊接进行方向有纵向排列和横向排列两种。纵向排列可以实现更高速度的焊接(与单电极方式相比),横向排列对坡口精度不良的情况亦可以实现无脱落焊接。

(2) 单电源、多头方式(横列双丝串联电弧埋弧焊,如图7.47(b))

2根电极约保持45°角度,分别用各自的马达送进。2根电极串联接在同一电源上,电弧在两个电极间产生,对母材的熔深非常小,适合用异种金属的堆焊。此方法对焊接因素的变化很敏感,焊接结果容易产生变化,很少使用。

(3) 多电源、单头方式

2根电极焊丝用同一马达送进,焊丝间相互绝缘,并分别连接在各自的焊接电源上。特点是焊接装置较小,但各电源不能独立设定焊接条件,现在也不太使用。

(4) 多电源、多头方式

这是多电极埋弧焊的典型应用方式,在许多领域应用着。采用该方式的目的有两项,一是实现高速焊接,一是对厚板实现一次成形焊接。

焊接电源的接续方法有多种,根据使用目的来选择,如图7.47(c)(d)(e)所示。

2. 多电极焊接中的焊接因素

与单电极相比,多电极埋弧焊的调整参数较多,需要较好地理解这些参数的影响。

对焊接结果有影响的因素有电极间的电流相位差、电极间隔、电极角度、各电极的电流分配等,其中影响最大的因素是电极间电流相位差。

(1) 2电极中电流相位差的影响

使用交流电源的场合,因接线方式的不同,前后电极间的电流相位差可能从0°到180°。电弧并列点燃时,如果极性相同,则产生相互吸引;如果极性不同,会产生排斥。这种电弧举动对焊缝形状进而对焊接结果产生很大影响。图7.48所示为同一焊接电流、电弧电压、焊接速度下,因电极间电流相位的变化所引起的焊缝形状和熔深的差异。相位差较小时,熔深较浅,焊缝较宽。

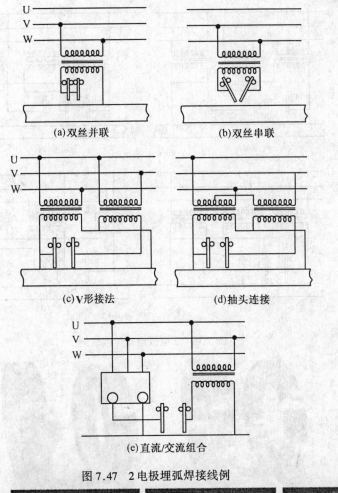

(a)双丝并联　　　　　　　　(b)双丝串联

(c)V形接法　　　　　　　　(d)抽头连接

(e)直流/交流组合

图 7.47　2 电极埋弧焊接线例

L1 200A 36V
T1 200A 41V
100cm/min

电极电流的相位差 0°　　　　　90°　　　　　180°

图 7.48　2 电极埋弧焊电流相位差对焊缝成形的影响

(2) 3 电极接线方法

图 7.49 示出 3 电极法的典型接线。3 电极焊接中,当接线方法不同时,电弧的行为也要产生变化。因此,对高速焊和低速单层焊要采用各自的接线。图 7.49(a)(b)适用于薄板(9~16mm)高速焊接,(c)(d)用于厚板单面单层焊接场合。

7.6.2　带状电极堆焊

如图 7.50(a)所示,用厚度 0.4~0.6mm、宽度 25~75mm 的宽带电极代替焊丝进行埋弧焊的方法称作带状电极堆焊或带状电弧堆焊,常被用于耐蚀、耐磨合金的堆焊中。

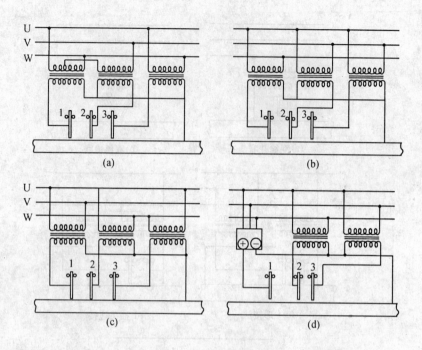

图 7.49　3 电极埋弧焊接线例

(a) 带状电极　　　　**(b) 板电极**

图 7.50　带状电极和板电极

带状电极堆焊具有如下特点。

1．熔敷效率高

以不锈钢电极为例,与焊丝相比,熔化速度数值增加 25% 以上,因此可实现高效堆焊。

2．熔深浅而且稳定

采用不锈钢电极焊接时,即使采用 1 000A 以上的大电流进行焊接,熔深也只有 1~1.5mm程度。由于熔透率小(15%~20%),因此,即使是耐蚀合金的堆焊也不需要特殊高合金的电极材料。此外,熔透尺寸极为稳定是该方法另一特征,如图 7.51 所示。

3．一次焊接可得到很宽焊道

通常都是使用75mm宽的电极,一次焊接可以得到 75~80mm 宽的焊道。也有使用宽

图 7.51 带状电极堆焊纵断面形貌(母材厚 35mm)　图 7.52 超厚板窄间隙板电极埋弧焊

度 150mm 电极的。

4.焊接因素对熔透的影响较小

使用焊丝电极时,焊接电流、电弧电压、焊接速度的变动对熔透有很大影响。而在带状电极堆焊中,这些因素的影响很小,能够确保焊接金属品质的焊接条件范围很宽。

5.焊剂的消耗量少

焊剂熔化量与电极熔化量比值约为 0.5。而使用焊丝时该数值约为 0.8。由此看出,带状电极堆焊可以大幅减少焊剂的消耗,使降低焊接成本成为可能。

7.6.3　板电极埋弧焊

采用照片 7.50(b)所示的板电极进行埋弧焊,电极尺寸为厚度 1.2mm,宽度 8～25mm。该方法在大电流下很稳定,是高效焊接的一种。

焊丝电极下的大电流电弧焊接,熔深过大、熔化断面形状呈梨形,容易产生裂纹,同时电弧对熔池的搅拌激烈,不能得到稳定的焊缝。然而,在板电极下,电弧沿电极宽度方向移动,形成分散热源,即使在大电流下,电弧稳定,能够得到良好的焊缝断面形状。

同一截面积、同一电流下,板电极的熔化速度大于焊丝电极的熔化速度。

由于大电流下操作性良好、电极熔化速度快,适合于厚板高效焊接。

在厚板的窄间隙焊接中,不需要像焊丝电极那样每层调整对中位置,只需要改变电极角度即可使焊缝向左右形成。图 7.52 示出窄间隙焊接一例。

7.6.4　填充金属焊接

以提高焊接效率、改善焊接金属性能为目的,在接头坡口内预先放入填充金属,随后进行埋弧焊的方法,如图 7.53 所示。

该方法所使用的填充金属有铁粉、短焊丝、钢块等,都是为焊接特殊制造的。

该焊接方法的特征有如下几点:

(1) 焊接效率高,可达到标准埋弧焊 1.5～2 倍的效率。由于加入了填充金属,使熔深减小,可以使用大

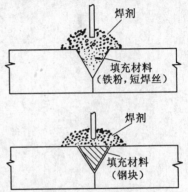

图 7.53 填充材料焊接法

电流进行焊接,加上填充金属的效果,焊接效率显著提高。

(2) 焊接金属性能优良,熔化金属不会过热,能够防止柱状晶长大,在大热输入时,焊接金属亦有很高冲击值。

(3) 对母材的热影响少,无软化现象。

(4) 焊剂消耗量少。

(5) 即使在大电流下,电弧稳定、焊缝外观良好。

向坡口中加入填充金属的方式稍稍有些差别。比如在焊剂中加入多量的铁粉,通过焊剂的熔化把铁粉加入到焊接金属中去,也是提高焊接速度的一种方法。